Taavi Soininvaara
Finnische Kälte

aufbau taschenbuch

TAAVI SOININVAARA, geb. 1966, »zählt zu den derzeit politischsten und internationalsten Krimiautoren« (ECHO). Er studierte Jura und arbeitete als Chefanwalt für bedeutende finnische Unternehmen. »Finnisches Requiem« wurde als bester finnischer Kriminalroman ausgezeichnet.

Im Aufbau Taschenbuch lieferbar: »Finnisches Roulette«, »Finnisches Quartett«, »Finnisches Blut«, »Finnisches Inferno«, »Finnischer Tango«, »Der Finne«, »Das andere Tier«, »Schwarz«, »Weiß«, »Rot« und »Tot«.

1799 gelingt es einem Kardinal in höchster Not, geheime Unterlagen des Vatikans zu verstecken. Gut zweihundert Jahre später werden sie von Archäologen ausgegraben, und sie sind brisant wie nie zuvor: bezeugen sie doch die Absicht des Papstes und der christlichen Herrscher, den Islam zu vernichten. Salman, Leiter der Ausgrabungen und Brite pakistanischer Abstammung, stößt auf weitere explosive Dokumente und will seine Funde öffentlich machen. Schon bald gerät er ins Visier derer, die das um jeden Preis verhindern wollen. Salman wird ermordet, ebenso alle anderen, die Kenntnis von den Papieren hatten. Aber es gibt noch eine Mitwisserin: Elina, Salmans Frau, die auf der Flucht vor ihren Verfolgern in Helsinki Hilfe beim bärbeißigen Oberinspektor Ratamo findet.

Noch nie war bei Soininvaara die Weltlage so explosiv – ein hochbrisanter, erstklassiger Thriller.

Taavi Soininvaara

Finnische Kälte

Ratamo ermittelt

Thriller

Aus dem Finnischen
von Peter Uhlmann

atb aufbau taschenbuch

Die Originalausgabe unter dem Titel
Jumalten Sota
erschien 2007 bei Tammi, Helsinki.

Der Autor hat für das Schreiben dieses Werkes ein Stipendium
der Alfred-Kordelin-Stiftung erhalten.

ISBN 978-3-7466-3075-5

Aufbau Taschenbuch ist eine Marke
der Aufbau Verlag GmbH & Co. KG

1. Auflage 2015
© Aufbau Verlag GmbH & Co. KG, Berlin 2015
Copyright © 2007 Taavi Soininvaara
Published by agreement with Tammi Publishers, Helsinki.
Umschlaggestaltung morgen, Kai Dieterich
unter Verwendung von Motiven von © plainpicture / Millennium /
Haarala Hamilton Millennium / iStockphoto / Renphoto
Gesetzt aus der Garamond Premier Pro durch die LVD GmbH, Berlin
Druck und Binden CPI books GmbH, Leck, Germany
Printed in Germany

www.aufbau-verlag.de

»Dieser Kreuzzug, dieser Krieg gegen den Terrorismus, wird eine Weile dauern.«

George W. Bush, 16. September 2001

»Diese Ereignisse haben den Moslems äußerst interessante Dinge offenbart. Es ist klar geworden, dass die westlichen Staaten unter der Führung der Vereinigten Staaten einen Kreuzzug gegen den Islam führen.«

Osama bin Laden, 27. Dezember 2001

PROLOG

Valence, Frankreich, Donnerstag, 29. August 1799

Jesuitenkardinal Alvaro Tolomei wusste, dass er schon bald seine unsterbliche Seele einbüßen würde. Die ohrenbetäubenden Glockenschläge der Kathedrale Saint-Apollinaire verkündeten den Tod von Papst Pius VI., und Kardinal Tolomei zerrte so heftig am Griff der eisenbeschlagenen Truhe aus Eichenholz, dass seine Muskeln schmerzten. Er war zu alt für so etwas, viel zu alt. Die Truhe ließ sich auf dem Steinfußboden im Mittelgang der Kathedrale nur mit Mühe bewegen, obwohl Bruder Giordano am anderen Ende mit der ganzen Kraft seines jungen Körpers schob. Diese Angst war anders als alles, was Kardinal Tolomei bisher erlebt hatte, tiefer, lähmender, es war die Angst vor dem ewigen Feuer. Er schaute kurz nach oben zur gewölbten Decke, die Dutzende Meter über ihm schimmerte, und fühlte sich so klein wie nie zuvor.

Plötzlich hörte man draußen einen Schrei, und Bruder Giordano fiel auf die Knie. Der junge Mann zitterte und starrte den Kardinal mit weit aufgerissenen Augen an. »Bringen die das ganze Gefolge des Papstes um? Suchen sie uns?«

»Niemand wird es wagen, uns anzurühren, darauf gebe ich dir mein Wort. Wir müssen jetzt diesen Auftrag ausführen, der Heilige Vater hat es angeordnet. Danach können wir uns sofort verstecken«, versicherte Kardinal Tolomei so ruhig wie möglich. Einen Augenblick später schob Giordano die Truhe weiter.

Der Kardinal blickte verstohlen zum halbrunden Altarchor der Kathedrale und dann zum Haupteingang. Allergrößte Eile war geboten: Die französischen Soldaten suchten ihn, da war sich Kardinal Tolomei sicher. Die Männer des Generals Napoleon Bonaparte

7

schleppten die Untergebenen des Heiligen Vaters schon seit anderthalb Jahren wie gemeine Gefangene durch Europa, seit dem Tag, als der Bauernlümmel aus Korsika seine Truppen in Rom einmarschieren ließ und vom Papst verlangte, auf seine weltliche Macht zu verzichten. Der Papst und sein Gefolge waren mit Gewalt nach Siena gebracht worden, von da nach Florenz, Parma, Piacenza, Turin, über die Alpen nach Briançon, Grenoble ... Und jetzt würde ihr Leidensweg hier enden, in der kleinen und bedeutungslosen südostfranzösischen Stadt Valence.

Kardinal Tolomeis Angst war begründet. Napoleon hatte seinen Soldaten befohlen, den Heiligen Vater und seine Begleitung nicht anzurühren, zu Lebzeiten des Papstes, aber jetzt war alles anders. Soeben hatte der Papst seinen letzten Atemzug getan. Nun würde die Soldaten nichts mehr daran hindern, die Schätze des Vatikans zu stehlen, die das Gefolge des Papstes mit nach Valence gebracht hatte: Gold, Gemälde, Edelsteine und Dokumente aus dem *Archivio Segreto Vaticano*, dem Geheimarchiv des Vatikans.

Die Metallbeschläge knirschten auf dem Steinboden, als der Kardinal und der junge Jesuitenbruder Giordano die Truhe zum Altarchor zerrten; Tolomei, der voranging, musste ab und zu Stühle beiseitestoßen, die ihnen im Wege standen. Das Dröhnen der Kirchenglocken schmerzte in seinen Ohren. Dies war die letzte der Truhen mit politischen Dokumenten aus dem Geheimarchiv des Vatikans, die versteckt werden sollten, weil der Papst es kurz vor seinem Tode angeordnet hatte. Kardinal Tolomei wusste, dass die Truhe einen Teil der Geheimnisse enthielt, die der Vatikan während der letzten anderthalbtausend Jahre in seinen Besitz gebracht und gesammelt hatte. Bloß welche? Waren sie im Begriff, geheim gehaltene Evangelien zu verstecken, machtpolitische Verträge der Kirche oder Beweise für das Existieren von Jesus, für die Grausamkeiten der Jesuiten, die Morde an ketzerischen Wissenschaftlern oder die weniger heiligen Laster der Päpste?

Die beiden passierten den Altar und blieben schließlich keuchend unter der Halbkuppel des Altarchors stehen. Draußen hörte man angsterfüllte Rufe, das Knallen von Reitpeitschen, Schmerzensschreie, auf dem Pflaster hallende Schritte, das Wiehern von Pferden und die Stimmen von Männern, die es gewohnt waren, Befehle zu erteilen. Wo blieb die Kraft, die der Glaube ihm verleihen sollte? Kardinal Tolomei zitterte vor Angst. Doch er durfte nicht die Beherrschung verlieren, sonst geriet Bruder Giordano in Panik. Seine Seele würde er hier zurücklassen, aber vielleicht konnte sein Körper noch fliehen ...

»Wir müssen die Bodenplatte herausheben, Giordano. Rasch, die Soldaten können uns jeden Augenblick finden!« Der Kardinal in seinem schwarzen Messgewand schnaufte, wischte sich den Schweiß mit dem Ärmel ab und stieß eine Brechstange zwischen zwei Marmorplatten. Die Platte hob sich erst an, als Giordano mit anfasste. Tolomei befahl seinem jungen Helfer, die Bücher aus der Kiste in die Grube zu legen, die unter der Marmorplatte zum Vorschein gekommen war. Es musste ihm gelingen, er musste die Kirche schützen. Mit der Französischen Revolution wurde die alte Welt immer weiter zerstört, die Welt der Kirche und seine Welt. Nichts war mehr heilig. Rom hatte man erobert und den Papst gezwungen, den Heiligen Stuhl im Vatikan zu verlassen. Und jetzt plante Napoleon Bonaparte einen Umsturz und wollte sich zum Diktator von Frankreich ausrufen, das berichteten die Spione der Heiligen Kirche. So skrupellos hatte noch niemand den Vatikan angegriffen: Die Truppen Napoleons hatten sich zwei Jahre zuvor sogar erdreistet, mit der Beschlagnahmung von Dokumenten aus dem Geheimarchiv des Vatikans zu beginnen. Wenn die den Feinden der Kirche in die Hände fielen, bedeutete dies das Ende von allem – die Vernichtung der Kirche. Deren dunkelste Geheimnisse mussten verborgen bleiben, es musste ihm gelingen ...

»Eminenz, ich schaffe das allein nicht ...«, flüsterte Giordano mit verängstigtem Gesicht. Der junge Jesuitenbruder hatte schon die Hälfte der Bücher, ein Dutzend imposanter Werke mit Ledereinband, in das anderthalb Meter tiefe Erdloch getragen. Sein Birett und die Kutte klebten schweißnass auf seiner Haut.

Als der Kardinal in seinen Gedankengängen unterbrochen wurde, wandte er sich um und begriff zu spät, dass er den jungen Mann voller Mitleid anschaute. Sentimentalitäten konnte er sich jetzt nicht leisten, er hatte in seinem Jesuiteneid geschworen, jeden Auftrag des Papstes auszuführen, mit allen Mitteln, wie auch immer der Befehl lautete. Er griff nach einem riesigen bleischweren und muffig riechenden Buch in einem Ledereinband und wartete, bis Giordano am anderen Ende zufasste. Wenig später war die Truhe leer, und in der kleinen Grube stapelten sich die Bücher einen Meter hoch. Sie schoben die Bodenplatte wieder an ihren Platz und stießen mit den Füßen hastig Sand in die Fugen, um ihre Spuren zu verwischen. Der Lärm draußen wurde noch lauter. Sie waren ganz nah. Er musste jetzt sofort handeln.

»*Kyrie eleison.*« Der Kardinal bat den Herrn, sich seiner zu erbarmen, zog aus dem Ärmel einen goldenen Dolch und rammte ihn dem jungen Giordano zornig unter dem Adamsapfel in den Hals. Er kniff die Lider zusammen: *Peccatum mortale,* Todsünde, *Peccatum mortale ...*

Der Kardinal riss die Augen auf, als Giordano ihn mit fassungsloser Miene an den Handgelenken packte, aus der Kehle des jungen Mannes drang ein lautes Zischen. Giordanos Blick war herzzerreißend, der Junge erlebte die schlimmste aller Ängste, er wollte das Leben festhalten und wusste, dass es aus ihm entwich. Der Dolch hatte Giordanos Luftröhre getroffen, das wurde dem Kardinal klar, als er nur ein kleines Blutrinnsal auf dem Hals sah. Ihm wurde übel bei dem Anblick, aber er war gezwungen weiterzumachen.

Kardinal Tolomei riss den Dolch heraus und stieß mit aller Kraft zu, Blut spritzte ihm ins Gesicht, als Giordanos Halsschlagader aufgeschnitten wurde. Der junge Mann drückte die Hände auf seinen Hals, aber zwischen den Fingern quoll das Blut hervor wie aus einem gerissenen Damm. Er sank auf die Knie, kippte schließlich um und lag auf der Seite. Um seinen Kopf breitete sich eine Blutlache aus, und die Kirchenglocken schienen noch lauter zu dröhnen.

Die Letzte Ölung ... rasch ... Der Kardinal atmete tief durch, kniete nieder, holte eine kleine Kristallflasche heraus und strich geweihtes Öl auf Giordanos Stirn. Es tat in der Seele weh, als er in die von Angst erfüllten Augen des jungen Mannes schaute, er wusste, dass er eine Todsünde, ein nicht zu sühnendes Delikt begangen hatte. *»Per istam sanctam unctionem, et suam piissimam misericordiam, indulgeat tibi Dominus quidquid ...«*

Mit dem »Amen« erhob sich Kardinal Tolomei. Er packte Giordanos Kutte mit beiden Händen, zerrte den schweren Leichnam unter den Altartisch, wo man ihn nicht sah, und bekreuzigte sich. Es war vollbracht. Nun wurde es höchste Zeit zu fliehen, oder sollte er sich in der Kirche verstecken? Die Angst drohte ihn zu überwältigen.

In dem Moment, als der Kardinal nach der eisernen Klinke griff, wurde die massive Kirchentür mit Wucht aufgestoßen. Er stürzte zu Boden, schützte den Kopf mit den Händen, erwartete den Stoß der Stahlklinge eines Degens und murmelte leise: »Ehre dem Vater, dem Sohn ...« Ein Tritt traf ihn an der Schläfe, Schmähungen schwirrten durch die Luft ...

Seine Sinne schwanden. Kardinal Tolomei lag auf dem Boden, zitterte vor Angst und bemühte sich, bei Bewusstsein zu bleiben, während die Soldaten die Kirche wieder verließen und die Tür krachend ins Schloss fiel. Sie suchten etwas anderes, nicht ihn. Der Kardinal empfand ein himmlisches Gefühl der Erleichterung. Er war gerettet worden, vielleicht hatte man ihm seine Tat vergeben, weil er im Namen des Heiligen Vaters und gezwungenermaßen gehandelt hatte: *»Cum Sancto Spiritu in gloria Dei Patris. Amen, in gloria Dei Patris ...«* Der Jesuitenkardinal Alvaro Tolomei stand auf, klopfte den Sand von seinem Messgewand und verließ schwankend die Kathedrale Saint-Apollinaire, ohne auch nur zu ahnen, dass die Dokumente, die er soeben versteckt hatte, die Welt eines Tages an den Rand des Untergangs führen würden.

1

Valence, Frankreich, Sonntag, 21. Oktober, Gegenwart

Alles war bereit. Bald würde Salman Maliks Name neben solchen Legenden wie dem Vater der Evolutionstheorie Charles Darwin, dem Afrika-Forschungsreisenden David Livingstone, den Antarktisforschern Robert F. Scott und Ernest Shackleton und dem Eroberer des Mount Everest Sir Edmund Hillary in die Geschichtsbücher der Royal Geographical Society eingetragen werden. Salman Malik war so aufgeregt, dass er es nur mit Mühe schaffte, an seinem Platz zu bleiben. Er rückte die unter dem Schutzanzug erkennbare Seidenkrawatte gerade, als würde er sich darauf vorbereiten, fotografiert zu werden.

Da stand er nun, unter der gewölbten Decke der fast tausendjährigen Kathedrale Saint-Apollinaire – er, der Sohn eines pakistanischen Einwanderers. Er, den alle verspottet hatten, sowohl in ihrem Wohngebiet im Londoner Stadtbezirk Newham und im Internat Jamia Al-Karam als auch an der Universität Cambridge. Stolz regte sich in ihm, er spürte, dass er im Begriff war, etwas Großes zu vollbringen, etwas, das der Sache des Islams mehr dienen würde, als es Terroranschläge je könnten.

Papst Pius VI. schien von seinem massiven Grabmal im Mittelpunkt der Apsis aus die kleine Gruppe um Grabungsleiter Salman Malik zu beobachten. Die Archäologin Amy Benner, Vertreterin des Hauptgeldgebers für das Projekt, der Royal Geographical Society, und die Journalistin Elina Laine, die einen Artikel für eine Zeitschrift schrieb, schauten konzentriert auf den mit Absperrbändern eingegrenzten Teil des Fußbodens. Dank der Erdradarmessungen wussten sie, dass sich dort unter den Bodenplatten ein mehrere Meter tiefer, etwa fünf Quadratmeter großer Bereich befand, der sich in seiner Dichte deutlich von der ihn umgebenden Erdmasse unterschied. Die drei trugen weiße Schutzanzüge, Schuhüberzieher, Latexhandschuhe und Haarschutz.

Malik lächelte seine Ehefrau Elina Laine an, die nervös am Objektiv ihrer Kamera fingerte, und nickte dann entschlossen Amy Benner zu, die neben der Elektrowinde stand. Das Stahlseil spannte sich knarrend, und die dicke Marmorplatte hob sich langsam aus dem Fußboden der Kathedrale.

Salman Malik konnte sein Glück immer noch nicht fassen: Er war den verloren gegangenen Dokumenten aus dem Geheimarchiv des Vatikans vor zwei Jahren auf die Spur gekommen, als er sich mit dem Exil von Papst Pius VI. ab 1798 beschäftigt hatte. Die letzte Eintragung im letzten Band der Tagebücher des Jesuitenkardinals Alvaro Tolomei enthielt einen Hinweis auf versteckte Dokumente, politisch brisante Geheimnisse, die das Gefolge des Papstes vor den Truppen Napoleons gerettet hatte, als es den Vatikan verlassen musste.

Salman Malik hielt die Notiz des Kardinals für absolut zuverlässig, für das Geständnis eines sterbenden Mannes: Der Vertraute des Papstes war zu dem Zeitpunkt bereits an Fleckfieber erkrankt und verschied nur wenige Tage später.

»Der heilige Apollinaris erhielt meine ewige Seele und meinen Platz im Himmel sowie die Geheimnisse des Heiligen Vaters – die Wahrheit über die Kreuzzüge und den Kampf gegen den Islam«, hatte der todkranke Kardinal Tolomei mit zittriger Handschrift vor über zweihundert Jahren geschrieben. Dieser Satz hatte Salman Malik in den letzten Jahren vorwärtsgetrieben wie eine Berufung.

Das zweite bedeutungsvolle Bruchstück einer Information hatte Salman Malik in Diego Caracciolos Tagebucheintragungen vom Oktober 1799 gefunden. Der Finanzchef von Papst Pius VI. hatte den Heiligen Vater während des ganzen Exils begleitet und wie Kardinal Tolomei an seinem Totenbett in Valence gestanden.

»*Inschallah*«, sagte Salman Malik leise, als die Marmorplatte sich knirschend einige Zentimeter nach oben bewegte. Die Geräusche hallten in der gewaltigen Kathedrale wider.

»*Der Papst bat mich und den Jesuitenkardinal, auch den Rest jener Geheimnisse aus dem Archiv zu verstecken, die nicht ans Licht kommen dürfen.*« An Diego Caracciolos wichtigste Tagebucheintragung erinnerte sich Salman Malik genau.

Den entscheidenden Hinweis, die verschwundenen Dokumente aus dem Geheimarchiv gerade in Valence zu suchen, erhielt Malik vor gut einem Jahr beim Stöbern in den Archiven des Vatikans. Er fand damals heraus, dass die von Diego Caracciolo 1799, am Todestag von Papst Pius VI., in Valence versteckten Dokumente 1814 an den Vatikan zurückgegeben worden waren. Im selben Jahr, in dem der Nachfolger von Pius VI. endlich in den Vatikan zurückkehren durfte und das Exil der Päpste ein Ende fand. Wenn Caracciolo Dokumente in Valence versteckt hatte, dann – so lautete Salman Maliks Schlussfolgerung – galt das vielleicht auch für Tolomei. Erst in dem Moment hatte er Tolomeis Hinweis verstanden: *Der heilige Apollinaris erhielt meine ewige Seele und meinen Platz im Himmel ...* Ihm war klar geworden, wo man die vom Jesuitenkardinal versteckten Dokumente suchen müsste – in der Kathedrale Saint-Apollinaire.

»Bücher, riesige in Leder gebundene Bücher!«, rief Amy Benner und drehte ihre Taschenlampe versehentlich so, dass sie Salman Malik blendete.

Elina Laine stand mit der Kamera im Anschlag am Rand der Grube. »Das wird eine Superstory für die *National Geographic*.«

Malik, ein dünner, feingliedriger Mann, stellte die Aluminiumleiter vorsichtig in die Grube, hielt den Atem an und stieg in das Loch, in dem es nach Staub und Leder roch. Sein Entschluss, sich auf die Suche nach den von Tolomei versteckten Dokumenten zu begeben, war gefallen, als er vor zwei Jahren gelesen hatte, dass sie die *»Wahrheit über die Kreuzzüge und den Kampf gegen den Islam«*

enthielten. Und jetzt stand er hier, der Wahrheit nahe, am Ende jenes Weges, den er zur Ehre des Islams schon vor langer Zeit eingeschlagen hatte.

Verzückt überflog Malik die Buchrücken und erblickte in der Mitte des Stapels ein Werk, das wertvoller aussah als die anderen. Er nahm die Bücher darüber und legte sie vorsichtig beiseite, dann schlug er den vergoldeten Einband auf, las den Titel »*Periculum Islamicum*«, Die Bedrohung durch den Islam, und wusste, dass er etwas gefunden hatte, dessen Wert sich nicht in Geld messen ließ. Der Band enthielt eine Reihe von Verträgen, die Überschrift des ersten lautete: »*Liberatio Hierosolymorum et terrae sanctae*«, Die Befreiung Jerusalems und des Heiligen Landes.

Die Liste der Unterzeichner des Dokuments war eindrucksvoll: Papst Urbanus II.; Alexios I. Komnenos, Kaiser von Byzanz; Robert II., Herzog der Normandie; Raimund IV., Graf von Toulouse; Robert II., Graf von Flandern; Wilhelm II., König von England. Und datiert wurde das Dokument im Jahre 1095, nur einige Wochen vor dem Beginn des Ersten Kreuzzugs. Salman Malik bemerkte, wie sein Puls sich beschleunigte, als sein Verstand allmählich erfasste, dass er ein Dokument von unermesslichem Wert in den Händen hielt.

Maliks Hände zitterten, als er ungeduldig den verschnörkelten lateinischen Text las: »*Gottes Zorn ist über die Christenheit gekommen, weil wir Jerusalem, die Heilige Stadt, den heidnischen Sarazenen überlassen haben ... Im Namen der Heiligen Kirche und im Namen von Christus selbst verpflichten wir uns, die ungläubigen Barbaren aus dem Heiligen Land zu vertreiben ... die Irrlehre der Sarazenen mit den Wurzeln auszurotten ... die Führer der Sarazenen und die Sippe Mohammeds, den sie ihren Propheten nennen, zu vernichten ... die heiligsten Stätten der Sarazenen sowohl im Heiligen Land als auch anderswo zu zerstören ... Und wenn jemand von denen, die sich auf die Reise begeben, sein Leben verliert, ob zu Lande oder auf dem Meer oder im Kampf gegen die Heiden, so werden ihm seine Sün-*

den vergeben. Das bekräftige ich auf der Grundlage der mir von Gott verliehenen Rechte. Papst Urbanus II.«

Salman Maliks Herz schlug immer heftiger, je genauer er begriff, worum es sich handelte. Am liebsten hätte er sofort das ganze Buch gelesen, aber das war nicht möglich. Er würde sich mit den Dokumenten später in aller Ruhe und zusammen mit Handschriftexperten und Sprachwissenschaftlern beschäftigen. Doch die Neugier ließ sich nicht zähmen, er beschloss, zumindest die Überschriften der Verträge zu lesen: Dritter Kreuzzug ... Die Seeschlacht von Lepanto ... Die Heilige Allianz ... Die Schlacht am Kahlenberg ... Die Vernichtung der Osmanen ... Salman Malik fiel es schwer, zu glauben, was er da las. Er hatte zwar erwartet, umwälzende Erkenntnisse zu den Kreuzzügen und den Konflikten zwischen katholischer Kirche und Islam zu finden, das jedoch übertraf selbst die verwegensten Visionen seiner Phantasie.

Er klappte das Buch vorsichtig zusammen, stieg die Leiter hinauf und lächelte seine Gefährtinnen an. »Herzlichen Glückwunsch. Es könnte durchaus sein, dass wir die wichtigste archäologische Entdeckung des neuen Jahrtausends gemacht haben. Aber jetzt gilt es, rasch zu handeln, wir haben es hier sowohl mit Holz und Leder als auch mit Papier zu tun. Alle Bücher müssen schnell an einen Ort gebracht werden, der genauso feucht ist wie dieses Erdloch.«

Elina Laine hörte auf zu fotografieren und strahlte übers ganze Gesicht. Sie trat neben ihren Mann und küsste ihn aufs Ohr. »Wir werden das Thema des Jahres sein.«

Salman Malik scheuchte Elina wieder an die Arbeit, aber sein Lächeln verschwand nicht. Er wusste, dass er etwas gefunden hatte, das die islamische Welt mehr als alles andere in ihrer Geschichte seit der Niederschrift des Koran stärken würde.

2

Valence, Frankreich, Sonntag, 21. Oktober

Salman Malik hielt sich am Kopfende des Bettes fest, als Elina schweißbedeckt ihr Becken auf ihm immer schneller bewegte und den Mund leicht öffnete, so dass man den Diamanten glitzern sah, der an einem Schneidezahn klebte. Malik schloss die Augen und versuchte vergeblich, an das *Periculum Islamicum* zu denken, um sein Verlangen zu unterdrücken, er war schon längst gekommen, aber Elina schien heute unersättlich zu sein. Jedenfalls war ihr Sexleben durch die Ehe nicht verflacht, Gott sei Dank. Doch er wollte nicht noch einmal in Erregung geraten. Amy Benner und er hatten nur diesen einen Abend Zeit, die Rückkehr nach London vorzubereiten, und es gab noch jede Menge Arbeit.

Endlich erstarrte Elina, verzog das Gesicht und fiel erschöpft auf das weiche Hotelbett. »Wunderbar«, murmelte sie und streichelte das spitze Kinn ihres Mannes.

Der drehte sich auf die Seite, betrachtete Elinas kleinen, zierlichen Körper und erinnerte sich an den Tag vor fünf Jahren, als sie sich bei einem Seminar in London das erste Mal getroffen hatten. Ins Archäologische Institut waren etwa hundert Zuhörer gekommen, mit dem Ertrag der Veranstaltung wurden die Sicherungs- und Restaurierungsarbeiten am Minarett von Jam in Afghanistan unterstützt. Er hatte Elina, die verängstigt wirkte wie ein Kätzchen ohne Zuhause, auf dem Empfang nach den Vorträgen getroffen und kaum erahnen können, was für eine Perle sich unter ihrer grauen Schale verbarg.

Salman Malik blickte auf seine Armbanduhr und kehrte in Gedanken zum *Periculum Islamicum* zurück. Er wollte die Dokumen-

17

tensammlung möglichst schnell veröffentlichen. So würde er nicht nur im Stadtteil Newham und in ganz Ostlondon, sondern auch für die 745 000 Glaubensbrüder pakistanischer Herkunft in Großbritannien, für das Volk von Pakistan mit seinen 165 Millionen Menschen und die ganze, anderthalb Milliarden Menschen umfassende islamische Gemeinschaft zum Helden werden.

»Amy ist sicher wütend. Wir wollten uns schon vor einer Viertelstunde treffen«, sagte Salman Malik, wischte sich eine Schweißperle von seiner Hakennase und ging ins Bad, obwohl er wusste, dass Elina sich noch etwas Zärtlichkeit gewünscht hätte.

»Wirklich sehr romantisch. Rein, raus und ein starrer Blick, das ist Salman Maliks Vorstellung von zärtlichem Sex. Wir sehen uns nur noch morgen und dann erst wieder in über einer Woche.«

Malik antwortete nicht, er wollte keinen Streit anfangen und wusste außerdem, dass sich Elina ebenso schnell wieder beruhigte, wie sie sich aufregte. Genau das gefiel ihm an ihr – die Gegensätzlichkeiten. In Gesellschaft von Fremden wirkte Elina still, schüchtern und unsicher, aber mit ihm zusammen war sie lebhaft, mutig und zielstrebig. Jemand anders hätte Elina womöglich für neurotisch gehalten: Sie hatte einen ausgeprägten Abscheu vor Schmutz, und wenn sie mit dem Saubermachen fertig war, fing sie wieder von vorn an, sie litt unter Flugangst, beargwöhnte die Motive der Menschen und entwickelte zu allem Möglichen Verschwörungstheorien ... Aber niemand war perfekt, und in einer Beziehung musste man die guten wie die schlechten Seiten des Partners akzeptieren. Ein Wunder, dass sie überhaupt so gut miteinander zurechtkamen, denn sie stammten aus sehr unterschiedlichen Verhältnissen. Elina war in einer normalen Familie der finnischen Mittelschicht in der Geborgenheit einer Kleinstadt aufgewachsen, er als Kind eines Moslems und einer Christin in einem Ostlondoner Problemviertel. Die Vorzüge seiner Frau ließen sich zudem nicht übersehen: Sie war ein vorurteilsloser, toleranter, idealistischer Weltverbesserer. Sonst würde die Ehe zwischen einem Moslem und einer Christin auch nicht funktionieren, sie hatten schon bei der Verkündung ihrer Verlobung Schlimmes erlebt: Elinas Eltern waren wütend geworden, als sie erfuhren, dass ihre Tochter beabsichtigte, einen Moslem zu heiraten.

Hastig wusch er sein Gesicht, trocknete sich ab und schaute in den Spiegel. Er sah blass aus, seine Haut war normalerweise milchkaffeebraun, aber durch die Müdigkeit und den Stress wirkte sie heller, und die pechschwarzen Haare verstärkten diesen Eindruck noch. Er ähnelte auch sonst eher einem Südeuropäer als einem Pakistaner, aber heute wäre er selbst als Finne durchgegangen.

Salman hängte sich die Halskette »Allahs Schwert« um, kehrte ins Wohnzimmer zurück, zog ein hellrotes Hemd und einen dunklen Anzug an und band sich sorgfältig eine edle silberfarbene Krawatte um. Ein Gentleman musste stilvoll gekleidet sein.

»Ich weiß nicht, wie lange wir brauchen. Aber ich rufe an, wenn ...«

Elina unterbrach Salman mit einem Kuss und hängte sich ihm an den Hals. »Wenn ich aus Helsinki nach London zurückkomme, machen wir richtig Urlaub und fahren irgendwohin, wo wir beide noch nicht gewesen sind. Mindestens zwei Wochen lang, genau wie auf der Hochzeitsreise ...«

»Erst muss alles, was mit dem *Periculum Islamicum* zusammenhängt, gewissenhaft und in Ruhe zum Abschluss gebracht werden. Das könnte das wichtigste Ereignis unseres Lebens sein, zumindest unseres Arbeitslebens. Danach haben wir alle Zeit der Welt, darüber nachzudenken, was wir machen wollen. Du profitierst doch schließlich auch davon, endlich kannst du die Megastory schreiben, von der du immer redest. Stell dir nur mal vor, was für Reaktionen das *Periculum* in der Welt auslösen wird.« Salman Malik bemerkte, dass er seine Worte richtig gewählt hatte. Elina wollte vieles, aber vor allem wollte sein Schatz leidenschaftlich gern eine Story schreiben, deren Enthüllungen die ganze Welt erschüttern würden.

Salman Malik gab seiner Frau einen Kuss und verließ das Zimmer. Es waren zehn Stunden vergangen, seit sie die Dokumente aus dem

Geheimarchiv des Vatikans in der Kathedrale Saint-Apollinaire gefunden hatten. Er und Amy Benner waren schnell alle Bücher durchgegangen, um sich einen Überblick über ihren Fund zu verschaffen. Jetzt war es Zeit, eine Zusammenfassung vorzunehmen und das weitere Vorgehen zu planen. Es fiel ihm immer noch schwer, zu begreifen, dass die von ihm geführte Forschungsgruppe schriftliche Beweise dafür gefunden hatte, dass die römisch-katholische Kirche und die mächtigsten europäischen Staaten des Mittelalters die Ausrottung des Islams durch die Vernichtung seiner religiösen Führer, seiner heiligsten Stätten und der Nachfahren des Propheten Mohammeds vereinbart hatten.

Malik war stolz auf sich, ihn ärgerte nur, dass er jetzt noch nicht seinen Vater anrufen und von seiner Entdeckung berichten konnte. Er musste versuchen, geduldig zu sein, in einigen Tagen könnte er dann der ganzen Welt den Fund vorstellen, der den Nachweis erbrachte, was für schockierende Methoden die Christen seinerzeit in ihrem Kampf gegen die Moslems anzuwenden bereit gewesen waren. Er würde seinem Vater und nebenbei auch allen anderen beweisen, dass man die Interessen des Islams auch als Archäologe vertreten konnte.

Die Tür des Aufzugs öffnete sich. Malik trat in das luxuriöse Foyer des Hotels Maison Pic und erkundigte sich bei der Concierge, welcher Beratungsraum für die Royal Geographical Society reserviert war.

Periculum Islamicum, Malik ließ sich den Titel des gefundenen Buches durch den Kopf gehen: die Bedrohung durch den Islam. Die unverblümte Offenheit des Inhalts hatte ihn wirklich überrascht, wenngleich unsinnige Pläne wie der zur Vernichtung des islamischen Glaubens zu allen Zeiten für die kriegslüsternen Völker Europas typisch gewesen waren: für die Engländer, die Franzosen, die Italiener, die Deutschen, die Spanier ... Der Islam hingegen war stets ein toleranter Glaube gewesen und hatte in den von ihm beherrschten Gebieten fast immer die Ausübung anderer Religionen erlaubt. Vor den Kreuzzügen hatten die Tore von Jerusalem allen Konfessionen offen gestanden ...

Salman Malik klopfte an die Tür des Seminarraums, hörte Amy Benners wütenden Ruf und trat ein. Amy war fast immer sachlich, streng und angespannt, aber jetzt sah sie so aus, als wollte sie ihn mit ihrem Blick umbringen. Malik konnte es sich nicht leisten, Amy zu verärgern, die Frau stand zwischen ihm und der unerschöpflichen Geldtruhe der Royal Geographical Society. Doch nach der Veröffentlichung des *Periculum Islamicum* dürfte er sich die Geldgeber für seine Forschungen garantiert selbst aussuchen. Der Gedanke tröstete ihn.

»Wo zum Teufel hast du gesteckt?« Amy Benner stand, die Arme in die Hüften gestemmt, zwischen den hellroten Rokokostühlen des Seminarraums. »Wir müssen die Dokumente schnell zur Konservierung nach London bekommen, eine erste Zusammenfassung für die Geographische Gesellschaft schreiben, noch heute Proben an die Sachverständigen zur Bestätigung der Echtheit der Werke schicken und ...«

Malik kam sofort zur Sache: »Von den Büchern, die ich gelesen habe, enthält nur das *Periculum Islamicum* wirklich neue Informationen. In den anderen Werken fanden sich lediglich Details, die schon bekannte historische Erkenntnisse ergänzen: Korrespondenzen, Anweisungen des Papstes, Bullen und Ähnliches. Natürlich sind auch die wichtig, aber es ist nichts Sensationelles.«

»In meinen Dokumenten habe ich nichts Umwerfendes gefunden.« Amy Benner setzte sich vor eine große Leinwand, faltete die Hände und forderte Salman Malik mit einem Nicken auf, über seine Entdeckung zu berichten.

»Der erste Vertrag des *Periculum Islamicum* wurde im Jahre 1095 zwischen Papst Urbanus II., dem byzantinischen Kaiser Alexios I. Komnenos und den Herrschern jener Länder und Gebiete geschlossen, die ihre Truppen auf den Ersten Kreuzzug schickten – England, die Normandie, Toulouse, Flandern ... Die Liste ist lang. Der nächste

Vertrag wurde 1187, vor dem Dritten Kreuzzug, von Papst Gregor VIII., England, Frankreich und dem Heiligen Römischen Reich Deutscher Nation unterzeichnet.«

Amy Benner betrachtete ihre Schuhspitzen und überdachte das Gehörte. Dann fragte sie: »Alle Verträge betreffen also die Kreuzzüge?«

»Nein«, erwiderte Salman Malik und schüttelte heftig den Kopf. »Das *Periculum Islamicum* enthält auch einen Vertrag, den die von Papst Pius V. im Jahr 1571 für die Seeschlacht von Lepanto zusammengerufenen Staaten der Heiligen Liga unterzeichneten: Spanien, Venedig und viele italienische Kleinstaaten. Und das letzte Dokument des *Periculum* wurde 1683 auf Initiative von Papst Innozenz XI. signiert, vor der Schlacht am Kahlenberg, mit ihr begann der Zerfall des Osmanischen Imperiums. Die Vernichtung des Islams schworen damals Österreich, zahlreiche deutsche Gebiete, Polen-Litauen und auch Russland, das sich 1686 noch nachträglich dieser Heiligen Liga angeschlossen hatte.

Amy Benner schüttelte den Kopf. »Da wird einem schon allein bei dem Gedanken angst und bange, was für einen Aufruhr es bei einer Veröffentlichung des *Periculum* in der moslemischen Welt geben wird.«

»Es bezeugt einen eiskalten und effizienten Plan«, sagte Salman Malik und ereiferte sich noch mehr. »Mohammeds Nachfahren, die führenden arabischen Sippen, die religiösen Führer und die heiligen Stätten des Islams sollten vernichtet und der ganze Nahe Osten und die Arabische Halbinsel ins Chaos getrieben werden. Und dann wollte man die Gebiete der Sarazenen einfach erobern.«

»Sind die Verträge denn wirklich echt?«, fragte Amy.

»Das ist fast sicher. Ich werde die Proben noch heute mit DHL an die Sachverständigen schicken. Die absolute Gewissheit, dass sie echt sind, bekomme ich also erst in ein paar Tagen. Vorher sollte man all das zumindest den Medien nicht mitteilen. Danach können wir dann eine sensationelle Pressekonferenz abhalten.«

Amy Benner sah nachdenklich aus. »Ich muss noch mit dem französischen Kultusministerium und der katholischen Kirche sprechen.«

»Wir haben doch alle erforderlichen Genehmigungen«, entgegnete Salman Malik verblüfft.

»Mach dir keine Sorgen. Ich muss nur bestätigen, was für Gegenstände wir nach London schaffen, und schriftlich die Verpflichtung über ihre Rückgabe nach den Untersuchungen eingehen. Das ist die Voraussetzung für die Ausfuhr der Funde.« Amy Benner musterte ihren Partner mit besorgter Miene. »Du bist doch selbst Moslem. Was glaubst du, welche Folgen das für die Welt haben wird?«

»Einen Krieg zwischen den Zivilisationen – die westliche Kultur gegen die moslemische Welt«, antwortete Salman Malik mit triumphierendem Gesichtsausdruck.

3

Helsinki, Mittwoch, 24. Oktober

Arto Ratamo saß im Café Fazer am Fenster, strich über seine schwarzen Bartstoppeln und sah zu, wie ein etwa fünfzigjähriger Mann in einer Wildlederjacke auf dem Parkplatz des Einkaufszentrums von Munkkivuori den Beutel mit Lebensmitteln auf den Beifahrersitz seines Porsche Cayenne stellte. Wie viel so ein Teil wohl kostete? Mit seinem Jahreseinkommen könnte man es vermutlich nicht kaufen. Der Porschefahrer ging mit gesenktem Kopf und den Pfützen ausweichend um sein Protzauto herum und stieß auf einen Mann mit struppigem Bart und schmutzbefleckter Steppjacke, aus deren Taschen alle möglichen Sachen herauslugten, anscheinend trug er seine ganze Habe bei sich. Der Bärtige witterte seine Chance, hielt die Hand auf und wollte um Münzen bitten. Der Porsche-Mann schnaufte und schwang sich in sein Auto, dann glitt die Scheibe des Fensters auf der Fahrerseite herunter, und eine Packung Grillwurst wurde herausgereicht.

Armenfürsorge an der Basis, dachte Ratamo amüsiert und warf einen Blick zu seinem Kollegen Atte Murto von der Überwachungseinheit, dem neuesten Zugang bei der SUPO. In diesem Moment packte den von ihnen observierten großen, breitschultrigen Syrer die Wut, sein Zorn loderte auf wie ein angezündeter Strohwisch. Er beugte sich blitzschnell über den Tisch, versetzte seinem pakistanischen Gesprächspartner einen Fausthieb, legte dann die Hände um seinen Hals und drückte ihm die Luft ab. Geschirr zerschellte klirrend auf dem Fußboden.

Bevor Arto Ratamo es ihm verbieten konnte, sprang Atte Murto von seinem Stuhl auf und stürzte zu den beiden Kampfhähnen, um sie zu trennen. Der Pakistaner schlug mit der Faust zu und traf den Syrer am Mundwinkel genau in dem Moment, als Murto sie erreichte, der Syrer taumelte zurück, stieß gegen den jungen Polizisten, der zu Boden ging. Murto erhob sich sofort, fluchte, zog seinen Popelinemantel gerade und schaute sich suchend nach dem Syrer um, aber der war schon am Ausgang.

Ratamo, der am anderen Ende des Cafés saß, konnte den Flüchtenden nicht aufhalten. Den Übereifer seines jungen Kollegen quittierte er mit einem Fluch: Der Syrer Wahib al-Atassi war am Morgen in Finnland eingetroffen, sie sollten ihn nur beschatten, weil er auf der Überwachungsliste des EU-Lagezentrums SitCen stand.

»Mach Meldung bei der Zentrale. Sag, dass wir versuchen, ihn zu fassen«, rief Ratamo Murto zu und folgte al-Atassi. Er rannte aus dem Café hinaus, sah den Syrer in Richtung Parkplatz traben und sprintete los. Die Leute aus dem Wohngebiet, die nach ihrem Arbeitstag zum Einkauf kamen, blieben auf dem Fußweg stehen und blickten mit offenem Mund den rennenden Männern hinterher.

Ratamo beschleunigte das Tempo, sein Atem pfiff. Auf dem nassen, glitschigen Laub geriet er ins Straucheln und konnte sich gerade noch im letzten Moment bei Murto festhalten, der zu ihm aufgeschlossen hatte.

Als sich Wahib al-Atassi am westlichen Ende des Parkplatzes in einen schwarzen Ford fallen ließ, fehlten Ratamo nur noch zehn Meter. Zum Glück war der Oktober so dunkel, dass die Straßenbeleuchtung schon um vier Uhr nachmittags die Umgebung in helles Licht tauchte. Ratamo sah, dass sich der Syrer zum Handschuhfach hinbeugte, warum startete er den Wagen nicht, warum versuchte er nicht zu fliehen, was zum Teufel hatte er vor?

Murto blieb neben dem Ford am Fenster des Beifahrersitzes stehen und richtete seine Pistole, eine Glock 17, auf den Syrer. »*Show me your hands. Very slowly, show your hands.*«

Ratamo stand an der Fahrertür und presste die Hand so fest um den Griff seiner Glock, dass die Knöchel weiß hervortraten. Fehlte nur noch, dass al-Atassi eine Waffe zog und wild um sich schoss. Murto war viel zu nahe dran, er könnte nichts mehr machen, wenn …

Plötzlich schien sich der Syrer anzuspannen, er saß einen Augenblick regungslos da und wandte sich dann langsam dem Fenster und Murto zu und zeigte seine Handflächen. Dem jungen Polizisten entfuhr ein Stoßseufzer der Erleichterung.

Ratamo blieb etwa zwei Meter von Murto entfernt stehen, der seine Anweisungen wiederholte, als al-Atassi ganz ruhig aus dem Auto ausstieg und seine Handgelenke hinhielt. Murto griff an seinen Gürtel, tastete nach den Handschellen und landete mit dem Hinterteil auf dem Asphalt, als al-Atassis Oberarm dumpf gegen sein Brustbein knallte.

Ratamo stürzte sich im selben Moment auf den Syrer, als der nach Murtos Waffe griff. Er packte al-Atassi an der Schulter, aber der Mann drehte sich um und grub seine Zähne in Ratamos Hand. Ein Schrei hallte über den Parkplatz von Munkkivuori, dann traf Murtos Faust den Syrer im Genick, und er sackte zu Boden.

»Verdammt, der hat mich gebissen.« Ratamo sah ungläubig auf seine blutende Hand. »Einen Maulkorb müsste man so einem anlegen, wie Hannibal Lecter.«

* * *

Eine Stunde später stellte Ratamo seinen gelben Käfer auf dem Innenhof seines Wohnhauses in der Korkeavuorenkatu ab, verriegelte das Verdeck des Cabrios wieder, das sich im heftigen Wind geöffnet hatte, und rannte im Nieselregen zum Treppenhaus. Die Bisswunde schmerzte wie ein vereiterter Zahn. Das musste natürlich ausgerechnet dann passieren, als er für Lindström eingesprungen war, weil er seinem Kumpel aus der Überwachungseinheit einen Gefallen schuldete. Eine ganz normale Beschattungsgeschichte, hatte Lindström versichert, ihr folgt dem ein paar Stunden lang und quatscht dabei ein bisschen miteinander.

Der Arzt hatte ihm eine Tetanusspritze verpasst, eine Antibiotikakur verschrieben und Blut abgenommen, eine Nullprobe, für den Fall einer Ansteckung mit HIV oder Hepatitis. Ratamo hatte im Laufe der letzten sieben Jahre bei der SUPO alles Mögliche erlebt, es aber bisher noch nicht geschafft, gebissen zu werden.

Er blieb auf der Treppe stehen, als er einen beängstigend vertrauten Schlager hörte: Eros Ramazzotti johlte mit seiner ganzen italienischen Leidenschaft »Nomadi d'amore«. Die Interpretation klang so schwülstig und sirupsüß, dass Ratamo das Gefühl hatte, seine Lippen klebten zusammen. Warum nur ließ Riitta die Musik wummern wie ein tauber DJ? Ratamo runzelte die pechschwarzen Brauen, ihn beschlich der Verdacht, dass er wieder mal etwas vergessen hatte.

In dem Augenblick, als er seine Wohnungstür öffnete, verwandelte sich der Verdacht in Gewissheit. Riittas Einzugsfeier – das hatte er vergessen! Die Wohnung war proppenvoll. Riitta verteilte Spumante in Champagnergläser, Riittas italienische Mutter Claudia führte das Wort in einer lautstarken Runde am Bauerntisch in der Küche, und das Wohnzimmer bevölkerten Riittas Freundinnen. Unter ihnen war leider auch Elina West. Ratamo und Riittas hyperaktive Fluglotsenfreundin hatten vor drei, vier Jahren im Sommer ein äußerst kurzes und genauso bedeutungsloses Verhältnis gehabt.

Ratamo ging still und leise an der Küchentür vorbei, sah sich suchend nach seiner Tochter um und schlich in Richtung Schlafzimmer. Nelli war garantiert mit Musti draußen, sonst hätte die alte Hundedame den Hausherrn längst mit einem Bellen begrüßt. Eros Ramazzottis süßliche Stimme verstummte, und Andrea Bocelli übernahm das Kommando in den Lautsprechern, der massive und fromme Tenor aus der Toscana. Dass er diese Feier glatt vergessen hatte, war Ratamo unbegreiflich; Riitta hatte doch noch am Morgen darüber geredet, wie sie es feiern wollten, dass sie zusammengezogen waren.

Ratamo machte sich Sorgen wegen der Aussetzer seines Gedächtnisses, zumal er derzeit nicht einmal sonderlich viel Stress hatte. Da zeigten sich doch nicht etwa die ersten Symptome einer Demenz?

»Sie ist jetzt fertig«, sagte Riittas Vater Ilmari Kuurma, der an der Tür zum Schlafzimmer erschien, als Ratamo ein schwarzes T-Shirt mit der Aufschrift »Kann sein, ich bin gefährdet« anzog. Es dauerte eine Weile, bis Ratamo klar wurde, dass Ilmari seine Dissertation meinte, mit der sich der Geschichtslehrer wie besessen abgeplagt hatte, seit er pensioniert war.

»Nun habe ich die Hakkapeliten, die Finnpferde, Torsten Stålhandske und die Schlacht von Breitenfeld genug erforscht. Jetzt muss ich mir wohl als Zeitvertreib für den Rest meiner Rentnertage ein neues Projekt ausdenken«, seufzte Ilmari. »Finnland ist wirklich ein merkwürdiges Land: Da jammern die Politiker, man müsste das Rentenalter heraufsetzen«, fuhr er mit verdrossener Miene fort, »und gleichzeitig zwingt man Menschen, früher in Rente zu gehen, als sie wollen. Ich würde meine Tage auch lieber in der Schule verbringen, als ...«

Ilmari Kuurma beendete seinen Gefühlsausbruch abrupt, als er den Verband um Ratamos Hand bemerkte. »Was ist dir denn passiert?«

»Wollte Claudia nicht in der Zeit des Herbstregens Verwandtschaftsbesuche in Italien machen?«, antwortete Ratamo mit einer Frage und versuchte, während er in seine Jeans stieg, vergeblich, sich daran zu erinnern, wie das Thema von Ilmaris Dissertation lautete. Es hing vermutlich irgendwie mit dem Dreißigjährigen Krieg zusammen. Doch er fragte lieber nicht danach. Es war besser, Ilmari nicht noch anzustacheln: Er unterhielt sich nämlich am liebsten ausschließlich über das Fischen oder über Kriegsgeschichte, und zwar so lange, wie jemand bereit war zuzuhören.

Ilmari Kuurma beantwortete noch die Frage seines Schwiegersohn-aspiranten, als der ihn schon in Richtung Küche führte.

»Na, nun ist ja auch der Hausherr endlich heimgekommen«, freute sich Riitta, die mit einem Tablett voller Cocktailhappen in der Hand erschien. Die Rückkehrerin, die einen roten Jeansoverall und ein altes Hemd ihres Lebensgefährten trug, lächelte übers ganze Gesicht, als sie ihm ein Champagnerglas reichte.

Kurz bevor die ganze Frauenmeute Ratamo ins Visier nehmen konnte, wurde er von Jussi Ketonen gerettet und ins Wohnzimmer dirigiert, wo Riittas ehemalige Studienkollegen aus der Zeit an der gesellschaftswissenschaftlichen Fakultät mit solchem Eifer über die Entwicklung der Demokratie in Russland debattierten, dass ihnen beim Reden die Crackerkrümel aus dem Mund sprühten.

»Ist alles in Ordnung?«, fragte der ehemalige Chef der Sicher-heitspolizei seinen ehemaligen Mitarbeiter besorgt und strich da-bei eine graue Haarsträhne aus der Stirn. Zur Feier des Tages trug er schwarze Hosenträger, die tief in seinen gewaltigen Bauch ein-schnitten.

Ratamo wusste sofort, was Ketonen meinte, obwohl sie sich wegen Jussis Ausflug zur Elchjagd über eine Woche nicht gesehen hatten. »Kein Grund zur Sorge. Der Arzt hat mir ein neues Cholesterin-medikament von einer anderen Firma verschrieben, und daraufhin haben die Muskelschmerzen schlagartig aufgehört. Er hat gesagt, ich wäre in einem guten Zustand und würde immer noch davon profitieren, dass ich in meiner Jugend viel Sport getrieben habe. Die Erkrankung der Herzkranzgefäße ist total unter Kontrolle, der Blut-druck auch.«

Ketonen versuchte ein ernstes Gesicht zu machen, was ihm nicht leichtfiel, weil er sich gerade drei Cracker mit reichlich Belag in den Mund gestopft hatte. Er wollte sich auch noch die letzten Lecker-bissen vom Tablett auf dem Couchtisch einverleiben, da erschien seine Frau Marketta im Wohnzimmer und beorderte ihn mit einem eisigen Blick in die Küche.

Ratamo setzte sich auf den Perserteppich, erhob sein Glas und prostete den Büsten von Elvis, Lenin und Kekkonen zu, die auf dem Fensterbrett standen und alles beobachteten. Der kalte Schaumwein prickelte im Mund. Manchmal konnte er es immer noch nicht richtig glauben, dass er und Riitta wieder zusammengefunden hatten. Und noch dazu auf so typisch finnische Art: Auf einer feuchtfröhlichen Feier bei einem gemeinsamen Bekannten hatten sie sich an alte Zeiten erinnert, tot geglaubte Gefühle waren erwacht, sie hatten in Riittas Wohnung weitergefeiert, eine leidenschaftliche Nacht verbracht und beide Lust verspürt, es noch einmal zu versuchen. Diesmal waren sie allerdings imstande gewesen, über alles zu sprechen. Sie teilten beide die Überzeugung, dass es bei ihnen um mehr ging als nur darum, dass alte Liebe nicht rostet.

Die Wohnungstür fiel ins Schloss, Krallen kratzten auf den Dielen, und dann kam die uralte Hündin Musti und begrüßte ihr Herrchen. Ratamo streichelte Jussi Ketonens ehemaligen Hund und tastete nach den Knoten unter der Haut an Mustis Bauch. Die ältesten waren schon so groß wie ein Hühnerei, und neue kamen hinzu. Bei der Untersuchung vor einem Jahr war festgestellt worden, dass es sich um gutartige Geschwülste handelte, aber Ratamo hatte die Worte des Tierarztes noch genau im Ohr: »Man sollte die nicht alle wegoperieren, da der Hund bereits so alt ist. Aber ein, zwei Jahre gebe ich Musti noch.«

»Musti hinkt jetzt mehr als bisher mit dem linken Bein«, sagte Nelli und setzte sich neben ihren Vater auf den Teppich.

»Alte Hunde haben doch immer Beschwerden. Musti schafft das schon.«

4

London, Donnerstag, 25. Oktober

Die klare Stimme der berühmtesten pakistanischen Sängerin Hadiqa Kiani erklang in der Küche von Salman Malik und Elina Laine in Wembley aus dem CD-Player.

Salman trug nur Unterhosen und die Halskette »Allahs Schwert«, er trank Joghurt direkt aus dem Becher und grinste bis zu den Ohren, als Elina völlig verschlafen hereintappte und sich die Augen rieb.

»Was ist denn hier los? Wie spät ist es?«, fragte Elina und fuhr sich durch ihr dunkles Haar, um die Frisur in Ordnung zu bringen. Salmans Morgenmantel war ihr viel zu groß, es sah so aus, als wolle sie darin zelten.

»Du fliegst früh mit der ersten Maschine nach Helsinki, und ich stehe vor dem wichtigsten Arbeitstag meines Lebens. Heute bekomme ich die Ergebnisse der Handschriftenanalyse von der Universität York. Falls ... nein, da die so sein werden, wie ich es erwarte, gibt es keinen Zweifel mehr an der Echtheit des *Periculum Islamicum*. Ich habe alles innerhalb von vier Tagen geschafft, das ist doch ziemlich gut, oder?«, sagte Salman Malik so voller Enthusiasmus, dass er beim Trinken um ein Haar die Nasenspitze in seinen Kaffee getaucht hätte.

Elina Laine ging zu ihrem Mann und legte den Kopf an seine Wange. »Mein Artikel ist fast fertig. Ich habe eigentlich überhaupt keine Lust, nach Finnland zu fliegen, wir beide müssten jetzt Urlaub machen.«

»Wie oft haben wir in den letzten Tagen schon darüber geredet?«, fuhr Salman sie an. »Erst die Arbeit und dann das Vergnü-

31

gen. Das *Periculum Islamicum* ist schließlich eine Sensation, seine Veröffentlichung wird der ganzen islamischen Welt nutzen.«

»Islam, Islam, manchmal habe ich das Gefühl, dass du an nichts anderes denkst«, fauchte Elina und verschwand im Bad.

Salman hatte große Lust, Elina hinterherzurennen und seiner Frau die Meinung zu sagen, denn ihr Vorwurf war nicht gerechtfertigt. Schon vor langer Zeit, gleich als sie in eine gemeinsame Wohnung gezogen waren, hatten sie vereinbart, dass Fragen des Glaubens in ihrer Familie Privatangelegenheit sein sollten und dass keiner von beiden versuchte, den anderen zu bekehren. Die Ehe zwischen einem Moslem und einer Christin hatte ihnen ohnehin schon genug Probleme gebracht: Einige seiner Freunde mieden ihn, und Elinas Eltern waren immer noch entsetzt, dass ihre Tochter sich für ihn entschieden hatte.

Elinas Vater war zwar kein offener Rassist, aber doch auf widerwärtige Weise intolerant: Erst hatte er Elina verboten, einen Moslem zu heiraten, und schließlich, als das nicht half, die Verbindung zu seiner Tochter abgebrochen. Elina hatte seit drei Jahren nicht mit ihren Eltern gesprochen.

Salman Malik schaltete den CD-Player aus, marschierte ins Schlafzimmer und kleidete sich schnell an. Zur Feier des Tages zog er das erste Mal den dunkelgrauen Anzug an, den er sich im Herbst in der Savile Row hatte machen lassen. Gerade als er sich die Krawatte umband, klingelte das Telefon.

»Hier ist Vater. Na, wird das heute schon der große Tag, an dem das *Periculum Islamicum* für echt befunden und veröffentlicht wird, so dass die ganze Welt davon erfährt?« Aamer Malik klang gutgelaunt und begeistert.

Salman Malik lachte und setzte sich auf den pakistanischen Samtdiwan. »Du machst ja fast genau so einen Wirbel wie ich. Aber wir sind tatsächlich bereits auf der Zielgeraden, ich bekomme vielleicht schon heute die Bestätigung der Echtheit. Die Pressekonferenz findet frühestens morgen statt.«

»Ausgezeichnet. Auch wenn ich es schon hundertmal gesagt habe: Nochmals herzlichen Glückwunsch, ich bin stolz auf dich. Und von dieser Pressekonferenz kann mich nur eine Macht der Welt abhalten.«

»*Inschallah*«, sagte Salman Malik, er wechselte mit seinem Vater noch ein paar Worte, dann endete ihr Telefongespräch. Er konnte sich nicht erinnern, wann sich sein Vater das letzte Mal so gefreut hatte. Salman bereute, dass er wieder nicht daran gedacht hatte, seinem Vater für all das zu danken, was er für ihn getan hatte, vor allem für die außergewöhnliche Erziehung: Vater hatte ihn und seinen erstgeborenen Sohn Imran ihre ganze Kindheit lang geduldig den islamischen Glauben, Geschichte, Toleranz und Gerechtigkeit gelehrt. Auch Elina hatte er akzeptiert, ohne zu zögern. Das war allerdings keine sehr große Überraschung gewesen, wenn man in Betracht zog, mit welchen Problemen Vater in den siebziger Jahren selbst wegen seiner Heirat mit einer christlichen Britin zu kämpfen gehabt hatte. Aamer Malik war in der Tat der Inbegriff eines toleranten und humanen Menschen. Salman ärgerte es nur, dass zwischen Aamer und Elina in der letzten Zeit Spannungen aufgetreten waren. Vater störte es, dass Elina bei der Heirat nicht den Namen Malik angenommen hatte. Und nach seiner Ansicht trug Elina die Schuld daran, dass sein Sohn verweltlicht war und seinen Glauben nicht mehr so ausübte, wie es sich für einen anständigen Moslem gehörte. Aber am meisten wurmte ihn wohl, dass sowohl ihre Wohnung in Wembley als auch die in Helsinki fast gänzlich mit Elinas Geld gekauft worden waren. Sie hatte nämlich vor Jahren von ihrem Großvater ein beträchtliches Vermögen geerbt. Vater warf Elina vor, sie wäre stolz, was Salman Malik seiner Frau jedoch nie erzählen würde.

»Entschuldigung, dass ich so gequengelt habe. Ich bin einfach zu früh aufgestanden und noch gar nicht richtig wach, und außerdem ärgert mich, dass ich ausgerechnet jetzt nach Helsinki muss.« Die von der Dusche erfrischte Elina setzte sich auf den Diwan und legte die Arme um den Hals ihres Mannes. »Ich will nicht, dass wir im Bösen auseinandergehen.«

Salman zog die Mundwinkel fast bis zu den Ohren. »Wer ist denn hier böse«, versicherte er und überlegte, ob Elina den Bademantel mit Absicht so einladend offen gelassen hatte. Er begnügte sich jedoch damit, seiner Frau einen Kuss zu geben, und ging dann in Richtung Tür.

»Ich rufe abends an, wenn alles klar ist. Wir lassen uns irgendetwas einfallen, wie wir zusammen feiern können, auch ohne in derselben Stadt zu sein. Wir könnten eine Telefonparty machen.«

Elina antwortete gutgelaunt, hörte noch, wie die Wohnungstür geschlossen wurde, und schlug dann mit der Faust aufs Sofakissen. Es war töricht gewesen, wegen Salmans Eifer für den Islam so gereizt zu reagieren, der Mann war ein moderner Moslem und kein Fanatiker, der den Zwang zum Tragen der Burka durchsetzen wollte. Salman ging nur dann und wann in die Moschee, betete gelegentlich, fastete nicht während des Ramadan und gab nicht nur Moslems und moslemischen Organisationen Spenden. Dass Salman nur Halal-Lebensmittel aß, war so gut wie das Einzige, woran man von außen erkennen konnte, dass er gläubig war, und auch das wirkte sich kaum auf ihren Alltag aus. Auf der Verbotsliste standen lediglich Speisen aus Blut, Schweinefleisch und Raubtieren und falsch geschlachtetes Fleisch.

Sie waren beide ausgesprochen tolerant, ihr einziger Streit aus Glaubensgründen betraf damals die Hochzeit: Sie hatte sich eine christliche Trauung in der Kirche gewünscht und Salman eine traditionelle pakistanische Hochzeit. Am Ende hatten sie sich auf einen Kompromiss geeinigt und im Standesamt, im Registry Office, geheiratet. Zum Glück hatte die Hochzeitsreise die unromantische Stimmung bei der Trauung mehr als wettgemacht. Salmans Glaube bereitete Elina derzeit nur in einer Hinsicht Sorgen: Würde Salman verlangen, dass ihre Kinder zu Moslems erzogen wurden, wie es Aamer Malik seinerzeit getan hatte?

Plötzlich fiel ihr Blick auf den Wecker, und sie sprang auf: Bis zum Flug nach Helsinki blieben nicht einmal drei Stunden Zeit, und sie hatte noch nicht einmal angefangen zu packen. Die Sicherheitskontrollen auf dem Flughafen Heathrow konnten heutzutage dank der Terroristen Stunden dauern.

5

London, Donnerstag, 25. Oktober

Ein heftiger Windstoß wirbelte Amy Benners Haar durcheinander, als sie so schnell, wie es die hohen Absätze erlaubten, in Richtung Royal Geographical Society ging. Der Leiter der Gesellschaft, William Norton, hatte sie zu sich beordert, sie sollte persönlich Bericht über den Fund in Valence erstatten, obwohl sie schon zwei Tage zuvor eine ausführliche Zusammenfassung abgeliefert hatte. Während ihres Aufenthalts in Frankreich hatte sich der warme Londoner Herbst in einen nasskalten Frühwinter verwandelt.

Amy war fast genauso gespannt wie am vergangenen Sonntag, als sie das Versteck des *Periculum Islamicum* geöffnet hatten. Laut William Norton interessierte sich einer der britischen Geheimdienste für ihren Fund. Sie hatte noch nie jemanden vom MI5 oder MI6 getroffen, ganz zu schweigen von den anderen Diensten. In Großbritannien wurden in derart rasantem Tempo ständig neue Einrichtungen für Aufklärung und Sicherheit geschaffen, dass es nicht genügte, sorgfältig die Zeitung zu lesen, um auf dem Laufenden zu sein. In jedem Fall war sie erleichtert, weil an der Besprechung auch andere teilnahmen, dann würde Norton ihr diesmal wenigstens keine dreisten Fragen zu ihrem Privatleben stellen oder ein Treffen nach der Arbeitszeit vorschlagen. Es verwunderte sie, dass ein ansonsten so sympathischer und gebildeter Gentleman sich nicht scheute, seine Stellung zu missbrauchen. Anscheinend war Norton einsam.

Als Amy an der Ecke Price Consort Road ankam, sah sie zuerst die runde Konzerthalle Royal Albert Hall und dann Lowther Lodge, den alten Sitz der Königlichen Geographischen Gesellschaft.

Sie arbeitete in diesem roten Ziegelgebäude schon über fünfzehn Jahre, länger als jeder andere Projektleiter. Ärgerlicherweise war sie gezwungen, Norton zu gehorchen wie ein gehorsames Schulmädchen, wenn sie zum Nachfolger des Mannes ernannt werden wollte.

Sie ging an der Büste von Sir Clements Markham in einer Wandnische vorbei zum Haupteingang, durchquerte das Foyer und meldete sich zwei Minuten vor neun Uhr morgens im Zimmer von Nortons Sekretärin. Sie durfte sofort eintreten.

Der grauhaarige William Norton stand auf der weinroten Auslegware mitten in dem von dunklen Möbeln und Bücherschränken mit Glastüren beherrschten Raum und strich über seinen Schnurrbart. »Willkommen, Miss Benner. Das ist Majorin Janet Doherty von den Spezialeinheiten der Armee«, sagte er und deutete mit der Hand auf eine Frau mit Bubikopffrisur, die ein graues Kostüm trug.

»Genauer gesagt diene ich im Aufklärungsregiment SRR. Freut mich, Sie kennenzulernen.« Majorin Doherty gab Amy Benner mit ernster Miene die Hand. Sie war einen Kopf größer als Amy und als William Norton sowieso.

»Also dann. Hast du das *Periculum Islamicum* mitgebracht?«, fragte Norton, noch bevor sich Amy Benner gesetzt hatte.

»Ich habe doch schon am Telefon gesagt, dass Salman Malik nicht bereit war, auch nur darüber nachzudenken, ob er die Sammlung von Verträgen aus der Hand geben sollte. Und das ist auch gut so, man kann das alte Dokument nicht überall herumreichen, es muss untersucht und konserviert werden. Du hast mich doch wohl nicht hierhergebeten, um mich das noch mal erklären zu lassen?« Amy bereute ihren aggressiven Ton sofort. Sie war gezwungen, noch ein paar Jahre durchzuhalten, irgendwann musste sich doch auch Norton pensionieren lassen. Sie sah sich um und versuchte sich zu beruhigen; es schien so, als würden David Livingstone und Ernest Shackleton, deren Porträts an der Wand hingen, tadelnd auf sie herabblicken.

»Aber du hast Salman Malik verboten, über den Fund zu reden? Oder ihn irgendjemandem zu zeigen?«, fragte Majorin Doherty.

»Natürlich. Nur ich, Malik und Elina Laine wissen, was das *Periculum Islamicum* alles enthält. Doch Malik will es möglichst schnell veröffentlichen. Und er ist schließlich der Leiter der Forschungsgruppe in Valence, obwohl ich ... wir es finanziert haben. Der Mann hat etwas Merkwürdiges an sich, er ist geradezu außer sich über diesen Fund.«

»Gut«, sagte Norton laut, obwohl er alles andere als zufrieden aussah. Er setzte sich in den Mahagonisessel an seinem Schreibtisch, der bereits Patina angesetzt hatte, warf sich eine Hustenpastille in den Mund und faltete die Hände. »Ist dieses *Periculum Islamicum* mit Sicherheit echt? Es erscheint mir recht verwunderlich, dass der katholischen Kirche seinerzeit ein derart wichtiges Buch verloren gegangen sein soll.«

»Damals trafen sehr viele Dinge zusammen.« Amy Benner wiederholte geduldig alles, was sie bereits in ihrem schriftlichen Bericht über die Flucht des Papstes und das Schicksal der Dokumentensammlung erzählt hatte.

Doch Norton löcherte seine Mitarbeiterin weiter mit Fragen: »Was hat der Papst befürchtet? Warum wurde das Geheimarchiv aus dem Vatikan weggebracht, das muss doch Tausende Bände enthalten haben? Die jahrhundertealten Pläne der Kirche zur Vernichtung des Islams werden Napoleon ja wohl kaum interessiert haben.«

Amy schüttelte lächelnd den Kopf. »Napoleon wollte in Paris eine große Universalbibliothek gründen, in der die wichtigsten Dokumente und Quellen aus der Geschichte aller von Frankreich eroberten Länder zusammengetragen werden sollten. Im Jahre 1810, gut zehn Jahre nach den Ereignissen von Valence, befahl Napoleon schließlich, alle Archive des Vatikans nach Paris zu schaffen. Sie wurden jedoch sofort im Anschluss an Napoleons Sturz im Laufe der Jahre 1814 bis 1817 nach Rom, genauer gesagt in den Vatikanstaat, zurückgebracht.«

Amy Benner beendete ihre Erklärungen und betrachtete neugierig Majorin Doherty. Durften Offizierinnen der Armee tatsächlich so viel Make-up tragen? Dohertys Gesicht war derart stark gepudert, dass es fast bleich aussah, und die schwarzen Lidschatten ließen ihren Blick durchdringend wirken. »Darf ich übrigens fragen, warum sich das Aufklärungsregiment der Armee für unseren Fund interessiert?«

»Wir haben von diesem Fall dank Herrn Nortons Mitteilung erfahren.« Majorin Doherty brachte mit viel Mühe ein gezwungenes Lächeln auf ihrem blassen Gesicht zustande.

Amy Benner wartete eine Weile vergeblich auf eine Fortsetzung. »Mir scheint, Sie haben meine Frage noch nicht beantwortet«, sagte sie schließlich.

Janet Doherty überlegte einen Augenblick mit betretener Miene, was sie sagen sollte. »Das SRR wurde 2005 ausdrücklich für Fälle dieser Art gegründet. Wir übernehmen die Antiterroraufklärung und ... Problemlösung.«

Sie betrachtete Amy Benner einen Augenblick abschätzend. »Sie können sich bestimmt an den durch die Mohammedkarikaturen ausgelösten Skandal erinnern, er hat die Schaffung des SRR beschleunigt. Ein paar Karikaturen führten dazu, dass die ganze moslemische Welt in Wut geriet, es gab Demonstrationen von Zehntausenden Menschen, Ausschreitungen, einen Boykott dänischer Produkte in vielen moslemischen Ländern, den Abbruch diplomatischer Beziehungen, die Zerstörung dänischer Vertretungen in Syrien, Indonesien und im Libanon ... Eine unserer Aufgaben besteht darin, zu verhindern, dass Großbritannien zum Schauplatz solcher Vorfälle wird.«

Diese Antwort machte Amy nur noch neugieriger. Arbeiteten Nachrichtendienste tatsächlich so? Jetzt wusste sie, warum sich die Majorin mit dem eisigen Blick für das Dokument interessierte, das sie in Valence gefunden hatten, aber sie verstand immer noch nicht, was die Frau von ihr und Norton wollte.

»Sie können sich vielleicht ausmalen, was für eine Reaktion dieses *Periculum Islamicum* hervorrufen wird«, fuhr Doherty fort. »Man kann sich kaum einen besseren Treibstoff für den Hass der extremen Islamisten vorstellen. Die alten europäischen Staaten, unter ihnen England, haben sich ein ums andere Mal verpflichtet, den islamischen Glauben und seine heiligen Stätten zu vernichten und seine Führer zu ermorden.«

»Ich verstehe natürlich den Ernst der Lage«, versicherte William Norton. »Und ich kann garantieren, dass wir, ich und Miss Benner, unser Wissen geheim halten werden. Aber für Salman Malik und seine finnische Journalistenfrau kann ich keine Garantie übernehmen. Sie arbeiten nicht in der Geographischen Gesellschaft, wir haben Maliks Projekt nur finanziert.«

»Das Buch befindet sich also hier in London, an Maliks Arbeitsplatz in der Islamischen Universität?«, fragte Majorin Doherty, und Amy Benner nickte.

Die Majorin setzte sich auf dem lederbezogenen Sessel etwas bequemer hin, die langen Beine nebeneinandergestellt, wie es die Etikette vorschrieb, anscheinend ging ihr etwas durch den Kopf. »Warum haben Sie übrigens Maliks Projekt finanziert, obwohl der Mann an der Islamischen Universität arbeitet?«

»Warum nicht?«, fragte Amy Benner verblüfft. »Die Londoner Islamische Universität ist eine akademische Einrichtung, die sich ausdrücklich auf Lehre und Forschung zur Kultur und Geschichte des Islams konzentriert. Sie ist sehr renommiert.«

William Norton lächelte die Majorin mit gekünstelter Freundlichkeit an. »Außerdem müssen wir auch die ökonomischen Gegebenheiten in Betracht ziehen. Wir erhalten gegenwärtig von reichen arabischen Staaten sehr viel Unterstützung und zahlreiche Spenden.«

Die drei vertieften sich in das Gespräch über die historische Bedeutung des *Periculum Islamicum*, über Salman Malik und Einzelheiten der Ausgrabung in Valence. Majorin Doherty stellte Amy Benner Fragen, die sachkundig, detailliert und logisch wirkten.

Schließlich verebbte die Flut ihrer Fragen. Sie warf einen Blick auf das Porträt des Bergsteigers Edmund Hillary, erhob sich, strich ihren Rock gerade und lächelte kühl. »Sie haben beide vorbildlich gehandelt. Jetzt haben wir Zeit, Vorkehrungen für die Veröffentlichung des *Periculum Islamicum* zu treffen.«

Sobald die Geheimdienstmajorin den Raum verlassen hatte, ging Norton in die Barecke seines Zimmers und griff nach der Whiskykaraffe aus Kristall. »Es tut mir leid, dass du deine Zeit für so etwas opfern musstest. Ich wusste nicht, dass sich die Nachrichtendienste für eure Entdeckung interessieren würden, als ich meinem guten Freund Oliver Watkins davon erzählt habe.« Norton war enttäuscht, dass Amy Benner den Namen seines einflussreichsten Freundes offensichtlich nicht kannte. »Watkins ist der Kanzleichef des Premierministers.«

»Vielleicht sollten wir uns über all das noch einmal ganz in Ruhe unterhalten. Bei einem Dinner etwa, bei mir zu Hause. Wir müssen entscheiden, wie wir die Veröffentlichung des *Periculum Islamicum* bewerkstelligen«, sagte Norton mit selbstsicherer Miene, nahm einen Schluck von seinem Whisky und strich sich über den Schnurrbart.

Amy Benner traute ihren Ohren nicht. Um ein Haar hätte sie ihrem silberhaarigen Vorgesetzten ein paar passende Worte gesagt, doch im letzten Moment gelang es ihr, sich zu beherrschen. Nur noch ein paar Jahre Kooperation mit diesem Mann, so lange musste sie seine Belästigungen am Arbeitsplatz noch aushalten und ihren Ärger schlucken. »Es ist mir immer eine Freude, mit dir zu dinieren, William«, sagte sie ganz ruhig, drückte Nortons ausgestreckte Hand und ging zur Tür.

6

Vaala, Donnerstag, 25. Oktober

Lauri Huotaris Lider waren so schwer wie Blei, als sein Lastzug ins Zentrum von Vaala rollte, dabei war es erst kurz vor fünf Uhr nachmittags, aber schon dunkel. Die fast laublosen Bäume sahen wie verkohlt aus. Am kommenden Wochenende würden die Uhren eine Stunde zurückgedreht, in Finnland musste man sich dann auf die Zeit der Polarnacht umstellen, und die Tage würden noch kürzer werden.

Die letzten neunzig Kilometer von Oulu waren wie im Halbschlaf vergangen, Huotari hatte es nur mit großer Mühe geschafft, wach zu bleiben. Er bremste nicht ab, als er bemerkte, dass er in der Vierzigerzone einer geschlossenen Ortschaft mit überhöhter Geschwindigkeit fuhr. Wenn man fünf Tage lang fast ununterbrochen am Steuer saß, sehnte man sich schon so nach seinem Zuhause, dass einem manches einfach egal war.

Huotari lenkte seinen zweiundzwanzig Meter langen Lastzug mit einem Lkw vom Typ Volvo FH12 auf seinem Hof in die Halle, wischte sich die Hände an den Jeans ab und streckte seinen hundertzwölf Kilo schweren Körper. Nun waren wieder ein paar Groschen vom Bankkredit für dieses Teil abgezahlt. Jetzt fehlten nur noch hunderttausend Euro, dachte Huotari und freute sich, dass er seinen Sinn für Humor nicht verloren hatte. Noch nicht.

Er bewunderte den von »Spritzlackier-Rembrandt« Rikonen gemalten Steinadler auf der Karosserie, der über dem See Oulujärvi schwebte. Das Bild war toll, aber derzeit hätte er die Summe, die er dem Maler dafür hatte hinblättern müssen, besser gebrauchen können.

Die Sonne ging am Südwestufer des Oulujärvi unter, als Huotari neben dem Zementmischer stehen blieb und sein von Gerüsten umgebenes und mit Plastikfolien abgedecktes Haus betrachtete. Er musste ja unbedingt einen neuen Lastzug kaufen und gleichzeitig die Renovierung des Hauses in Angriff nehmen. Der Bankdirektor rief ab und zu an und drängte ihn, die fälligen Darlehensraten zu zahlen, obwohl der Mann sehr wohl wusste, dass er schon mehr Fuhren machte, als das Gesetz erlaubte. Er hatte einfach einen zu hohen Kredit aufgenommen, und natürlich war der Kostenvoranschlag für die Renovierung schon reichlich überzogen worden, gleich von Anfang an hatte er mit Tilgungsaussetzungen und dem Aufschub von Ratenzahlungen manövrieren müssen. Endgültig war er aus dem Zahlungszeitplan gerutscht, als er sich im letzten Winter auf seiner Baustelle die Achillessehne gerissen hatte und lange krankgeschrieben war. Er konnte sich nur so geringe Beiträge zur Unternehmerrente leisten, dass sein Krankentagegeld lediglich für das Allernotwendigste im Haushalt gereicht hatte. In diesem Lande wurden Kleinunternehmer immer noch wie Syphilispatienten behandelt, obwohl die sich abwechselnden Regierungen alle behaupteten, sie würden ihre Interessen vertreten.

Die Dielen in der Veranda knarrten unter den Schritten des schweren Mannes. Huotari schlängelte sich zwischen Farbbüchsen und Baumaterialien hindurch zur Tür und hörte, wie ein Baby weinte und von Katriina beruhigt wurde. Ihre Stimme war genauso angespannt wie die finanzielle Situation ihrer Familie. Huotari öffnete die Tür und ging durch den kleinen Flur in die Küche. Wegen der Renovierung waren nur sie, die Hälfte des Wohnzimmers und ein Schlafzimmer bewohnbar.

»Ach, lässt sich der Hausherr auch mal wieder hier sehen. Du darfst uns im Siitari Pizza holen, in diesem Chaos kommt man nicht dazu, Essen zu machen. Vili schreit von früh bis spät, und Pauliina hat Halsschmerzen.« Katriina Huotari streichelte das Haar eines flachsblonden Mädchens, das in einem Hochstuhl saß, und schaukelte mit der anderen Hand den Kinderwagen. Das schrille Weinen war erstaunlich laut.

Huotari gab Klein Pauliina eine Banane, die er an der Tankstelle gekauft hatte, und verkniff sich den Fluch, der ihm schon auf den Lippen lag. Warum nur erwartete er immer noch, von seiner Frau wenigstens dann und wann ein freundliches Wort zu hören? Er hatte große Lust, Katriina zu sagen, dass dieses ständige Gejammer auch nichts half, aber er fürchtete die Wutanfälle seiner Frau. Als er den Berg Abwasch auf dem Küchentisch und einen undefinierbaren Speiserest auf dem Fußboden erblickte, seufzte er.

»Der Bankdirektor hat wieder angerufen«, zischte Katriina gereizt. »Er meinte, er hätte einen Brief geschickt und du sollst vorbeikommen. Das ist wirklich merkwürdig, da wird schon das ganze Geld auf die Bank getragen, und trotzdem reicht dem das alles nicht. Du solltest versuchen ihm gut zuzureden.«

»Ich werde das schon regeln«, versprach Huotari, obwohl er befürchtete, dass es anders kommen würde. Die Sorgen ballten sich in ihm zu einem harten Klumpen, und als er in die erschrockenen Augen von Klein Pauliina blickte, fühlte er sich noch schlechter. Er suchte im Poststapel auf dem Spiegeltisch im Flur den Brief von der Bank heraus, setzte sich in der Wohnzimmerecke auf den Fernsehstuhl, legte die Beine auf den Hocker und öffnete die Knöpfe seines Flanellhemdes. Er konnte sich nicht erinnern, wann er das letzte Mal in aller Ruhe eine Weile dagesessen hatte, ohne irgendetwas zu tun. Er war so müde, dass ihm schon manchmal schwarz vor Augen wurde.

Mit jedem Satz, den er las, nahm seine Wut zu. »*Sie haben wiederholt die Rückzahlung der Kreditraten versäumt ... wegen Ihrer verschlechterten Schuldendienstfähigkeit ... fordern wir Sie auf, zur Absicherung Ihrer Kredite der Bank zusätzliche Sicherheiten zu erbringen, schon ...*«

Die wollen zusätzliche Sicherheiten für die Kredite, dachte Huotari, das darf doch nicht wahr sein. Er hatte schließlich schon Hypotheken auf sein Fahrzeug und sein Haus aufgenommen, noch etwas Wertvolles besaßen er und Katriina nicht. Darüber war doch wer weiß wie oft gesprochen worden. Der Bankdirektor, ein Jugendfreund von ihm, wusste ganz genau, dass der Unfall im letzten Winter seine Probleme verursacht hatte. Sollte er sich jetzt noch auf die Jagd nach zusätzlichen Sicherheiten machen? Wie konnte es sein, dass man es in diesem Land nicht schaffte, seine Familie zu ernähren, selbst wenn man dafür in einem Ameisenhaufen auf dem Kopf stehen würde?

7

London, Donnerstag, 25. Oktober

In William Nortons Wohnung in Mayfair duftete es nach Entenbrust: Norton hatte sie im Fulhamer Gourmetrestaurant Blue Orange bestellt und sich nach Hause liefern lassen, wie immer, wenn er Damenbesuch bekam, also ein-, zweimal im Jahr. Irgendwie musste ein sechsundsechzigjähriger unscheinbarer Mann doch versuchen, Eindruck zu schinden. Er begriff nicht, warum er sich immer noch um Amy Benner bemühte. Vermutlich war sein Werben um die Frau eine Art zwanghafter Reflex geworden. Dabei schämte sich Norton auch, ihm war sehr wohl klar, dass er seine Position missbrauchte. Und all seine Versuche zeitigten nicht die geringste Wirkung, Amy war wie ein Eisberg, nichts konnte sie beeindrucken. Nicht einmal die Tatsache, dass er in der teuersten Gegend Londons, unmittelbar in der City, wohnte, dass er die Galionsfigur der Royal Geographical Society war und sich in den besten Londoner Kreisen bewegte, oder zumindest in ihrem Dunstkreis.

Norton war überrascht, als der Türsummer genau um sieben Uhr erklang. Endlich war Amy einmal pünktlich, natürlich ausgerechnet an dem Tag, an dem sie sich liebend gern hätte verspäten können. Norton quetschte die Verpackung des Blue Orange zusammen und stopfte sie in den Mülleimer. Das Essen lag schon in der Auflaufform und in der Pfanne; er hatte sogar ein wenig Geschirr und ein Schneidebrett beschmiert, damit die Inszenierung perfekt wäre. Norton blieb vor dem Spiegel stehen, kämmte sein graues Haar und den Schnurrbart, fuhr in die Schuhe mit den versteckten Absätzen und hastete zur Tür.

»Willkommen, Amy, du kommst ja pünktlich. Anscheinend konntest du es gar nicht mehr erwarten, dich über meine Leckerbissen herzumachen.« Norton lachte über die Zweideutigkeit seiner Worte.

Aus dem Restaurant stammen die Leckerbissen, dachte Amy, versuchte zu lächeln und zog den Mantel aus. »Hoffentlich hast du nichts Schweres vorbereitet, bei dem Arbeitspensum der letzten Tage bin ich auch so schon müde.«

Norton hängte Amys Mantel an die Garderobe und betrachtete seine Mitarbeiterin. Amy investierte nicht viel in ihre Kleidung, das brauchte sie auch nicht, mit dieser Figur würde sie selbst in einem Jutesack blendend aussehen. Eine Frau in guter Verfassung war mit vierzig im besten Alter.

»Nimm bitte Platz, Amy. Ich dachte, dass wir erst essen und dabei unsere dienstlichen Angelegenheiten besprechen. Nimmst du einen Aperitif?«

»Nein, danke. Ich möchte nicht mitten beim Abendessen einschlafen«, erwiderte Amy. »Die Untersuchung der Funde von Valence hält einen im Dauerstress, Salman Malik will das *Periculum Islamicum* möglichst bald veröffentlichen. Der Mann schuftet bestimmt auch jetzt dafür. Mal sehen, ob wir die Bestätigung für die Echtheit der Dokumente tatsächlich morgen erhalten. Danach können wir die Einladungen für die Pressekonferenz rausschicken.«

Mit den Gesten eines erfahrenen Kochs trug Norton das Essen auf. Am Ende goss er seinem Gast theatralisch einen Pinot Noir aus Gevrey Chambertin ein und nahm an der Stirnseite seines großen Esstischs Platz. »Bon appétit.«

Amy musste sich eingestehen, dass die gebratene Ente mit karamellisierten roten Zwiebeln und Wacholderbeeren himmlisch schmeckte. Aber Norton hatte diese Delikatesse garantiert nicht selbst zubereitet. Sie hatte immer nur gesehen, wie er die fertigen Gerichte aus seiner Küche heraustrug, über das Kochen sprach er nie.

»Es macht mir Angst, was für ein Höllensturm durch die Veröffentlichung des *Periculum* losbrechen wird«, erklärte Amy, um das Schweigen zu beenden.

»Wem sagst du das. Die Furcht der westlichen Länder vor den Reaktionen der islamischen Welt grenzt fast an Hysterie. Man denke nur an die Opern und Theateraufführungen, die in verschiedenen Teilen Europas in den letzten Jahren aus Angst vor der Wut der Moslems abgesetzt wurden. Da ist doch die Redefreiheit in Gefahr. Und die kürzliche Kritik des Papstes am Islam, die konstruktiv gemeint war, führte zu nichts anderem als zu Wutausbrüchen und diplomatischen Konflikten«, schimpfte Norton und wartete vergeblich darauf, dass sich Amy dazu äußerte.

»Warum wollte die katholische Kirche übrigens solche Verträge abfassen, wie sie das *Periculum Islamicum* enthält? Das Ziel der Kreuzzüge bestand doch ohnehin darin, das islamische Imperium zu unterwerfen?«, fragte Norton nach einem kurzen Augenblick des Schweigens.

»Diese Verträge waren politisch gesehen ein kluger Schachzug. Die bloße Eroberung von Jerusalem hätte den Islam nicht unterdrückt, im Gegenteil, sie hätte die Moslems nur wütend gemacht. Als die Päpste bemerkten, dass es relativ leichtfiel, die europäischen Herrscher zu den Kreuzzügen zu überreden, nutzten sie die Situation für sich aus und brachten die Regenten auf diesem Wege gleichzeitig dazu, sich auch zur Unterstützung der anderen politischen Ziele der Päpste zu verpflichten – wie der Unterdrückung des gesamten Islam.«

Norton nickte. »Genau. Der Islam war für die Kirche eine ungeheure Bedrohung. Man muss bedenken, dass der Islam sein eigenes starkes Heer hatte, im Gegensatz zur katholischen Kirche. Und das moslemische Heer hatte nach dem Tod des Propheten Mohammed im Jahr 632 erst die ganze Arabische Halbinsel erobert, dann Syrien-Palästina, Ägypten sowie den heutigen Iran und Irak. Und in der Mitte des achten Jahrhunderts hatte sich der Islam im Westen bereits bis nach Spanien und im Osten bis ins heutige Pakistan und nach Mittelasien ausgebreitet. Im elften Jahrhundert, als der Islam schon Konstantinopel selbst bedrohte, gab der byzantinische Kaiser Alexios I. Komnenos dann endlich klein bei und bat Papst Urban II. um Hilfe, worauf der Papst die Gelegenheit beim Schopf ergriff und die Kreuzzüge initiierte. Der Papst hatte es das erste Mal geschafft, dass die Staaten für ihn Krieg führten, das war ein großer Sieg des Vatikans. Auch ich kenne die Kirchengeschichte schließlich.«

Das Gespräch versiegte erneut. Norton nahm einen Schluck Wein, strich sich über den Schnurrbart und bemühte sich, bescheiden auszusehen. »Mal etwas ganz anderes. Ich habe während deiner Reise nach Valence erfahren, dass die Queen wahrscheinlich beabsichtigt, mich in Kürze zum Ritter des Commonwealth zu schlagen. Ich habe es von Kanzleichef Watkins erfahren, als ich ihm vom *Periculum Islamicum* berichtet habe.«

»Sir William«, Amy sprach Nortons künftigen Titel übertrieben pathetisch aus. Endlich einmal gute Nachrichten, dachte sie sich. Vielleicht wäre das ihr letzter Besuch in dieser Wohnung. »Bedeutet das dann, dass du die Absicht hast, bald in den Ruhestand zu treten?«

Norton witterte nun seine Chance. Er aß in aller Ruhe seinen Teller leer, wischte sich die Mundwinkel mit der Serviette ab und lehnte sich auf seinem Stuhl zurück. »Genau über diese Dinge müssen wir uns unterhalten: Wie können wir uns am besten gegenseitig helfen? Was können wir füreinander tun?«

So einen unverblümten Vorschlag hatte Norton noch nie gemacht, dachte Amy entsetzt. Wie könnte sie seine lästigen Anmachversuche abweisen, ohne ihre Chancen in der Royal Geographical Society zu verderben? Warum bloß geriet sie immer in solche Situationen? Und warum erniedrigte sich William Norton selbst mit einem derartigen Verhalten?

Plötzlich wurde ohne jede Vorwarnung die Wohnungstür aufgestoßen, Amy und Norton erschraken, und sein Weinglas fiel um. Fünf schwarzgekleidete Männer mit ausdruckslosen Gesichtern traten herein und schlossen die Tür. William Norton und Amy Benner sprangen auf.

»Was zum Teufel soll das? Wissen Sie, wen Sie vor sich haben? Ich kenne …« Nortons angsterfüllter Satz, der zornig wirken sollte, brach ab, als einer der Angreifer eine Pistole vom Typ Sig Sauer P226 zog und den Lauf der Waffe auf Nortons Stirn drückte. Die Männer nahmen ihre Rucksäcke ab, und drei von ihnen verschwanden in den anderen Räumen der Wohnung.

Amy Benner war entsetzt, trotzdem glaubte sie zu verstehen, worum es hier ging. Die Männer sahen relativ jung und durchtrainiert aus und hatten kurze Haare – nur die Uniformen fehlten. Das musste mit dem Besuch der Majorin vom Aufklärungsregiment in der Geographischen Gesellschaft zusammenhängen. Hatte man sie irgendwie in Verdacht? Was glaubten die Eindringlinge hier zu finden?

Die drei Männer hatten den Rest der Wohnung überprüft und kehrten ins Esszimmer zurück, ihr Kommandeur gab ein paar kurze Befehle, worauf zwei der Angreifer Norton packten.

Die Angst loderte in Amy auf, als sie sah, wie die Männer Norton eine an einem Lederriemen befestigte Kugel in den Mund stopften, die Bänder des Knebels um den Kopf legten und mit einer Schnalle festzogen. Der Lederriemen bedeckte den Mund, so dass Norton nur durch die Nase atmen konnte.

Amy holte tief Luft und schrie, so laut sie konnte, irgendjemand musste das doch hören. Zwei der Männer stürzten sich auf sie. Amy versuchte sich loszureißen, zerrte und trat, obwohl ihr klar war, dass sie sich nicht befreien könnte, sosehr sie sich auch widersetzte. Die Eindringlinge packten fester zu, einer der Männer hielt ihren Kopf so, dass sie nur einen kleinen Teil des Raumes sah. Norton winselte vor Angst und Entsetzen, und das Geräusch bohrte sich in ihren Schädel. Dann schleppte man sie beide ins Schlafzimmer.

Sie spürte, wie ein grober Stoff fest auf ihren Mund gedrückt wurde. Panik erfasste sie, vergeblich bemühte sie sich, durch den dicken Stoff hindurch Luft zu holen. Im eisernen Griff der Männer konnte sie ihren Kopf oder Körper nicht bewegen, sosehr sie sich auch anstrengte. Ihre Lungen schienen zu platzen, die Sekunden vergingen, sollte sie so sterben? Warum streute der Mann, der die Befehle gab, ein weißes Pulver auf ein Taschentuch?

»Jetzt!«, brüllte er. Das Stück Stoff vor Amy Benners Mund wurde weggerissen, und der Anführer drückte ihr ein mit Kokain bestäubtes Taschentuch aufs Gesicht. Amy holte heftig und tief Luft und atmete gleichzeitig etliche Gramm reines Kokain ein. Die Droge wirkte sofort, Blut brach aus ihrer Nase und lief über ihren Mund, sie zuckte und wurde von Muskelkrämpfen geschüttelt, dann stürzte sie zu Boden und erstarrte in einer unnatürlichen Haltung.

Jetzt war Norton an der Reihe, der mit einem Knebel zum Schweigen gebracht und vor Entsetzen gelähmt war. Die Männer befestigten an seiner Nase eine Kappe aus Metall. Durch ihre zwei kleinen Löcher bekam man ein wenig Luft, aber nicht genügend. William Norton würde langsam ersticken.

Zwei der Männer leerten ihre Rucksäcke auf den Fußboden des Schlafzimmers, während die anderen Norton und die leblose Amy Benner auszogen. Sie rieben Nylonseile auf der Haut ihrer Opfer hin und her, dann wurden an Nortons Hand- und Fußgelenken Stahlfesseln angelegt und die Seile daran festgebunden. Norton wimmerte wütend, als die Männer ihn hochhoben und bäuchlings auf das breite, mit Kissen bedeckte Bett legten. Alle vier Seile wurden an den Bettpfosten befestigt und so straff gezurrt, dass Norton wie ein zum Trocknen aufgespanntes Fell aussah.

Amy Benner zogen sie ein weißes Korsett und schwarze Stöckelschuhe an, die man aus ihrer Wohnung geholt hatte. Zum Schluss streute der Mann, der Amy Benner umgebracht hatte, ein wenig von der Droge auf ihr Korsett und strich mit dem Taschentuch voller

51

Kokain über ihre Hände und über den blutbefleckten Teppich. Die Eindringlinge beseitigten noch schnell ihre Spuren, dann waren sie fertig. Vier der Männer verließen die Wohnung, einer aber setzte sich im Schlafzimmer bequem auf den Fußboden und verfolgte, wie der Leiter der Königlichen Geographischen Gesellschaft nach Luft rang. Die später eintreffenden Polizisten würden leicht schlussfolgern können, was geschehen war: Amy Benner hatte ihren Liebhaber William Norton für Sexspiele gefesselt und dann mit Kokain ihre eigene Erregung gesteigert, mit verhängnisvollen Folgen. Norton seinerseits war, festgebunden an sein Bett, erstickt, mit verstopftem Mund und Kissen im Gesicht.

Nach einer Stunde war Norton an Sauerstoffmangel gestorben. Der Zeuge seines Todes entfernte die Kappe von Nortons Nase, stopfte ein dickes Kissen unter sein Gesicht und verließ die Wohnung.

Die Inszenierung war perfekt.

8

Helsinki, Donnerstag, 25. Oktober

Man hörte ein gedämpftes Geräusch, als Arto Ratamo im Hörsaal der Polizeifachhochschule in Otaniemi der Kugelschreiber aus der Hand fiel. Er zuckte zusammen, wurde wach, sah sich verstohlen um und stellte beruhigt fest, dass niemand sein Einnicken bemerkt hatte. Der Mann am Pult war ein so langweiliger Redner, dass die Zuhörer schon anfingen zu gähnen, als er am Beginn des Vortrags seinen Namen und seinen Titel genannt hatte: Polizeidirektor Arvo Hirvikoski, Leiter des Bereichs für Internationale Beziehungen der Abteilung Polizei im Innenministerium. Ratamo musste hier sitzen, obwohl er furchtbar müde war. Der neue Chef der Sicherheitspolizei Erik Wrede hatte allen SUPO-Mitarbeitern, deren Dienst es zuließ, befohlen, sich abends um sechs anzuhören, welche Auswirkungen die neue, am 1. August in Kraft getretene Verfassung der EU auf die Arbeit der finnischen Sicherheitspolizei haben würde.

Dass auch der andere finnische Nachrichtendienst vertreten war, bemerkte Ratamo, als ihm ein Offizier in Uniform zunickte, der eine Reihe weiter unten saß. Commodore Enman war ein alter Bekannter von ihm und kürzlich neuer Aufklärungschef der Armee geworden. Ratamo fragte sich, warum man anstelle der Aufklärungsabteilung des Generalstabs, die sich jahrzehntelang um die militärische Aufklärung Finnlands gekümmert hatte, nun eine neue Aufklärungszentrale gegründet hatte. Lag das an der neuen militärpolitischen Situation Finnlands, am zusätzlichen Arbeitspensum durch den Krieg gegen den Terrorismus oder einfach daran, dass die Herren da oben versessen waren auf Strukturreformen?

»Wie wir alle gut wissen, wurde die EU-Verfassung in den letzten anderthalb Jahren mit allerlei Schachzügen und enormem politischen Druck in allen EU-Mitgliedsländern durchgeboxt und trat in Kraft ...«

Ratamo fuhr zusammen, als sich sein Telefon in der Tasche mit Vibrationen bemerkbar machte. Dutzende tadelnde Blicke hefteten sich auf ihn, bis er das Teil zum Schweigen gebracht hatte. Die Hand tat wieder weh, obwohl er eine doppelte Dosis Schmerztabletten genommen hatte. Hoffentlich fand jemand etwas Belastendes über den syrischen Beißer al-Atassi heraus, damit man ihn ins Gefängnis stecken konnte.

»... und auf der Grundlage von Kapitel zwei der EU-Verfassung verpflichtet sich Finnland zur gemeinsamen Verteidigung der EU, wie auch alle anderen EU-Mitgliedstaaten. Diese Verpflichtung bedeutet dann, wenn irgendein Mitgliedstaat Opfer eines bewaffneten Angriffs wird, dass die anderen Mitgliedstaaten ihm mit allen zur Verfügung stehenden Mitteln Unterstützung und Hilfe leisten müssen. ›Das hat keinen Einfluss auf den speziellen Charakter der Sicherheits- und Verteidigungspolitik bestimmter Mitgliedstaaten‹, heißt es in dem Abschnitt weiter.«

Der Polizeidirektor machte einen ganz gelassenen Eindruck, als er plötzlich seinen Vortrag unterbrach, gemächlich in die Mitte des Vorlesungssaals ging, neben einem bärtigen Mann, der eingeschlafen war, stehen blieb und tief Luft holte. »In Hinsicht auf die finnische Neutralitätspolitik stellt dieser von mir zuletzt angeführte Satz nichts weiter dar als leere Worte, denn ein Land, das sich mit zahlreichen NATO-Ländern zusammen zur gemeinsamen Verteidigung verpflichtet, kann ja keinesfalls neutral sein!« Das Gebrüll sorgte dafür, dass der Mann aus seinem Nickerchen hochschreckte und fast zwanzig Zentimeter in die Höhe schnellte. Im Publikum hörte man gedämpftes Lachen.

Der Polizeidirektor kehrte ans Rednerpult zurück und wippte auf den Hacken wie ein Schuldirektor. »Finnland ist also seit dem

Inkrafttreten der EU-Verfassung kein neutraler Staat mehr, weil wir verpflichtet sind, militärische Hilfe zu leisten, wenn ein anderer EU-Mitgliedstaat angegriffen wird.«

Eine etwa dreißigjährige rothaarige Frau auf dem Platz neben Ratamo beugte sich zu ihm hin. »Viele haben zu dieser Interpretation eine etwas andere Meinung.«

Ratamo lachte kurz. »Natürlich. Irgendwie müssen die Politiker den Bürgern ja erklären, wie es ihnen gelungen ist, uns ohne Volksabstimmung in ein Militärbündnis hineinzuziehen.«

Seiner Ansicht nach wurden die finnischen Politiker und ganz nebenbei auch das finnische Volk wieder einmal an der Leine herumgeführt wie willenlose Schafe. Aus welchem Grund mussten die finnischen Politiker immer von einem Extrem ins andere fallen? Die Landwirtschaft beispielsweise wurde bis Ende der achtziger Jahre mit Subventionen überschüttet wie mit Dünger, aber heutzutage musste ein Bauer Hunderte Hektar schuldenfreies Land besitzen, um wenigstens einigermaßen gut von seinem Hof leben zu können. In der Militärpolitik hatte es bis in die neunziger Jahre zwangsläufig eine Schieflage in Richtung Osten gegeben, danach stürzte man sich Hals über Kopf in die EU und mit der Annahme deren neuer Verfassung in das westliche Militärbündnis. Und jetzt wurde auf einmal auch die Effizienz der staatlichen Verwaltung nach einem jahrzehntelangen Dornröschenschlaf erhöht, und zwar in einem Tempo, dass die Politiker selbst nicht mehr mitkamen.

Ratamo kämpfte mit wechselndem Erfolg gegen den Schlaf und die Langeweile, bis er hochschreckte, weil gedämpfter Applaus zu hören war und die Seminarteilnehmer aus dem Vorlesungssaal hinausströmten. Es war an der Zeit, dass er seine jährliche Portion Elchfleisch abholte.

* * *

»*A man knocked upon my door said >Don't you know you're gonna die some day ...<*« J. J. Cales raue Stimme entschwand durch die undichten Stellen im Verdeck des VW-Cabrios nach draußen. Arto Ratamo schaltete vor dem tollen zweistöckigen Haus seines Freundes Timo Aalto in Kuusisaari erst die Stereoanlage und dann den Motor aus und fragte sich zum x-ten Male, wie man mit einer Programmierungsfirma so viel Geld machen konnte. Er angelte sich den zehn Liter fassenden Plastikeimer vom Rücksitz, stieg aus und sah den Spitznamen seines Freundes auf der Stange eines sportlichen Herrenmountainbikes – Himoaalto. Auch er hatte etwas zu diesem Geschenk zu Aaltos vierzigstem Geburtstag beigesteuert. Lärm aus der Garage ließ ihn auf halbem Wege zum Haus stehen bleiben. Er öffnete die Seitentür der Garage, erkannte den Text von Leonard Cohens Titel »The Butcher« und stöhnte. Himoaalto schlug mit einer blutigen Axt ein Mal, ein zweites und noch ein drittes Mal auf einen Elchrumpf ein, der an einem Haken hing, bis sich endlich ein Fleischklumpen löste. Dann wischte er sich die Hände an der Schürze ab, die irgendwann vor langer Zeit weiß gewesen war, und stopfte das blutige Stück Elch in den Fleischwolf.

»Aha, hier geht man an einem Donnerstagabend seinen häuslichen Pflichten nach«, rief Ratamo, um den Lärm des elektrischen Fleischwolfs zu übertönen, was Himoaalto auffahren ließ.

»Jag mir keinen Schreck ein, Menschenskind, ich bin nicht in bester Verfassung. Gestern ist es spät geworden, ich war im Restaurant Kappeli auf der ersten Weihnachtsfeier dieses Jahres.«

Ratamo schüttelte den Kopf. »Solche schweren Arbeiten sollte man lieber nicht machen, wenn man einen Kater hat. Du kriegst noch einen Herzschlag.«

»In diesem Zustand sollte man gerade etwas zu Hause machen. Wenn du mit einem Brummschädel dritten Grades in die Stadt gehst, dann halten Blinde das Pfeifen deiner Leber für das akustische Ampelsignal an der Ampel.«

Ratamo warf seine Öltuchjacke auf die Hobelbank und zeigte Himoaalto den Text auf seinem T-Shirt: »Wenn die ganze Welt eine Bühne ist, wo steckt dann das Publikum?«

»Das da ist für dich reserviert, etwa fünf Kilo Braten und der Rest Rippchen und Suppenfleisch«, sagte Aalto und wies mit der blutverschmierten Hand auf den Haufen Fleisch, der auf einer Zeitung lag.

»Übrigens habe ich gehört, dass Riitta wieder in der Korkeavuorenkatu eingezogen ist. Du hattest wohl nicht vor, das deinen Freunden zu erzählen?«, knurrte Aalto.

Ratamo hatte geahnt, dass er sich deswegen einiges würde anhören müssen. Seine Frauengeschichten waren in den letzten Jahren so verwickelt gewesen, dass er keine Lust gehabt hatte, seine Freunde bei jedem Treffen auf den neuesten Stand zu bringen, was sein Privatleben anging.

»Wahrscheinlich hast du gebetet: Komm wieder zurück, wenigstens aus Mitleid«, spottete Himoaalto.

»Mitleid bekommt der Mensch umsonst, nur den Neid muss man sich verdienen«, erwiderte Ratamo.

»Hoffen wir mal, dass es im Bett noch klappt, auch in der zweiten Runde.«

»Sex ist wie ein Fallschirm, wenn er beim ersten Mal nicht funktioniert, dann kommt man selten dazu, es noch einmal zu probieren.«

Himoaalto lachte.

»Wann ist denn die Geschichte davor zu Ende gegangen, die mit der Bildhauerin, Ilona?«

Ratamo stellte seinen Eimer auf die hölzerne Arbeitsfläche und griff nach einem großen Fleischklumpen. »Das ist schon eine Weile her, die Beziehung dürfte an ihrer Unmöglichkeit gescheitert sein.«

Die beiden wechselten noch ein paar Worte und vereinbarten, in der darauffolgenden Woche Federball zu spielen, dann verabschiedete sich Ratamo von seinem Freund, trug den Eimer mit Elchfleisch in sein Auto und dachte an seine vorherige Freundin Ilona. Sie hatten zwar auch gute Zeiten miteinander verbracht, aber man musste der Wahrheit ins Auge blicken: Aus einer Künstlerin, die in den höchsten Sphären schwebte, und einem Polizisten, der durch die düsterste Wirklichkeit watete, wäre nie ein gutes Paar geworden.

9

London, Freitag, 26. Oktober

Ein Jubelschrei schallte durch das Arbeitszimmer in der Islamischen Universität im Westlondoner Stadtbezirk Ealing. Salman Malik hatte gerade die E-Mail des Instituts für Archäologie der Universität York gelesen. Das war die letzte Antwort, die er brauchte, jetzt konnte er sicher sein: Das *Periculum Islamicum* war echt. Salman Malik rieb sich die Augen, er musste noch eine Weile durchhalten, obwohl es schon kurz vor fünf Uhr morgens war. Er würde das Material zusammenstellen, ein paar Stunden auf dem Sofa in seiner Gelehrtenkammer schlafen und das *Periculum Islamicum* dann am Vormittag der Royal Geographical Society präsentieren, dem Hauptgeldgeber für sein Forschungsprojekt. Und wenn alles gut lief, dürfte er bald eine aufsehenerregende Pressekonferenz für die internationalen Medien leiten. Das würde sein großer Tag werden.

Salman Malik öffnete den obersten Knopf des Hemdes von Turnbull & Asser und krempelte die Ärmel hoch. Er nahm die leere Thermoskanne, schüttete die letzten Tropfen Kaffee und ein bisschen warme Luft in seinen Becher und biss ein Stück von der *Sabzi Samosa* ab, einer gefüllten Gemüsepastete. Es schien, als hätte ihn das Schicksal seit seiner Kindheit auf diesen einen Augenblick hingeführt. Erinnerungen wurden in ihm wach: die anstrengenden Vorträge seines Vaters über den Islam, die Ethik und Moral; die einsamen Jahre im Internat Jamia Al-Karam, die alles verändernden Vorstellungen seines großen Bruders Imran, die Universitätsjahre in Cambridge, die ehrenamtliche Arbeit in allen möglichen britischen moslemischen Organisationen. Er hatte eine knochenharte

Schule durchlaufen müssen, um an diesen Punkt zu gelangen, an dem er sich jetzt befand. Doch schon bald würde er seinen Ruhm genießen können, Blitzlichtgewitter erwartete ihn, Vortragsreisen, die ungeteilte Aufmerksamkeit der ganzen Welt ...

Überrascht von sich selbst, hielt Salman Malik inne: Seit wann war das *Periculum Islamicum* für ihn einzig und allein der Schlüssel zu seinem eigenen Erfolg – und keine archäologische Entdeckung mehr, die den gemeinsamen Interessen der moslemischen Gemeinschaft der ganzen Welt diente? War er schon genauso maßlos ehrgeizig und erfolgshungrig geworden wie sein Bruder Imran? Er zwang sich, seine Gedanken zu mäßigen, gerade in solchen Augenblicken offenbarte sich der wahre Charakter eines Menschen. Er durfte nicht vergessen, was sein Vater ihn über die Demut gelehrt hatte. Ohne das hätte er sich nie für die Verteidigung der Rechte der Moslems begeistert. Aber seine internationale Pressekonferenz würde er mit einer Danksagung an Imran beginnen, der Bruder hatte aus ihm einen selbstsicheren und ehrgeizigen Islamisten gemacht.

Alles war bereit für die Veröffentlichung des *Periculum Islamicum*: Er hatte die Handschrift aller Schreiber der Verträge mit ihren anderen, als echt beglaubigten Schriften verglichen; Form und Wortwahl der Verträge stimmten mit ihren Datierungen überein; das Leder des Einbands war etwa tausend Jahre alt, und auch das Pergament, das Papier und die Tinte der Verträge hatten das richtige Alter. Keinerlei moderne Materialien, Chemikalien oder Farbstoffe waren verwendet worden, man hatte die Verträge eindeutig zu unterschiedlichen Zeiten abgefasst, die Handschrift der einzelnen Texte wich deutlich voneinander ab. Und das Allerwichtigste: die Siegel der Päpste und Könige waren echt.

Salman Malik war zufrieden, aber todmüde. Doch er musste für die Besprechung in der Geographischen Gesellschaft noch eine Zusammenfassung schreiben und die aussagekräftigsten Passagen des *Periculum Islamicum* kopieren. Er nahm die Vertragssammlung, ging bis ans Ende des langen Flures, schlüpfte in den Post- und Kopierraum und zog von den wichtigsten Verträgen des *Periculum* zehn Kopien.

Irgendwo splitterte Glas, Salman Malik lauschte angespannt. Warfen Hooligans wieder Steine in die Fenster der Universität? Nach dem letzten Terroranschlag in London hatten sich in dieser Gegend fast jede Woche betrunkene jugendliche Müßiggänger ausgetobt, sobald die Clubs schlossen, und ihre Aggressionen gegen alles gerichtet, was sie an Moslems erinnerte.

Plötzlich hörte man eilige Schritte im Treppenflur. Waren sie in die Universität eingebrochen? Es hatte doch nicht etwa jemand vor, die Uni auszurauben, was sollte es denn hier schon zu stehlen geben? Fast hätte Salman Malik das *Periculum Islamicum* fallen gelassen, als ihm plötzlich klar wurde, was er für ein Buch in den Händen hielt: Es würde die anderthalb Milliarden Menschen umfassende moslemische Gemeinschaft auf der ganzen Welt in Wut versetzen. So mancher Staat würde sonst etwas dafür bezahlen, wenn er das *Periculum* geheim halten könnte, vielleicht auch Großbritannien.

Er versuchte ruhig zu bleiben, er durfte nicht zulassen, dass seine Phantasie mit ihm durchging. Vielleicht waren das nur die Männer vom Wachdienst auf ihrem nächtlichen Kontrollgang, oder ein Mitarbeiter, der unter Schlaflosigkeit litt, war früh zur Arbeit erschienen. Vielleicht. Er öffnete die Tür einen Spalt, spähte vorsichtig hinaus auf den düsteren Flur. Vor seinem Arbeitszimmer stand jemand. Zwei, drei breitschultrige Männer in dunklen Anzügen mit kurzem Haar konnte Malik erkennen, dann sah er, dass einer von ihnen eine Waffe in der Hand hielt. Auch der andere Eindringling war bewaffnet und der dritte ebenso. Salman zog den Kopf zurück, und die Tür knallte im selben Moment zu, als auf dem Gang Gepolter zu hören war. Sein Herz hämmerte. Was zum Teufel war hier los? Das musste mit dem *Periculum* zusammenhängen.

Es dauerte eine Weile, bis sich Salman Malik so weit beruhigt hatte, dass er wieder klar denken konnte. Wenn die Einbrecher ihn suchten, dann wollten sie das *Periculum Islamicum*, das war sicher. Jemand wollte die Veröffentlichung des Buches und den Hassausbruch in der islamischen Welt verhindern. Jeder Versuch, vor den bewaffneten Männern zu flüchten, wäre sinnlos. Wer steckte dahinter?

Seine Überlegungen brachen ab, als er bemerkte, dass er das Faxgerät anstarrte, ihm war auf einmal klar, wie er diese Situation meistern könnte. Das *Periculum* musste veröffentlicht werden, die Welt musste die Wahrheit über die empörenden Pläne der katholischen Kirche und der westlichen Länder zur Vernichtung des Islams erfahren. Er würde die wichtigsten Verträge des *Periculum* per Fax an die Presse schicken und danach das Buch ohne einen Mucks den Einbrechern überlassen. Wenn sie erst mal das Buch bekommen hatten, würden sie ihm kaum etwas antun. Er musste handeln, bevor die Bewaffneten ihn fanden.

Salman Malik holte sein Handy heraus, rief die Auskunft an und fragte im Flüsterton nach den Faxnummern der Nachrichtenredaktionen des *Daily Telegraph*, des *Guardian*, des *Independent* und der *Times*.

Mit einem Knopfdruck als Serie an alle Nummern senden, verdammt, wie bediente man dieses Gerät, wie musste man die Blätter einlegen ...? Malik holte tief Luft, er musste jetzt die Ruhe bewahren, dieses Fax hatte er schon Dutzende Male benutzt.

Endlich blinkte das Ding grün und schluckte das erste Blatt. Aber Salman Maliks Puls hämmerte weiter rasend schnell, und sein Mund war wie ausgetrocknet. Warum hatten die Einbrecher an der Tür seines Zimmers ihre Waffen gezogen? War er in Gefahr? Müsste er Elina warnen? War Elina in Sicherheit ...?

Erst war ihre Nummer besetzt, aber beim zweiten Versuch meldete sich seine Frau endlich.

»Ich bin in der Universität, hier ist etwas Merkwürdiges im Gange. Auf dem Flur sind bewaffnete Männer. Anscheinend suchen sie mich. Was ...«

Elina unterbrach ihn: »Soll das ein Witz sein?«

»Das ist mein voller Ernst, wahrscheinlich bist du auch in Gefahr, sie suchen garantiert das *Periculum*.«

In der Leitung herrschte für einen Augenblick Schweigen, als Elina tief Luft holte. »Bewaffnete Männer – was denn für Männer? Ist das ein Raubüberfall oder …«

»Junge Männer in dunklen Anzügen, sie sehen wie britische Soldaten aus. Ich muss jetzt die Polizei anrufen, und du solltest dich dort in Finnland in Sicherheit bringen. Ich rufe wieder an, sobald ich kann«, sagte Salman Malik hastig, brach das Gespräch ab und tippte die Nummer seines Vaters ein. Vater hatte Beziehungen; wenn die Einbrecher von den Behörden geschickt wurden, konnte er vielleicht helfen.

Das Telefon schien eine Ewigkeit zu klingeln, dann wurde er auf die Mailbox umgeleitet. Salman Malik sprach im Blitztempo eine leicht entschärfte Fassung von dem auf, was er eben Elina berichtet hatte. Er wollte den alten Mann nicht erschrecken und durcheinanderbringen. Jetzt würde er die Polizei anrufen …

In dem Moment hörte Salman Malik, wie die Schritte draußen lauter wurden, jemand näherte sich dem Kopierraum. Ganz in der Nähe wurde eine Tür geöffnet und geschlossen. Höchste Eile war geboten.

Malik zuckte zusammen, als das Gerät zweimal piepte, die Seiten waren erfolgreich versendet worden. Er nahm rasch die Blätter heraus, steckte sie ins *Periculum*, griff nach der Klinke und erstarrte. Jetzt musste er sich ganz normal verhalten, er würde sagen, dass er Kopien vom *Periculum Islamicum* gemacht hatte, und den Einbrechern das Buch aushändigen. Und er brauchte ja nicht einmal zu lügen. Er versuchte sich zu beruhigen, schloss die Augen und sah ein Bild von seiner Hochzeitsreise auf den Seychellen vor sich: Elina lag splitternackt auf dem weißen Sand, die türkisblauen Wellen leckten an ihren und seinen Fußsohlen …

Salman Malik öffnete die Tür, trat auf den Flur und erblickte vor

sich einen Mann im dunklen Anzug. Die Gestalt kam auf ihn zuge-
stürzt, und Sekunden später lag Malik bäuchlings auf dem Fußboden, der Gestank des Desinfektionsmittels stach ihm in die Nase.
Der Mann drückte ein Knie zwischen seine Schultern und zog so
an seinem linken Arm, dass er vor Schmerz Sterne sah.

Weitere Männer kamen herbeigerannt. Jemand zog das *Periculum Islamicum* unter seiner Schulter hervor und blätterte im Licht
einer kleinen Led-Leuchte eine Weile darin. »Warum hast du von
den Verträgen Kopien gemacht?«, fragte der Mann in fehlerlosem
Englisch.

»Ich stelle seinen Inhalt heute denen vor, die mein Projekt finanziert haben. So eine Rarität kann man nicht jedem in die Hand geben, ich werde Kopien an meine Zuhörer verteilen.« Malik bemühte sich, überzeugend zu klingen, aber die Angst ließ seine
Stimme zittern.

Er wurde hochgehoben, in sein Zimmer geschleppt und auf den
Stuhl gesetzt. Salman Malik spürte, wie die Angst nachließ, die
Männer wollten nur das Buch, er hatte richtig vermutet. Gerade als
er den Mund öffnete, um etwas zu fragen, rauschte eine etwa einen
halben Meter lange Eisenstange herab und traf seinen Kopf. Salman
Malik hörte noch, wie sein Stirnbein brach, spürte aber keinen
Schmerz mehr, als sein gespaltener Schädel auf die Tischplatte
krachte.

Die Killer verteilten sich auf die Räume. Sie zerschlugen alles,
was ihnen unter die Finger kam, stießen alle Möbel um, die nicht
am Fußboden oder an der Wand festgeschraubt waren, und warfen
Bücher und Unterlagen aus den Regalen. Einer malte mit roter
Sprayfarbe Parolen an die Wände: MUSLIMS OUT OF BRITAIN
… GO HOME OR DIE!

10

Helsinki, Freitag, 26. Oktober

Elina Laines sechzig Quadratmeter große Dachgeschosswohnung sah genau so aus, wie sie sein sollte – rein und makellos. Die Scheiben der Bogenfenster mit dem Blick über die Dächer von Helsinki glitzerten blitzblank, der Lack des Parketts glänzte, und die Stahloberflächen der Haushaltsgeräte in der offenen Küche funkelten. Alles stand millimetergenau an seinem Platz, nirgendwo war Staub oder Schmutz zu sehen, und die Geräusche Helsinkis drangen so gut wie gar nicht durch die extra isolierten Fenster herein. Elina fühlte sich in ihrem Zuhause in Töölö nicht richtig heimisch, in ihrer gemeinsamen Londoner Wohnung gefiel es ihr bedeutend besser. Zum Glück brauchte eine freie Journalistin nicht lange Zeit am selben Ort zu bleiben. Und zum Glück hatte sie von ihrem Großvater, einem Textilfabrikanten, so viel Geld geerbt, dass sie nicht überlegen musste, was wie viel kostete.

Es war kurz vor sieben Uhr morgens, und Elina Laine lag wach in ihrem Bett. Der Arbeitsstress hatte nachgelassen, und nun gingen ihr alle anderen, unerledigten Dinge durch den Kopf. Sie wusste, dass sie nicht wieder einschlafen würde, das passierte ihr immer, wenn sie in der Morgendämmerung aufwachte, weil ein Alptraum oder ungelöste Probleme bei der Arbeit sie plagten. So war sie seit ihrer Kindheit: schreckhaft, scheu, ängstlich – und voller Energie. In Hinsicht auf ihre Arbeit funktionierte diese Kombination anscheinend gut. Es war ihr in den kaum fünf Jahren ihrer Journalistenlaufbahn gelungen, sich in der Zeitungswelt einen Namen zu machen. Ihre Artikelserie über die aussterbenden Sprachen im Amazonasgebiet war eine kleine Sensation gewesen, damit hatte sie den Durchbruch geschafft. Vielleicht würde die Story über das *Periculum Islamicum* einer der wichtigsten Artikel aller Zeiten im *National Geographic* werden ...

Elina tastete nach der Fernbedienung. Das Kopfende des motorisierten Bettes hob sich surrend an, und ihr dünner, hundertneunundfünfzig Zentimeter großer Körper glitt auf dem Seidenlaken nach unten. Die Halogenleuchten an der schrägen Decke vier Meter über ihr gingen automatisch an, als sie den Fuß auf das beheizte Parkett setzte.

Sie war wochenlang nicht hier gewesen, hatte die Rückkehr nach Helsinki aber trotzdem als beklemmend empfunden. Diese Stadt war gleichgültig und übermäßig effizient geworden, so wie ganz Finnland. Oder waren es ihre Erinnerungen, die alles schlechtmachten, was mit Finnland zusammenhing? Vermutlich würde sie es nie schaffen, das gestörte Verhältnis zu ihren Eltern in Ordnung zu bringen: Vater hatte getobt, als sie ihnen mitgeteilt hatte, dass sie die Absicht habe, einen moslemischen Mann zu heiraten. Erst hatte er ihr wie einem kleinen Mädchen verboten, Salman zu treffen, und als sie daraufhin wütend geworden war und ihrem Vater ins Gesicht gelacht hatte, war er noch mehr in Rage geraten und hatte geschworen, dass er nichts mehr mit seiner Tochter zu tun haben wolle, wenn sie einen Moslem heiratete. Und die Männer der Familie Laine hielten ihre Versprechen, wenn sie auch noch so unsinnig waren. Elina wunderte sich freilich immer noch, dass Mutter sich auf Vaters Seite gestellt hatte.

Während dieses Finnlandaufenthalts würde sie die Vergangenheit jedenfalls nicht vergessen können, das war sicher. Beim Begräbnis ihrer Tante Kaisa aus Hyvinkää am Sonntag würde sie wohl oder übel allen Verwandten begegnen, auch Vater. Aber hingehen musste sie, das war klar, sie hatte es Kaisa, ihrer liebsten Verwandten, der jüngsten Schwester ihrer Mutter, seinerzeit versprochen. Die alleinstehende Kaisa war stets für sie da gewesen und hatte sich immer ihre Sorgen angehört, mit ihr konnte Elina damals wie unter

Freundinnen über ihre Probleme in der Teenagerzeit reden. Vielleicht hatte dieser Besuch in Finnland auch seinen Nutzen: Hier könnte sie in Ruhe ihren Artikel über das *Periculum Islamicum* fertigstellen, und die Begegnung mit den Eltern half ihrem Vater vielleicht, seine Entscheidung zurückzunehmen.

Elina versuchte sich aufzumuntern, schließlich stand es doch gut um ihre Angelegenheiten: Es war ihr gelungen, ihren Traumberuf zu ergreifen, und sie hatte einen wunderbaren Mann an ihrer Seite. Und wenn der Artikel über das *Periculum* weltweit für Aufsehen sorgte, würde es mit ihrer Karriere steil bergauf gehen.

Sie stand auf, streckte und dehnte sich genüsslich, schlurfte in die Küche und fuhr sich dabei durch ihr kurzes hochstehendes Haar. Dann schüttete sie anderthalb Deziliter Saft aus Blutpampelmusen und Orangen in ein Glas und trank ihre Dosis von sechzig Kalorien in einem Zug aus, während sie gleichzeitig auf die mit einem Magneten an der Kühlschranktür befestigte Kalorientabelle blickte. Die kannte sie auswendig. Der Saft belebte sie ein wenig, und die Dusche würde sie endgültig wach machen. Wenn Salman doch nur hier wäre. Oh, sie hatte vergessen, ihren Liebling wie versprochen abends anzurufen. Salman dachte sicher, sie wäre wieder wegen irgendetwas beleidigt. Manchmal wunderte sie sich, wie eng ihre Beziehung über die ganzen fünf Jahre geblieben war, obwohl sie sich zuweilen wie ein kleines Kind benahm.

Elina beschloss nachzuschauen, ob Salman versucht hatte sie anzurufen, und erschrak, als das Telefon klingelte, während sie gerade danach griff. Auf dem Display blinkte Salmans Name.

»Ich bin in der Universität, hier ist etwas Merkwürdiges im Gange. Auf dem Flur sind bewaffnete Männer. Anscheinend suchen sie mich. Was …«

»Soll das ein Witz sein?«, fragte Elina, obwohl sie an Salmans Stimme hörte, dass er es ernst meinte.

»Das ist mein voller Ernst, wahrscheinlich bist du auch in Gefahr, sie suchen garantiert das *Periculum*.«

Elinas schlimme Ahnungen verwandelten sich in Angst. »Bewaffnete Männer – was denn für Männer? Ist das ein Raubüberfall oder ...«

»Junge Männer in dunklen Anzügen, sie sehen wie britische Soldaten aus. Ich muss jetzt die Polizei anrufen, und du solltest dich dort in Finnland in Sicherheit bringen. Ich rufe wieder an, sobald ich kann«, flüsterte Salman, und das Gespräch brach ab.

Elina versuchte sofort zurückzurufen, aber es war schon besetzt. Sie bemühte sich, zu verstehen, was Salman gerade gesagt hatte, und spürte, wie sich die Angst in ihr ausbreitete. Hastig goss sie ein Glas voll mit Saft, verschluckte sich und hustete alles über dem Abwaschbecken wieder aus. Salman hatte es ernst gemeint, da war sich Elina sicher, einen solchen Scherz würde sich der gutmütige Salman nie erlauben. Es war erst sieben Uhr morgens, sollte sie zur Polizei gehen? Waren die Wachen um diese Zeit überhaupt geöffnet?

Wer würde denn das *Periculum Islamicum* durch einen bewaffneten Überfall rauben wollen?, überlegte Elina und ließ sich wieder aufs Bett fallen. Ihre Angst nahm noch zu, als ihr klar wurde, dass da viele in Frage kämen. Wer würde am meisten davon profitieren, wenn das *Periculum* verschwand? Elina konnte über tatsächliche wie auch eingebildete Bedrohungen ewig grübeln. Nun verlor sie sich im Geflecht aller möglichen Aspekte der Angelegenheit, und die Zeit verging.

Eine Stunde später hatte Elina ihre Entscheidung getroffen: Sie würde noch einmal versuchen Salman anzurufen und zur Polizei gehen, wenn er sich nicht meldete. Es war kurz nach acht Uhr, als sie die Kurzwahltaste ihres Handys drückte und überrascht hörte, wie sich eine fremde Männerstimme meldete.

»Wer ist da? Wo ist Salman?« Elinas Stimme zitterte.

»Sergeant Mick Reilly von der Metropolitan Police. Sind Sie eine Bekannte des Verstorbenen?«

Elina spürte, wie ihr das Blut aus dem Gesicht wich, ihr ganzer Körper wurde eiskalt. »Des Verstorbenen? Was reden Sie da? Was ist dort ...«

»Wie ist Ihr Name?«, fragte der Sergeant kühl.

Elina hätte am liebsten nicht geantwortet, sie wollte nicht hören, was der Polizist ihr gleich sagen würde. »Elina Laine. Ich bin Salman Maliks Ehefrau. Ich rufe aus Finnland an.«

Man hörte Papier rascheln, bevor der Mann weiterredete. »Haben Sie irgendeinen näheren Angehörigen bei sich? Es wäre gut, wenn ...«

»Was ist passiert?«, rief Elina.

»Ihr Mann Salman Malik wurde Opfer einer Körperverletzung. Er ist sofort verstorben. Es tut mir sehr leid, aber ...«

Das Telefon fiel herunter, Elina sank in sich zusammen und fand sich sitzend auf dem Klinkerfußboden der Küche wieder. Eine Welle der Verzweiflung spülte alle Gedanken aus ihrem Kopf. Salman war tot, und es kam ihr so vor, als wäre damit auch ihr eigenes Leben zu Ende. Die Tränen flossen, aber das Schluchzen blieb im Hals stecken. Der erste Mann, der sie verstanden, die Beziehung, die am längsten gehalten hatte, der Mann, mit dem sie eine Familie gründen wollte. Der immer so zuverlässige, vernünftige und ruhige Salman ...

Übelkeit stieg plötzlich in ihr hoch, sie rannte ins Bad, fiel vor dem Toilettenbecken auf die Knie, konnte sich aber nicht übergeben. Sie erhob sich und erblickte im Spiegel ihre angstvollen, verweinten Augen. Der Diamant am Schneidezahn wirkte grotesk; und sie hatte sich eingebildet, damit trendy auszusehen.

Aamer! Salmans Vater wusste möglicherweise, was geschehen war. Der Schwiegervater arbeitete schließlich im Außenministerium, er hatte Beziehungen. Aamer war jemand Besonderes, er hatte in Indien eine schreckliche Kindheit verbracht, bevor er nach Pakistan und von dort nach Großbritannien auswandern konnte. Er sprach oft über diese Zeiten.

Aamer Malik meldete sich frisch und munter am Telefon, obwohl es in London erst kurz nach sechs Uhr morgens war.

Elina bereute, dass sie sich nicht vorher überlegt hatte, was sie sagen sollte. Sie strengte sich an, damit ihre Stimme ganz normal klang, obwohl sie den Tränen nahe war. »Elina hier, guten Morgen. Habe ich dich geweckt?«

»Ganz bestimmt nicht, mein Schatz. Ich bin immer so früh wach, dass ich schon anfange, mich zu langweilen, bevor ich zur Arbeit gehe. Das Älterwerden hat viele interessante Seiten. Aber wieso rufst du so früh an?«

Elina kannte die Antwort, bevor sie ihre Frage stellen konnte: Aamer Malik wusste nicht, was mit Salman passiert war, er hörte sich genauso an wie immer. Sie wollte Aamer ihre furchtbare Nachricht nicht weitergeben, bevor sie nicht die absolute Gewissheit hatte, dass Salman tot war. Der größte Stolz in Aamer Maliks Leben war Salman: das Nesthäkchen eines im Elend geborenen, fleißigen Einwanderers, das in seinem Studium und seiner Arbeit erfolgreicher war als der größte Teil seiner urenglischen Altersgefährten. Aamer Malik würde zusammenbrechen, wenn er von Salmans Tod erfuhr.

Elina überlegte, was sie sagen sollte, und wischte sich mit dem Handrücken eine Träne ab, die über ihre Wange rollte. »Salman hatte nachts versucht mich zu erreichen, aber jetzt geht er nicht an sein Telefon, und ich muss zu einem Treffen, das den ganzen Tag dauert. Ich dachte nur, dass er vielleicht bei dir übernachtet hat.«

»Der Junge ist natürlich wieder an seinem Arbeitsplatz eingeschlafen. Aber ich richte ihm Grüße aus, wenn er sich meldet. Oder ich kann ihn ja auch anrufen.«

Elina bedankte sich bei Aamer, beendete das Gespräch und versuchte gleich anschließend, Amy Benner zu erreichen, landete jedoch nur bei der Frau in der Telefonzentrale der Geographischen Gesellschaft, die keine Ahnung hatte, wo sich Amy befand. Verzweiflung überkam Elina, am liebsten hätte sie sich zusammengerollt und irgendwo versteckt, aber sie wusste, was sie zu tun hatte.

Elina ging zu ihrem Kleiderschrank, jetzt musste sie mit der Polizei reden, und zwar sofort. Bewaffnete Männer waren nachts in die Islamische Universität eingebrochen, ein Polizist behauptete, Salman sei tot, und Amy Benner war nicht zu erreichen. Irgendetwas stimmte hier absolut nicht.

11

Helsinki, Freitag, 26. Oktober

Riitta Kuurma saß auf dem Beifahrersitz in Arto Ratamos Käfer, zog ihren zottligen Schal fester und schlug den Kragen ihres roten Stoffmantels hoch. Sie sah ebenso besorgt wie wütend aus.

»Du wirkst so, als hätte dir gerade jemand deinen Proviant weggegessen«, witzelte Ratamo, entlockte seiner schlechtgelaunten Lebensgefährtin damit jedoch nicht einmal ein Lächeln. Dennoch war Riitta schön, die Lachfältchen in den Augenwinkeln hatten sich in der letzten Zeit vertieft, und ihre Augen wirkten noch dunkler.

Ratamo startete sein uraltes Cabrio, spürte den Luftzug im Gesicht und schaltete die Lüftung aus. Sie hatten beschlossen, den halben Kilometer bis zum Hauptquartier der Sicherheitspolizei zu fahren, weil Riitta nach Feierabend im viele Hektar großen Supermarktdschungel am Ring III einkaufen wollte. Es war kurz vor acht Uhr morgens, und der Seewind wehte bis in die Korkeavuorenkatu. Herbst und Winter kämpften miteinander.

»Ich verstehe immer noch nicht, wie du es geschafft hast, von diesem Syrer gebissen zu werden?«, fragte Riitta verwundert.

»Ich auch nicht. Das sollte eine ganz normale Beschattung sein, und dann passiert so etwas. Ich bin gar nicht auf die Idee gekommen aufzupassen, dass ein erwachsener Mann mich nicht beißt.« Ratamo war anzuhören, wie satt er das ganze Thema hatte. Der Arzt der SUPO hatte ihn am Morgen zu Hause angerufen und erklärt, dass Wahib al-Atassi, der Syrer, der gestern versucht hatte, ein Stück von seiner Hand abzubeißen, HIV-positiv war, also musste Ratamo am kommenden Mittwoch zum PCR-Test gehen. Ihm stand eine nervenzehrend lange Wartezeit bevor, denn es dauerte mindestens eine Woche, bis das HI-Virus im Blut auftauchte.

»Was für ein Kerl ist dieser al-Atassi eigentlich?«, fragte Riitta.

»Er hat nichts mit irgendeinem akuten Fall zu tun, er wurde nur deshalb observiert, weil er auf der Beobachtungsliste des EU-Lagezentrums steht. Nach dem Verhör vorgestern wurde er auch sofort freigelassen. Die Jungs werden sicher bald herausfinden, was er hier macht, es sind jede Menge Gespräche mit den Leuten, die er hier getroffen hat, aufgezeichnet worden. Der Dolmetscher protokolliert sie heute.«

»Stell dir mal vor, wenn das HIV ...«

»Das stelle ich mir nicht vor«, erwiderte Ratamo schroff. »Man soll sich nicht schon im Voraus Sorgen machen«, sagte er und überlegte, wie lange er imstande sein würde, seine eigene Unruhe zu verbergen.

»Nellis Schuldirektorin hat übrigens gestern angerufen, sie will mich heute Nachmittag sehen. Nelli hat doch nichts von irgendwelchen Problemen gesagt?«, fragte Ratamo. Riitta schüttelte den Kopf. Es war ein Geschenk des Himmels, dass die Teenagerin Nelli immer noch über fast all ihre Angelegenheiten mit Riitta sprach, dachte Ratamo. Ihm vertraute das Mädchen seine Geheimnisse nicht mehr an.

Der Auspuff des Käfers knallte, und auf der in den Felsen gesprengten Rampe dröhnte es, als Ratamo sein uraltes Auto von der Merimiehenkatu in die Tiefgarage der SUPO fuhr.

»Wie fandest du meine Einzugsfeier?«, fragte Riitta, als der Motor abgestellt war, und streichelte kurz Ratamos Wange.

Überleg dir genau, was du sagst, dachte Ratamo und wählte seine Worte mit Bedacht: »Schön, dass du wieder eingezogen bist.«

Riitta stieg die Treppe hinauf, und Ratamo fuhr mit dem Aufzug in die dritte Etage. Gleich fing die Leitungssitzung der SUPO über die Weiterentwicklung der Behörde an, eine der vielen neuen bürokratischen Verpflichtungen, die er ertragen musste, seit man ihn vor

einem Monat zum Chef der Einheit für Terrorismusabwehr ernannt
hatte. Die Aufgabe brachte neuen Stress mit sich: Die Terrorismusabwehr war in den letzten Jahren zur wichtigsten Aufgabe der SUPO
geworden, dafür wurde ein Drittel ihres ständig wachsenden Bud-
gets ausgegeben.

Ratamo ging in die Küchennische des Kaffeeraums in der dritten
Etage, warf seine Öltuchjacke auf einen Stuhl und öffnete den Kühl-
schrank. Eine trockene Zimtschnecke, die irgendeine Besprechung
am Vortag überlebt hatte, musste reichen, er hatte wie üblich fast
verschlafen, so dass sein Frühstück ausgefallen war. Immerhin
konnte er in der letzten Zeit schlafen. Er hatte festgestellt, dass
Sport besser gegen die Schlaflosigkeit wirkte als Tabletten; je mehr
Sport er trieb, umso besser schlief er. Und vielleicht hatte auch seine
Bettgefährtin ihren Anteil daran, dass seine Schlafprobleme verschwunden waren. Ratamo öffnete den zweiten Knopf seines Hemdes und ärgerte sich, dass es bei der SUPO nicht erwünscht war, als
Vorgesetzter im T-Shirt herumzulaufen. Er sah den Fernseher in
dem kleinen Raum, und ihm wurde warm ums Herz, als er sich da-
ran erinnerte, wie Jussi Ketonen hier seinerzeit im Videotext die
Hinweise fürs Trabrennen durchgelesen hatte.

»Morgen, Oberinspektor!«, rief Pekka Sotamaa im Vorüberge-
hen und lachte.

Auch Ratamo schmunzelte. Es wunderte ihn immer noch, dass
er, ohne es darauf abgesehen zu haben, plötzlich so schnell auf der
Karriereleiter aufgestiegen war. Erst vor einem Jahr im September
hatte man ihn zum Inspektor befördert, und kürzlich war er bei der
großen Ernennungsrunde in der SUPO Oberinspektor und Leiter
einer Einheit geworden. Die Kollegen hatten bemerkt, dass er in
ungewöhnlich rascher Folge befördert worden war, ebenso war ihnen nicht entgangen, dass sein Verhältnis zum neuen Chef der
SUPO Erik Wrede äußerst angespannt war. Ratamo hatte der Ernennung zugestimmt, weil er damals befürchtete, die Erkrankung
der Herzkranzgefäße oder der erhöhte Blutdruck könnten sich so

verschlimmern, dass er nicht mehr zu Einsätzen in der Praxis imstande wäre. Jetzt, wo es ihm gesundheitlich besser ging, bereute er seine Entscheidung, Schreibtischarbeit und Bürokratie lagen ihm nicht. Es fiel ihm schwer, zu begreifen, dass er erst sieben Jahre bei der Sicherheitspolizei arbeitete: Er konnte sich nicht einmal mehr richtig daran erinnern, wie sein Leben vor der SUPO gewesen war. Auf jeden Fall ruhiger. Und langweiliger, aber alles hatte eben seinen Preis: Das Leben in der Welt des Terrorismus, der Kriminalität und der Geheimdienstleute ließ ihn allmählich zynisch werden.

Die Besprechung begann gerade, als Ratamo das Beratungszimmer betrat. Der neue Chef der SUPO Erik Wrede, genannt der Schotte, machte einen lockeren Eindruck und fuhr sich durch sein rostbraunes Haar. »Die Strukturen entsprechend der Ernennungsrunde vom September bestehen jetzt gut einen Monat, und es sieht nicht schlecht aus. Jukka Liimata wird die Aufgaben als Leiter des operativen Bereichs allerdings erst Ende nächster Woche übernehmen, wenn er wieder gesundgeschrieben ist.«

Zu Ratamos Enttäuschung verzichtete Wrede, seit er Chef war, auf seine legendären Pullunder, und mit der neuen Rolle hatte sich auch sein Wesen verändert. Der Schotte hörte sich heutzutage gern reden, seine früher so knappen und kompakten Zusammenfassungen zogen sich nun in die Länge wie die Wahlreden der Politiker. War der Mann, der seine Kollegen stets aggressiv herumkommandiert hatte, zu einem sanften, gelassenen Chef geworden, weil er nach seiner Scheidung eine neue Partnerin gefunden hatte, oder war er nur ruhiger geworden, weil er endlich das bekommen hatte, worauf er seit zehn Jahren scharf gewesen war – den Posten des SUPO-Chefs? Vielleicht war es einfach so, überlegte Ratamo, dass der Schotte nun seine Aggressionen ausschließlich an ihm abreagierte? Trotz alldem war er ziemlich zufrieden mit dem derzeitigen Zustand der SUPO: Der Wechsel der ehemaligen Leiterin der SUPO Ulla Palosuo ins Innenministerium als Kanzleichefin und Wredes Ernennung hatten nicht das von ihm befürchtete Chaos ausgelöst. Manchmal konnte man sich auch freuen, wenn man nicht recht hatte.

Nachdem Wrede am Ende der Tagesordnung angelangt war, nahm er ein Blatt vom Tisch. »Nun zur vorrangigen Nachricht von heute Morgen. Der britische Auslandsnachrichtendienst MI6 hat an alle Mitgliedsländer der NATO und der EU folgende Information geschickt: ›Heute früh veröffentlichten mehrere britische Tageszeitungen (*The Daily Telegraph, The Guardian, The Independent* und *The Times*) auf ihren Internetseiten Auszüge aus einem Dokument namens *Periculum Islamicum*. Sie beweisen, dass die katholische Kirche und die weltlichen Herrscher Europas seit dem elften Jahrhundert Pläne zur weltweiten Vernichtung des islamischen Glaubens ausgearbeitet haben. Es ist zu erwarten, dass die internationalen Gemeinschaften der Moslems in den nächsten Tagen umfassende und stellenweise auch gewalttätige Demonstrationen organisieren werden.‹«

Wrede gewann schlagartig die ungeteilte Aufmerksamkeit seiner Kollegen, die Folge war ein lebhaftes Stimmengewirr, und dann hagelte es Fragen. Ratamo stand auf und räusperte sich gerade, als jemand ihn von hinten am Ärmel zog.

»Beim Diensthabenden ist eine Frau, die ziemlich wirres Zeug redet. Ich weiß nicht, zu wem ich sie schicken soll, weil alle Chefs hier sind. Ihr Freund ist angeblich in London gestorben, und sie hat Angst, dass sie auch in Gefahr ist. Sie erzählt etwas von historischen Dokumenten und wütenden Kameltreibern. Ich ...«

»Ich rede mit ihr«, sagte Ratamo, dessen Interesse sofort geweckt war. Er nahm seinen Block und schlich zur Tür des Beratungsraumes, gerade als Wrede im Begriff war, die Sitzung zu beenden.

»Die Einheiten des operativen Bereiches sollten also noch wachsamer sein als sonst. Wir beobachten die Situation und schauen mal, ob das ein blinder Alarm ist oder nicht.«

* * *

Fünfzehn Minuten später öffnete Ratamo die Tür des Verhörraums im ersten Kellergeschoss der SUPO für die dunkelhaarige Elina Laine, die verängstigt wirkte.

Es ärgerte ihn, dass alle Besprechungsräume der SUPO besetzt waren. Die fensterlose Betonzelle mit ihren billigen Stühlen und dem Holztisch mit Metallbeinen war nicht gerade die ideale Umgebung für ein Gespräch.

Er bat Elina Laine, Platz zu nehmen, legte seinen Stift und den karierten Block auf den Tisch und musterte die Frau: Sie machte einen ebenso aufrichtigen wie gepflegten Eindruck, schien wohlhabend zu sein und war so klein und zierlich, dass sie jünger wirkte als einunddreißig. Sie war sichtlich schockiert und sah sich ängstlich um. Der Zahnschmuck schien nicht zum Bild der ehrgeizigen Karrierefrau zu passen, das bei ihm anhand der ersten Informationen zu ihrer Person entstanden war.

Ratamo hatte noch vor dem Gespräch überprüfen können, dass Elina Laines Ehemann, ein Archäologe namens Salman Malik, tatsächlich gestorben war, wie sie behauptete. Er spürte in sich das gleiche undefinierbare Gefühl von Unruhe wie schon so oft am Beginn neuer Ermittlungen.

»Sie haben dem Diensthabenden schon Ihre Personalien genannt, aber wollen wir sie schnell noch einmal durchgehen?«, fragte Ratamo, und Elina Laine nickte.

Nachdem sie sich einige Minuten unterhalten hatten, schien sich die Frau so weit beruhigt zu haben, dass Ratamo beschloss, den unangenehmsten Teil des Gesprächs hinter sich zu bringen. »Ich konnte vor unserem Gespräch kurz mit meinen englischen Kollegen sprechen, und leider muss ich bestätigen, was Sie schon vermutet haben. Ihr Mann Salman Malik wurde an seinem Arbeitsplatz in der Londoner Islamischen Universität tot aufgefunden. Jemand hatte der Polizei gemeldet, dass in der Universität früh Lärm zu hören sei, und die Polizei fand Ihren Mann um halb sechs Uhr morgens Londoner Zeit. Es tut mir sehr leid.«

Elina starrte den streng aussehenden Oberinspektor ausdruckslos an. Soeben war auch der letzte Funke Hoffnung, dass Salman doch noch lebte, erloschen. Die totale Stille in dem bunkerartigen Raum wirkte bedrückend, sie hatte den einzigen Menschen verloren, den sie wirklich mochte. Die Ängste, vor denen sie ihr ganzes Leben lang auf der Flucht gewesen war, schienen sie zu überwältigen. Wieder allein. Elina vergrub ihr Gesicht in beide Hände, ihr war eiskalt.

»Ich muss nach London. Salman ist ... war Moslem, die begraben ihre Angehörigen so schnell wie möglich. Salmans Sachen ...«

»Darüber reden wir gleich. Erzählen Sie jetzt erst einmal ganz genau, was in den letzten Tagen alles passiert ist«, bat Ratamo höflich.

Es dauerte eine Weile, bis Elina imstande war, zu reden. Sie begann angespannt und stockend, redete allmählich flüssiger und erzählte schließlich alles von den Ausgrabungen in Valence, vom *Periculum Islamicum*, von Salmans nächtlichem Anruf und dem Londoner Polizisten, der sich an Salmans Handy gemeldet hatte.

Ratamo unterbrach sie vorsichtig: »Es scheint, dass Sie ganz richtig gehandelt haben, als Sie hierher zur SUPO gekommen sind. Es ist nämlich so, dass ... Es tut mir leid, aber es sieht so aus, als hätte auch das andere Mitglied Ihrer Forschungsgruppe, Amy Benner, eine Art ... Unfall gehabt«, stotterte Ratamo. Er wusste selbst nicht viel mehr, nur dass der Sergeant der Londoner Polizei ihm am Telefon empfohlen hatte, das dritte Mitglied der Forschungsgruppe von Valence, Elina Laine, vorläufig unter Polizeischutz zu stellen.

Elinas Gesicht wurde noch blasser, die Angst nahm sie in ihren Würgegriff. »Ist auch Amy tot?«

Ratamo sah ihr direkt in die Augen und versuchte möglichst viel Mitgefühl in seinen Blick zu legen. »Leider ja.«

»Worum geht es hier eigentlich?«, brachte Elina mühsam heraus.

»Ich weiß es nicht. Aber ich habe von meinen Kollegen in London gehört, dass Ihr Mann anscheinend bei einem rassistischen Angriff auf die Islamische Universität umgekommen ist. Und ...«

»Und was ist Amy Benner passiert?«, fragte Elina mit schwacher Stimme.

»Dazu habe ich keine Einzelheiten erfahren, und selbst wenn, könnte ich sie Ihnen leider nicht weitergeben. Zumindest noch nicht. Aber wenn es Ihnen recht ist, würde ich Sie jetzt nach Hause gehen lassen, damit Sie sich ausruhen können, und einen meiner Kollegen mitschicken – sicherheitshalber. Bis wir herausgefunden haben, ob diese Todesfälle irgendwie mit dem Buch zusammenhängen, das Sie gefunden haben. Und leider muss ich Ihnen dringend nahelegen, nicht nach London zu reisen, bevor wir wissen, ob auch Sie in Gefahr sind. Wenn es sich um Gewaltverbrechen handelt, wird bei den Opfern immer eine gründliche Untersuchung der Todesursache vorgenommen, das geht nicht so schnell. Sie kommen auf alle Fälle rechtzeitig zum Begräbnis Ihres Mannes.«

12

London, Freitag, 26. Oktober

Aamer Malik saß regungslos in der Küche seiner kleinen Reihen-
hauswohnung im Ostlondoner Stadtteil Newham und starrte mit
ausdruckslosen Augen auf die hellbraunen Hochhäuser, die hinter
dem Rasen in den Himmel ragten. Jetzt waren alle, die sich draußen
aufhielten, pakistanischer Abstammung. Das morgendliche Wetter
war so düster wie Aamers Stimmung. Er trank einen Schluck Chai-
Tee aus einem kleinen Glas, schnäuzte sich, faltete das Papierta-
schentuch ordentlich zusammen und legte es neben die anderen.
Tränen kamen keine mehr, er hatte sich anscheinend leer geweint.

Salman war mit dreißig Jahren gestorben, viel zu jung und ganz
umsonst. Sein Sohn würde nie die Gelegenheit bekommen, seine so
wunderbar angelaufene Karriere zu genießen oder Kinder mit seiner Frau zu haben. Eine Horde Hooligans war in die Islamische
Universität eingebrochen und hatte, nach Aussage der Polizei, Salman mit einem stumpfen Gegenstand auf den Kopf geschlagen. Zu
seinem Pech hatte Salman mitten in der Nacht noch in der Universität gearbeitet und war Opfer eines plötzlichen Hassausbruchs be-
trunkener Rassisten geworden. Diese Art von Hass, den spontanen,
kannte Aamer nicht. Über den Hass hingegen, der sich im Laufe
von Jahrhunderten angesammelt hatte, der ständig wuchs, bis er den
Lebenswillen auslöschte und den Menschen von innen zerfraß, über
den wusste er alles. Inmitten solchen Hasses war er geboren worden,
hatte ihn sich jedoch mit Hilfe des Islams abgewaschen. Und er
hatte sich geschworen, niemals zuzulassen, dass der Hass von ihm Besitz ergriff, und niemals einen Staat oder eine Religion zu unterstützen, die systematische Gewalt oder die Einteilung von Menschen in

Klassen unterschiedlichen Werts erlaubten. Er hatte sein Leben der friedlichen Arbeit für den Islam und die Gerechtigkeit gewidmet.

Laut Polizei hatte Salman Pech gehabt, aber Aamer Malik glaubte nicht an Pech oder Glück. Er hatte sein ganzes Leben dafür geschuftet, dass seine Söhne die ersten Männer der Malik-Sippe sein würden, die ein normales Leben führen durften – ein Leben in Ruhe und Frieden. Und jetzt hatte man ihm Salman genommen wegen seines Glaubens, wegen des Islams. Also ausgerechnet wegen der Sache, die ihnen erst die Möglichkeit eröffnet hatte, ein gutes Leben zu führen. Was für eine Ironie des Schicksals.

Er trank seinen Tee aus, schlurfte ins Wohnzimmer und blieb stehen, um die Fotos auf der Kommode zu betrachten. Das letzte Porträt der ganzen Familie stammte aus der Zeit vor fünfzehn Jahren, Dorothy war darauf schon vom Krebs gezeichnet, abgemagert und todesbleich. Er selbst war so dunkel, dass er mit seiner Hakennase und den eingefallenen Wangen an einen Raben erinnerte. Sogar seine Augen waren fast schwarz. Ihre Söhne Salman und Imran hingegen sahen mit ihrer kakaofarbenen Haut aus wie eine Kombination der Eigenschaften ihres Vaters und ihrer Mutter. Daneben stand das Hochzeitsfoto von Salman und Elina, es war schön. Dennoch schmerzte es Aamer Malik immer noch, dass die finnische Frau nicht bereit gewesen war, bei der Eheschließung den Familiennamen ihres Mannes anzunehmen. Und dass sich Elina nicht gescheut hatte, Salmans Verwandten zu erzählen, von wessen Geld die Wohnungen des Ehepaars in London und Helsinki gekauft worden waren. Und das Schlimmste war, dass Salman unter dem Einfluss Elinas seinen Glauben seit der Eheschließung nicht mehr so ausübte, wie es sich für einen anständigen Moslem gehörte. Elina Laine war eine viel zu stolze Frau.

Aamer beschloss, sich noch ein Mal, ein letztes Mal, anzuhören, was Salman ihm nachts auf die Mailbox seines Handys gesprochen hatte. »Ich bin in der Universität. Hier sind bewaffnete Männer, die mich anscheinend suchen. Sie sehen aus wie Soldaten, junge

Briten. Ich habe den Verdacht, dass sie das *Periculum* haben wollen. Ich melde mich wieder, sobald ich kann ... «

Salmans Nachricht endete, und Aamer löschte sie von der Mailbox. Er würde es sich niemals verzeihen, dass er beim nächtlichen Anruf seines Sohnes nicht aufgewacht war. Auch seine Nachricht hatte er erst bemerkt, als es schon zu spät war, ihm zu helfen. Aber Salmans Worte waren wichtig, sie enthüllten, wer den Jungen umgebracht hatte – die britische Regierung. Salman hatte die Angreifer als echte Briten, die wie Soldaten aussahen, beschrieben und nicht als randalierende Hooligans in einem Ausbruch rassistischer Tobsucht. Und Aamer Malik wusste: Die Regierung wäre zu allem bereit, um zu verhindern, dass der Inhalt des *Periculum Islamicum* an die Öffentlichkeit gelangte.

Aamer Malik schaltete das Radio ein und bemerkte, dass seine Hände zitterten. »*Unruhen sind zumindest in der syrischen Hauptstadt Damaskus, in der jordanischen Hauptstadt Amman sowie in verschiedenen Orten Saudi-Arabiens ausgebrochen. Die Verträge der katholischen Kirche und der europäischen Staaten im Mittelalter zur Vernichtung des islamischen Glaubens haben überall in der Welt wütende Proteste ausgelöst und ... «*

Hass, Gewalt und Verachtung waren ihm nur allzu vertraut. Aamer Maliks Gedanken schweiften ab und kehrten in eine Zeit und an einen Ort zurück, die er schon seit Jahrzehnten zu vergessen suchte: an die Westküste Indiens, in die Stadt Gandhinagar im Bundesstaat Gujarat, in seinen Geburtsort – die Hölle auf Erden. Seit seiner Geburt war er unrein, kastenlos, so wie einhundertsechzig Millionen andere Inder. Er erinnerte sich schmerzlich genau, was es bedeutet hatte, mit dem ständigen Hunger, Durst und Schmutz, mit der Hitze, den Schmerzen und der Schande zu leben.

Die düsteren Erinnerungen überkamen ihn so heftig, dass es ihm die Brust einschnürte. In Indien wurden alle Menschen mit unterschiedlichem Wert geboren. Nur die Mitglieder der vier Hauptklassen der Kasten, der Varnas, besaßen die Möglichkeit zu einem menschenwürdigen Leben. Die Kastenlosen hingegen wurden für schmutzig und unrein gehalten, man mied und verunglimpfte sie, sie durften die Tempel oder Wohnungen der höheren Kasten nicht betreten, und sie wurden immer noch vergewaltigt, verbrannt, erschossen und gelyncht.

Seine Familie hatte zu den Bhang gehört, einer der Gruppen von Müllsammlern, zur niedrigsten von Hunderten Unterklassen der Kastenlosen. Nicht einmal die anderen Kastenlosen waren bereit, von ihnen Essen oder Getränke anzunehmen. Sein Vater war Kloakenreiniger gewesen. Dreißig Jahre lang hatte Vater Aborte, Kloaken und Straßengräben gereinigt und die Kadaver von Tieren auf den Straßen eingesammelt. Eine Schutzausrüstung konnte sich niemand leisten, ganz zu schweigen von Gasmasken. Aamer Malik erinnerte sich immer noch lebhaft, wie es in dem Raum, den ihre siebenköpfige Familie bewohnte, gestunken hatte, wenn Vater wieder bis nach Hause hatte laufen müssen, um sich zu waschen.

Aamer wurde übel, er schnappte nach Luft, öffnete das Fenster und versuchte an etwas Schönes zu denken. Er war erst fünf Jahre alt gewesen, als sich alles änderte. Sein Onkel Pratap, ein stolzer und mutiger Mann, hatte sein ganzes Leben lang gegen das Kastenwesen aufbegehrt. Eines Tages hatte er außerhalb des Dorfes ein kleines Stück Land gekauft und bei den Behörden die Genehmigung beantragt, Wasser für seinen Acker aus dem neuen Brunnen des Dorfes zu holen – was sich als schwerwiegender Fehler erwies. Am Tag darauf waren auf dem Hof des Onkels Grundbesitzer erschienen, die zur Kaste der Kshatriya gehörten. Die Familie des Onkels brachten sie um, und sein Haus brannten sie nieder. Damals hatte Aamer seinen Vater weinen sehen.

Onkel Pratap hatte vor Wut getobt und Indien verflucht. Einige Wochen später hatte er Vater vorgeschlagen, in den wenige Jahre zuvor gegründeten Staat Pakistan auszuwandern. Sein Vater war einverstanden gewesen. Damals hatte sein Leben angefangen. Sie waren alle zum Islam übergetreten, und er konnte in die Schule gehen. Jahre später hatte er dank seines Fleißes und seiner Begabung ein Stipendium an der Universität Cambridge in England erhalten. Dann lief alles wie am Schnürchen. Nach dem Abschluss des Studiums hatte er auf Grund seiner Kenntnis der Lage in Indien und Pakistan eine Stelle im britischen Außenministerium bekommen. Mit sechsundzwanzig Jahren wurde ihm die britische Staatsbürgerschaft verliehen, noch im selben Jahr lernte er Dorothy kennen, und ein paar Jahre später wurde Imran geboren. Das alles war das Verdienst Pakistans – und des Islams und seiner Toleranz. Er hatte sich geschworen, genauso viel Gutes für den Islam zu tun, wie dieser ihm gegeben hatte.

Aamers Augen wurden noch einmal feucht, als er in Gedanken zu Salman zurückkehrte. Jetzt hatte er niemanden mehr. Seit dem Tod seiner Frau Dorothy waren fünfzehn Jahre vergangen, und seinen erstgeborenen Sohn Imran hatte er schon vor langer Zeit an die Welt verloren. Aamer erinnerte sich an den schwarzen Haarflaum des neugeborenen Salman und an seine winzigen Hände wie aus Vogelknochen. Der Tod des Jungen war zum Teil seine Schuld. Aus Dankbarkeit gegenüber Pakistan und dem Islam hatte Aamer seine Meinung von Anfang an auch seinen Kindern eingeimpft und ständig von der Dekadenz der westlichen Länder gepredigt und erklärt, wie sie im Laufe der Jahrhunderte andere Kulturen zerstört und unterdrückt hatten. Viele Jahre lang hatte er Imran und Salman zum friedlichen Aktivismus für den Islam angespornt, und nun war ebendies seinen Söhnen zum Verhängnis geworden. Imran hatte, als er erwachsen wurde, die Thesen seines Vaters zugespitzt und schließlich ins Gegenteil verkehrt und sich zu einem fanatischen Islamisten entwickelt. Und zu alldem hatte er auch noch Salman einer Gehirnwäsche unterzogen und ihm seine radikalen Überzeugungen eingetrichtert, bis auch aus dem friedfertigen und intelligenten Salman ein moslemischer Aktivist geworden war. Schon im Teenageralter hatte er sich sowohl einer moslemischen Jugendorganisation in London als auch der Moslembruderschaft angeschlossen. Und da der krankhaft ehrgeizige Imran seinen kleinen Bruder angestachelt hatte, nach den Sternen zu greifen, hatte Salman beschlossen, die Verwerflichkeit der westlichen Länder aufzudecken und die Sache des Islams mit allen Mitteln zu befördern. So hatte der Junge schließlich das *Periculum Islamicum* gefunden, wofür er mit seinem Leben bezahlen musste.

Am allermeisten bereute Aamer, dass er Salman von einem Vertrag, dem Washingtoner Protokoll, erzählt hatte, auf den er bei seiner Arbeit im Außenministerium gestoßen war. Er hatte sein Wissen einfach mit einem Menschen teilen müssen.

Aamer Malik ging ins Wohnzimmer, blieb vor der Sammlung von Porzellanpuppen in seinem Bücherregal stehen und wischte den Staub vom Kopf seines Lieblings, der kreideweißen Puppe namens Adora in eincm blauen Kleid. Es war an der Zeit, das schmutzigste Geheimnis der Großmachtpolitik im neuen Jahrtausend weiterzugeben. Was hatte er, ein einsamer, weit über sechzig Jahre alter und kurz vor der Pensionierung stehender Beamter, denn schon zu verlieren? Er musste einen Plan ausarbeiten, und ihm blieb nicht viel Zeit.

* * *

Es war windig und kalt, und das Mittagsgeläut dröhnte vom Big Ben, dem Glockenturm des Parlaments, herab, als Aamer Malik am Teich im St. James's Park vorbeilief. Manche Menschen, die ihm entgegenkamen, wirkten sorglos, andere gestresst, und die meisten sahen so aus, als hätten sie es eilig. Er mied den Blickkontakt zu ihnen, eine Angewohnheit, die er schon als Kind angenommen hatte. In Indien war es für einen Kastenlosen am besten, unsichtbar zu sein. Er überquerte die Horse Guards Road und erreichte den Haupteingang des Außenministeriums, eines neoklassizistischen Gebäudes. Hier und in den umliegenden Häuserblocks lag das britische Machtzentrum: die Dienstwohnung des Premiers, das Parlament, der Sitz der Regierung sowie die meisten Ministerien.

Im riesigen Foyer des Foreign Office passierte Aamer Malik den Metalldetektor, schob seine Zugangskarte ins Lesegerät und ging zu den Aufzügen. Er mochte die Atmosphäre im Ministerium, obwohl manche Kollegen ihn wegen seiner Ernennung zum Privatsekretär des Ständigen Unterstaatssekretärs immer noch mit scheelen Blicken anschauten. Der Posten war nicht etwa sonderlich bedeutend, aber für ein stilles Arbeitstier pakistanischer Abstammung dennoch eine ungewöhnlich hohe Position. Er wusste selbst, dass er das Amt gerade seiner Herkunft zu verdanken hatte: Die Politiker mussten dann und wann Vertreter von Minderheiten für exponierte Stellen ernennen, um dem Vorwurf der Diskriminierung zu entgehen.

Sein Puls beschleunigte sich, als die blutroten Ziffern an der Wand des Fahrstuhls wechselten. Auf dem Flur in der zweiten Etage sah es ruhig aus. Sein Vorgesetzter, der Ständige Unterstaatssekretär, der höchste Beamte im Außenministerium, dürfte sich wie üblich schon am Donnerstagabend in seine Villa in Essex abgesetzt haben, um dort das Wochenende zu verbringen.

Linda Tilton, die am Ende des Flurs auftauchte, machte auf dem Absatz kehrt, als sie ihn sah, und verschwand um die Ecke. Sicherlich hatte es sich schon im ganzen Ministerium herumgesprochen, und niemand wollte einem Mann begegnen, der kurz zuvor vom Tod seines Sohnes erfahren hatte. Das war der perfekte Zeitpunkt, ein Dieb zu werden.

Aamer betrat sein Zimmer und spürte, wie seine Anspannung stieg. Die Tür zum Zimmer des Unterstaatssekretärs stand einen Spalt offen, und das Licht brannte. War sein Vorgesetzter etwa an diesem Freitag noch im Büro? Der Mann würde doch nicht ausgerechnet heute von seinen Gewohnheiten abweichen?

»Sir Gordon?«, fragte Aamer laut und klopfte an. Keine Antwort. Er schob die Tür auf und fühlte eine Welle der Erleichterung – das Zimmer war leer.

Aamer schaute sich kurz in dem Raum um, der mit alten Möbeln aus Edelholz und Perserteppichen ausgestattet war, ging entschlossen ans andere Ende, nahm das Gemälde mit einem Blumenstillleben von der Wand, stellte es auf den Fußboden und tippte den sechsziffrigen Code in das elektronische Schloss des kleinen Tresors ein. Der Unterstaatssekretär ahnte nicht einmal, dass Aamer den Code gelernt hatte, indem er seinen Vorgesetzten oft genug beim Eingeben beobachtet hatte. Der Ständige Unterstaatssekretär vertraute ihm blind. Kein Wunder, Aamer war effektiv, bescheiden, ein verlässlicher, bei der Arbeit unermüdlicher Untergebener, der nicht über seine Überstunden Buch führte und nicht auf Beförderungen aus war.

Gerade als er sah, was er suchte, und nach dem Washingtoner Protokoll griff, klopfte es an der Tür.

»Aamer, bist du da drin? Aamer Malik.«

Die Tür des Tresors klappte zu, und das Herz schlug Aamer bis zum Halse. Sollte er das Protokoll schnell weglegen und sagen, er sei nur auf einen Sprung ins Büro gekommen, oder sollte er sich verstecken? Hinter der Gardine war nicht genug Platz, und er durfte auf keinen Fall mit dem Protokoll in der Hand gesehen werden ... Aamer tauchte hinter das massive Ledersofa, als die Tür aufging. Er passte gerade so zwischen Wand und Couch. Die Teppiche dämpften das Geräusch der Schritte, die näher kamen. Er hatte den Mann an der Stimme erkannt, es war Richard Stone, der Leiter der politischen Abteilung Südasien und Afghanistan, der einzige Mitarbeiter im Außenministerium, den er als seinen Freund bezeichnen konnte. Richard hatte ihn sicher auf dem Flur gesehen und wollte ihm nun kondolieren. Aamer hätte um ein Haar vor Schreck aufgeschrien: Das Gemälde, das sonst vor dem Tresor hing, stand noch auf dem Fußboden. Würde Richard es bemerken? Er dachte fieberhaft nach, um sich eine Ausrede einfallen zu lassen, begriff jedoch schnell, dass jemand, der sich mit einem Staatsvertrag in der Hand hinter dem Sofa versteckte, nichts mehr zu erklären brauchte. Dann schlug die Tür wieder zu, und Aamer sackte vor Erleichterung zusammen. Es würde ihm also doch gelingen.

13

London, Freitag, 26. Oktober

Janet Doherty vom Aufklärungsregiment SRR verfolgte im Hyde Park an der Speaker's Corner, dem Ort für öffentliche Reden, wie ein Mann in einer langen weißen Kutte, einer Galabija, die britischen Behörden beschuldigte, die Moslems zu unterdrücken. Der Redner, dessen Augen glühten und aus dessen Mund Speichelspritzer sprühten, hätte samstags oder sonntags sicher eine Menge Zuhörer um sich geschart, aber mitten am Freitag zogen seine aufwieglerischen Worte an der Nordostecke des hundertvierzig Hektar großen Parks nur eine Handvoll Leute an.

»Und was erfuhren wir heute in den Nachrichten? Die katholische Kirche und die gekrönten Häupter Europas wollen den Islam schon seit tausend Jahren vernichten. Und nichts hat sich geändert! Heute reden die westlichen Mächte vom Krieg gegen den Terrorismus, obwohl sie den Krieg gegen den Islam meinen. Unsere Glaubensbrüder in Afghanistan werden unterdrückt, im Irak wird ihr Land okkupiert, und hier in Großbritannien werden sie verfolgt. Wir Moslems müssen uns erheben ...«

Majorin Doherty, die am Eisenzaun des Parks lehnte, schlug den Kragen ihrer Jacke hoch, als der kalte Oktoberwind ihr in den Nacken fuhr. Der einen Steinwurf von den Geschäften in der Oxford Street und etwa zwei Kilometer von den Büros der Regierung in Whitehall entfernte Hyde Park war eine sichere Kulisse für ein Gespräch, das es offiziell nie gegeben haben würde. Sie schob sich den Ohrhörer tiefer in den Gehörgang, als im Radio ihres Handys die Nachrichten begannen. Die Moslems waren durch das *Periculum Islamicum* überall in der Welt rasend vor Wut. Der Papst hatte offiziell sein Bedauern zum Ausdruck gebracht und an die Menschen appelliert, die Ordnung aufrechtzuerhalten. In Syrien hatte man die italienische Botschaft in Brand gesteckt, und die Arabische Liga verlangte von der Europäischen Union eine Entschuldigung. Die Räder der Diplomatie liefen auf Hochtouren, in den westlichen Ländern bereitete man sich auf weitere heftige Proteste der Moslems vor ...

Oliver Watkins in seinem Nadelstreifenanzug mit einer schwarz-weiß gestreiften Krawatte des New College der Oxford University sah angespannt aus, als er neben Majorin Doherty stehen blieb. Der riesenhafte Kanzleichef des Premierministers reichte Doherty nicht die Hand und wischte sich den Schweiß von der breiten Stirn.

»Ich habe Sie hierhergebeten, weil der Premier direkt mit dem Chef des Aufklärungsregiments vereinbart hat, dass ich Sie und Ihre Männer zur Bereinigung einer heiklen problematischen Situation einsetzen kann. Da Sie hierhergekommen sind, haben Sie Ihren Befehl anscheinend erhalten. Das heißt, Sie wissen sicher schon, worum es geht?«, fragte Watkins und wunderte sich über das auffällige Augen-Make-up der Majorin.

»Ja, der Chef schuldet dem Premierminister ziemlich viel Dank für seine Ernennung«, sagte Janet Doherty salopp und überlegte, was der etwa zwei Meter große, dicke und breitschultrige Watkins wohl wiegen mochte. Der Mann schwitzte wie ein Dorfschmied am Amboss.

»Vielleicht wollen Sie als Erstes hören, dass wir einen neuen Grund zur Besorgnis haben. Wir fanden in Salman Maliks Wohnung das hier, es ist eine Seite aus einem Notizbuch des Mannes.« Majorin Doherty reichte dem Kanzleichef ein Blatt und wandte ihren Blick wieder dem Brandredner zu, der offensichtlich gebürtiger Pakistaner war.

»Nach der Veröffentlichung des *Periculum Islamicum* muss jemand über die Medien auch das Washingtoner Protokoll ans Licht bringen, im Namen des Islams. Es würde die Hinterhältigkeit Großbritanniens und seiner Verbündeten gegenüber der ganzen islamischen Welt beweisen.« Der Kanzleichef las die Notiz und runzelte die Stirn. Wie war es möglich, dass Salman Malik von der Existenz des Washingtoner Protokolls wusste? An seiner Ausarbeitung waren nur die verlässlichsten und treuesten Veteranen der Partei beteiligt gewesen – er selbst, der Premierminister und der Ständige Unterstaatssekretär des Außenministeriums.

»Denkt an den christlichen Glauben! Wo ist da die Toleranz oder die Religiosität, wenn die katholische Kirche von einem Jahrhundert zum anderen Armeen in allen Winkeln Europas rekrutiert und sie ausschickt, um die heiligen Stätten und die heiligen Männer eines anderen Glaubens, des Islams, zu vernichten? Wo ist da ...« Der Mann in der Galabija redete ohne Pause und ereiferte sich immer mehr.

Majorin Doherty sah den Kanzleichef neugierig an. »Wir wissen noch nicht, ob das *Periculum Islamicum* und dieses Washingtoner Protokoll in irgendeiner Weise zusammenhängen. Salman Maliks Eintragung ist ziemlich ... vage. Wissen Sie, was das Washingtoner Protokoll ist?«

Ein Vertrag, dessen Aufdeckung die größte Katastrophe seit dem Zweiten Weltkrieg auslösen könnte, dachte Watkins, schwieg jedoch und schüttelte den Kopf.

Majorin Doherty war sicher, dass Watkins etwas verheimlichte. »Irgendwie habe ich das Gefühl, dass Sie wissen, worauf sich die Eintragung in Maliks Notizbuch bezieht.«

»Niemanden interessiert, was Sie für ein Gefühl haben«, schnauzte Watkins sie an. »Dieses ganze Durcheinander passiert zu einem äußerst ungünstigen Zeitpunkt. Das Verteidigungsministerium verhandelt derzeit über den Verkauf von Flugzeugen des Typs Eurofighter Typhoon an Saudi-Arabien, und das Handels- und Industrieministerium arbeitet an einem Vertrag mit Kuwait über äußerst umfangreiche Öllieferungen. Wir können uns einfach keine unangenehmen Überraschungen leisten.«

»Deswegen habe ich wohl auch so ... ungewöhnliche Vollmachten zur Lösung dieses Problems erhalten«, sagte Doherty mit ausdrucksloser Miene.

Watkins nickte und warf einen Blick zu dem pakistanischen Redner.

»... *wir Moslems müssen uns zum Heiligen Krieg gegen die katholische Kirche, gegen die USA und ihre Verbündeten, gegen Britannien und alle anderen Hunde erheben, die ...*«

»Geben Sie mir mal einen kurzen Lagebericht«, befahl Kanzleichef Watkins.

»Unsere Leute haben das *Periculum Islamicum* am Morgen unauffällig in die Islamische Universität zurückgebracht, als wir erfuhren, dass Salman Malik den Inhalt des Dokuments an Zeitungen geschickt hatte. Maliks finnische Frau hatten unsere Leute zum Glück noch nicht ... zum Schweigen gebracht, bevor der Inhalt des *Periculum* im Internet veröffentlicht wurde. Nach dem Bekanntwerden des Buches war es nicht mehr angeraten, die Frau umzubringen: Die Medien hätten sicher verstanden, worum es geht, wenn alle drei Mitglieder der Gruppe von Valence innerhalb von vierundzwanzig Stunden nach der Entdeckung des *Periculum* gestorben wären. Bedauerlicherweise konnte Malik noch kurz vor seinem ... Tod am Telefon mit seiner Frau sprechen. Wir haben natürlich vor sicherzustellen, dass die Frau nichts weiß, was uns schaden könnte. Zwei unserer Männer sind in Helsinki und jederzeit einsatzbereit.«

Watkins spießte mit der Spitze seines Regenschirms ein Stück Papier auf, das über den Sandweg wirbelte. »Vielleicht ist es ratsam, die Frau zu bestechen, damit sie schweigt, falls sie etwas weiß.«

Majorin Doherty nickte und fuhr fort: »Unsere Inszenierungen sind hervorragend gelungen. Die Polizei hält die Tötung Maliks für das Werk von Fanatikern, die in die Islamische Universität eingedrungen sind, und der Tod von William Norton und Amy Benner wird als Unfall untersucht. Das Duo aus der Geographischen Gesellschaft wurde am Morgen gefunden, als Norton nicht zu einer wichtigen Besprechung erschien und sich auch nicht am Telefon meldete. Wir haben dafür Sorge getragen, dass die Polizei Dinge entdecken wird, die Nortons Vorliebe für Masochismus und für Fesselspiele beweisen. Die Telefonnummer von Madame Dominatrix ist in Nortons Handy einprogrammiert worden, als wäre er ihr Stammkunde gewesen, und die Frau wird dafür bezahlt, dass sie der Polizei die richtige Geschichte erzählt.«

»Ich muss nicht alle Details wissen«, fuhr Watkins sie an und wischte sich dabei mit dem Taschentuch den Schweiß von der Stirn. »Die Situation ist also unter Kontrolle?«

»Vollkommen«, versicherte Majorin Doherty dem Kanzleichef, der so groß wie Goliath war. »Wir beabsichtigen, sicherheitshalber auch mit Salman Maliks Vater zu reden. Sein Sohn hatte ihn ebenfalls am frühen Morgen angerufen.«

»Erstatten Sie mir Bericht, sobald etwas passiert«, sagte Watkins, wandte sich ab und ging zum nächsten Taxistand. Ihm war gerade eingefallen, wer Salman Malik vom Washingtoner Protokoll erzählt hatte. Als er fünf Meter von Doherty entfernt war, holte er sein Handy heraus, und schon fünf Meter weiter bombardierte er den Ständigen Unterstaatssekretär im Außenministerium, Aamer Maliks Vorgesetzten, mit Drohungen und Befehlen. Das war der Mann, dem man das Washingtoner Protokoll anvertraut hatte.

14

Helsinki, Freitag, 26. Oktober

»Ich weiß nicht, was ich tun soll, du kannst mir bestimmt helfen. Das hätte auch Salman gewollt. Mein ... Urteilsvermögen ist nicht verlässlich. Ich würde gern in irgendeiner Form rächen, was sie mit Salman gemacht haben, oder zumindest dafür sorgen, dass wir quitt sind. Und das macht mir Angst, wie du weißt, habe ich mich mein ganzes Leben lang bemüht, solche Gedanken zu vermeiden.«

Elina Laine saß in ihrem bunkerartigen Büro in der Topeliuksenkatu 15, hielt das Telefon ein paar Zentimeter von ihrem Ohr entfernt und hörte sich an, wie Aamer Malik ihr sein Leid klagte. Salmans Vater redete jetzt schon eine halbe Stunde lang, es fiel ihr schwer, sich seine Trauer anzuhören, weil sie selbst durch Salmans Tod am Boden zerstört und wie vor den Kopf geschlagen war. Und voller Angst. Nach Salmans, Amy Benners und William Nortons Tod unter merkwürdigen Umständen war von der Gruppe in Valence nur sie noch übrig.

»Vielleicht sollten wir ein wenig Zeit vergehen lassen und warten, bis die Gefühle wieder ins Lot kommen. Wir könnten uns dann in zwei, drei Tagen treffen«, schlug Elina vor. Aamer Malik hatte angekündigt, er wolle zu ihr nach Finnland kommen, um über Salmans Tod zu reden. Es hörte sich so an, als stünde er am Rande eines Zusammenbruchs.

Die Leitung verstummte, die Sekunden vergingen, Aamer atmete tief ein und schnäuzte sich. Weinte er? Was könnte sie ihm sagen, um ihn zu trösten, überlegte Elina, doch da redete Aamer weiter.

»Salmans Tod ist gewissermaßen meine Schuld. Ich habe ihm von dem Washingtoner Proto...«

»Das ist nun wirklich Unsinn«, entgegnete Elina ungehalten.
»Ich habe noch nie zwischen Vater und Sohn so ein enges Verhältnis erlebt wie bei euch, du solltest stolz darauf sein, wie gut du Salman erzogen hast. Imran ist es doch gewesen, der aus Salman einen Islamisten gemacht hat, er hat Salman angestiftet, mehr vom Leben zu verlangen und Risiken einzugehen.

In der Leitung herrschte wieder Schweigen, ehe Aamer fortfuhr. »Du weißt nicht alles, deshalb will ich dich ja treffen. Ich habe die Absicht, dir alles zu erzählen, du hast das Recht, es zu wissen. Es existiert noch ein zweites Buch ... ein Protokoll. Es hat Salman schon vor Jahren so wütend gemacht, dass er damals beschloss, alles zu tun, um vor der ganzen moslemischen Gemeinschaft die Hinterhältigkeit der westlichen Länder zu enthüllen. Du wirst dieses andere Dokument sehen, das noch viel wichtiger ist als das *Periculum Islamicum*. So bekommst du die Chance, für die Medien die Story des Jahrhunderts zu schreiben.«

Die Story des Jahrhunderts, wiederholte Elina für sich. Diese Worte weckten zwangsläufig ihr Interesse, obwohl sie sich gerade jetzt viel lieber zusammengerollt und geweint hätte. »Natürlich kannst du herkommen, ich dachte nur, dass in ein paar Tagen alles sicher schon etwas freundlicher aussehen wird. Auch für mich ist das nicht leicht. Aber komm, sobald du willst«, versicherte Elina. »Ist übrigens schon der Tag von Salmans Begräbnis bekannt? Die finnische Sicherheitspolizei hat mir empfohlen, nicht nach London zu reisen, solange sie nicht wissen, ob auch ich in Gefahr bin.«

Die Frage ließ Aamer wieder für ein paar Sekunden verstummen. »Noch nicht. Die Polizei will erst die Todesursache klären. Sie machen bei Salman eine Obduktion.«

Sie unterhielten sich noch eine Weile, allerdings war Aamer nicht bereit, mehr über das von ihm erwähnte Protokoll zu verraten, so viele Fragen Elina ihm auch stellte. Er sagte, er habe ein Ticket für die Maschine am nächsten Morgen nach Helsinki gebucht.

Salmans Tod hatte Aamer doch nicht etwa so getroffen, dass er geistig verwirrt war?, fragte sich Elina. Was für ein Dokument sollte denn angeblich wichtiger sein als das *Periculum Islamicum*? Aber vielleicht hatte Aamer dieses Protokoll bei seiner Arbeit gesehen, schließlich war er Beamter im britischen Außenministerium. Elina machte sich nun noch mehr Sorgen, Aamer hatte doch hoffentlich nichts Gesetzwidriges getan? Die Ereignisse der letzten Tage erschienen ihr immer absurder: Sie war Augenzeuge der Entdeckung eines historisch wertvollen Dokuments gewesen, ihr Ehemann war tot, vor ihrem Büro wachte ein Mitarbeiter der Sicherheitspolizei, und nun behauptete ihr Schwiegervater auch noch, er habe ein weltpolitisch bedeutendes Dokument in seinem Besitz.

Elina beschloss, nicht weiter zu grübeln, solange sie nicht wusste, ob an Aamers Behauptungen etwas Wahres dran war. Sie kehrte in Gedanken zu Salman zurück. Die Trauer hatte den Tag über nicht nachgelassen und die Unruhe auch nicht. Die ganze Zeit quälte sie die Angst, dass es ihr genauso ergehen würde wie Salman und Amy, da half es nicht im Geringsten, dass ein SUPO-Mitarbeiter vor der Tür auf und ab ging. Sie musste sich auf ihre Arbeit konzentrieren, was sonst hätte sie auch tun sollen? Je mehr Öffentlichkeit das *Periculum Islamicum* erhielt, umso nachhaltiger würde man sich an Salman erinnern. Sie starrte auf ihren Artikel, fuhr mit der Zunge über den Zahnschmuck und begriff schnell, dass sie an diesem Tag keine vernünftige Zeile mehr zustande bringen würde. Das Gespräch mit Aamer hatte ihre Gedanken völlig durcheinandergebracht.

Sie schaute sich in ihrem Büro um. In den Regalen, die drei Wände bedeckten, standen ganze Jahrgänge der *National Geographic* und anderer Zeitschriften, Fachbücher über Journalismus und Fotografie, Romane, Atlanten, Wörterbücher, Filme auf DVD und Büroutensilien. Neben den auf Bestellung maßgefertigten Bücherregalen, dem Schreibtisch und der Büroelektronik befanden sich in dem Raum ein von Le Corbusier entworfener Lederdiwan und ein

Gemälde von Michael Bedard, auf dem sich Enten im Fitnessstudio quälten, um sich auf die Jagdsaison vorzubereiten. Der Titel des Gemäldes lautete »Survival of the Fittest«.

Sie stand auf und schaute durch ihre länglichen Fenster hinaus, die erst in etwa anderthalb Meter Höhe begannen und fast bis zur Decke reichten. Vom Kellergeschoss aus sah man nur die Beine der Menschen, die auf dem Fußweg der Topeliuksenkatu unterwegs waren. Sie wollte hier keine Gardinen, der Anblick des lebhaften Treibens linderte ihre Einsamkeit bei der Arbeit. Elina ging in die große Diele, ließ in der Küchennische Wasser in ein Glas laufen und setzte sich aufs Sofa. Sie fühlte sich noch nicht imstande, in der Dunkelkammer die Fotos von den Ausgrabungen in Valence zu entwickeln. Sie würde es nicht aushalten, Salman und seine kindliche Begeisterung zu sehen. Auch die mit der Digitalkamera aufgenommen Fotos warteten noch auf den Speichersticks.

Das hier war über Jahre ihr Zufluchtsort gewesen, hier hatte sie sich vor ihrer ersten Begegnung mit Salman in ihrer Arbeit vergraben. Kehrte sie jetzt in dieses Leben zurück? Würde sie sich allmählich wieder in einen menschenscheuen Workaholic verwandeln? Die Sehnsucht lähmte ihren ganzen Körper. Sie würde nie wieder jemanden finden, mit Sicherheit nicht, das Glück war ihr endgültig abhandengekommen und unerreichbar geworden. Sie war einfach zu scheu und zu schreckhaft. Schon jetzt sehnte sie sich so nach Salman, dass es weh tat.

Nein, sagte sich Elina wütend und zog die Schuhe an. Die Welt war voll von angenehmen, verlässlichen, normalen Menschen, solchen wie Salman. Die Kraft, die ihr dieser Gedanke gab, zerbröckelte jedoch in dem Moment, als ihr einfiel, dass es auch zur Genüge Menschen gab, die so waren wie Salmans Mörder.

Elina verließ ihr Büro, trat hinaus auf die Runeberginkatu und nickte dem Mitarbeiter der SUPO zu, dessen Namen sie nicht kannte. Der übergewichtige blonde Mann sah nicht im Entferntesten wie ein Geheimdienstmann aus. Elina beschloss, am Abend

Arto Ratamo anzurufen und zu fragen, wie lange dieses Pfannku-
chengesicht ihr noch folgen sollte.

Sie wollte ins Restaurant Elite gehen, irgendwie musste sie versuchen, wenigstens kurz an etwas anderes als an Salman zu denken,
sonst würde ihr noch der Kopf zerspringen. Und essen musste sie
auch etwas, obwohl der Kummer das Hungergefühl unterdrückte.
Es war halb drei Uhr, sie könnte gerade noch so Mittagessen bestel-
len. Ihr Büro befand sich nur einen Kilometer von ihrer Wohnung
entfernt, aber sie ging zum Essen niemals nach Hause. Als Köchin
war sie völlig unbegabt, die Zubereitung irgendwelcher Gerichte
hatte sie schon vor langer Zeit aufgegeben. Warum sollte man sich
die ganze Mühe machen und das Geschirr verschmutzen, wenn
man nun mal nicht kochen konnte? Es gab auf der Welt doch mehr
als genug Menschen, die sich darauf verstanden, überlegte Elina
und atmete die Kühle des Spätherbstes tief ein. Die frische Luft tat
gut.

Ihr Telefon klingelte, und sie ging ran, obwohl der Anruf von einer unbekannten Nummer kam.

»Hilppa Kentala von den TV-Nachrichten bei Yle I, hei. Ich
spreche doch mit der Elina Laine, die dabei war, als das Buch *Periculum Islamicum* gefunden wurde?«

»Ja. Was ...«

»Wärest du einverstanden, zu einem Interview in die Haupt-
nachrichtensendung heute Abend zu kommen? Wir wollten ...«

»Danke, nein«, antwortete Elina und verabschiedete sich von
der Redakteurin. In ihrem psychischen Zustand könnte es in einer
Live-Sendung leicht passieren, dass sie zusammenklappte. Sie
seufzte, als sie an einem Lebensmittelgeschäft vorbeiging, in dessen
Schaufenster Plakate mit den neusten Zeitungsschlagzeilen hingen:
»MOSLEMS BEREITEN SICH AUF HEILIGEN KRIEG VOR«.
»ANGST IN EUROPA VOR NEUEN TERRORANSCHLÄ-
GEN«.

Wenig später betrat sie das Restaurant Elite, das im Stil der dreißiger Jahre eingerichtet war, hängte ihren Mantel an die Garderobe und setzte sich in die Loge, die nach dem Schauspieler Matti Pellonpää benannt war. Elina war so klein, dass die Tischkante gegen ihr Brustbein drückte, wenn sie sich vorlehnte. Die Speisekarte lag schon auf dem Tisch, und die Entscheidung für ein Gericht fiel ihr heute noch leichter als sonst: gebratene Flunder.

Schmerzliche Gedanken kreisten durch ihren Kopf. Wonach würde sie sich am meisten sehnen: nach dem Essen, das Salman zubereitet hatte, nach ihren langen Spaziergängen in den Londoner Parks, nach dem Frühstück im Bett sonntags, nach dem Sex? Wer hatte Salman umgebracht? Sie war den Tränen nahe, hielt sie aber mit Mühe zurück, weil die Kellnerin kam.

Elina bestellte die Flunder, bat, die fette Tatar-Sauce durch eine aus fettarmer Sahne und Dickmilch zu ersetzen, und betrachtete dann die Gemälde an den Wänden. Das Restaurant hatte angeblich den größten Teil der Bilder im Laufe der Jahre von den Bewohnern des nahe gelegenen Künstlerheims Lallukka als Bezahlung angenommen, da es um deren Fähigkeit zu trinken deutlich besser bestellt war als um die zu zahlen.

Die Flunder wurde überraschend schnell serviert. Gerade als Elina den ersten Bissen mit der Gabel in den Mund schob, tauchten vor ihr zwei Männer in dunklen Anzügen und mit kurzen Haaren auf. Der namenlose SUPO-Mitarbeiter beobachtete die Situation aufmerksam aus einer Entfernung von einigen Metern.

Der aufgewecktere der beiden Männer stellte sich als Hauptmann Riggs vor und sagte, er und sein aggressiv wirkender Kollege namens Hauptmann Higley stünden im Dienst der britischen Armee.

Elina sah, wie der näher an den Tisch herangetretene Mitarbeiter der SUPO fragend in Richtung der Briten nickte und anscheinend von ihr eine Antwort erwartete.

Elina legte die Gabel auf den Teller, zögerte einen Augenblick und begriff dann, dass man vielleicht vorhatte, ihr Informationen zu geben, die mit Salmans Tod zusammenhingen. Was wollte der britische Staat von ihr? Die Neugier erwachte, was hätte sie schon zu verlieren, wenn sie sich anhörte, was die beiden zu sagen hatten? Sie gab dem SUPO-Mann ein Zeichen der Zustimmung.

»Wir untersuchen die Ereignisse, die zum Tod von Salman Malik geführt haben«, sagte Hauptmann Riggs. »Wir möchten über Ihr Telefonat in der letzten Nacht sprechen. Konnte Salman Malik Ihnen noch etwas über die Horde sagen, die in die Islamische Universität eingebrochen war?«

Hatten die Männer tatsächlich den Weg aus London bis hierher gemacht, um sie das zu fragen? Der pausbäckige Hauptmann Riggs war offensichtlich für das Reden zuständig, während der andere sie anstarrte wie eine Beute.

»Salman rief aus dem Kopierraum der Universität an, er wusste nicht viel. Er hatte nur kurz auf den Gang hinausgeschaut und fünf bewaffnete Männer gesehen, von denen zumindest einer seine Waffe gezogen hatte.«

Beide Briten blickten Elina erwartungsvoll an, die jedoch nichts mehr hinzufügte.

»Sie haben sich siebenundzwanzig Sekunden unterhalten«, sagte Hauptmann Riggs schließlich verärgert. »In der Zeit kann man mehr sagen als ein paar Worte.«

Elina runzelte die Brauen, schob die gekochten Kartoffeln auf den Brotteller und aß ein Stück Flunder. Sie tat, als müsste sie darüber nachdenken, obwohl sie das Gespräch mit Salman so gut wie auswendig konnte. »Der Flur war dunkel, Salman hat nur erkannt, dass die Eindringlinge Männer waren. Das hat er so gesagt.« Elina wirkte noch niedergeschlagener als vorher.

Hauptmann Riggs forderte Elina noch mehrmals auf, ihr Gedächtnis anzustrengen, gab aber schließlich seine Bemühungen auf, als die Frau immer dasselbe wiederholte. »Ich bin gezwungen, Sie zu warnen: Diese Dinge sind ernster, als Sie es sich vorstellen können. Wenn Ihnen noch etwas einfällt, dann melden Sie sich bei uns.

Bei niemandem anders, nur bei uns. Das kann für beide Seiten von Vorteil sein«, sagte Riggs mit Nachdruck, hob die Augenbrauen und hoffte, dass die Frau seinen Hinweis verstanden hatte.

Elina schaute Hauptmann Riggs fragend an. »Wie könnte ein Gespräch mit Ihnen für mich von Vorteil sein?«

Jetzt lächelte Hauptmann Riggs das erste Mal während ihrer Begegnung. »Sie sind Journalistin, und wir können Ihnen den Stoff für die Story Ihres Lebens liefern. Recherchieren Sie für den Anfang beispielsweise zum finnischen Uranabbau, der 1961 eingestellt wurde. Die Welt ist voller Informationen, die Staaten aus politischen Gründen verheimlichen«, sagte er und reichte Elina seine Visitenkarte, dann verließen die britischen Offiziere das Restaurant.

Elina spürte, wie ihre Besorgnis zurückkehrte, als sie an Aamers Bericht über das Washingtoner Protokoll dachte, und nun kam noch die Bemerkung des britischen Offiziers zum finnischen Uran dazu. Die Entdeckung des *Periculum Islamicum* hatte anscheinend eine Kettenreaktion ausgelöst und führte zu äußerst merkwürdigen Ereignissen. Und sie würde der Öffentlichkeit darüber berichten, das war sie Salman schuldig.

15

Helsinki, Freitag, 26. Oktober

Arto Ratamo saß im Direktorinnenzimmer der Einheitsschule am traditionsreichen Helsinkier Gymnasium »Normaalilyseo«, auch »Norssi« genannt, und hörte der spitznasigen Frau verblüfft zu.

»... inzwischen hat Nelli schon so oft gegen die Hausordnung unseres Gymnasiums verstoßen, dass es langsam reicht. Herrgott noch mal, Nelli ist erst seit zwei Monaten hier, aber schon dreimal beim Schwänzen und einmal beim Rauchen erwischt worden – und das als Dreizehnjährige! Außerdem sieht man es bei uns auch nicht so gern, wenn in der Schule geflucht wird, wie es einem gerade einfällt.«

Ratamo schwieg. Man sagte doch, Frauen mochten stille Männer, weil sie sich einbildeten, dass die zuhörten. Und er konnte ja zu diesem Thema auch nicht viel beitragen, denn die Probleme mit Nellis Verhalten kamen für ihn völlig überraschend. Zu Hause hatten sie monatelang keine Schwierigkeiten gehabt.

Die hochtoupierte Frisur der Direktorin schwankte, als sie sich an ihrem Schreibtisch zu Ratamo vorbeugte. »Wie sehen Nellis häusliche Verhältnisse aus? Reden Sie zu Hause über ihre Schulangelegenheiten? Ich habe gelesen, dass Nellis Mutter im Jahr 2000 gestorben ist und Sie seitdem Alleinerziehender sind. Hat Nelli den Verlust der Mutter überwunden, hat das Mädchen irgendeine erwachsene weibliche Ansprechpartnerin? Ein positives Rollenmodell?«

Ratamo bekam Gewissensbisse, lag das alles etwa an ihm? Es ließ sich nicht bestreiten, dass in seinem und Nellis häuslichem Leben schon seit Jahren ein arges Durcheinander herrschte, abgesehen von dem kurzen Zeitraum, in dem er und Riitta das erste Mal zusammengewohnt hatten. Doch er hatte sein Bestes gegeben.

»Na ja, nach dem Tod ihrer Mutter hat es Nelli nicht leicht gehabt. Aber ihre Großmutter ist die ganze Zeit für sie da gewesen, und Nelli hat sich nie beschwert. Und wir reden schon miteinander über vieles«, sagte Ratamo einigermaßen ehrlich. In der letzten Zeit hatten sich die Gespräche mit Nelli allerdings immer mehr auf Geldangelegenheiten oder die Uhrzeit, zu der sie spätestens zu Hause sein sollte, und Ähnliches konzentriert. Aber es war ja wohl kaum so, dass Mädchen im Teenageralter vor ihrem Vater ihren Herzenskummer oder ihre Wachstumsbeschwerden ausbreiteten.

Die Direktorin warf einen Blick auf die Uhr, die neben dem gerahmten Foto der Präsidentin an der Wand hing. Der Stundenzeiger näherte sich der Vier, und sie sprang auf. »Ich muss jetzt los, die Kinder aus der Kita abholen. Reden Sie zu Hause in aller Ruhe über diese Dinge. Es wäre schön, wenn Nelli ihr Verhalten gleich zu Beginn ihrer Laufbahn an unserer Schule ändern könnte.«

Ratamo verließ das über hundert Jahre alte Schulgebäude, schlug auf der Ratakatu den Kragen seiner Jacke hoch und wich einem kleinen Straßenreinigungsfahrzeug aus, das den Fußweg säuberte. Insgeheim konnte er Nelli nur beglückwünschen, dass sie sich im Sommer für das »Norssi« entschieden hatte, es lag schließlich nur etwa zweihundert Meter vom Hauptquartier der SUPO und einen halben Kilometer von ihrer Wohnung in der Korkeavuorenkatu entfernt. Trotz der Probleme war er stolz auf seine Tochter, Nelli war immer gut zurechtgekommen, wenn man in Betracht zog, was sie alles hatte durchmachen müssen.

Seine Gedanken schweiften in seine eigene Schulzeit ab; er hatte oft genug nachsitzen müssen, vermutlich wegen allen Unfugs, den man sich nur vorstellen konnte, beispielsweise weil er im Unterricht gesungen oder sich in der Pause auf dem Flur versteckt hatte. Natürlich würde er mit Nelli darüber reden, wie wichtig die Schule war, aber ob das half? Sie hatte ihren eigenen Kopf, deshalb hatte er sich auch nie der Illusion hingegeben, sie würde problemlos erwachsen werden. Außerdem wäre es auf der Welt ziemlich trist, wenn sich alle widerspruchslos den Regeln unterwürfen, dachte Ratamo, aber das würde er Nelli natürlich nicht sagen. Blieb nur zu hoffen, dass sich nach Riittas Einzug bei ihnen das Verhalten seiner Tochter in der Schule wieder normalisierte.

Am Haupteingang der Sicherheitspolizei zog Ratamo seine Zugangskarte durchs Lesegerät, griff nach der Türklinke und spürte einen Schmerz in seiner Hand. Er wusste nicht, worüber er mehr fluchen sollte, über den syrischen Beißer oder sein Pech: Wenn Wahib al-Atassi nicht HIV-positiv wäre, brauchte er jetzt nicht angespannt darauf zu warten, was der PCR-Test am kommenden Mittwoch ergeben würde.

Im Windfang öffnete Ratamo die erste Panzerglastür, begrüßte den Diensthabenden in der Wache auf der rechten Seite des Foyers mit einem Nicken, öffnete die zweite Glastür und betrat das schöne Treppenhaus im Stil des ausgehenden neunzehnten Jahrhunderts. Er passierte den Metalldetektor und das Durchleuchtungsgerät und fuhr mit dem Aufzug in die zweite Etage.

Im Lageraum der SUPO herrschte Hochbetrieb, obwohl es schon kurz vor halb fünf am Freitagnachmittag war. Die Besprechung, die Ratamo angesetzt hatte, begann.

»Aha, der Herr Oberinspektor geruhen auch zu erscheinen«, spottete Ossi Loponen und biss in sein Roggenbrötchen. Er war im letzten September zum Hauptwachtmeister befördert worden.

Die Oberwachtmeisterin Saara Lukkari, die ein Muskelshirt trug, ordnete ihre Unterlagen. Die junge Frau betrieb Aerobic auf Wettkampfniveau und war selbst in den letzten Arbeitsstunden der Woche noch voller Energie.

»Na dann, fangen wir mit dem Syrer, mit Wahib al-Atassi, an«, sagte Ratamo, wobei er seine verbundene Hand schwenkte und Saara Lukkari zunickte. Dann setzte er sich.

»Zu dem Mann gibt es keine Neuigkeiten mit sonderlich viel Biss«, witzelte Lukkari. Als sie sah, dass Ratamos Gesichtsausdruck angespannt wirkte, fuhr sie mit ernster Stimme fort: »Ich habe den Mann verhört und nichts Neues herausbekommen. Er wiederholt seine auswendig gelernten Geschichten: Er ist nach Finnland gekommen, um Urlaub zu machen, hat ein paar Bekannte getroffen ... Al-Atassi weiß natürlich nichts über den Terrorismus und kennt niemanden, der etwas mit dem Terrorismus zu tun haben könnte. Die KRP kümmert sich um die Ermittlungen gegen den Syrer, wahrscheinlich kriegt er zumindest ein Verfahren wegen gewaltsamen Widerstands gegen einen Vollstreckungsbeamten.«

»Haben die Dolmetscher schon übersetzt ...«

»Das Gespräch zwischen al-Atassi und dem Jordanier Hatem Shatat vor zwei Tagen ist das Interessanteste, was wir bisher haben.« Saara Lukkari unterbrach damit Ratamos Frage. »Al-Atassi hat bei dem Jordanier um Geld gebettelt wie ein Staubsaugervertreter: ›Die Bruderschaft braucht bald mehr Geld als je zuvor ... Das ist eine gemeinsame Anstrengung, weltweit. Das erste Mal, dass die ganze islamische Welt als vereinte Front zuschlägt‹«, las Saara Lukkari aus ihren Unterlagen vor.

»Das hört sich schlimm an«, sagte Loponen. »Wen hat der Mann sonst noch getroffen?«

»Die Übersetzungen seiner zwei weiteren Begegnungen bekomme ich von den Dolmetschern heute Abend oder spätestens Montagmorgen. Aber vom MI6 der Briten kam schon eine Information über al-Atassi: Der Mann gilt als Geldbeschaffer einer weltweiten islamistischen Organisation namens Moslembruderschaft und als eine Art Verbindungsoffizier.«

Loponen stopfte sich den Rest des Brötchens in den Mund. »Nach den Hassausbrüchen durch das *Periculum Islamicum* wird es den extremen Islamisten ziemlich leichtfallen, Geld zu beschaffen.«

»Was genau ist das für eine Organisation?«, fragte Ratamo nach, und Saara Lukkari suchte aus ihrem Papierstapel ein weiteres Blatt heraus.

»Die Moslembruderschaft ist eine weltweite islamische Bewegung, die überall zahlreiche Unterorganisationen hervorgebracht hat. Ihre Losung lautet ungefähr so: ›Allah ist unser Ziel, der Koran unser Grundgesetz, der Prophet unser Führer, der Kampf unser Mittel und der Tod für Allah unser größter Wunsch.‹«

Saara Lukkari sah ihre Kollegen besorgt an. »Diese Moslembruderschaft will ein islamisches Imperium gründen, ein weltweites Kalifat. Die Organisation selbst hat sich von der Gewalt losgesagt, wahrscheinlich um sich offiziell größeren Handlungsspielraum zu bewahren, aber viele ihrer Ableger betreiben mehr oder weniger unverhohlen Terrorismus. Und das Schlimmste ist, dass diese Unterorganisationen aktiv Kontakt zueinander halten und gemeinsam Geld für ihre Aktivitäten sammeln.«

Ratamo starrte auf seine verbundene Hand. »Und der Pakistaner, mit dem al-Atassi in Munkkivuori zusammensaß, bevor er mich gebissen hat?«

»Der Mann heißt Zahid Khan, über ihn werden derzeit Ermittlungen angestellt«, antwortete Saara Lukkari.

»Hat schon jemand Zeit gehabt, zu verfolgen, was für Reaktionen dieser ... Buchfund in der Welt ausgelöst hat?«, fragte Ratamo.

»Sein Titel lautet *Periculum Islamicum*, das heißt, die Bedrohung durch den Islam«, erinnerte Saara Lukkari ihre Kollegen. »Da kann man sich ja vorstellen, was so eine Entdeckung in den moslemischen Gemeinschaften für Folgen hat, die gehen doch schon wegen viel weniger in die Luft. Nach den letzten Informationen brennt die britische Botschaft in Pakistan, im Jemen wurde ein deutscher Ingenieur ermordet, und im Irak hat man zwei italienische Mitarbeiter von Hilfsorganisationen getötet. Es werden immer mehr Demonstrationen organisiert, da die Nachricht langsam auch die abgelegensten Gegenden erreicht. Das wird die reinste Hölle, das ist doch klar.«

»Keine besonderen Vorkommnisse in Finnland?«, vergewisserte sich Ratamo.

»Natürlich klingeln die Handys der Observierten ständig, und die Jungs von der Überwachung vor Ort haben alle Hände voll zu tun«, antwortete Saara Lukkari und verschränkte ihre Arme, so dass die Bizepse anschwollen. »Heute und in den nächsten Tagen wird es spontane Hassausbrüche geben, aber die wirklichen Auswirkungen des *Periculum* werden wir erst später sehen.«

Loponen rekelte sich und sah so aus, als wollte er sich gleich zum Mittagsschlaf hinlegen. »Das sind doch tausend Jahre alte Geschichten, wie können die sich über so etwas derart aufregen?«

»Bist du dazu gekommen, ein Personenprofil von Elina Laine zu schreiben?«, fragte Ratamo Saara Lukkari. »In den Nachrichten wurde übrigens schon erwähnt, dass sie Mitglied der Forschungsgruppe von Valence war.«

»Ich habe etwas zusammengestellt«, antwortete Saara Lukkari frohgelaunt. »Geboren in Riihimäki vor einunddreißig Jahren, der Vater ist Architekt und den größten Teil seines Lebens Invalidenrentner, die Mutter Apothekerin, keine Geschwister. Schule, Abendgymnasium, hat Informatik an der Universität Tampere und an der Columbia University in New York studiert. Also ein gescheites Mädchen. Keine Eintragungen in irgendeinem Register und auch sonst nichts Interessantes, außer ihrer jetzigen Arbeit als freie Journalistin, bei der sie viel in der Welt herumkommt, und der Ehe mit Salman Malik. Also dem Leiter der Forschungsgruppe, die das *Periculum* gefunden hat.«

»Salman Maliks Vergangenheit ist etwas bunter. Ich habe aus London Informationen über den Mann erhalten«, fuhr Saara Lukkari fort und hielt einen drei Zentimeter dicken Papierstapel hoch. »Malik hat das Internat Jamia Al-Karam und die Uni Cambridge besucht und ist der Sohn eines pakistanischen Einwanderers und einer englischen Lehrerin. Salman Maliks Vater, Aamer Malik, der die britische Staatsbürgerschaft 1970 erhielt, arbeitet im Außenministerium. Salman Maliks Mutter Dorothy starb 1992 an Krebs. Salman hat einen älteren Bruder, Imran, über den es keine Eintragungen in Registern gibt. Salman Malik gehörte in jüngeren Jahren fast allen friedlichen Moslemorganisationen in England an: Hizb ut-Tahrir, der Moslembruderschaft, der Organisation der Jungen Londoner Moslems ... Aber sein Name ist nicht im Zusammenhang mit einer einzigen dort für illegal erklärten Organisation aufgetaucht.«

Ratamo verarbeitete das Gehörte eine Weile und warf einen Blick auf seine Uhr. Er käme schon etwa fünf Minuten zur Besprechung mit Erik Wrede zu spät, und der Schotte hasste Unpünktlichkeit.

»Sind aus London irgendwelche neuen Informationen über den Tod von Salman Malik und diesem Duo aus der Geographischen Gesellschaft gekommen?«

Saara Lukkari schüttelte heftig den Kopf.

»Bei der Bewachung von Elina Laine gibt es sicher keine Probleme, oder? Hat Sotamaa sie jetzt im Auge?«, fragte Ratamo Loponen.

»Die Frühschicht ich, die Spätschicht Sotamaa und die Nachtschicht Saara. Es gab nichts Besonderes, außer dass zwei britische Offiziere da waren und mit ihr geredet haben«, erklärte Loponen und schob schon seine Unterlagen zusammen.

»Und das sagst du jetzt erst. Was wollten sie?«, fragte Ratamo wütend. Loponen war so faul, dass er nur dann effektiv arbeitete, wenn er unter Druck gesetzt wurde und ständig unter Kontrolle stand. Doch das war wirklich ein starkes Stück.

»Ich konnte mich nicht danebenstellen und ihnen zuhören, da Elina Laine nun mal mit ihnen sprechen wollte. Sie haben ein paar Minuten geredet, dann sind die Briten verschwunden, und ich habe sie an der Tür gefragt, was sie von ihr wollten. Sie meinte nur, sie hätten nach dem Telefongespräch gefragt, das Salman Malik kurz vor seinem Tod mit seiner Frau geführt hat. Da ist nichts Besonderes ...«

107

Es klatschte, als sich Ratamo mit der Hand an die Stirn schlug. »Das ist sehr wohl etwas Besonderes, wenn die Briten Offiziere hierherschicken, um sich bei Elina Laine nach einem Telefongespräch zu erkundigen! Das hätten sie auch über uns in Erfahrung bringen können. Bei Elina Laine muss sofort nachgefragt werden, was die Briten wirklich wollten.«

Ratamo knirschte mit den Zähnen, marschierte aus dem Lageraum hinaus und stieg die Treppe hoch in die dritte Etage. Er blieb im Zimmer der Sekretärin neben dem grünen Tresor stehen, in das Arbeitszimmer des Chefs gelangte man nur auf diesem Wege. Zu Zeiten von Jussi Ketonen war ein Besuch hier eine Freude gewesen, bei Ulla Palosuo ein notwendiges Übel und jetzt ... Er klopfte an und öffnete die Tür, für die Scherze mit der Ampel blieb jetzt keine Zeit.

Der rothaarige Chef der Sicherheitspolizei Erik Wrede befestigte gerade die Ehrenurkunde zum Orden des Löwen von Finnland an der Wand, die er am Unabhängigkeitstag erhalten hatte. »Du solltest um fünf kommen, und jetzt ist es gleich halb sechs.«

Ratamo schaute kurz auf seine Uhr – viertel nach. Was wollte der Schotte eigentlich? Seit Wrede Chef war, behandelte er seine Untergebenen besser als je zuvor, aber ihm machte er wie ein Besessener die Hölle heiß. Vielleicht rührte das aus der Zeit, als Wrede mit der bisherigen Chefin Ulla Palosuo im Clinch lag. Ratamo hatte damals nicht für ihn, aber auch nicht für die andere Seite Partei ergriffen, möglicherweise nahm Wrede ihm das übel.

Der dunkelrote Tresor und die halbkugelförmige Tischlampe gehörten schon in Ketonens Amtszeit zum Inventar, eine beigefarbene Sofagarnitur und ein mickriger Geldbaum erinnerten an Palosuos kurze Zeit als Chefin, und Wrede hatte ein paar Bilder und irgendeine alte Museumswaffe mitgebracht.

»An dieser Geschichte mit Elina Laine ist irgendetwas merkwürdig. Sieh dir mal diese Liste an«, sagte der Schotte mürrisch und drückte Ratamo ein Blatt in die Hand.

»Alle diese Einrichtungen wollen Informationen über Elina Laine haben: die Antiterror-Arbeitsgruppe der Nachrichtendienste der EU-Länder CTG, das EU-Lagezentrum SitCen, die NATO, die CIA, die NSA, der MI5 und der MI6 …«, las Wrede vor und wirkte frustriert.

Ratamo zuckte die Achseln. »Das *Periculum Islamicum* ist ja auch ein verdammt brisantes Buch. Ich wundere mich überhaupt nicht, wenn man weltweit alles über jeden Menschen wissen will, der etwas davon weiß.«

Der Schotte klopfte nachdenklich auf seinen Schreibtisch. »Damit muss auch noch irgendetwas anderes zusammenhängen. Vielleicht ist es am besten, wenn du mehr Verantwortung für Elina Laine übernimmst, auch wenn du der Chef der Einheit bist. Ich glaube nicht eine Sekunde lang, dass Salman Malik, Amy Benner und William Norton zufällig gestorben sind, gerade als sie ihre große Entdeckung veröffentlichen sollten.«

Ratamo widersprach nicht, er stand auf und verließ den Raum, als Wrede in Richtung Tür nickte. Er hatte über den Schotten nicht viel Gutes zu sagen, aber an der Schärfe seines Spürsinns und an seinen Fähigkeiten als Polizist zweifelte er nicht.

16

Pihtipudas, Samstag, 27. Oktober

Lauri Huotari wartete auf dem Standstreifen der Staatsstraße 4 irgendwo zwischen Pihtipudas und Kärsämäki, ließ den heftigen Regen auf sich herabprasseln und wischte die ölverschmierten Hände an der pitschnassen Putzwolle ab. Seine Stimmung war genauso stockduster wie die Nacht. Verfluchter Mist, es ging aber auch alles schief. Der Motor des noch fast neuen Lastzugs war nachts um zwei festgefahren, und die Mechaniker vom Volvo Action Service würden wer weiß wie lange brauchen bis an diesen gottverlassenen Ort. Und er konnte das beladene Auto ja auch nicht allein stehenlassen. Ein Teil, das über hunderttausend Euro gekostet hatte, dürfte nach einem Jahr nicht kaputtgehen, verdammt noch mal. Er hatte schon stundenlang gewartet und war so in Rage, dass er am liebsten vor Wut gebrüllt hätte. Er schluckte den Ärger, das konnte er gut; morgen würde er darüber lachen, im Leben musste man nehmen, was einem zugeteilt wurde.

Das Handy klingelte, gerade als Huotari seine hundertzwölf Kilo in die Fahrerkabine gehievt hatte. Auch das noch – er hatte vergessen, Katriina Bescheid zu geben, dass es später werden würde, er wusste schon, was jetzt kam. Am liebsten wäre er gar nicht rangegangen, er hatte schon seit langem die Nase voll von Katriinas Gemecker. Aber es brachte auch nichts, wenn er seine Frau absichtlich noch mehr ärgerte, dann ging sie erst recht auf die Palme, und in ihrer Familie musste doch wenigstens einer die Nerven bewahren. Er beschloss, sich zu melden.

»Hier ist im Moment der Teufel los, Schatz, der Lastzug hat mitten in der Einöde einen Schaden, und die Jungs von Volvo sind gerade gekommen, um das zu reparieren«, schwindelte Huotari seiner Frau vor.

»Und wann wolltest du mir Bescheid sagen? Du solltest auch mal ein bisschen daran denken, wie es ist, wenn man sich hier jeden Abend allein um die Kinder kümmern muss. Pauliina kann nicht schlafen, weil sie Halsschmerzen hat, und ich konnte nicht in die Apotheke, weil ich niemanden gefunden habe, der auf Vili aufpasst.«

Wärst du doch mit dem Taxi gefahren, dachte Huotari, sagte aber natürlich nichts. Er widersprach Katriina schon lange nicht mehr, obwohl es Grund genug gegeben hätte, aber er konnte das ständige Genörgel seiner Frau einfach nicht mehr hören. Es war leichter, zu schweigen und den Ärger zu schlucken.

»Man schämt sich ja so, dass man sich nicht mehr ins Dorf traut. Ich war heute im S-Market und musste ohne Lebensmittel wieder nach Hause gehen, sie haben gesagt, die Kreditkarte ist gesperrt. Du kannst dir vorstellen, was morgen im Dorf erzählt wird. Ständig ist das Konto leer, was machst du mit deinem ganzen Geld?«

Huotari biss die Zähne so zusammen, dass es weh tat. »Du weißt doch ganz genau, was ich mit dem Geld mache, du hast die Kontoauszüge und die Tilgungstabellen der Kredite gesehen, und …«

»Im Dorf heißt es, dass mit dem Mann irgendwas nicht stimmen muss, wenn er rund um die Uhr arbeitet und trotzdem nicht imstande ist, seine Familie zu ernähren. Ich …«

»Du, ich muss jetzt den Mechanikern helfen, ich komme, sobald ich kann«, sagte Huotari und schaltete das Telefon aus. Er versuchte sich zu beruhigen, aber sein Puls hämmerte wie im Takt eines Humppa-Titels. Manchmal hatte er das Gefühl, dass er das alles bald nicht mehr schaffen würde.

Huotari schaltete das Radio aus, als in den Nachrichten von irgendeinem Dokument berichtet wurde, das die Moslems auf die Barrikaden brachte. Als man es gefunden hatte, war auch eine finnische Journalistin mit dabei gewesen. Die Sorgen der Menschen waren eben sehr unterschiedlich. Wie sollte er bloß seine eigenen in den Griff kriegen? Erst verlangte die Bank zusätzliche Sicherheiten für die Kredite, dann machte der Motor des brandneuen Lkw schlapp, und jetzt hatte man auch noch seine Kreditkarte auf Eis gelegt. Und was passierte als Nächstes? Würde das Haus abbrennen oder zur Abwechslung mal die Achillessehne am anderen Fuß reißen, die Verletzung vom letzten Winter war ja schon ausgeheilt. Wie konnte ein Mensch allein alles Pech der Welt abbekommen?

Und wie lange würde die Reparatur des Motors dauern, wie viele Fahrten und Euro würde er verlieren? Er brauchte zur Kreditabzahlung jeden Euro, den er zusammenkratzen konnte, und selbst das genügte nicht. Zusätzliche Fahrten konnte er auch nicht annehmen, er machte schon jetzt mehr, als das Gesetz erlaubte. Ihm blieb ja gar nichts anderes übrig, als auf die Regeln zu pfeifen, die Geldstrafen könnte er dann irgendwann bezahlen, wenn er bei den Kredittilgungen wieder im Zeitplan lag.

Die Welt hatte einen grundlegenden Webfehler, überlegte Huotari und goss sich aus der Thermoskanne Kaffee in den Plastikbecher. Junge Ehepaare mussten genau in den Jahren, in denen ihre Einkünfte am geringsten waren, die Wohnungen und die anderen großen Anschaffungen bezahlen und auch noch die Kinder erziehen. Da halfen auch die paar Euro Kindergeld vom Staat nicht viel. Und dann mit sechzig, auf der Zielgeraden der beruflichen Laufbahn, wenn die Kinder zu Hause ausgezogen und die Schulden für die Wohnung bezahlt waren, dann hatten die Leute ein anständiges Gehalt und ließen sich etwas einfallen, was sie mit ihrem Geld machen könnten, das auf dem Bankkonto lag.

Lauri Huotari holte aus dem Portemonnaie die Fotos seiner Kinder und betrachtete die einzigen Lichtblicke in seinem Leben, bis das Auto der Volvo-Mechaniker endlich eintraf. Vielleicht schaffte er es noch, am frühen Morgen ein paar Stunden zu schlafen. Vor der nächsten Fahrt.

17

Helsinki, Samstag, 27. Oktober

Elina Laine war in ihrer Wohnung gerade mit dem Saubermachen fertig, da bemerkte sie auf der glänzenden Oberfläche des Esstischs einen eingetrockneten Milchspritzer. Sie holte aus der Küche den Abwaschlappen und wischte den störenden Fleck weg. Genau deswegen wollte sie nicht zu Hause arbeiten, hier gab es zu viele Störfaktoren. Das ständige Putzen ärgerte sie selbst, aber was sollte sie machen, es erleichterte sie. Elina fiel ein, dass am folgenden Vormittag die Beerdigung von Tante Kaisa stattfand, und ihre Stimmung verdüsterte sich noch mehr. Die Tante hatte als Schwester in der Psychiatrie gearbeitet und behauptet, Elina leide unter einer Zwangsstörung. Sie selbst jedoch hatte eher den Verdacht, dass sie so neurotisch putzte, weil sie dem Grübeln über ihre Probleme entfliehen wollte, momentan vor allem über Salmans Tod. Wie dem auch sei, derzeit war der übertriebene Putzeifer für sie das kleinste Übel. Ihr Blick fiel auf eine Muschel, die Salman auf der Hochzeitsreise gefunden hatte, und die Trauer überrollte sie.

Es war an der Zeit weiterzuarbeiten. Die Internetseiten wechselten in rascher Folge auf dem Display des Laptops, als Elina versuchte herauszufinden, was die Briten mit ihrem Hinweis auf den finnischen Uranabbau beabsichtigt hatten. Eile war geboten, nervös trommelte sie mit dem Fuß auf den Boden. Aamers Maschine war schon vor einer halben Stunde in Seutula gelandet. Zum Glück hatte er ihr verboten, ihn vom Flughafen abzuholen.

Elina jubelte, als sie im Internet die Nummer 2 der Bergbauzeitschrift *Vuoriteollisuus* aus dem Jahre 1961 fand: »Das Uranbergwerk Paukkajanvaara. Versuche der Atomienergia Oy zum Abbau und zur Anreicherung von Uranerzen in den Jahren 1958–1961.«

Sie verschlang den Text. »*In den Nachkriegsjahren stieg der Stromverbrauch Finnlands stark an. Die weltweiten Diskussionen über die Kernenergie als Energiequelle der Zukunft waren auch den Verantwortlichen der hiesigen Energiewirtschaft zu Ohren gekommen, und man beschloss, zu klären, ob in Finnland die Kernenergie eine Lösung wäre, um den wachsenden Energiebedarf zu decken.*

1955 wurde die Atomienergia Oy gegründet, die eine systematische Suche nach radioaktiven Vorkommen in Regionen begann, die geologisch als geeignet angesehen wurden. Sie fand schnell mehrere uranhaltige Mineralien, und schließlich wurde Ende 1957 in Hutunvaara bei Eno eine Reihe von Uranerzbrocken guter Qualität entdeckt, der bis dahin größte Fund dieser Art in ganz Skandinavien ... Im Herbst 1958 wurde in Hutunvaara eine Brechanlage gebaut, und man begann mit dem Abbau von Uranerz im Tagebau ... Es wurde ein Vertrag über den Verkauf von Stückerz an die schwedische Atomenergi AB abgeschlossen. 1959 entschied man sich, ein kleines Bergwerk und eine Anreicherungsanlage zu errichten ...«

Elina war verblüfft, die Briten hatten die Wahrheit gesagt. »*Die Anreicherungsanlage der unter dem Namen Paukkajanvaara ins Bergwerkregister eingetragenen Grube nahm den Probebetrieb im April 1960 auf ... Das von 1960 bis 61 erzeugte halbangereicherte Erz enthielt über dreißig Tonnen Uran ... Der Vertrag mit den Schweden wurde erfüllt, als die schwedische Atomenergi AB einwilligte, sog. Gelbkuchen statt des Stückerzes abzunehmen.*

Im Herbst 1960 war abzusehen, dass die Nutzung der Uranvorkommen in Eno und seiner Umgebung ein äußerst umfassendes und teures Forschungsprogramm erfordern würde, deswegen beschloss die Atomienergia Oy, ihr Forschungsgelände an die Outokumpu Oy zu übertragen, der Produktionsversuch in Paukkajanvaara wurde eingestellt ...«

Merkwürdig, sie hatte nie davon gehört, dass in Finnland Uran abgebaut worden war. Oder hatte man das Thema in den Medien behandelt, als zuletzt der Aufschluss neuer Uranbergwerke in die Schlagzeilen geraten war? Sie reiste so viel umher, dass sie nicht mehr die Zeit fand, das Geschehen in Finnland gründlich zu verfolgen. Elina war besorgt. Warum hatten die Briten sie aufgefordert, über das Uranbergwerk von Paukkajanvaara zu recherchieren, welche Geheimnisse hingen damit zusammen? In den letzten Tagen war einfach zu viel geschehen, und das alles sorgte in ihrem Kopf für eine heilloses Durcheinander: das *Periculum Islamicum*, der Tod von Salman, Amy und William Norton, Aamers Hinweis auf einen Vertrag, der noch gefährlicher wäre als das *Periculum*, der Besuch der britischen Offiziere im Restaurant Elite, das Uran von Paukkajanvaara ... Elina erkannte natürlich, dass all das, was sie gesehen und erfahren hatte, den Stoff bot für den wichtigsten Enthüllungsartikel des Jahrhunderts. Ihre Phantasie spuckte für die Sensationsstory Schlagzeilen aus, eine verwegener als die andere. Hauptmann Riggs' Worte klangen ihr in den Ohren. »Die Welt ist voller Informationen, die Staaten aus politischen Gründen verheimlichen.«

Als es an der Tür klingelte, erschrak Elina so sehr, dass sie ihre Teetasse umstieß. Sie rannte in die Küche, schnappte sich eine Rolle Küchenpapier und konnte sie noch auf die Pfütze drücken, bevor der Tee auf den Fußboden floss. Zum Glück war das Getränk schon abgekühlt, heißer Tee hätte womöglich einen Fleck in die lackierte Oberfläche eingebrannt.

Aamer Malik, vom Regen nass, wirkte ungepflegt und sah aus wie ein gebrochener Mann. Er legte seine knochigen Arme um Elina, kaum dass die Tür aufging, und drückte sie fest an sich. Es tat gut, Salmans Vater zu halten.

Elina bemerkte, dass Aamer unregelmäßig atmete und zitterte. Er würde doch nicht etwa anfangen zu weinen und völlig zusammenbrechen? Vielleicht war Aamer durch Salmans Tod noch stärker erschüttert, als sie es im Laufe ihrer Telefongespräche gespürt hatte. Sie lösten sich voneinander und schauten sich an, als hätten sie sich jahrelang nicht gesehen. Aamer wirkte abgemagert, die dunkle Haut war noch faltiger als sonst, die schwarzen Augenbrauen hingen noch tiefer, dennoch fanden sich in seinem Gesicht Salmans vertraute Züge.

»Nun komm erst mal richtig rein, mein Lieber. Zieh dich aus und setz dich hin, dann kriegst du eine Tasse Tee, ich habe den Chai, den Salman am liebsten getrunken hat.«

Instinktiv runzelte Elina die Stirn, als Aamer mit seinen nassen Schuhen über den Teppich im Flur auf das Parkett trat, um seinen Mantel auszuziehen. Sie trug seinen kleinen Koffer und die Ledertasche an die Leiter, die zur Galerie führte, holte aus der Besenkammer einen Lappen, wischte die Pfütze unter Aamers Schuhen weg und brachte sie zum Trocknen ins Bad. Genau deswegen lud sie nie Gäste zu sich nach Hause ein, Aamer dürfte überhaupt erst der vierte Besucher hier sein.

»Entschuldige, dass ich etwas später komme als versprochen. Ich habe auf dem Flughafen noch das Dhuhr gebetet, das Mittagsgebet«, sagte Aamer und schaute sich um. »Du hast aber ein schönes Zuhause, es ist offenbar mit viel Geschmack eingerichtet worden.«

»Eher mit Geld«, erwiderte Elina und schnaufte dabei. »Wie du weißt, habe ich von meinem Großvater ein ziemlich großes Vermögen geerbt, und für irgendwas muss man es ja ausgeben.« Ihr fiel ein, dass sie nach Salmans Tod auch kaum etwas anderes besaß als Geld.

»Wie war der Flug? Du musstest sicher früh aufstehen?«, fragte Elina und wurde noch trauriger, als sie in Aamers schwarze Augen schaute. Sie sahen genauso aus wie die von Salman.

Aamer setzte sich seufzend aufs Sofa. »Ich bin fast die ganze Nacht wach geblieben, es gab so viel zu tun, vorzubereiten. Aber jetzt geht es mir schon etwas besser. Vielleicht hilft diese Trauerarbeit. Ich will alles über Salmans letzte Tage und das *Periculum Islamicum* erfahren.«

Elina setzte sich in den Sessel »Stricto sensu« von Didier Gomez und wollte gerade antworten, als sich Aamer zu ihrem Entsetzen das Regenwasser aus den Haaren wischte und seine Hände am Polster des naturweißen Sofas abtrocknete. »Wie wäre es, wenn wir uns in aller Ruhe beim Mittagessen unterhalten? Ich wollte mit dir ins ›Peshawar‹ gehen, das dürfte das einzige pakistanische Restaurant in Finnland sein. Und dort gibt es Halal-Essen.«

Eine Stunde später räumte der freundlich lächelnde Kellner die Suppenteller ab und brachte unverzüglich das Hauptgericht: für Aamer Murgh Handi, in Tanduri Masala marinierte Hühnerbruststückchen, und für Elina Saag Kofta, Spinatklößchen in Currysauce. Elina hatte die Vorspeise, eine Sharim-Suppe, kaum angerührt, weil sie einmal das ganze Hauptgericht genießen wollte. Die Bohnen würde sie allerdings nicht essen, das würde die zulässige Kalorienmenge des Tages deutlich überschreiten. Das Restaurant im Espooer Stadtteil Olari eignete sich perfekt für sie beide: Der bescheidene Aamer wollte nicht in vornehmen Trendlokalen essen, und Elina gefielen die Sauberkeit und das reichliche Angebot an vegetarischen Speisen im Peshawar.

Sie hatten erst in der Runeberginkatu und dann hier schon ewig lange über das *Periculum Islamicum* und Salmans letzte Tage geredet, und Elina, die schon ganz verweint aussah, fiel nichts mehr ein, was sie noch erzählen könnte. Als sie den SUPO-Mitarbeiter sah, der vor dem Restaurant auf und ab ging, war sie nahe daran, Aamer von ihrem Wächter zu erzählen, beschloss dann jedoch, den alten Mann nicht noch mehr zu beunruhigen.

Der niedergeschlagen wirkende Aamer stocherte mit der Gabel auf seinem Teller herum. »Wie ich schon sagte, Salmans Tod war zum Teil meine Schuld. Ich habe Imran und Salman ständig gepredigt, wie hervorragend die islamische Lebensweise ist und wie dekadent die westlichen Staaten sind. Ich habe erreicht, dass sich meine Söhne für die Verteidigung des Islams interessierten, und jetzt ist Salman tot und Imran brütet, weiß der Himmel wo, radikale Pläne aus.«

Aamer sah so kläglich aus, dass er Elina leidtat. »Jetzt bist du zu streng mit dir selbst. Du hast dich schließlich immer nur für die Gleichberechtigung von Moslems und Christen ausgesprochen, das ist doch anerkennenswert. Du bist nicht dafür verantwortlich, was irgendwelche Rassisten mit Salman in der Universität gemacht haben«, versicherte Elina so vehement, dass ihr Zahnschmuck blitzte.

Doch die tröstenden Worte zeigten bei Aamer keine Wirkung. »Du musst verstehen, was mir der Islam bedeutet. Mit ihm habe ich in Pakistan ein neues Leben gefunden, eigentlich überhaupt erst ein Leben. In Indien war ein kastenloser Mensch ein wertloser Sklave, selbst Tiere behandelte man besser als uns. Es gab weit über hundert Millionen Kastenlose, wenn einer starb oder getötet wurde, fand sich für ihn leicht ein anderer Sklave oder sogar mehrere. Niemanden kümmerte das, und das ist immer noch so. Wir wurden geschlagen, wenn unser Schatten den eines Menschen aus einer höheren Kaste traf. Stell dir das mal vor«, sagte Aamer und sah Elina mit einem mitleiderregenden Blick an.

Er fuhr mit seinen Erinnerungen fort, noch bevor Elina etwas entgegnen konnte. »Wir mussten immer eine Glocke und einen Eimer bei uns tragen: Die Glocke warnte die andcren davor, dass ein kastenloser Mensch kam, und spucken musste man in den Eimer, damit der Boden nicht verunreinigt wurde. Wir durften keine Schule besuchen und uns nicht einmal auf einer Parkbank neben einen Hindu setzen, der zu einer Kaste gehörte.«

»Die Situation kann doch wohl heutzutage nicht mehr so schlimm sein?«, fragte Elina, als Aamer seinen Nachtisch bekam, Kheer, einen mit Mandeln und Safran gewürzten Reisbrei.

»Die Zahl der brutalsten Gewalttaten ist vermutlich etwas geringer geworden, aber auch heute noch kann man ab und zu in indischen Zeitungen lesen, dass einem Kastenlosen, der an der falschen Stelle geangelt hatte, Säure ins Gesicht geschüttet wurde oder dass die Ehefrau eines Kastenlosen vor den Augen ihres Mannes vergewaltigt wurde.«

»Solch eine Kindheit hinterlässt ja zwangsläufig ihre Spuren. Du hast das alles großartig bewältigt«, sagte Elina und erinnerte sich beschämt, dass sie als Teenagerin ihr eigenes Leben wegen der Strenge ihres Vaters für schwer gehalten hatte.

Aamer lächelte bedrückt. »Der Koran sagt: *Und suchet Hilfe in der Geduld und im Gebet! Es ist zwar schwer, was man von euch verlangt, aber nicht für die Demütigen.*«

Elina versuchte sich vorzustellen, wie ein Leben sein musste, das Aamer beschrieb, aber sie sah sich nicht dazu imstande. Sie beschloss, das Thema zu wechseln, sonst wäre sie bald nicht mehr fähig, Aamer zu trösten.

»Am allermeisten wundert mich, dass die Männer, die in die Universität eingebrochen sind, laut Salman korrekt gekleidete Briten in dunklen Anzügen waren. Die Polizei hingegen behauptet, eine Gruppe Rassisten sei in die Universität eingedrungen und habe Losungen an die Wände geschmiert«, sagte Elina und kostete vorsichtig ihren Tee.

Aamer wischte sich mit der Serviette die Mundwinkel ab und sah Elina eindringlich an. »Ich glaube ganz und gar nicht, dass William Norton, Amy Benner und Salman zufällig in derselben Nacht gestorben sind, egal was die Polizei behauptet. Und ich weiß auch, warum jemand sie umbringen wollte.«

Elinas Journalisteninstinkt erwachte. War Aamer jetzt jeglicher Realitätssinn abhandengekommen, oder hatte er im Außenministerium irgendein Staatsgeheimnis erfahren?

»Ich trage tatsächlich eine Teilschuld an Salmans Tod. Ich habe meinem Sohn vor ein paar Jahren von einem Dokument erzählt. Das brachte Salman so in Wut, dass er beschloss, sich ganz der Arbeit zu widmen, mit der er die Doppelzüngigkeit der westlichen Länder aufdecken wollte. Doch das *Periculum* ist gar nichts, verglichen mit diesem Dokument. Lies das, aber erst zu Hause.« Aamer holte aus seiner Ledertasche einen braunen Briefumschlag und legte ihn feierlich vor Elina auf den Tisch.

Elina nahm das Kuvert.

»Die britische Regierung hält dieses Dokument schon jahrelang geheim. Und sie hat Salman, Amy Benner und William Norton aus politischen Gründen umbringen lassen umbringen lassen, damit auch das *Periculum* geheim gehalten werden kann.« Aamer klopfte mit dem Finger auf das Kuvert.

»Den Verdacht habe ich auch. Dass drei Menschen, die von der Entdeckung des Buches in Valence wussten, am selben Tag sterben und dann noch kurz vor der Veröffentlichung des *Periculum*, kann schwerlich Zufall sein.«

Aamers Kummer schien noch größer zu werden. »Ich fürchte sehr, dass die Reaktionen auf das *Periculum* nur das Vorspiel für das waren, was der Inhalt dieses Umschlags bei seiner Veröffentlichung auslösen würde. Und in den Schlagzeilen ist ja jetzt schon die Rede vom Krieg der Zivilisationen und von einem weltweiten Dschihad.«

Er beugte sich zu Elina hin und legte eine Hand auf den Briefumschlag, seine feuchten Augen schimmerten. »Ich kann diesen Kampf nicht mehr führen, ich bin zu alt und zu müde. In diesem Kuvert befindet sich der Vertrag, der Washingtoner Protokoll genannt wird. Ich weiß nicht, was ich damit machen soll, ich bin zu sehr erfüllt von Trauer. Du darfst diese Entscheidung treffen, du bist jung und hast genug Energie. Du wirst es schaffen, diesen Kampf zu bestehen. Wenn du willst, kannst du mit diesem Vertrag Salmans Tod rächen. Aber du musst mir zwei Dinge versprechen.«

Elina nickte. In diesem Moment hätte sie, wenn es sein musste, zweihundert Versprechen gegeben, um das Washingtoner Protokoll lesen zu können.

»Sei vorsichtig. Und trage das Originalprotokoll nicht mit dir herum, es ist deine Lebensversicherung.«

18

Essex, Samstag, 27. Oktober

Ein Tritt mit einem Springerstiefel, und die gläserne Terrassentür der Villa zerbarst mit lautem Klirren, schwarzgekleidete Soldaten in voller Ausrüstung stürmten hinein, sicherten die Ausgänge und durchsuchten die ländliche Wochenendwohnung des Ständigen Unterstaatssekretärs im britischen Außenministerium.

Oliver Watkins, der Kanzleichef des Premierministers, stand im üppig grünenden Garten der Villa an einem kleinen Teich voller Seerosen und wartete auf ein Zeichen von Janet Doherty, der Leiterin des SRR-Kommandos, dass er hineinkommen durfte. Der Wind wirbelte orangerotes Laub auf, und ein Teppich von halbgeschmolzenen Hagelkörnern bedeckte den Boden. Wie konnte sich der Ständige Unterstaatssekretär so ein Anwesen leisten, ein riesiges, weiß gekalktes Haus mit roten Dachziegeln, Garten und Teich, etwa hundert Kilometer nordwestlich von London, in der Nähe des Meeres und des geschäftigen Zentrums von Colchester?

Watkins wischte sich den Schweiß vom Gesicht, er war so aufgeregt, dass er fürchtete, eine Ader in seinem Kopf könnte platzen. Sollte das Washingtoner Protokoll tatsächlich verschwunden sein, war nicht nur seine Karriere in Gefahr, sondern die ganze britische Lebensart. Das Schlimmste war, dass er damals selbst vorgeschlagen hatte, Unterstaatssekretär Efford das Washingtoner Protokoll anzuvertrauen, weil der Mann ein verlässlicher und altgedienter Parteisoldat war und einer der Architekten des Protokolls. Watkins hatte es seinerzeit für politisch klug erachtet, das Protokoll im Außenministerium zu verstecken und nicht im Arbeitsraum eines Mitarbeiters des Premiers. Im Ernstfall war es immer noch am einfachsten, den als Übeltäter zu beschuldigen, der die Hand bis zum Ellbogen im Marmeladenglas hatte.

Er drehte seinen breiten Rücken gegen den Wind, hielt seine tellergroße Hand vor das Streichholz und zündete sich eine Zigarette an. Seit einer Ewigkeit hatte er sich nichts so sehnlich gewünscht wie in diesem Augenblick, dass Efford nicht dazu gekommen war, zu fliehen. Sofort nach dem Hinweis auf die Notiz Salman Maliks, in der angedroht wurde, das Washingtoner Protokoll zu veröffentlichen, hatte er Efford angerufen. Aber der hatte ihm das Dokument nicht gebracht. Watkins bereute es, bis zum Morgen gewartet und erst dann die Suche nach Efford ausgelöst zu haben. Natürlich hatte er dem Mann vertraut, der Unterstaatssekretär war schließlich bei der Erarbeitung des Washingtoner Protokolls dabei gewesen, und seine Veröffentlichung würde für Efford ebenso das Ende bedeuten wie für ihn und den Premier. Auch alles andere lief gegen den Baum: Der Londoner Polizeichef hatte soeben mitgeteilt, bei den Ermittlungen zu den Todesfällen von William Norton und Amy Benner gehe man nunmehr von Mord aus. Irgendetwas war in der Inszenierung des SRR offensichtlich schiefgelaufen.

Ein Pfiff gellte durch den Garten. Watkins blickte zur Terrasse und sah einen winkenden Soldaten. Das war Doherty; natürlich erkannte er die Frau an ihrer tollen Figur, auch wenn sie unter dem Kampfanzug versteckt war. Er ging in aller Ruhe an der Buchsbaumhecke, der Moosfläche und den verwelkten Blumen auf den Beeten vorbei zur Terrasse und betrat durch die Doppeltür das Kaminzimmer der Villa. Unterstaatssekretär Efford saß mit seiner Frau auf dem geblümten Sofa und zitterte vor Angst.

Majorin Doherty, die ihren Helm abgesetzt hatte, flüsterte dem wütenden Watkins etwas zu und zog dann die Gardinen an den großen Terrassenfenstern zu. Sie hielt eine Maschinenpistole Heckler & Koch MP7 in der rechten Hand und trug ein Kopftuch, ihre Mascara war verschmiert.

Unterstaatssekretär Efford war völlig aufgelöst und redete stockend. »Ich begreife nicht, was geschehen ist. Gestern bin ich nach London gefahren, um das Protokoll zu holen, unmittelbar ... fast sofort nach deinem Anruf. Es ist nicht ... Es ist aus dem Außenministerium ... aus meinem Arbeitszimmer ... aus dem Tresor verschwunden.«

Watkins, der seinen Mantel und die Handschuhe ausgezogen hatte, setzte sich in einen Sessel, der unter seinem Gewicht knarrte, und versuchte sich zu beherrschen. »Mann, du glaubst doch nicht ernsthaft, dass du dich hier mit Lügen aus der Affäre ziehen kannst! Du hast dich weder gestern noch heute Morgen gemeldet, und jetzt finden wir dich hier. Die Soldaten sagen, dass du im Begriff warst, deine Unterlagen zusammenzupacken und ...«

»Oliver, wir wollen jetzt ganz ruhig bleiben«, sagte der Unterstaatssekretär und versuchte aufzustehen, doch einer der Soldaten drückte ihn an den Schultern zurück aufs Sofa. »Ich war nicht beim Packen, wir haben im Arbeitszimmer gerade das Protokoll gesucht, als diese ... Soldaten hereingestürmt kamen. Ich habe dich nicht angerufen, weil ich das Protokoll nicht in meinem Zimmer im Außenministerium gefunden habe und keine Panik auslösen wollte. Ich war sicher, dass es hier ist ... dass ich es versehentlich zwischen irgendwelchen anderen Unterlagen aus dem Tresor mit hierhergenommen hatte oder ...«

»Ach, du hast das Protokoll nicht gefunden!« Watkins haute mit der Faust so auf den Couchtisch, dass die darauf stehenden Dinge in die Luft flogen. »Verdammter Idiot! Großbritanniens wichtigstes Dokument wurde dir anvertraut, und du verlierst es! Dabei weißt du doch nur zu gut, was für eine Katastrophe die Veröffentlichung des Washingtoner Protokolls wäre. Es würde Britannien in den Krieg stürzen!«

Majorin Doherty hielt es für ratsam, das Wort zu ergreifen, da Watkins vor Wut zu platzen drohte. »Wo haben Sie das Dokument aufbewahrt?«

»Im Außenministerium im Tresor meines Arbeitszimmers, das

ist es ja, was ich am allerwenigsten verstehe.« Effords Stimme stieg ins Falsett. »Er hat ein elektronisches Schloss, dessen Code außer mir niemand kennt. Ich habe nicht einmal gewagt, diese Zahlenreihe aufzuschreiben, und ich habe nicht ...«

»Wie viele Menschen hätten unbemerkt in Ihr Zimmer gehen können?«

»Im Prinzip alle Leute auf der Etage, zumindest dann, wenn Aamer Malik nicht in seinem Zimmer ist. Malik ist mein Privatsekretär. In mein Zimmer gelangt man nur durch seinen Raum.« Der Unterstaatssekretär sah mit neugierigem Blick, wie Kanzleichef Watkins die Stirn runzelte.

»War Aamer Malik gestern an seinem Arbeitsplatz?«, fragte Doherty.

»Nein ... oder doch. Meine Sekretärin Linda Tilton hat erwähnt, dass Aamer kurz da war. Ich habe mich darüber gewundert, wenn man bedenkt, dass der Mann schließlich in der Nacht zuvor seinen Sohn verloren hatte. Und wenn nun diese Ereignisse zusammenhängen – die Entdeckung des *Periculum Islamicum* und das Verschwinden des Washingtoner Protokolls? Die moslemische Welt ist schon jetzt rasend vor Wut, ich habe eben im Radio gehört, dass unsere Botschaft im Jemen mit Granaten beschossen wird. Falls das Protokoll jetzt veröffentlicht wird, dann würde es die ganze Welt in die Luft jagen. Allein innerhalb der britischen Grenzen wohnen fast eine Million Pakistaner und über anderthalb Millionen Moslems und ...« Der Unterstaatssekretär hielt seiner Frau weiter einen Vortrag, während Watkins und Majorin Doherty den Raum verließen. Sie blieben auf der Terrasse stehen, der Wind pfiff ihnen um die Ohren.

»Wir wissen, wo Aamer Malik ist«, sagte Doherty. »Wir haben versucht, ihn zu erreichen, um ihn nach dem Anruf Salman Maliks in der Nacht seines Todes zu befragen. Malik senior ist in Finnland und trifft dort die Witwe seines Sohnes, das ist jene Journalistin, die bei der Entdeckung des *Periculum* dabei war.«

Kanzleichef Watkins lockerte seinen schweißdurchtränkten Kragen. »Warum sollte Aamer Malik das Washingtoner Protokoll stehlen?«

»Schwer zu sagen. Seine Sicherheitseinstufung ist die zweithöchste auf der Skala, er hat nie irgendwelche Anzeichen von politischem Aktivismus erkennen lassen. Oder von sonstigem Aktivismus.«

Watkins war jetzt hellwach. »Vielleicht wurde der Mann angeworben. Rashid Rauf hielt man auch für einen gesetzestreuen Bäckersohn aus Birmingham, bevor er 2006 wegen der Planung von Sprengstoffattentaten auf Flugzeuge gefasst wurde. Oder vielleicht hat Aamer Malik herausgefunden, wer seinen Sohn umgebracht hat.«

19

Susum, Pakistan, Samstag, 27. Oktober

Sturmgewehrfeuer hallte durch das Tal am Fuße des Hindukusch im nordwestlichen Winkel Pakistans, als zwölf junge pakistanische Terroristen von einem steinigen Berghang aus amerikanische Soldaten auf einem Pfad beschossen. Ein paar hundert Meter entfernt näherten sich vier Glaubenskrieger, die an einem in fünf Metern Höhe gespannten Seil hin und her schwankten, einem Lkw der Amerikaner mit offener Ladefläche, und weiter unten im Tal bereitete sich ein Stoßtrupp von sechs Mann darauf vor, einen Gefechtsstand der Yankees zu erobern. Im Ausbildungslager der Terrororganisation Laskar-e-Jhangvi nördlich vom Dorf Susum in dreitausend Metern Höhe konnte man den Blick auf eine Gebirgslandschaft genießen, die vom höchsten Gipfel des Hindukusch, dem 7 708 Meter hohen Tirich Mir, gekrönt wurde.

Imran Malik beobachtete mit ernster Miene, wie seine jungen Schützlinge ihre Magazine auf die Pappkameraden leer schossen, die wie amerikanische Soldaten aussahen. Die Kinder in den Bergdörfern bauten mehr als genug davon, und das freiwillig, hier saugte man den Hass gegen die westlichen Länder schon mit der Muttermilch ein.

Imran strich über seinen Stoppelbart und betrachtete seine Männer voller Stolz. Die Norddivision, die er befehligte, war unter allen Einheiten von Laskar-e-Jhangvi die absolut beste, und sie war sein Werk. Bald würde auch er mit seinen Männern einen Auftrag erhalten, hoffentlich einen, der genauso wichtig war wie die Ermordung der Mitarbeiter einer amerikanischen Ölfirma und des US-Journalisten Daniel Pearl in Karatschi oder der Anschlag seiner

Organisation im letzten Jahr auf eine protestantische Kirche in Islamabad.

In Pakistan lebte man endlich so, wie es sein sollte, wie der Islam es verlangte. Imran Malik war glücklich, dass sich Pakistan während des laufenden Monats mehr verändert hatte als jemals zuvor in seiner Geschichte. Die islamistischen Parteien hatten die Wahlen gewonnen, und in den darauffolgenden Unruhen war es endlich gelungen, Pervez Musharraf, diesen Handlanger der USA, zu stürzen. Jetzt hatten jene die Macht, denen sie gehören musste – die wahren Islamisten, die eine harte Linie verfolgten.

Das Iridium-Satellitentelefon klingelte irgendwo weit entfernt und weckte Imran Maliks Aufmerksamkeit, seit dem letzten Anruf waren Wochen vergangen. Die amerikanischen Spionagesatelliten überwachten diese Gegend so genau, dass die Telefone nur im äußersten Notfall verwendet werden durften. Er richtete seinen durchtrainierten Körper auf, als er sah, dass der junge Melder auf ihn zugerannt kam. Der Anruf galt ihm, würde er endlich den sehnsüchtig erwarteten Auftrag erhalten?

»*Saalar-i-Aala!*« Der junge Mann, der einen Shalwar Kamiz trug, ein bis zu den Knien reichendes Hemd und sackförmige Hosen, brüllte seinen Spitznamen schon von weitem. Oberbefehlshaber nannte man ihn schon seit seiner Kindheit. Der Name sorgte für Verärgerung bei einigen höherrangigen Kämpfern der Organisation, aber ihn störte er nicht. Eines Tages würde er, Imran Malik, der nächste Osama werden.

Der junge Melder reichte ihm keuchend das Telefon: »Dein Vater ruft an.«

Imran schaute verdutzt auf das Gerät. Wie hatte Vater es bloß geschafft, dass die Zentrale von Laskar-e-Jhangvi in Islamabad das Gespräch an ihn weitervermittelte? Dazu müsste Vater schon im Sterben liegen, oder er selbst. Er meldete sich.

»Imran, bist du das? Wie kann es nur so schwierig sein, dich anzurufen? Und wer hat sich da am Telefon eigentlich gemeldet, das waren vor dir zwei verschiedene Stimmen. Wo bist du?«, fragte Aamer Malik nervös.

»Ich habe dir eine Nummer gegeben, von der man Gespräche hierher ins Gebirge weitervermittelt. Eine Schule, die auf die Wohltätigkeit angewiesen ist, hat nicht das Geld, Telefonleitungen ziehen zu lassen. Du solltest doch nur im Notfall anrufen, ist etwas passiert?«, fragte Imran in Urdu, obwohl er mit seinem Vater normalerweise Englisch sprach. Er musste entnervend lange auf eine Antwort warten.

»Dein ... Bruder ist tot.« Aamer Maliks Stimme klang brüchig.

Imran schloss die Augen und sah Salman vor sich. Ihm fiel ein, wie fest der kleine Bruder beim Begräbnis ihrer Mutter seine Hand gedrückt hatte und wie stolz Vater nach Salmans erfolgreichem Abschluss des Studiums in Cambridge gewesen war. Das erste Mal seit langer Zeit spürte er die unerwünschte Wärme der Trauer, die seinen ganzen Körper erfasste.

»Wie? Was ist passiert?«, fragte Imran und bemühte sich, seine Stimme ruhig klingen zu lassen. Aamer Malik erzählte seinem Sohn erschöpft vom *Periculum Islamicum*, von den Reaktionen in der Welt nach dem Fund des Buches und von Salmans Tod.

Der Hass loderte in Imran hoch, das war seine treibende Kraft, sein Brennstoff. Er hörte der schicksalsergebenen Stimme seines Vaters zu und wusste nicht, wen er mehr bemitleiden sollte, seinen Bruder, aus dem er einen Islamisten gemacht hatte, oder seinen Vater, den gutherzigsten Mann der Welt, der sich einbildete, der Islam könne mit friedlichen Mitteln siegen. Vater hatte in seinem ganzen Leben alles richtig gemacht und dennoch beide Söhne verloren. Imran selbst hatte die richtige Wahl getroffen, eine echte Veränderung war nur durch Opfer und Selbstaufopferung möglich – mit dem Dschihad.

»Salmans Mörder werden ihre Strafe noch bekommen, das verspreche ich. Das Recht wird siegen«, sagte Imran. Die Verlockung war groß, sich damit zu brüsten, dass er schon bald seine Kämpfer losschicken könnte, um sich an Salmans Mördern zu rächen. Er versuchte sich zu beruhigen. Sein Vater brauchte nicht zu wissen, dass sein älterer Sohn in den Augen der britischen Regierung ein Terrorist war, er hatte in seinem Leben schon genug leiden müssen. Und Vater brauchte auch nicht zu wissen, dass er Salman dazu angespornt hatte, unter Einsatz aller, auch härtester Mittel für den Islam zu kämpfen.

»Ich glaube, dass Salman ermordet wurde. Meine Vermutung ist, dass die britische Regierung irgendwie in all das verwickelt ist. Also habe ich Maßnahmen ergriffen. Ich weiß von einem Vertrag, der für Großbritannien und seine westlichen Verbündeten noch schädlicher ist als das Dokument, das Salman gefunden hat.« Während Aamer Malik seinem Sohn vom Washingtoner Protokoll erzählte, wurde seine Stimme fester.

Imran Malik begriff sofort, dass dieses Dokument, von dem sein Vater da sprach, die Erfüllung der Wünsche jedes Aktivisten darstellte, der von der islamischen Revolution träumte. »Wo ist es?«, zischte er.

»In Sicherheit. Es befindet sich in Elinas Besitz hier in Finnland. Sie weiß, was man damit anstellen kann …«

»Vater, ich muss dieses Gespräch jetzt beenden. Flieg sofort zurück nach London und rede mit niemandem über all diese Dinge. Verstehst du? Das ist keine Empfehlung, kein Vorschlag, sondern die einzige Möglichkeit für dich, diese Geschichte zu überleben«, sagte Imran und dachte, dass selbst die Flucht Vater vermutlich nicht mehr retten würde.

Sie unterhielten sich noch eine Weile über das bevorstehende Begräbnis Salmans, dann endete das Gespräch zwischen Vater und Sohn, und sie verabschiedeten sich mit dem Wunsch, dass der Frieden mit ihnen sein möge.

Imran betrachtete den majestätischen Tirich Mir und versuchte seine Gefühle unter Kontrolle zu bekommen. Aus irgendeinem Grund dachte er an seine Jahre im Westlondoner Gefängnis Feltham für junge Straftäter und an seinen Freund Kamran in der Nachbarzelle, der von einem neunzehnjährigen rassistischen Psychopathen mit einem Tischbein erschlagen worden war. Die Wächter hatten im Gang zugeschaut und nur gelacht; sie sperrten Pakistaner oft mit weißen Gefangenen, die als Rassisten bekannt waren, in eine Zelle, um Wetten abzuschließen, wer den Kampf gewinnen würde. Das nannte man Gladiatorenspiele. In Feltham war sein Hass aufgeflammt.

Nach Kamrans Tod hatte er beschlossen, niemanden mehr zu betrauern, doch der Verlust Salmans tat weh, wie es zu erwarten war. Er müsste wieder Hass tanken. Das Schicksal hatte ihm den Bruder genommen, ihm dafür aber die einmalige Chance geboten, aufzusteigen und einer der Führer der islamischen Revolution zu werden. Wenn es irgendwo tatsächlich ein Abkommen gab, in dem die westlichen Länder beschlossen hatten, den Islam und vor allem Pakistan zu unterdrücken, würden Laskar-e-Jhangvi und sämtliche anderen Organisationen moslemischer Kämpfer auf der Welt alles dafür tun, in seinen Besitz zu gelangen. Es wäre das perfekte Instrument des Hasses. Das Washingtoner Protokoll würde den Anstoß für eine Veränderung der Welt geben und ihren Sechs-Stufen-Plan zur Errichtung eines islamischen Kalifats wesentlich beschleunigen. Das Protokoll gäbe ihm und seinesgleichen freie Hand für alles …

Er wollte Saifullah, dem Führer von Laskar-e-Jhangvi, sofort mitteilen, was für einen Schatz die Witwe seines Bruders in Finnland versteckte. Saifullah würde schon wissen, wie er sich das Washingtoner Protokoll beschaffen könnte. Schließlich hatte er engen Kontakt zu den Führern eines Netzwerks von Terrororganisationen, das noch größer war als Al Kaida.

20

Espoo-Helsinki, Samstag, 27. Oktober

»Was meint ihr, holen wir einen Unternehmensberater, oder bringen wir selbst alles durcheinander?« Ein Stand-up-Comedian, der sich offenbar vorher gut in Stimmung getrunken hatte, ließ auf der kleinen Bühne des Restaurants in einem Espooer Einkaufszentrum die Sau raus. Er gehörte zum Programm des geselligen Abends, den ein Bekleidungsunternehmen für seine Kooperationspartner organisiert hatte.

Ratamo zog die dunklen, buschigen Augenbrauen hoch und blickte kurz zu Riitta, die ein paar Meter entfernt auf der anderen Seite des Tisches saß. Sie waren erst kurz vor Beginn der Vorstellung in das proppenvolle Restaurant gekommen und hatten deswegen mit getrennten Plätzen vorliebnehmen müssen. Das Büfett war erstaunlich traditionell: Hühnchen mit klumpigem Reis und Gehegelachs mit verklebter Pasta. Ratamo ärgerte sich nun darüber, dass ein Bekannter von Riitta ihnen die Freikarten für die Veranstaltung gegeben hatte, hoffentlich könnte er wenigstens noch vor der Modenschau verschwinden.

Die verletzte Hand schmerzte, und Ratamo verfluchte Wahib al-Atassi, während der Komiker einen plumpen Witz über seinen verstorbenen Onkel erzählte. Ratamo hatte fast den ganzen Tag geackert, um etwas Brauchbares über al-Atassi herauszubekommen, aber es sah so aus, als ließe sich dem Syrer in Finnland kein terroristisches Vergehen zur Last legen, die Schwelle zur Einleitung eines Ermittlungsverfahrens wurde ganz einfach nicht überschritten. Und wenn er nun den Rest seines Lebens mit einer unheilbaren Krankheit über die Runden bringen müsste?, fragte sich Ratamo.

Allerdings war ja auch das Leben selbst in gewisser Weise eine un-heilbare Krankheit, es führte immer zum Tode. Er verdrängte die Befürchtungen. Wenn das Leben ihn etwas gelehrt hatte, dann zu-mindest eines: Man sollte sich über irgendetwas nicht schon im Voraus grämen.

Plötzlich richtete sich Ratamos Augenmerk auf den jungen Mann Mitte zwanzig, der neben ihm saß. Sein Hemd war bis zum Nabel offen, der Typ hatte sich einen roten Seidenschal um den Hals gewunden und sein Haar mit dem Fön in die Form von lufti-gen Wellen gebracht. Damit die nicht zusammenfielen, war nach Ratamos Einschätzung mindestens eine Maxidose Haarlack nötig gewesen.

»Also die Untersuchung der Entstehungsgeschichte des Instru-mentalismus wird immer unzulänglich bleiben, wenn man Leibniz dabei außer Acht lässt. Der Mann hat schließlich die Auffassungen seiner Vorgänger verdammt akribisch zusammengeführt und ihnen diese Zukunftsorientierung gegeben«, erklärte der Mann mit dem Schal lauthals einem Geistesverwandten, der ihm gegenüber am Tisch saß, Pfeife rauchte und über seine hauchdünnen Schnurr-barthaare strich. Dann warf er mit zufriedener Miene kurz einen Blick zu der jungen Frau neben ihm, die eine enge Bluse trug.

Der Pfeifenmann bemühte sich, überzeugend zu wirken. »Es ist ziemlich merkwürdig, dass man die Überlegungen von Leibniz heut-zutage so wenig kennt, obwohl er doch zu den vielseitigsten Genies der europäischen Wissenschaft gehörte und neben Spinoza und Locke der bedeutendste philosophische Denker und Erneuerer des ganzen siebzehnten Jahrhunderts war.«

Der Mann mit dem Schal berührte sein Haar, um sich zu vergewis-sern, dass die Konstruktion noch hielt, und sah wieder kurz zu der stillen jungen Schönheit an seiner Seite. »Der wichtigste Eckpfeiler von Leibniz' Philosophie ist ohne Zweifel, dass er strikt und absolut eine Grenzlinie zieht zwischen den Tatsachenwahrheiten, den *Véri-tés de fait*, und den Vernunftwahrheiten, den *Vérités de raison*.«

Ratamo schüttelte den Kopf und bemühte sich, nicht mehr hinzuhören. Er lenkte seine Gedanken wieder zurück zu seiner Arbeit. Wusste Wrede mehr über den Fall Elina Laine, als er zu sagen bereit war, oder wollte der Chef ihn mit dem Befehl, Laines Kindermädchen zu spielen, nur ducken? Interessierte sich die ganze Gemeinde der Nachrichtendienste nur wegen des *Periculum Islamicum* für Elina Laine? Hing der Tod von Salman Malik, Amy Benner und William Norton irgendwie mit dem *Periculum* zusammen?

Der Pfeifenraucher, der so aussah, als wäre er beim Essen sehr genügsam, nickte seinem Gegenüber sachkundig zu und hob die Stimme. »Und dann Leibniz' unsterbliche Feststellung: *Nihil est in intellectu, quod non prius fuerit in sensu, nihil nisi intellectus ipse.* Nichts ist im Verstand, was nicht vorher in den Sinnen war, ausgenommen der Verstand selbst.«

Echte Sit-down-Comedy ist dieses laut über Philosophie disputierende Duo, dachte Ratamo und bereute, dass er zu Hause so lange getrödelt hatte. Deswegen waren sie zu spät gekommen und mussten getrennt voneinander sitzen. Schon den Abend zuvor hatte er im Hauptquartier der SUPO bei der Arbeit verbracht, deshalb wäre er wenigstens heute gern mit Riitta allein gewesen. Es gab viel zu besprechen: Nellis Verhalten in der Schule, die Urlaubsreise nach Vietnam zu Weihnachten, die neuen Küchenschränke …

»Wissen Sie, ich habe eine ganz schreckliche Frau. Aber ob Sie es glauben oder nicht, wir beide waren seinerzeit neunzehn Jahre lang glücklich. Und dann haben wir uns kennengelernt«, witzelte der Komiker, aber Ratamo musste wohl oder übel der Unterhaltung des Pfeifenmannes und des Schalfreundes zuhören.

»Leibniz wird ja manchmal als der erste Denker des Atom- und Weltraumzeitalters bezeichnet. Er träumte von Dingen, die erst jetzt in der Gegenwart wahr werden: Künstlich erzeugte Realitäten, die nicht nur vom Menschen hergestellte Instrumente enthalten, sondern die völlig neue, vom Menschen selbst geschaffene Welten sind.«

Jetzt hatte Ratamo die Nase voll. Er ging zu Riitta, beugte sich vor, um seiner Lebensgefährtin, die ihren Rotwein kostete, ein paar Worte ins Ohr zu flüstern, und drückte ihr dann einen Kuss auf die Wange.

»Ich wünsche dir eine ruhige Nachtschicht«, sagte Riitta und streichelte Ratamos verbundene Hand. »Hättest du dich übrigens dafür nicht krankschreiben lassen können?«

Ratamo tat es gut, zu sehen, dass sich Riitta ernsthaft Sorgen um ihn machte. Er lächelte, zwinkerte ihr zum Abschied zu und wollte sich gerade vom Tisch abwenden, als die junge Frau in der engen Bluse, die das Gespräch des Pfeifenrauchers und des Schalträgers verfolgt hatte, das erste Mal den Mund aufmachte.

»Ihr Clowns bildet euch doch nicht ernsthaft ein, dass euer neunmalkluges Gerede auf Frauen Eindruck macht.«

Danke, dachte Ratamo, ging zur Garderobe und verließ das Restaurant. Er musste erst eine Eisschicht von der Windschutzscheibe seines Käfers kratzen, bevor er einsteigen konnte. Die Straßen in Espoo und Helsinki waren am späten Abend fast leer. Ratamo fuhr auf der Turuntie an Mäkkylä vorbei in Richtung Pitäjänmäki und sah die protzig wirkenden Eigenheime, die hier und da in den letzten Jahren entstanden waren. Mittlerweile verstand selbst er, wie sehr die Konjunkturverhältnisse der Wirtschaft und der jeweils herrschende Zeitgeist in unregelmäßigen Abständen wechselten und dabei auch Finnland veränderten. Jetzt erlebte man eine ähnliche Periode der Anbetung des Geldes wie Ende der achtziger Jahre. Manchmal schien es so, als wäre das Geld die einzige Ideologie seiner Generation. Die Generation zuvor hatte immerhin ihren Kommunismus gehabt, und die heutige Jugend lebte ihren Aktivismus, aber seine Generation besaß nur den Materialismus.

Es war zwei Minuten nach zehn Uhr abends, als Ratamo Saara Lukkari zuwinkte, die an der Haustür des Aufgangs A der Runeberginkatu 25 stand. Saara blieb noch Zeit genug, sich ins Helsinkier

Nachtleben zu stürzen, dachte Ratamo. Lindström von der Überwachungsabteilung hatte erzählt, Saara wäre nachts ziemlich oft in Clubs unterwegs. Ihm fiel ein, dass zwischen Saara und Pekka Sotamaa vor zwei Jahren mal etwas gewesen war.

»Alles ruhig, oder?«, fragte Ratamo seine Kollegin, die einen Wintermantel und eine rote Wollmütze trug, dabei sah er zu, wie ein junger Mann in einem uralten Mazda vorbeifuhr, den er mit einer Lautsprecheranlage ausgestattet hatte. Die Bässe dröhnten so, dass einem fast die Füllungen aus den Zähnen fielen.

»Nichts Besonderes. Der Vater von diesem Salman Malik ist immer noch bei Elina Laine zu Besuch, sie waren mittags in Olari in einem pakistanischen Restaurant essen und nachmittags an der Töölö-Bucht spazieren, mehr nicht. Diese Nacht ist übrigens schon ziemlich kühl.«

»Wir werden diesen Personenschutz für Laine bald beenden können«, vermutete Ratamo.

»Wer weiß.« Saara Lukkari zog aus einer Innentasche ihres Steppmantels zusammengerollte Blätter hervor und drückte sie Ratamo in die Hand. »Laut Londoner Polizei wurden Amy Benner und William Norton ermordet. Ich habe mir diese Nachrichten aus der Ratakatu mitgenommen, als ich hierhergegangen bin.«

Ratamo war sofort hellwach. »Das passt gut ins Bild. Diese Morde hängen ganz sicher mit dem *Periculum Islamicum* zusammen. Und der Schotte hat schon gestern erzählt, dass sich fast jeder Nachrichtendienst für Elina Laine interessiert. Vielleicht ergibt die Bewachung von Laine doch einen Sinn.«

Saara Lukkari zuckte die Achseln. »Zumindest dann, wenn sie auch an Salman Maliks Tod irgendetwas Verdächtiges finden.«

»Ich habe heute Abend die Nachrichten gesehen. Sie haben einen langen Beitrag über Elina Laine und das *Periculum* gebracht. Es sieht so aus, als würde sich der von dem Dokument ausgelöste Aufruhr immer mehr ausweiten.« Ratamo klang besorgt. »Jetzt wurde in Jordanien eine spanische Urlauberfamilie ermordet. Und nach Ansicht des Libanon beweist das *Periculum*, dass Israel auf eroberrtem, den Arabern weggenommenem Land gegründet worden ist. Und Syrien fordert den unverzüglichen Abzug der israelischen Truppen aus Ostjerusalem und von den Golanhöhen. Gleich als Erstes.«

»Die ganze Welt ist verrückt geworden«, erwiderte Lukkari missmutig, hob die Hand kurz und verschwand in Richtung Kamppi.

Ratamo blickte seiner Kollegin hinterher und faltete die Blätter auseinander, die sie ihm gegeben hatte. Er überflog den englischen Text: Die Kriminaltechniker hatten am Tatort in William Nortons Wohnzimmer auf dem Fußboden Spuren von Amy Benners Blut gefunden, obwohl jemand versucht hatte, das Blut mit Chemikalien zu beseitigen ... Einen Teil der Proben konnte man analysieren. »Auf der Grundlage der Blutprobe, die im Wohnzimmer gefunden wurde, ist es offensichtlich, dass die Blutung durch das Einatmen einer tödlichen Kokaindosis verursacht wurde ... Amy Benner musste nahezu sofort tot gewesen sein, somit ist es äußerst unwahrscheinlich, dass sie nach der Einnahme einer starken Überdosis noch imstande gewesen ist, aus eigener Kraft vom Wohnzimmer ins Schlafzimmer zu gelangen und die Position einzunehmen, in der sie gefunden wurde.«

Ratamo faltete die Blätter zusammen und steckte sie in die Brusttasche seiner Jacke. Etliche Fragen gingen ihm durch den Kopf. Wenn Benner und Norton ermordet worden waren, galt das dann auch für Salman Malik? Vielleicht war auch Elina Laine wirklich in Gefahr? Versuchte man alle drei zu ermorden, alle, die das *Periculum* gefunden hatten? Vielleicht hingen die Entdeckung des *Periculum* und die weltweite Geldsammlung der Moslembruderschaft zusammen, dachte Ratamo, und dann wurde ihm klar, dass seine Phantasie mit ihm durchging.

Seine Überlegungen wurden unterbrochen, als ein paar Meter vor ihm ein Taxi hielt und ein Mann in dunklem Anzug ausstieg.

Sein grobschlächtiger Gefährte blieb im Auto sitzen und sagte etwas auf Englisch zum Fahrer.

Dieselben britischen Offiziere, die Elina Laine im Restaurant Elite angesprochen hatten, nahm Ratamo an. Jedenfalls stimmte Loponens Beschreibung: ein vierschrötiger Kerl, Typ Profiboxer, und ein Lockenkopf mit dicken Backen.

Der Mann ging zur Haustür, sah Ratamo nur gleichgültig an und drückte den Knopf der Wechselsprechanlage.

Die Stimme, die aus dem Lautsprecher erklang, war höchstwahrscheinlich die von Elina Laine. Ratamo spitzte die Ohren, aber der Lockenkopf sprach leise, und die Stimme im Lautsprecher war verzerrt.

Es dauerte nicht lange, und ein älterer Mann, der aussah wie ein Pakistaner, erschien im Treppenhaus, blieb hinter der Scheibe der Haustür stehen und schaute sich ängstlich um.

»Es ist besser, wenn wir uns darüber woanders unterhalten«, sagte der Mann im dunklen Anzug laut.

Der Pakistaner zögerte eine Weile, öffnete dann jedoch die Tür und ging langsam mit dem Lockenkopf zum Taxi.

Der ältere Herr, der das Haus verlassen hatte, war Aamer Malik, er sah haargenau so aus wie auf den Fotos der Londoner Polizei. Ratamo hatte das Gefühl, dass er etwas unternehmen müsste. Aber was? Malik stand nicht im Verdacht, irgendeine Straftat begangen zu haben, und die Briten hatten natürlich das Recht, jeden zu befragen. Aber warum redeten sie mit Elina Laine und Aamer Malik, was wollten sie von ihnen? Er drückte den Knopf der Wechselsprechanlage, und Elina Laine meldete sich fast sofort.

»Arto Ratamo von der SUPO. Dein Gast ist gerade mit zwei Männern weggegangen. Ich wollte mich nur vergewissern, ob alles in Ordnung ist.«

»Ich denke schon. So weit es eben jetzt in Ordnung sein kann.«

21

Helsinki, Sonntag, 28. Oktober

Elina Laine wischte zu Hause in der Runeberginkatu den Spültisch trocken, bückte sich, um einen Krümel aufzuheben, und setzte sich dann an den von Claude Brisson entworfenen Tisch »Millesime«. Sie wollte das englischsprachige Begleitschreiben des Washingtoner Protokolls noch einmal lesen, zum x-ten Mal, obwohl es schon weit nach Mitternacht war. Ein interessanteres und brisanteres Dokument hatte sie noch nie zu Gesicht bekommen, beim Lesen war sogar Salmans Tod für einen Augenblick in den Hintergrund gerückt. Und die Tatsache, dass die Männer vom SRR Aamer Malik immer noch nicht zurückgebracht hatten.

»Nach dem Anschlag der moslemischen Terroristen auf die Vereinigten Staaten am 11. September 2001 begann Präsident George W. Bush zusammen mit Außenminister Colin Powell die Vorbereitungen nicht nur für die Bildung einer Kriegskoalition, sondern auch für einen Plan, der verhindern sollte, dass sich der Einfluss des Islams weiter ausbreitete. Nach dem Treffen von Präsident Bush mit Premierminister Tony Blair am 20. September 2001 in Washington und den Begegnungen von Außenminister Powell mit seinem italienischen Amtskollegen Renato Ruggiero am 25. September sowie mit dem spanischen Außenminister Josep Pique am 28. September in Washington vereinbarten die vier Staaten Folgendes.«

Das Begleitschreiben war nicht Teil des Protokolls. Elina überlegte, wer es wohl geschrieben hatte, Aamer Malik oder ein Vertreter des Außenministeriums eines der Signatarstaaten? Sie faltete das auf dickes Papier gedruckte, mit offiziellen Siegeln bestätigte englischsprachige Dokument auseinander.

Washingtoner Protokoll

Wir, die demokratisch gewählten Staats- und Regierungschefs der Vereinigten Staaten von Amerika, des Vereinigten Königreichs von Großbritannien und Nordirland, der Republik Italien sowie des Königreichs Spanien haben heute, am 30. September 2001, infolge der grundlegenden weltpolitischen Veränderungen und der historisch bedeutsamen Ereignisse der letzten Zeit Folgendes vereinbart:

Der Glaube des Islams und die islamische Kultur haben sich zu einer bedeutenden Bedrohung für das westliche demokratische System, die Lebensart, Bildung und Kultur entwickelt, die wir seit Jahrhunderten pflegen und auf denen unsere Lebensweise und unsere Gesellschaft beruhen. Die Ausbreitung des Islams in den westlichen Staaten muss gestoppt und sein wachsender Einfluss eliminiert werden, bevor der Islam dazu kommt, die Gesellschaftsstruktur der westlichen Demokratien unwiderruflich in eine gefährliche Richtung zu verändern. Die wirtschaftliche Entwicklung der islamischen Staaten muss mit allen zur Verfügung stehenden Mitteln gebremst und für ihre Zusammenarbeit müssen alle denkbaren Hindernisse errichtet werden. Die Einheit und die Einflussmöglichkeiten der moslemischen Gemeinschaften, die in den demokratischen westlichen Ländern entstanden sind, müssen mit allen erdenklichen Mitteln geschwächt werden.

Die folgenden fünf Punkte des Washingtoner Protokolls werden die westliche Welt in eine Zukunft führen, in der die islamische Kultur unser demokratisches Gesellschaftssystem und unsere Freiheit nicht bedroht.

1. Die Wirtschaft folgender Staaten wird überwacht, und ihr Wachstum oder ihre Gesundung werden verhindert: Afghanistan, Algerien, Aserbaidschan, Bangladesch, Ägypten, Indonesien, Iran, Irak, Jemen, Jordanien, Kasachstan, Libyen, Malaysia, Mali, Mauretanien, Marokko, Niger, Nigeria, Oman, Pakistan, Katar, Saudi-Arabien, Senegal, Somalia, Sudan, Syrien, Tadschikistan, Tunesien, Türkei, Turkmenistan, Vereinigte Arabische Emirate, Usbekistan.

2. *Es sollte verhindert werden, dass sich die in den westlichen Ländern lebenden Moslems organisieren. Ziel ist es, die Wirkungsmöglichkeiten islamischer Vereinigungen und Organisationen und deren politischen Einfluss möglichst gering zu halten. Die moslemischen Bürger sollten mit allen zur Verfügung stehenden Mitteln in die einheimische Bevölkerung integriert werden.*

3. *Der Umfang der Investitionen in die unter Abs. 1 genannten Staaten sollte minimal gehalten werden. Den betreffenden Ländern werden im Pariser Club oder im Londoner Club weder Schuldenerlass noch Erleichterungen bei Zahlungsfristen gewährt. Es wird angestrebt, die Entscheidungen der Weltbank, des Internationalen Währungsfonds, der Asiatischen Entwicklungsbank sowie der Ratingagenturen Standard & Poor's und Moody's so zu steuern, dass sie die wirtschaftliche Entwicklung der islamischen Staaten schwächen.*

4. *Das besondere Augenmerk richtet sich auf den pakistanischen Staat. Es darf nicht zugelassen werden, dass der einzige islamische Kernwaffenstaat gestärkt wird und zu einem einflussreichen weltpolitischen Faktor heranwächst. Die wirtschaftliche Lage Pakistans wird auf einem niedrigen Niveau gehalten, so dass die Möglichkeiten des Landes, seine Gesellschaft, seine Armee sowie sein Kernwaffenprogramm weiterzuentwickeln, möglichst gering bleiben. Es sollte dafür gesorgt werden, dass gemäßigte, dem Westen gegenüber wohlwollende Diktatoren an die Spitze Pakistans gelangen. Das Kernwaffenprogramm Indiens wird so unterstützt, dass es im Vergleich zum pakistanischen Kernwaffenprogramm seine Überlegenheit bewahrt.*

5. *Großbritannien als ehemalige Kolonialmacht in Pakistan übernimmt die Gesamtverantwortung dafür, dass die Stärkung und Entwicklung des pakistanischen Staates verhindert werden.*

Elina lief es eiskalt über den Rücken, als sie den Text zu Ende gelesen hatte. Mit gemischten Gefühlen, voller Entsetzen und voller

Bewunderung, betrachtete sie die Unterschriften unter dem Dokument: Sie waren mit prächtigen, farbenfrohen Staatssiegeln bestätigt worden. Ganz oben, auf einer Zeile für sich, prangte das »Great Seal of the United States«.

Elina wischte sich über die Stirn, sie schwitzte und fror zugleich. Die Truppen der USA und Großbritanniens hatten Afghanistan am 7. Oktober 2001 angegriffen, nur eine Woche nach der Unterzeichnung des Washingtoner Protokolls.

Man musste kein Genie sein, um zu begreifen, dass die Weltgeschichte nicht viele derart brisante Dokumente kannte: Das Washingtoner Protokoll war eine offene Kriegserklärung an die gesamte islamische Welt. Vor allem jetzt, da die Moslems auf allen Kontinenten ohnehin schon wütend waren, das *Periculum Islamicum* hatte den Hass der ganzen moslemischen Gemeinschaft bereits entfacht.

Die Folgen einer Veröffentlichung des Protokolls machten ihr Angst, natürlich, aber der Zweck des Journalismus bestand darin, Informationen zu suchen und die Wahrheit zu enthüllen und den Menschen zur Kenntnis zu bringen, sagte sich Elina. Die größten Zeitschriften der Welt würden sich um den Artikel reißen, den sie über das Washingtoner Protokoll schreiben wollte. Die Begeisterung verflüchtigte sich jedoch sofort, als ihr einfiel, dass Salman den Erfolg nicht mit ihr gemeinsam genießen könnte. Ihre Stimmung verschlechterte sich auf einen Schlag. Übrig blieb nur noch die Arbeit.

Elina riss sich mit Gewalt von ihren düsteren Gedanken los und holte aus der Küche einen Becher mit fettarmer Sauermilch und den Zimtstreuer. Hundertacht Kalorien und dazu der Zimt, dieser nächtliche Imbiss passte noch locker in das Kalorienkontingent des Vortages. Jetzt musste sie nachdenken. Warum hatte Aamer Malik ihr das Washingtoner Protokoll gebracht? Sie hatte das Gefühl, eine Atomrakete mit scharfer Ladung in den Händen zu halten. Wenn Salman, Amy Benner und William Norton tatsächlich wegen des

141

Periculum Islamicum gestorben waren, dann befand sie sich jetzt ernsthaft in Gefahr. Das Washingtoner Protokoll stellte für die westlichen Staaten eine Bedrohung dar, die um ein Vielfaches gefährlicher war als das Hunderte Jahre alte *Periculum*. Hatten die Briten wegen dieses Dokuments gestern mit ihr und heute Abend mit Aamer reden wollen? »Wir arbeiten im Auftrag der britischen Armee«, hatte Hauptmann Riggs gesagt. Was machten die wohl gerade mit Aamer?

Sie dachte fieberhaft nach: Was sollte sie selbst tun. Und wenn man nun vorhatte, sie auch umzubringen? Wollte sie am Leben bleiben, wäre es besser, jetzt den Mitarbeiter der SUPO hereinzubitten und ihm das Protokoll zu überreichen. Einen finnischen Polizisten würden die Briten wohl kaum töten, aber wer weiß. Wahrscheinlich zählte das Leben von ein paar unschuldigen Zivilisten nicht viel, wenn die Alternative ein weltweiter Krieg war.

Der SUPO würde sie das Protokoll jedoch nicht übergeben, deren Aufgabe bestand ja gerade darin, Informationen zu verheimlichen, die eine Gefahr für die Sicherheit des finnischen Staates darstellten. Den Ruhm, das Dokument gefunden zu haben, wollte sie selbst ernten, das stand ihr zu. Sie musste das Washingtoner Protokoll an die Öffentlichkeit bringen. Was würde geschehen, wenn sie jetzt sofort in die Redaktion irgendeiner Zeitung rannte? Waren die denn jetzt mitten in der Nacht an einem Wochenende geöffnet? Elina wurde wütend auf sich selbst, warum zog sie solche Alternativen überhaupt in Betracht. Wenn sie das Abkommen irgendeiner Nachrichtenredaktion überließ, würde man ihren Namen bei der Veröffentlichung nicht einmal erwähnen. Sie war gezwungen, die Story selbst zu schreiben und erst dann den Medien zu übergeben. Sie musste die Entstehung des Protokolls recherchieren, die Treffen der Präsidenten und Ministerpräsidenten überprüfen ...

Elina traf eine Entscheidung: Sie würde nicht einfach so auf das Washingtoner Protokoll und die Story des Jahrhunderts verzichten. Nie wieder bekäme sie eine derartige Chance, niemand bekäme sie. Das Washingtoner Protokoll hatte als Nachricht eine größere Tragweite als der Kennedy-Mord, der erste Mensch auf dem Mond oder der Watergate-Skandal. Sie musste das Protokoll selbst offenlegen, wegen Salman. Sonst würden seine Mörder und die von William Norton und Amy Benner gewinnen und ihr Mann wäre umsonst gestorben.

Sie wusste, wo sie ihren Artikel in Ruhe schreiben könnte. Auf der Insel Kemiönsaari würde niemand sie finden. Im Laufe dieser Nacht hatte sie noch Zeit, alle Fakten im Zusammenhang mit dem Washingtoner Protokoll im Internet zu überprüfen. Sie schaltete ihren Laptop ein und sah auf der Website von Matkahuolto, dass der erste Bus nach Kemiö um 07:15 Uhr fuhr. Ein Taxi wagte sie nicht zu nehmen, niemand durfte etwas von ihrem Versteck erfahren. Sie überlegte angestrengt: Wo sollte sie die nächsten fünf Stunden verbringen? Wurde sie überwacht? Und wenn Aamer nun schon verraten hatte, dass sie das Protokoll besaß? Würden die britischen Offiziere dann in ihre Wohnung eindringen? Eines war jedenfalls sicher, sie würde das Original so bald wie möglich irgendwo in Helsinki verstecken, so wie sie es Aamer versprochen hatte. Wenn diejenigen, die das Protokoll suchten, sie in ihre Gewalt brachten, würden sie ihr kaum etwas antun, solange sie das Dokument nicht hatten. Plötzlich wurde ihr klar, dass sie vielleicht nicht zu Salmans Begräbnis gehen konnte, wenn sie floh, und ihre Stimmung sackte wieder in den Keller.

Elina erschrak, als das Telefon klingelte. Unbekannte Nummer, las sie auf dem Display und beschloss, sich nicht zu melden. Aber womöglich versuchte Aamer sie zu warnen, sie drückte auf die Taste mit dem grünen Hörer.

»Hallo, hier Imran, entschuldige bitte, dass ich so spät anrufe.« Imran Malik redete mit gedämpfter Stimme. »Vater hat mir das von Salman erzählt, es tut mir wirklich sehr leid. Unbegreiflich, eine rassistische Gewalttat. Wie geht es dir?«

Auch das noch. Es tat gut, Imran zu hören, sie hatte Salmans Bruder immer gemocht, aber im Moment blieb ihr wirklich keine Zeit, sich zu unterhalten. »Es geht schon, ich denke immer nur von einem Tag zum anderen. Aber könntest du später noch mal anrufen, meinetwegen morgen. Ich habe hier einen Gast.«

»Na klar, einverstanden. Ich wollte dir nur sagen, dass wir uns heute treffen könnten, wenn du willst. Ich fliege von Delhi über Finnland nach London wegen Salmans Begräbnis. Die Maschine landet meines Wissens gegen drei Uhr nachmittags in Helsinki.«

Das Gespräch endete, und Elina bereute, dass sie so kurz angebunden gewesen war, schließlich handelte es sich um Salmans Bruder, sie hätte ihm ein paar tröstende Worte sagen sollen. Sie war immer gut mit Imran ausgekommen, obwohl er in Hinsicht auf Glaubensfragen und Politik ein wenig zu fanatisch wirkte.

Plötzlich hatte Elina eine Idee, sie fühlte sich sofort erleichtert und empfand den Einfall auch gleich als selbstverständlich, so war das immer bei solchen spontanen Gedankenblitzen. Sie würde Arto Ratamo zu ihrer Sicherheit hereinholen, sie musste ihm ja nichts vom Washingtoner Protokoll erzählen. Der Gedanke, einen unbekannten Mann mitten in der Nacht zu ihr in die Wohnung zu bitten, war unangenehm, und würde es überhaupt etwas nützen? Wenn jemand über sie herfallen wollte, dann würde er Ratamo vermutlich in ihrer Wohnung genauso leicht erledigen wie unten auf der Straße. Oder? Falls die Briten nur zu zweit waren, könnte Ratamo sie vielleicht hier hinter der verschlossenen Tür schützen. Die Mitarbeiter der SUPO trugen doch eine Waffe? Unter welchem Vorwand sollte sie Ratamo hereinbitten?

Elina jubelte, als sie schon wieder eine glänzende Idee hatte, ihr Gehirn zumindest funktionierte heute perfekt. Sie würde Ratamo von dem finnischen Uranbergwerk erzählen. Denn sie könnte es sich leisten, auf diese Story zu verzichten, verglichen mit dem Washingtoner Protokoll war sie so interessant wie der Seewetterbericht vom Vortag.

Sie rief die Handynummer an, die Ratamo ihr gegeben hatte, bat

144

den Mann herein, drückte auf den Knopf des Öffners und wartete an der Wohnungstür, bis der dunkelhaarige Mann, der so aussah, als hätte er schon viel erlebt, eine Minute später aus dem Fahrstuhl trat. Im Flur stellte sie Ratamos Outdoorschuhe auf die Schmutzfangmatte und wischte die Wassertropfen, die von den Schuhen auf den Fußboden gefallen waren, mit ihrem Strumpf auf.

Ihr verlegenes Lächeln entblößte den Diamanten auf ihrem Schneidezahn. »Wahrscheinlich mache ich mir umsonst Sorgen, aber ... ich habe über all das nachgedacht und würde mich vielleicht etwas sicherer fühlen, wenn du hier bei mir in der Wohnung bist.«

»Ist etwas passiert?«, fragte Ratamo ganz ruhig und sah sich kurz um. Anscheinend hatte Elina Laine ein Vermögen für die Einrichtung ihrer Wohnung ausgegeben.

»Vermutlich geht die Phantasie mit mir durch, dass alles zehrt allmählich zu sehr an den Nerven. Ich frage mich, warum die britischen Offiziere Salmans Vater hier mitten an einem Samstagabend abholen und wie wahrscheinlich es ist, dass Salman, Amy Benner und William Norton zufällig in derselben Nacht gestorben sind.«

»Was wollten diese britischen Offiziere, worüber habt ihr im Elite gesprochen? Und was wollen sie von Aamer Malik?« Ratamo klang aggressiver, als er beabsichtigt hatte.

Elina zuckte die Achseln. »Sie haben nur nach meinem Telefonat mit Salman gefragt, er hat mich ja kurz vor seinem Tod angerufen. Sie versuchen wohl lediglich, Informationen über seine Mörder zu finden. Vielleicht ist jemand auch hinter mir her, vielleicht ist das eine steife Sache, wie ihr Polizisten es nennt.«

Ratamo bemühte sich, den Gesichtsausdruck des verlässlichen Polizisten zu zeigen. »Als steif bezeichnen wir ein geplantes und so gefährliches Verbrechen, dass seine Verhinderung den Einsatz der härtesten polizeilichen Maßnahmen erforderlich macht. Der Personenschutz für dich ist zum Glück nicht so ein Fall, du stehst genau wie Aamer Malik nicht im Verdacht, eine Straftat begangen zu haben, und es gibt kein Gesetz, das den britischen Offizieren verbietet, sich zu unterhalten, mit wem sie wollen. Aber das *Periculum Islamicum*, das ihr gefunden habt, hat ja innerhalb von wenigen Tagen die ganze Welt durcheinandergebracht.«

Jetzt hat er schon vergessen, warum ich ihn hereingebeten habe, und als Nächstes werde ich dafür sorgen, dass er noch mehr Stoff zum Nachdenken hat, überlegte Elina, während sie Ratamo ins Wohnzimmer führte. »Das Auftauchen dieser britischen Offiziere im Elite könnte irgendwie damit zusammenhängen«, sagte sie unsicher und reichte Ratamo die ausgedruckten Seiten über das Uranbergwerk von Paukkajanvaara.

22

Helsinki, Sonntag, 28. Oktober

Ein blonder, blauäugiger Herr, der wie ein Geschäftsmann aussah, blieb um 04:52 Uhr an der Taxischlange vor dem Flughafen Helsinki-Vantaa stehen und gähnte. Die Maschine aus Athen war mit unglaublicher Verspätung gelandet. Der Mann, der einen modischen Anzug und einen langen schmalen Mantel trug, holte den Pass aus der Brusttasche seines gestreiften Hemdes und steckte ihn in die Seitentasche seines Bordcases. In Griechenland war Kevin Hopkins gebraucht worden, aber auf dem Flughafen Helsinki hatte niemand nach dem Pass gefragt. Kevin Hopkins war er nur noch für die Angehörigen der Grenzwacht und des Zolls, für Polizisten und andere Behördenvertreter sowie für die Angestellten der Fluggesellschaften; für die islamische Weltgemeinschaft jedoch, die Umma, war er Jamal Waheed. Ein Moslem, der einen Auftrag hatte.

Die Taxifahrt dauerte überraschend lange, er hatte sich Helsinki kleiner vorgestellt. Man hörte so gut wie nie jemand über diese Stadt sprechen, kein Wunder, der Ort wirkte noch dunkler und feuchter als London und außerdem gespenstisch leer. Allerdings war es erst fünf Uhr morgens. Die finnische Sprache, die aus dem Radio erklang, hörte sich ein wenig wie Arabisch an.

Jamal Waheed fühlte sich ganz ruhig und zufrieden und auch stolz. Er wusste nur zu gut, wie das Leben eines unruhigen Suchers aussah, er hatte lange genug in der von Hektik, Geld, Gleichgültigkeit und kaputten menschlichen Beziehungen geprägten britischen Gesellschaft gelebt, bevor er Mitte der neunziger Jahre in die pakistanische Filiale seiner Bank beordert worden war. Seit er den Islam für sich entdeckt hatte, war in seinem Leben alles an den Platz gerückt, an den es gehörte: Er besaß nun einen Glauben, eine große Familie von Mitgläubigen, klare Anweisungen für das Leben, ein alles umfassendes moralisches Regelwerk und die Sicherheit eines tiefen Gemeinschaftsgefühls, und das alles auf einen Schlag. Und so einfach: Er brauchte damals nur das Glaubensbekenntnis, das Schahāda, einmal laut in Arabisch auszusprechen.

Im Anschluss an seine Rückkehr nach London Anfang des neuen Jahrtausends hatte er sich mit einem Freund erst Hizb ut-Tahrir und der Moslembruderschaft angeschlossen, weltweit agierenden islamistischen Organisationen, deren Ziel darin bestand, die ganze moslemische Welt zu einem Staat, zum Neuen Kalifat, zu vereinigen und die Macht der neokolonialistischen westlichen Staaten in den moslemischen Ländern zu brechen. Dann hatte er Saifullah und die Organisation Laskar-e-Jhangvi kennengelernt. Da er sich in Pakistan auskannte, die Sprache Urdu beherrschte, hellhäutig war und eine saubere Vergangenheit besaß, war er schnell für wichtige Aufgaben ausgebildet worden. Er kümmerte sich als Verbindungsmann um die Nachrichtenübermittlung zwischen den indischen und pakistanischen Abteilungen von Laskar-e-Jhangvi. Und im vorletzten Jahr hatte man ihm dann seinen derzeitigen Auftrag erteilt. Er brauchte nicht mehr nach einem Sinn des Lebens zu suchen, jetzt konnte er sich einzig und allein darauf konzentrieren, seinen Glaubensbrüdern zu helfen. Es war sein Verdienst, dass im Sechs-Stufen-Plan bald die dritte Phase eröffnet würde – der Krieg.

Der Stadtteil Pihlajamäki könnte fast überall in Europa liegen, dachte Jamal Waheed, als das Taxi vor dem Wohnhaus seiner Kontaktperson anhielt. Ein großer Teil der Europäer wohnte zusammengedrängt in Hochhäusern, die an den Kreuzungen der großen Verkehrswege einsam gen Himmel ragten. Die westlichen Länder waren reich, doch die meisten ihrer Bewohner waren es nicht.

Waheed beschloss, die Treppe bis zur fünften Etage hinaufzusteigen, um sich die Beine zu vertreten; er hatte die ganze Zeit gesessen, erst im Taxi von Piräus bis zum Flughafen in Athen, dann im

Flugzeug und eben wieder im Taxi. Er musste bereit sein zuzuschlagen, sobald sich die Möglichkeit ergab, dieser Auftrag war eilig, und ein Misserfolg kam nicht in Frage. Das Washingtoner Protokoll musste äußerst wichtige Informationen enthalten. Wegen dieses Auftrags hatte Saifullah ihm befohlen, seinen Einsatz in Athen abzubrechen. Er sollte sich das Protokoll mit allen Mitteln bei einer Frau namens Elina Laine beschaffen und sofort zu Saifullah nach London bringen. Und er musste sich darauf einstellen, dass auch andere versuchten, das Protokoll unbedingt in ihren Besitz zu bringen.

Zahid Khan öffnete die Tür seiner Einzimmerwohnung, als Jamal Waheed noch auf den Klingelknopf drückte. Khans linken Backenknochen zierte eine Prellung so groß wie eine Pflaume.

»*Khush amdeed.*« Der müde aussehende Zahid Khan begrüßte seinen Gast in Urdu. »*Kya hal hai?*«

»*Main theek hoon, shukriya.*« Jamal Waheed versicherte, dass es ihm ausgezeichnet ging, und betrachtete den blauen Fleck auf der Wange seines Gastgebers. »Bist du gegen die Tür gelaufen?«

»Ach, das ist nichts weiter, nur ein kleines Versehen. Willst du für einen Moment Platz nehmen? Hast du Hunger?« Khan wechselte das Thema, weil er den Zwischenfall in dem Café nicht erklären wollte, bei dem der syrische Geldsammler der Moslembruderschaft durchgedreht war.

»Hängt deine Ankunft mit diesen Verträgen zusammen, mit dem *Periculum Islamicum*?«, fragte Khan voller Eifer, während er seinen Gast ins Wohnzimmer führte.

»Warum fragst du?«, erkundigte sich Waheed besorgt.

»Die ganze Welt redet doch über das Buch. Wir müssen das jetzt nutzen und die Situation noch weiter verschärfen. Man darf diesen Hass nicht wieder abklingen lassen, das ist der bestmögliche Treibstoff für neue Anschläge. Ich dachte nur, dass du hierhergekommen bist, um Dinge zu erledigen, die damit zusammenhängen.« Khan sah so aus, als würde er gleich vor Neugier platzen.

149

»Dieser Auftrag ist eilig, setz dich«, sagte Jamal Waheed, öffnete seinen Bordcase und nahm seine Notizen heraus. Er berichtete Khan nur das, was Saifullah ihm aufgetragen hatte: den Zeitplan seines Anschlags und Khans Aufgaben. Khan stellte ein paar Fragen zu Einzelheiten, versicherte schließlich, er habe alles verstanden, und verharrte in Gedanken versunken.

»Wo sind die Waffen?«, fragte Waheed schließlich.

Khan zögerte einen Augenblick, schob dann die Füße in seine Sandalen und führte Waheed in den Keller des mehrstöckigen Wohnhauses. Als die beiden mitten in dem langen Kellergang vor der Maschendrahttür mit der Nummer 45 stehen blieben, zögerte Khan wieder.

»Öffne die Tür«, sagte Waheed mit angespanntem Gesichtsausdruck.

»Ich hatte wenig Zeit, wie du sicher verstehen wirst, erst gestern habe ich von dieser Aufgabe erfahren«, sagte Khan nervös und holte dann aus einem Karton ganz hinten in einem Schrank eine große längliche Tasche.

Waheed zog den Reißverschluss auf, schaute einen Augenblick in die Tasche hinein und holte dann eine Pistole mit Rostflecken heraus.

»Die Luger Parabellum ist uralt, funktioniert aber wie ein Uhrwerk. Die chinesische 9-mm-Pistole, eine QSZ-92, ist nagelneu, und die Pumpgun, eine Akkar Karatay, ist auch erst ein paarmal benutzt worden«, erklärte Khan zu seiner Verteidigung.

»Sie werden gut genug sein«, sagte Waheed mit selbstsicherer Miene und hoffte, dass er es schaffte, als Erster bei Elina Laine und dem Washingtoner Protokoll zu sein.

23

Helsinki, Sonntag, 28. Oktober

Aus Aamer Maliks ramponierter Nase floss Blut, er fror und atmete mühsam. Die britischen Offiziere behaupteten, sie hätten ihm Thiopental injiziert, um ihn zum Sprechen zu bringen, aber woher sollte er wissen, was man in seine Vene gespritzt hatte. Vielleicht war das Mittel ein Gift, das schon bald wirken würde, vielleicht hatte man ihn schon umgebracht. Sie saßen im Hafengelände irgendwo in Osthelsinki zwischen zwölf Meter langen, gestapelten Stahlcontainern. Eisige Böen rauschten zwischen den Containertürmen hindurch wie im Windkanal, und die Kälte lähmte die Muskeln.

Der Schmerz brannte in Aamers linkem Unterschenkel, ein Mann namens Hauptmann Higley, der aussah wie ein Gorilla, hatte mit einem Stahlrohr so oft auf sein Schienbein geschlagen, dass er es nicht mehr zählen konnte. Das alles dauerte jetzt bereits mehrere Stunden, es war schon kurz vor halb sechs morgens. Auch seine Handgelenke taten weh, die Handschellen schienen eine Tonne zu wiegen. Er spürte, wie die Kälte vom nackten Boden in seinen knochendürren Körper kroch. Jetzt durfte er wenigstens sitzen, anfangs hatten die Männer ihn gezwungen, auf dem Bauch zu liegen.

Aamer begriff nicht, wieso man das Verschwinden des Washingtoner Protokolls so schnell bemerken konnte. Er hatte es ja gerade deswegen an einem Freitag gestohlen, damit der Verlust frühestens am Montag bemerkt werden würde, wenn er schon aus Helsinki zurückgekehrt wäre. Jetzt hatte er sowohl das Washingtoner Protokoll als auch Elina in Gefahr gebracht. Ob seine Schwiegertochter erkannte, dass sie fliehen und das Protokoll mitnehmen musste? Er war gezwungen, Elina noch etwas Zeit zu verschaffen, damit sie überhaupt eine Chance hätte, obwohl er am liebsten sofort das Handtuch werfen würde.

Seine Folterer hatten keine Eile, die Offiziere vertrauten offensichtlich darauf, dass die Zeit für sie arbeitete und die Schmerzen ihn in Kürze zum Sprechen bringen würden, oder die Männer warteten einfach nur auf die Wirkung der Spritze. Aamer fühlte sich gelähmt wie immer, wenn er das Opfer von Feindseligkeit wurde. Nach Ansicht seines Therapeuten lag das an einem geringen Selbstwertgefühl. Es grenzte schon an ein Wunder, dass sich bei ihm unter den Bedingungen in seiner Kindheit überhaupt eine Art Selbstwertgefühl entwickelt hatte. In Gandhinagar verurteilte der Hindu-Glaube kastenlose Kinder zu einem Leben als Untermenschen, man hielt sie für weniger wert als Tiere, und in den Gemeinschaften auf dem Lande benutzte man sie als Sklaven. Wenn Fremde ihnen Wasser anboten, schütteten sie es ihnen in die Hände, und ihre Familien mussten am Rande des Dorfes gegen den Wind wohnen, weil man es den Hindus höherer Kasten nicht zumuten konnte, Kastenlose zu riechen.

Aamer schrie auf, als ein weiterer Schlag mit dem Stahlrohr gegen sein Schienbein klatschte. Er hob den Kopf langsam und blickte auf Hauptmann Higley, der die Folterarbeit verrichtete.

»Ihr wagt nicht, mich umzubringen, der Mann von der Sicherheitspolizei, der Elina Laine bewacht, hat euch gesehen«, sagte Aamer, hörte sich aber alles andere als überzeugend an.

»Deine Körperteile würde man erst nach mehreren Monaten finden, wenn überhaupt.« Das war das erste Mal seit langer Zeit, das Hauptmann Higley den Mund aufmachte.

Hauptmann Riggs lächelte müde und fuhr mit der Hand in seinen gelockten Haarschopf. »Keiner von uns verlässt diesen Ort, solange du nicht gesagt hast, wo sich das Washingtoner Protokoll befindet. So einfach ist das. Du kannst sicher sein, dass man in London bereit ist, wirklich alles zu tun, um das Protokoll zurückzubekommen. Hast du es irgendwo in London versteckt oder nach Finnland mitgebracht? Wir beenden dieses ... Gespräch erst, wenn du geredet hast. Du kannst selbst wählen, wie viele Schmerzen du aushalten willst.«

Aamer antwortete nicht. Er wusste, dass er schon bald alles verraten würde, er konnte Schmerzen nicht sonderlich gut ertragen. Vielleicht hatte er als Kind zu oft Prügel von fremden Menschen bekommen. Doch jede zusätzliche Minute würde Elina helfen, er musste noch eine Weile durchhalten. Der Gedanke, dass er recht gehabt hatte, verlieh ihm zusätzliche Kräfte: Nicht eine Gruppe von Hooligans hatte seinen Sohn ermordet, sondern die britische Regierung. Es war richtig gewesen, das Washingtoner Protokoll zu stehlen.

»Wir möchten diese Angelegenheit unbedingt auf zivilisierte Weise erledigen. Wenn du uns das Washingtoner Protokoll übergibst, wird niemandem etwas passieren, weder dir noch der Frau deines Sohnes. Auch das Außenministerium hat zugesagt, deine Aktion zu vergessen, wenn du dich ein paar Wochen lang krankschreiben lässt. Alle verstehen, dass der Tod deines Sohnes ein Schock für dich war.« Hauptmann Riggs bemühte sich vergeblich, einen mitfühlenden Eindruck zu machen.

»Wie könnt ihr es wagen, mich so zu behandeln? Einen britischen Bürger, einen Beamten des Außenministeriums!«, entgegnete Aamer verzweifelt, aber die Offiziere starrten ihn nur an, als wären sie die Herrscher der Welt. Bei welcher Behörde standen sie wohl auf der Gehaltsliste? Nach dem 11. September war die Welt der Nachrichtendienste zum Wilden Westen geworden: Die Kontrolleure wurden von niemandem mehr kontrolliert. Die Großmächte hatten das Recht selbst in die Hand genommen, sobald sich die Gelegenheit dazu bot, wie schon immer im Verlauf der Geschichte. Aamer zuckte zusammen, als sich sein Gesichtsfeld verzerrte, die Spritze begann zu wirken.

Hauptmann Higley stand grinsend auf und beugte sich zu seinem

153

Kollegen hin. »Aus einer Kuh kann man keinen Schwan machen, selbst wenn man ihr Flügel anmalt. Wir stehen am Rande des Krieges, und dieser Paki macht Scherze. Das ist kein Brite, selbst wenn er die Staatsbürgerschaft hat.«

Ein neuer Schlag traf Aamers Bein, er kippte um, fiel auf die Seite und biss sich die Lippe blutig. In seinem Kopf hämmerte es, und auf der Netzhaut begannen Farben zu flackern.

»Hört auf, es reicht«, sagte Aamer und setzte sich mühsam auf. »Ich wollte nur, dass jemand die Wahrheit über Salmans Tod enthüllt. Ich selbst bin dazu nicht imstande, ich schaffe es nicht. Die Regierung hat Salman umgebracht, damit das *Periculum Islamicum* nicht an die Öffentlichkeit gelangt. Deshalb muss das Washingtoner Protokoll veröffentlicht werden, es ist tausendmal gefährlicher als das *Periculum*. Elina Laine ist eine junge und kluge Frau, sie kann dafür sorgen, dass es veröffentlicht wird.«

Nun nickte Hauptmann Riggs seinem Kollegen zu, der aus seiner Tasche einen Bunsenbrenner hervorholte und an seiner Spitze eine vielfarbige Flamme entzündete. »Eine Hitze von neunhundert Grad Celsius«, erklärte er.

Das gab Aamer den Rest, seine Schultern rutschten nach vorn. »Das Protokoll ist dort, wo ihr mich geholt habt – bei Elina Laine zu Hause. Sie weiß nichts von der ganzen Sache, Elina hat den Vertrag nicht einmal gelesen.«

Hauptmann Riggs bedankte sich für die Information und murmelte seinem Kollegen etwas zu. Dann packte er die Utensilien, die auf dem Boden lagen, in eine große Stofftasche. Währenddessen band Higley Aamer Malik am nächstgelegenen Stahlcontainer fest und klebte ihm ein Stück Panzerband auf den Mund.

24

Helsinki, Sonntag, 28. Oktober

Arto Ratamo wachte auf, als sein Kopf vom Sofakissen rutschte, und sah, dass Elina Laine angezogen auf ihrem Bett lag und schlief. Es war erst kurz vor halb sechs, das hieß, er war nur für ein paar Minuten eingenickt. Ausgerechnet in der Nacht der Umstellung auf die Winterzeit musste er Dienst haben, die Zeit kroch ohnehin schon entnervend langsam dahin, und nun dauerte es auch noch eine Stunde länger. Jetzt übernahm die Dunkelheit endgültig die Macht, mit Beginn der Winterzeit hatte man das Gefühl, dass es in Finnland immer dunkel war, während das Land nach dem Übergang zur Sommerzeit im März ständig im Licht zu baden schien. Das Jahr war zweigeteilt und der Gegensatz zwischen beiden Hälften einfach zu groß. Ratamo stand auf und dehnte seine steif gewordenen Muskeln. Dann holte er seine Dienstwaffe zwischen den Sofakissen hervor und steckte sie ins Achselhalfter. Die Bisswunde an der Hand schmerzte, als er zur Toilette schlurfte.

Elina wurde wach, als die Scharniere knarrten. Für einen Augenblick glaubte sie, das alles sei nur ein Traum gewesen: das Washingtoner Protokoll, die britischen Offiziere und der SUPO-Inspektor Arto Ratamo, der wie ein Krimineller aussah. In dem Augenblick kam Ratamo aus dem Bad und fuhr sich durch sein Bürstenhaar, Elinas Illusion zerbrach. Und die Angst kehrte zurück, als ihr klar wurde, dass Aamer immer noch nicht wieder da war. Sie musste fliehen, und zwar schnell. Als sie kurz auf ihre Uhr blickte, fragte sie sich, warum sie so lange geschlafen hatte, der erste Bus nach Kemiönsaari fuhr schon in zwei Stunden. Sie hätte früher aufstehen können, um ihren Enthüllungsartikel zu schreiben. Alles war bereit, sie hatte in den frühen Morgenstunden im Internet alle erforderlichen Hintergrundinformationen für die Story über das Washingtoner Protokoll gefunden. Die Zeit wurde knapp, der Artikel musste fertig werden, bevor jemand auf die Idee kam, über sie herzufallen.

Das motorisierte Bett surrte, als Elina die Fernbedienung drückte, ihr Oberkörper richtete sich langsam auf. An diesem Morgen bereitete es ihr wahrhaftig keine Schwierigkeiten wach zu werden, sie fühlte sich plötzlich energiegeladen, und ihr Gehirn beschäftigte sich schon mit dem Washingtoner Protokoll. Es war völlig klar, warum die führenden westlichen Länder die Ausbreitung des Islams kontrollieren wollten: Man fürchtete, dass die innerhalb der europäischen Staaten rasch anwachsenden moslemischen Minderheiten Schritt für Schritt immer mehr Einfluss gewannen, und manche Wissenschaftler glaubten, dass die islamische Kultur in den nächsten Jahrzehnten die ganze europäische Lebensweise überrollen würde. Es war Zeit aufzustehen, beschloss Elina, als sie sah, wie Ratamo mit schleppenden Schritten in die Küche ging.

»Ein Expressfrühstück im Stehen und dann los, oder? Ist bei euch nicht um sechs Schichtwechsel? Der Kollege, der dich ablöst, könnte unangenehme Gerüchte verbreiten, wenn wir hier zusammen rauskommen. Und Aamer Malik ist übrigens immer noch nicht zurückgekommen«, erklärte Elina, schaltete den Wasserkocher ein und huschte ins Bad. Wie könnte es ihr gelingen, Ratamos Ablösung abzuschütteln? Vielleicht war das gar nicht so schwierig, der Polizist hatte ja keinerlei Grund anzunehmen, dass sie die Flucht ergreifen wollte.

Was ist denn mit der passiert?, wunderte sich Ratamo. Elina Laine wirkte jetzt ganz anders als in der Nacht, überhaupt nicht mehr ängstlich. Ratamo nahm sich vor, seine Kollegen darüber zu informieren, dass Aamer Malik nachts abgeholt worden war, und wurde endgültig munter, als ihm die Artikel über das in den sechziger Jahren geschlossene ostfinnische Uranbergwerk einfielen, die er spätnachts gelesen hatte. Er fragte sich wieder, warum er noch nie davon gehört hatte. Warum gaben die Engländer Elina diesen Tipp? Und was hatte man mit dem Uran aus Paukkajanvaara gemacht?

Er öffnete die Tür des Kühlschranks. Gut, dass er morgens nie hungrig war, mit dem fettarmen Joghurt, dem ranzigen italienischen Salat und den schrumpligen Tomaten hätte man vermutlich nichts anderes zustande bekommen als Übelkeit. Einmal mehr stach ihm die Sauberkeit der Wohnung ins Auge. Putzte Elina Laine hier selbst ständig wie verrückt, oder brachte jemand anders alles für sie auf Hochglanz? Wie viel Geld für die Einrichtung dieser Bude ausgegeben worden sein musste! Schon allein dieses Stuhlmonstrum kostete sicherlich mehr als alle Möbel in seinem Wohnzimmer zusammen.

Elina kam frisch und munter aus dem Bad, holte die Dose mit dem Instantkaffee aus dem Schrank und reichte Ratamo einen Becher. Dann warf sie einen Blick auf die Kalorientabelle an der Kühlschranktür und verrührte in einer Schüssel Kleie, fettarmen Naturjoghurt und Himbeermarmelade.

Das Frühstück war in wenigen Minuten erledigt. Ratamo staunte immer noch, wie Elinas Auftreten sich verändert hatte: Das ängstliche Mädchen aus der Nacht verhielt sich jetzt wie eine zielstrebige Karrierefrau. Sie hatte schon ihren Rucksack gepackt und zog sich den Pullover über.

»Ist es dir recht, wenn wir noch einen Augenblick warten. Meine Schicht endet in einer Viertelstunde«, sagte Ratamo, ließ aber unerwähnt, dass Ossi Loponen wahrscheinlich wie gewohnt zu spät kommen würde.

Elina dachte über den Vorschlag nach und kam zu dem Ergebnis, dass es sicherer wäre, bis kurz vor Abfahrt des Busses in der Wohnung mit Ratamo zusammen zu warten als allein in der Stadt. Sie schaltete das Radio an, und die Frühnachrichten machten da weiter, wo die Abendnachrichten aufgehört hatten: »Es gelang, die britische Botschaft im Jemen zu evakuieren, bevor das Feuer auf die

Wohnräume des Gebäudes übergreifen konnte. Bei Protesten nach der Veröffentlichung des *Periculum Islamicum* sind bisher dreizehn Personen ums Leben gekommen. Die größte ...«

»Euer Bücherfund hat enorm viel Aufsehen erregt, auch du wirst in fast jeder Nachrichtensendung erwähnt. Und das alles wegen eines tausend Jahre alten Vertrages«, sagte Ratamo und schnaufte.

Elina Laine schüttelte den Kopf. »Es lässt sich kaum etwas vorstellen, was die Moslems noch wütender machen könnte als das *Periculum Islamicum.*«

»Wieso?«, fragte Ratamo interessiert.

»Nach Ansicht der meisten Moslems hat sich nichts geändert seit der Zeit, als die Christen vor knapp tausend Jahren bei ihrem eigenen Heiligen Krieg im Nahen Osten immer wieder über sie hergefallen sind. Die Moslems sehen die Präsenz der westlichen Staaten in ihren Ländern als lückenlose Fortsetzung der Kreuzzüge. Deswegen war es ein katastrophaler Fehler, dass George W. Bush den Krieg gegen den Terrorismus als Kreuzzug bezeichnet hat.«

»Das verstehe ich nicht«, sagte Ratamo und setzte sich hin, um Elina Laine zuzuhören.

»Für die Moslems ist das Wort ›Kreuzzug‹ ein rotes Tuch. Ins Arabische übersetzt bedeutet es nämlich ›Krieg des Kreuzes‹, ein Kriegszug, der den christlichen Glauben mit Gewalt in die moslemischen Länder bringen soll. Das bedeutet für sie so ungefähr dasselbe wie ihr Wort ›Dschihad‹, Heiliger Krieg, für uns. Als Bushs Bemerkung ins Arabische übersetzt wurde, hörte also der ganze Nahe Osten, dass der Präsident der USA den Dschihad verkündete.«

»Wann hat Bush das Wort Kreuzzug verwendet?«, fragte Ratamo.

»In einem Interview kurz nach dem 11. September. *Dieser Kreuzzug, dieser Krieg gegen den Terrorismus, wird eine Weile dauern,* sagte Bush damals.« Elina lachte trocken, und ihr Zahnschmuck glitzerte. »Als George W. den Krieg gegen den Terrorismus und die

Kreuzzüge miteinander in Verbindung brachte, hat er damit Osama bin Laden glücklich gemacht. Der hatte mit den Terroranschlägen im Jahr 2001 nämlich genau das zu erreichen versucht: einen Krieg der Zivilisationen auszurufen – die islamische Welt gegen die christliche westliche Welt. Bin Laden muss vor Freude gejubelt haben, als er Bushs Spruch gehört hat, Osama hatte genau das zustande gebracht, was er wollte, einen Kampf der Religionen – den Krieg der Götter.«

Ratamo nickte der sich ereifernden jungen Frau zu. »So läuft das, wenn ...«

»Es ist leider eine historische Wahrheit, dass die Kreuzzüge nichts anderes waren als eine Serie ungeheurer Verbrechen. In den westlichen Ländern ist man entsetzt, wenn die Aufständischen im Irak heute ihren Geiseln den Kopf abschneiden, aber vor tausend Jahren verwendeten die Kreuzzugteilnehmer abgeschnittene Köpfe moslemischer Kämpfer als Geschosse, die mit dem Katapult in belagerte Städte geschleudert wurden.«

»Die Gegenwart und die Zeit der Kreuzzüge kann man ja wohl nicht einfach so miteinander vergleichen«, entgegnete Ratamo verblüfft.

»Warum nicht? Zur Zeit der Kreuzzüge rief der Papst ganze Heere und normale Bürger zum Heiligen Krieg auf und versprach den Teilnehmern der Kreuzzüge die Vergebung der Sünden. Heutzutage lockt Osama bin Laden Terroristen genau auf die gleiche Weise in seine Reihen. Und Präsident George W. Bush rief seine Verbündeten zum ›Kreuzzug‹ erst 2001 nach Afghanistan, dann in den Irak und schon bald womöglich sonst wohin. Einen Platz im Himmel hat Bush allerdings niemandem versprochen, lediglich die Vorzüge eines Bündnisses mit den USA, aber für viele Staaten ist das fast dasselbe. Bush verkündete den westlichen Ländern: Entweder ihr seid auf unserer Seite, oder ihr gehört zu unseren Feinden. Die Moslems verstehen eine solche Rhetorik bestens. Übrigens stammt dieser Satz ursprünglich von Jesus.«

Ratamo beschlichen Zweifel, ob die Sache ganz so einfach war, wie es Elina Laine darstellte. Die Frau zumindest schien sich ihrer Sache sicher zu sein.

»Die Auswirkungen der Kreuzzüge sind in der Welt tatsächlich immer noch zu spüren. Die Teilnehmer der Kreuzzüge wendeten überall, wo sie erschienen, eine brutale Einschüchterungstaktik an, auch in Jerusalem wurden die Moslems abgeschlachtet und ganz nebenbei ebenso sämtliche anderen Einwohner der Stadt. Die Erinnerung an diese Massaker ist in der Gegend noch sehr lebendig. Und genau in diesen Regionen liegt auch heute der Kern der Weltpolitik – in den arabischen Ländern und in Israel. Die Kreuzzüge sorgten für die Konfrontation zwischen Westen und islamischer Welt.«

Ratamo wirkte nachdenklich. »Sind die Moslems denn nicht schon immer die fanatischeren Kämpfer gewesen?«

»Ich weiß nicht. Die Teilnehmer der Kreuzzüge glaubten als Märtyrer zu sterben, genau wie die Moslems, und die Krieger beider Religionen waren bereit, für die Dinge zu sterben, die sie als heilig ansahen. Statt die Gewalt als letztes Mittel oder notwendiges Übel zu betrachten, machte man sie in beiden Religionen zu einem völlig legitimen, ja sogar bewunderten Mittel im Kampf gegen die Ungerechtigkeiten der Welt.«

Elina bemerkte, dass sie sich zu sehr ereiferte, sie holte sich aus der Küche ein Glas Wasser und fuhr etwas ruhiger fort. »Kriege, die im Namen eines Glaubens geführt werden, sind immer gefährlich. Sie können als Krieg gegen einen ungläubigen äußeren Feind beginnen, führen jedoch leicht dazu, dass gleichzeitig innere Feinde entdeckt werden. Auch die Teilnehmer der Kreuzzüge fanden seinerzeit die nächstgelegenen Ungläubigen, die Juden. In Europa erlebte man daraufhin das erste Mal große Pogrome, bei denen die Juden allein wegen ihres Glaubens umgebracht wurden. Die Intoleranz weitete sich in der Zeit der Kreuzzüge aus und führte schließlich zur Verfolgung jedes abweichenden kulturellen und religiösen Denkens, und dieselbe Entwicklungsrichtung ist auch heute zu beobachten: Die

USA kümmern sich nicht mehr um die Menschenrechte der Moslems, sondern sperren Menschen, die sie als Terroristen verdächtigen, willkürlich in mehr oder weniger geheime Gefängnisse. Und zugewanderte Moslems und Menschen arabischer Herkunft werden überall in Europa verfolgt.«

Elina stand auf, als wollte sie sich auf ihre abschließende Wortmeldung vorbereiten. »Die wichtigste Lehre aus den Kreuzzügen ist, dass sie eine totale Katastrophe waren. Als Ergebnis aller Kreuzzüge mit Hunderttausenden Todesopfern gelang es den Christen nur knapp hundert Jahre lang, Jerusalem zu halten.«

Ratamo fand es fast ärgerlich, dass Elina Laine ihre Vorlesung beendete.

»Es ist schon zwei vor sechs, jetzt muss ich los«, rief Elina, warf sich den Rucksack auf den Rücken und griff nach der Stofftasche. Sie spürte, wie sich mit der zunehmenden Anspannung ihre Sinne schärften. Als Nächstes würde sie das Washingtoner Protokoll in ein Gepäckfach bringen, dann in ihr Versteck fahren und den wichtigsten Zeitschriftenartikel des Jahrhunderts schreiben, zum Gedenken an Salman.

Wenig später hielt der Aufzug im Erdgeschoss, und Ratamo ging zur Haustür. Überrascht erkannte er durch die Scheibe dasselbe englische Duo, das am Vorabend bei seinem Schichtbeginn Aamer Malik abgeholt hatte. Laut Elina hatten sich die Männer am Vortag im Elite als Hauptmann Riggs und Hauptmann Higley vorgestellt. Jetzt stieg der Lockenkopf Riggs aus dem Taxi, akkurat wie letzte Nacht. *Déjà vu.*

Ratamo öffnete die Haustür, trat auf den Asphalt und begriff im selben Augenblick, dass er einen Fehler begangen hatte. Die beiden Briten sahen aggressiv aus, Riggs kam auf ihn zu, und der Rambo Higley stürmte zu Elina hin.

Etwa fünfzehn Meter von der Haustür der Runeberginkatu 25 entfernt steckte Jamal Waheed das Foto von Elina Laine in seine Manteltasche, presste die Hand um den Gewehrkolben der Pumpgun und rannte los. Er kam zu spät, die Ausgangsposition war alles andere als perfekt: Zwei Männer in dunklen Anzügen befanden sich in der Nähe der Frau, dazu ein Kerl mit Dreitagebart, der eben mit ihr das Haus verlassen hatte, außerdem waren auf dem Fußweg normale Passanten unterwegs und auf der Straße Autos. Aber ihm blieb keine Zeit, er musste das Dokument jetzt sofort holen, er würde sich die Frau schnappen und das Protokoll an sich bringen ...

»Kümmere du dich um die beiden Finnen!«, rief Hauptmann Riggs seinem Kameraden zu, der nur noch zwei, drei Meter von Elina entfernt war.

Ratamo wandte sich um und wollte Elina schützen, doch in dem Moment traf ihn Higleys Faust am Kinn. Er wurde gegen die Hauswand geschleudert, hob die Hände, um den Kopf zu schützen, und trat mit aller Kraft zu, das Fußgelenk des britischen Gorillas knackte. Ratamo zog seine Glock und zielte auf den Oberschenkel des Briten, der zu Boden gegangen war. Sein Herz hämmerte.

Plötzlich hörte er Schritte, die rasch näher kamen, er drehte den Kopf und sah einen Mann, der kalt grinsend eine Pumpgun in der Hand hielt und auf Elina zurannte. Der Mann hob das Gewehr hoch und zielte im Laufen auf Hauptmann Riggs.

Ratamo und Riggs schossen im selben Augenblick auf den Mann, als der feuerte; ein Schrothagel traf Riggs am Bauch, Blut spritzte auf die Straße. Sowohl der Flintenmann als auch Riggs stürzten zu Boden, und ein unbeteiligter Fußgänger schrie auf vor Entsetzen.

Als Ratamo zu Riggs blickte, hätte er sich fast übergeben, vom Bauch des Mannes war nicht viel übrig. Er wandte sich um und sah, dass der Mann mit dem Gewehr in einer unnatürlichen Stellung bewegungslos dalag. Wer von ihnen beiden hatte den unbekannten Angreifer erschossen, er oder Riggs? Sand knirschte, und Ratamo duckte sich sofort, er blickte zur Seite und sah, wie Higley mit schmerzverzerrtem Gesicht auf ihn zuhumpelte. In dem Moment rannte Elina los.

Der kräftig gebaute und schwergewichtige Higley warf sich auf Ratamo, bevor der seine Waffe auf ihn richten konnte. Sie stürzten auf den Asphalt, und der Gorilla wälzte sich mit Leichtigkeit auf ihn. Higley verfügte über Bärenkräfte, das würde böse ausgehen, Ratamo spürte, wie ihn die Angst erfasste. Der Brite drückte ihn mit dem Unterarm auf den Asphalt und tastete nach den Waffen, die auf dem Fußweg lagen. Plötzlich bemerkte Ratamo einen Füller in Higleys Brusttasche. Er zog ihn heraus und stieß ihn Higley mit aller Kraft ins Genick. Die Spitze drang zwei Zentimeter tief ein, Blut floss, der Brite schrie auf, und sein Griff erschlaffte.

Ratamo keuchte und schaute sich um: Elina war verschwunden, auf dem Asphalt lagen zwei Leichen, und Higley hatte den kürzeren Weg zu den Waffen. Es war höchste Zeit, die Beine in die Hand zu nehmen.

Elina blieb in der Arkadiankatu stehen, lehnte sich an das Schaufenster eines Sportartikelgeschäfts und schnappte nach Luft. Sie waren gekommen, um sie zu töten. Wer war der Mann mit der Schrotflinte gewesen? Elina lief weiter in Richtung Kleines Parlament und beobachtete ihre Umgebung in Richtung Runeberginkatu genau, sah aber nur eilige Passanten auf dem Weg zur Arbeit, niemand schien ihr auf den Fersen zu sein. Die Angst ließ jedoch nicht nach, sie rannte wieder los. Die Oberschenkelmuskeln wurden steif, und ihre Lunge pfiff. Sie sprintete bei Rot über die Mannerheimintie und wäre an der Ecke vom Warenhaus Sokos fast mit einer Frau in einem Nerz zusammengestoßen, die in ihrer Handtasche kramte. Wie viele Überwachungskameras würden sie auf dem Bahnhof filmen? Und wenn jemand mit deren Hilfe herausfand, wo das Washingtoner Protokoll versteckt war? Sie hatte das Gefühl, dass ihr die Lunge platzte, und war gezwungen, auf dem Bahnhofsplatz ihr Tempo zu drosseln.

Elina holte aus ihrer Tasche ein Tuch und band es sich um den Kopf, zu einer besseren Tarnung war sie nicht imstande. Sie hatte Angst. Als sie den Gang zwischen der Einkaufspassage Kauppakuja im Bahnhof und der Westhalle erreichte, senkte sie den Kopf und hastete in der Halle die Treppe hinunter ins Parterre. Es gab jede Menge Gepäckfachreihen, welche sollte sie wählen, wo waren die Überwachungskameras? Elina ging bis ans Ende der letzten Reihe, holte das Washingtoner Protokoll aus ihrer Tasche und warf es in das Fach. Münzen, hatte sie überhaupt Münzen? Ihr zitterte die Hand, als sie die Geldstücke in den Schlitz an der Tür des Schließfachs steckte und den Schlüssel umdrehte.

25

Neu-Delhi, Indien, Sonntag, 28. Oktober

Imran Malik saß am abgelegensten Computer des Internetcafés Cyber Hut in Neu-Delhi, schaute aufmerksam auf den 19-Zoll-Bildschirm und hörte über die Lautsprecher etwas verzerrt die Rede, die Saifullah in London hielt. Hinter dem Führer der Organisation Laskar-e-Jhangvi stand ein hässlicher Mann, der wie versteinert aussah: Saifullahs Leibwächter, genannt Sapahi, der Soldat. Es wurde behauptet, der Mann habe seit den achtziger Jahren immer, wenn es möglich war, für den Islam gekämpft: Im Iran gegen den von den USA unterstützten Irak, in Afghanistan gegen die Sowjetunion, im Bosnienkrieg, im algerischen Bürgerkrieg, in Kaschmir gegen die Inder, in beiden Golfkriegen ...

Imran Malik freute sich, als er am Bildschirm sah, wie Saifullah die Menschen in Begeisterung versetzte: *Allāhu-Akbar*-Rufe schallten durch die Halle Hajja Um Aret der Ostlondoner Moschee, wo sich um sechs Uhr morgens fünfhundert Mitglieder der Moslembruderschaft und einiger anderer islamistischer Organisationen versammelt hatten, um Saifullahs Vortrag zu hören. Der frühe Zeitpunkt war gewählt worden, um unnötiges Aufsehen zu vermeiden. Es war an der Zeit, alle etwa zweihundert islamistischen Gruppen in Großbritannien, die mit dem Terrorismus zu tun hatten, aufzuwecken.

»Wir dürfen kein anderes Ziel haben als die Errichtung eines weltweiten islamischen Kalifats auf der Grundlage der Scharia. Wir werden in sechs Stufen eine neue Dynastie der Moslems schaffen. Die erste Etappe, *Erwachen,* ist schon abgeschlossen, dank der Anschläge, die unsere Brüder im Herzen der kapitalistischen Unterdrücker in New York, Washington, London und Madrid ausgeführt haben.« Saifullah wischte sich die Speichelspritzer aus dem Bart und trank einen Schluck Wasser.

»Auch die zweite Etappe, *Öffnen der Augen*, ist schon Wirklichkeit geworden. Wir Moslems sehen jetzt die Verschwörung der westlichen Staaten gegen die islamische Welt so, wie sie tatsächlich ist. Aus den Kampftrupps unserer Brüder entsteht eine weltweite Widerstandsbewegung, in die sich überall die jungen Männer einreihen. In raschem Tempo wird das Fundament einer islamischen Armee geschaffen.«

»Die dritte Etappe, *Krieg*, wird, *Inschallah*, früher beginnen, als ihr glaubt. Einer meiner Soldaten wird noch im Laufe des heutigen Tages unwiderlegbare Beweise dafür in seinen Besitz bringen, dass Amerika mit Hilfe seiner Vasallenstaaten danach strebt, die ganze islamische Welt seiner Herrschaft unterzuordnen.« Saifullah legte eine kleine Pause ein und sah sein Publikum so provozierend an, als würde er die Zuhörer zu einer Prügelei herausfordern.

»Wir zwingen die westlichen Staaten zum Kampf, überall in der Welt. Die USA und ihre erbärmlichen Verbündeten werden in den Krieg getrieben, der ihren Armeen, Volkswirtschaften und Bürgern viel zu große Opfer abfordert. Die einfachen Menschen werden sich gegen die Machthaber erheben, und das führt zum Chaos. Wir informieren mit Hilfe des Internets die ganze Welt über die Kriegshandlungen und die Brutalität der Ungläubigen und zeichnen ein Bild der westlichen Länder, das alle überall in der Welt aufschrecken wird. Die säkularisierten Diktatoren und Erbherrscher werden in allen islamischen Ländern gestürzt, und die Strukturen der westlichen Länder werden von innen heraus mit allen denkbaren Mitteln angegriffen. Die moslemischen Völker sind wie kochende Ozeane, und wenn sich der Sturm erhebt, werden diese Meereswogen die ganze Welt überrollen.«

Saifullah genoss für einen Augenblick den Orkan der verzückten Rufe und fuhr dann fort. »Am Ende des Krieges gegen die Ungläubigen sind die westlichen Länder entscheidend geschwächt, sie wurden aus den moslemischen Ländern vertrieben, und ihr Einfluss auf die islamischen Kulturen hat sich erheblich verringert. Dann gehen wir zur vierten Etappe über, zur *Zeit des Kalifats*. In deren Verlauf rüsten wir uns für die entscheidende Schlacht, wir stellen eine islamische Armee auf, die von keiner Macht der Welt besiegt werden kann. In der fünften Etappe, *Entscheidende Schlacht*, greift die mit den Atomwaffen Pakistans und des Iran verstärkte islamische Armee die Ungläubigen überall an, und das Kalifat wird auf die ganze Welt ausgedehnt. Danach haben wir eine Ewigkeit Zeit für die Freude über unseren Sieg: die sechste und letzte Etappe unseres Planes ist nämlich die ewige *Zeit des Sieges*.«

Imran Malik schaute kurz zu einer stark geschminkten jungen Frau im Sari und deutete ein schiefes Lächeln an. Er mochte die eigenständige Kultur Indiens und kümmerte sich nicht darum, was für Gräuelgeschichten Vater in seiner ganzen Kindheit über Indien erzählt hatte. Die Frau blieb stehen, um sich mit der Kassiererin zu unterhalten, und blickte kurz zu ihm herüber. Imran wusste, dass er gut und durchtrainiert aussah: Er hatte am Morgen seinen Dreitagebart getrimmt und trug enge Sachen, die seinen muskulösen Körperbau betonten. Im Gebirge lebte er wie ein Waldbewohner, aber hier unter Menschen musste man wie ein Sieger auftreten.

Als sich Imran Malik wieder dem Bildschirm zuwandte, wirkte Saifullah noch fanatischer. Imran hatte diesen Vortrag schon x-mal gehört, als Nächstes würde das Publikum den meisterlichsten Teil der Rede erleben – das Schüren des Hasses. Am Ende würden Rufe durch den Saal schallen: »Tod für Amerika!« und »Tod für Israel!«.

Imran runzelte die Stirn, als der Kameramann dem Zuschauer die Halle Hajja Um Aret der Ostlondoner Moschee vorführte: glänzende Parkettböden, Marmorsäulen, schimmernde Wandflächen und moderne Technik. Das sah anders aus als auf dem Dach der Welt im Ausbildungslager von Laskar-e-Jhangvi im Hindukusch, überlegte Imran. Er hatte schon vor langer Zeit die Nase voll gehabt von den westlichen Ländern. Wenn er dort zu Besuch war, musste er wohl oder übel bei jedem, der ihm entgegenkam, denken, dass es einer von *denen* war. Einer der Ungläubigen, deren Spott er sich während seiner ganzen Jugendzeit hatte anhören müssen: Kameltreiber, Rußgesicht, Flüchtling, Asiate, Hakennase, Paki ... Salman waren diese Beschimpfungen fast gänzlich erspart geblieben, die Haut des Bruders war heller als seine, nicht viel, aber es genügte. Zum Glück hatte die Natur ihn zum Ausgleich dafür noch stärker und intelligenter als Salman werden lassen. Leider war das in gewisser Weise auch seinem Bruder zum Verhängnis geworden: Er hatte Salman mit seinen radikalen Gedanken angesteckt und zum Kampf für den Islam herausgefordert und dadurch mit zu seinem Tod beigetragen.

Imran bezahlte seine Zeit im Internet und trat hinaus ins gleißende Sonnenlicht auf dem Connaught Place im Herzen von Neu-Delhi. Bei dem Gedanken, wie wirkungsvoll die britische Kultur während der Kolonialzeit in Indien Wurzeln geschlagen hatte, wurde er wütend: Ein Teil der Straßennamen war immer noch englisch in einem Land mit einer neuntausend Jahre alten Kultur. Den Indern war es gelungen, schon vor viereinhalbtausend Jahren Hochkulturen mit Städten hervorzubringen, als die Waldbewohner in Britannien erst lernten, Ackerbau zu betreiben. Er schwenkte seinen kleinen Koffer und konnte sich bei einem Taxifahrer bemerkbar machen, der im abendlichen Stau stecken geblieben war. Endlich bekam er mal ohne langes Warten ein Taxi. Er stellte sein Gepäck selbst auf den Rücksitz, um die zusätzliche Gebühr zu umgehen, die der Fahrer für das Tragen des Koffers berechnete, und ärgerte sich noch mehr, als er bemerkte, dass der Wagen ein englischer Fairway war, das Londoner Standardtaxi.

Das Pech des einen ist das Glück des anderen, dachte Imran. Da es Jamal Waheed, den Saifullah aus Athen nach Helsinki geschickt hatte, nicht gelungen war, das Washingtoner Protokoll in seinen

Besitz zu bringen, erhielt er die Chance seines Lebens. Am Vortag, als er Saifullah von dem Protokoll erzählt hatte, war er aufgefordert worden, von Pakistan nach London zu reisen. Aber als der Führer von Waheeds Tod erfuhr, hatte er ihn nach Helsinki beordert und auf Elina Laine angesetzt. Es würde Imran keine Gewissensbisse bereiten, Elina das Washingtoner Protokoll wegzunehmen, er hatte diese ungläubige Angeberin nur Salmans wegen ertragen.

Wie lange würde Saifullah das alles noch durchhalten, der Mann war vermutlich immerhin schon Mitte sechzig, überlegte Imran. Hoffentlich konnte Saifullah sowohl in der Etappe des Krieges als auch während der entscheidenden Schlacht die Führung übernehmen, immerhin war er früher General der pakistanischen Armee gewesen. Aber er, Imran, würde Nachfolger von Saifullah werden, das hatte er beschlossen. Wenn er das Washingtoner Protokoll fand, wäre für ihn alles möglich. Und sobald er die Macht übernommen hatte, würde er die Beziehung zu Al Kaida intensivieren und schließlich ein neues, noch effektiveres und größeres Netzwerk von Terrororganisationen schaffen.

Imran begriff, dass er unersetzbar war. Kein anderer Glaubenskrieger kannte Elina Laine, nur er war imstande, das Washingtoner Protokoll zu beschaffen. Das wäre ein Kinderspiel: Elina vertraute ihm, und niemand würde ihn suchen, weder in Finnland noch in England. Angaben über ihn gab es in keinem Register der Sicherheitsbehörden irgendeines Staates, er hatte nie in seinem Leben auch nur eine Bußgeldstrafe wegen Falschparkens erhalten. Er erinnerte sich an jene Jahre seiner Jugendzeit, in denen er noch genauso wohlerzogen wie Salman gewesen war, und spürte den Schmerz der Trauer.

Er blickte auf seine Uhr, um zu prüfen, ob es Zeit für das nächste Gebet war, doch dann fiel ihm ein, dass er, weil er einen Auftrag ausführte, nicht an die Regeln gebunden war. Er durfte sogar Alkohol trinken und sich auch sonst wie ein verweltlichter Moslem verhalten.

Am Ende des Rajpath, des Weges der Könige, wandte Imran Malik den Blick nach oben, als das Taxi am dreiundvierzig Meter hohen India Gate vorbeifuhr, das zum Andenken an die in Kriegen Gefallenen errichtet worden war. Seine Gedanken jagten weit voraus. Das Washingtoner Protokoll würde der ganzen Welt zur Kenntnis gegeben werden, sobald er es in seinen Besitz gebracht hatte. Das würde in der gesamten islamischen Gemeinschaft einen beispiellosen Hass entfachen. Den USA, Großbritannien, Spanien und Italien würde der Heilige Krieg erklärt, in den dann auf Grund der Verpflichtung zur gemeinsamen Verteidigung im NATO-Vertrag und in der EU-Verfassung sofort fast die ganze westliche Welt mit hineingezogen würde.

Aber erst musste er Elina Laine und das Washingtoner Protokoll ausfindig machen und in seine Gewalt bringen. Für eines von beiden hätte er Verwendung.

26

Helsinki, Sonntag, 28. Oktober

Arto Ratamo stand vor der Flipchart im Lagerraum der SUPO, gut zwei Stunden nachdem vor seinen Augen die Eingeweide von Hauptmann Riggs durch einen Bauchschuss mit einer Schrotflinte auf die Straße gespritzt waren.

Sein Gewissen plagte ihn: Wer hatte den Flintenmann getötet, er oder Riggs? Das Bild des zerschossenen Körpers wollte nicht von der Netzhaut weichen, er musste seinem Gehirn schnellstens neue Impulse bieten. Saara Lukkari und Ossi Loponen saßen schweigend da und starrten ihn an. Er antwortete nicht auf Fragen, brummte nur irgendetwas vor sich hin und blickte verstohlen auf seine Uhr.

Wie oft war er während seiner siebenjährigen Laufbahn bei der SUPO Augenzeuge eines gewaltsamen Todes gewesen? Bei drei hörte er auf zu zählen und gab sich selbst eine Antwort – zu viele. Er musste der größte Pechvogel unter allen Mitarbeitern der finnischen Nachrichtendienste sein. Die meisten seiner Kollegen schafften es bis zur Rente, ohne in Ausübung ihres Dienstes auch nur einen einzigen Schuss abzugeben und ohne auch nur eine einzige wirklich schwere Gewalttat zu erleben. Er verstand sich so gut darauf, schreckliche Erfahrungen irgendwo tief in seinem Inneren einzulagern und anzustauen, dass ihm vermutlich selbst nicht klar war, welche nachhaltige Wirkung sie bei ihm hinterließen. Wahrscheinlich müsste er sich endlich eingestehen, was der Grund für die jahrelange Schlaflosigkeit, für den erhöhten Blutdruck und die Erkrankung der Herzkranzgefäße war.

»Solltest du über das mit der Schrotflinte nicht vielleicht mit

einem Profi sprechen? Das war bestimmt kein schöner Anblick.«
Saara Lukkari wirkte besorgt und brach deshalb das Schweigen.

»So, wo brennt's denn?«, fragte Erik Wrede, als er, gefolgt von
Pekka Sotamaa, den Raum betrat. Ratamo hatte den Chef der
SUPO sofort nach der Schießerei in der Runeberginkatu angerufen, aus dem Tiefschlaf gerissen und gesagt, er solle in die Ratakatu
kommen, am Telefon aber trotz der ungehaltenen Nachfragen des
verärgerten Schotten so gut wie nichts erzählt. Er selbst hatte letzte
Nacht nur ein paar Minuten geschlafen, das Adrenalin im Blut hielt
ihn jedoch vorläufig noch wach.

»Man hat heute Morgen um sechs in Töölö während meiner
Schicht versucht Elina Laine umzubringen. Ich habe natürlich sofort die KRP und die Spurensicherung alarmiert«, erklärte Ratamo, und seine Kollegen hörten ihm aufmerksam zu. Er gab ihnen
eine knappe Zusammenfassung der Ereignisse am Abend, in der
Nacht und am frühen Morgen, setzte sich dann auf die Tischkante
und fragte sich, warum er ihnen noch nicht von dem Uranbergwerk in Paukkajanvaara erzählen wollte.

»Elina Laine und ein britischer Offizier sind verschwunden, der
andere Tommy liegt im Leichenschauhaus und der unbekannte
Flintenmann auf der Intensivstation«, fügte Saara Lukkari mit
nachdenklicher Miene für Sotamaa und Wrede hinzu, die sie ent-
geistert ansahen.

»Der tote Brite heißt ... Robert Riggs. Der Mann ist Hauptmann
des SRR genau wie sein verschwundener Kollege ...«, Loponen
schaute verstohlen auf seine Unterlagen, »... Tony Higley. Der MI5
hat den Namen fast umgehend bestätigt, als ich ihnen Bilder von
beiden geschickt habe, aber diesen Mann mit der Flinte konnten sie
nicht identifizieren.«

»Was ist SRR?«, fragte Sotamaa und bekannte damit sein Un-
wissen.

»Special Reconnaissance Regiment, das heißt übersetzt wohl am
ehesten Aufklärungsregiment«, antwortete Saara Lukkari. »Es

wurde im Frühjahr 2005 gebildet. Das SRR führt militärische Operationen in fremden Staaten und Spezialaufträge im Zusammenhang mit der geheimen Informationsbeschaffung sowie der Überwachung und Observierung aus. Wie ihr euch sicher denken könnt, konzentriert es sich fast ausschließlich auf die Terrorismusabwehr.«

Ratamo dankte Saara Lukkari und wandte sich dann an Loponen. »Ossi, schick das Bild des Flintenmanns auch gleich noch an Interpol und Europol, vielleicht kann bei denen jemand den Kerl identifizieren.«

»Es scheint wirklich so zu sein, dass jemand versucht, alle drei umzubringen, die das *Periculum Islamicum* gefunden haben«, sagte Saara Lukkari resolut. »Vor allem, weil die London Metropolitan Police es jetzt als gesichert ansieht, dass Amy Benner und William Norton ermordet wurden. Über den Täter gibt es allerdings immer noch keinerlei Erkenntnisse. Bei den Zeugen ist nicht viel zu holen, nur Bruchteile von Informationen: Jemand hat in Nortons Wohnung zur Tatzeit geschrien, im Treppenhaus waren trampelnde Schritte zu hören, und vor dem Haus stand ein dunkler Transporter.«

Wrede sah Ratamo streng an. »Hat der Flintenmann versucht, Elina Laine zu töten? Ist er deshalb dort in der Runeberginkatu aufgetaucht?«

Ratamo nickte. »Was die Briten vorhatten, lässt sich allerdings schwer sagen. Sie waren eindeutig im Begriff, Elina Laine zu Leibe zu rücken, schon bevor der Mann mit der Flinte dort erschien. Wollten sie mit ihr reden oder ...«

»Sie hatten ja Waffen. In der Angelegenheit muss übrigens jemand Verbindung zur britischen Botschaft aufnehmen«, raunzte der Schotte.

Loponen lachte. »Dort haben sie ihre Waffen sicher bekommen, den Sicherheitsleuten der englischen Botschaft sind doch jede Menge Waffenscheine ausgestellt worden.«

»Hinter all dem steckt irgendeine größere Sache. Wer hat versucht Elina Laine umzubringen? Die Frau muss gefunden werden, alle ...«, begann der Schotte, aber Ratamo unterbrach den Chef mit einer Handbewegung.

»Saara, kümmere du dich um die Suche nach Elina Laine. Grabe all ihre Freunde, Verwandten und Bekannten aus, jemand muss zu ihnen gehen. Wenn es viele sind und jemand weiter entfernt wohnt, kann die örtliche Polizei die erste Kontaktaufnahme übernehmen. Vielleicht versucht Elina Laine irgendwohin zu fliehen, zumindest hat sie sich noch nicht bei der Polizei gemeldet. Und als Erstes nimmst du Verbindung zur Helsinkier Polizei auf, sie sollen dafür sorgen, dass ihre Kennzeichen an den Flughafen gehen, an die Schiffsterminals, die Grenzwacht, die Grenzübergangsstellen, die Hotels, den Busverkehr, die Staatliche Eisenbahn VR ...«

»Nicht so stürmisch, Mann, jetzt heißt es, einen kühlen Kopf zu bewahren«, rief Wrede verärgert. »Solche hohen Kosten kann ich gar nicht genehmigen. Es geht doch zunächst mal nur darum, Elina Laine zu schützen, die Frau steht schließlich nicht einmal im Verdacht, irgendeine Straftat begangen zu haben. Wir müssen das vorläufig mit unseren eigenen Kräften erledigen. Und warum flieht sie überhaupt? Warum kommt sie nicht zur Polizei, um sich in Sicherheit zu bringen?«, fragte der Schotte, und in dem Raum wurde es für eine Weile ganz still.

»Vielleicht wurde sie von dem britischen Hauptmann gefunden, der am Leben geblieben ist«, unterbrach Saara Lukkari das Schweigen.

»Das ist ziemlich unwahrscheinlich«, erwiderte Ratamo nachdenklich. »Ich habe gesehen, wie sie weggerannt ist, und sie schon kurze Zeit danach nicht mehr gefunden, obwohl ich alle Straßen in der Nähe abgegrast habe. Und Higley lag noch in der Runeberginkatu, als ich weggerannt bin.«

»Weiß man gar nichts von dem Flintenmann, der auf der Intensivstation liegt?«, drängte der Schotte.

Ratamo zuckte die Achseln. »Noch nicht. Der Mann hatte keine

Ausweispapiere dabei und schon in Töölö das Bewusstsein verloren. Er wurde in die Brust geschossen und hat ziemlich viel Blut verloren. In der Notaufnahme des Krankenhauses haben sie gesagt, dass man ihn frühestens am Abend verhören kann.«

»Und Aamer Malik, wohin ist der verschwunden?« Die Frage war Sotamaa eingefallen.

»Laut Botschaft der Briten um drei viertel acht mit dem ersten Flug zurück nach London«, antwortete Saara Lukkari.

»Wie ist das möglich?«, fragte Ratamo verärgert.

»Warum sollte das nicht möglich sein, für Malik war doch nicht einmal eine Fahndung herausgegeben«, entgegnete Saara Lukkari, die allmählich warmlief. »Ich will die Londoner Kollegen dazu bewegen, mir zu erklären, weshalb die britischen Offiziere letzte Nacht mit Malik reden wollten, aber vermutlich hackt eine Krähe der anderen kein Auge aus.«

»Wir haben doch keine Unterlagen zu diesem Aamer Malik?«, fragte der Schotte Loponen, bekam als Antwort jedoch nur einen fragenden Blick.

»Und mein guter Freund Wahib al-Atassi, gibt es zu ihm neue, erfreuliche Nachrichten?« Ratamo zeigte seinen lächelnden Kollegen die verbundene Hand.

Saara Lukkari blätterte in ihren Unterlagen, bis sie das Gesuchte fand. »Alle Gespräche al-Atassis in Finnland sind jetzt übersetzt und haben keine wesentlichen neuen Informationen gebracht. Aber Piirala von der Abteilung für Informationsmanagement hat mit irgendeinem Datenvergleichsprogramm ein interessantes Detail gefunden. Der Pakistaner Zahid Khan, mit dem Wahib al-Atassi Kaffee getrunken hatte, kurz bevor er seine Zähne in deine Hand grub, gehörte in den neunziger Jahren in London zur gleichen Abteilung der Moslembruderschaft wie die Brüder Salman und Imran Malik. Ein merkwürdiger Zufall, oder?«

»Glauben die wirklich ernsthaft, dass sie imstande sind, einen weltweiten islamischen Staat zu schaffen?« Sotamaa wirkte amüsiert.

175

»Ich habe mich gerade über diese Organisation informiert«, verkündete Saara Lukkari und bat bei Ratamo mit einem Blick ums Wort. »Die Moslems scheinen den Begriff Staat etwas anders zu verstehen als wir. Der Islam ist nämlich nicht nur ein religiöses System: Er ist die vollkommene Lebensweise des Individuums, der Gemeinschaft und des Staates, die keinen Unterschied zwischen dem Weltlichen und dem Religiösen erlaubt. Die islamische Gemeinschaft erkennt keine nationalen, rassenmäßigen oder sprachlichen Grenzen an; sie ist eine grenzenlose Gemeinschaft, die alle Moslems der Welt umfasst. Das heißt, der Islam regelt alle Handlungen der Menschen in der Gemeinschaft der Moslems.«

Saara Lukkari schien stolz auf ihren Vortrag zu sein. »In der islamischen Gesellschaft kann man den Glauben und die politische Verwaltung nicht voneinander trennen. Und obwohl die moslemischen Kulturen ziemlich unterschiedlich sind, vereint sie dennoch ein bestimmtes gemeinsames islamisches Weltbild.«

Wrede unterbrach sie: »Und inwiefern hängt das alles mit der Moslembruderschaft zusammen? Oder mit diesen Ermittlungen?«

»Insofern, als das erste Ziel dieser moslemischen Organisationen, die ein weltweites Kalifat anstreben, die Schaffung einer auf dem Koran beruhenden Regierungsform ist, das heißt eines islamischen Staates. Ihr zweites Ziel ist die Befreiung der moslemischen Staaten von Machthabern, die von außen kommen und dem Islam fremd sind. Und das dritte Ziel ist die Befreiung der moslemischen Menschen, das heißt das Ausmerzen der westlichen Lebensweise in den islamischen Ländern. Alle drei Ziele lassen sich nur erfolgreich erreichen, wenn man die westlichen Länder angreift, das wiederum ist die Erklärung für den gegenwärtigen Terrorismus. Oder zumindest für einen Teil davon.«

Es herrschte für eine Weile Stille in dem Raum.

»Lukkari konzentriert sich auf Elina Laine und Sotamaa und Loponen auf alles andere. Ich besorge vom Richter die Genehmigung für eine Hausdurchsuchung in Elina Laines Wohnung.« Als Ratamo die Aufgaben verteilt hatte, beendete er die Besprechung.

Wenig später klopfte er mit dem Bleistift auf seinen Schreibtisch und überlegte, was er mit seinem neuen Arbeitszimmer machen sollte. Hier war so viel Platz, dass der Raum geradezu öde wirkte. Seine Ideen für die Einrichtung hatten sich darin erschöpft, ein vor Jahren im Londoner Sherlock-Holmes-Museum gekauftes Gemälde an die Wand zu hängen. »Then he stood before the fire« hieß das Porträt von Holmes und Doktor Watson.

Er war müde. Wann würde er dazu kommen, sich wenigstens eine Mütze Schlaf zu gönnen? Er schaltete das Radio ein und hörte von der Schießerei auf der Runeberginkatu, die laut Nachrichtensprecher mit der Aufklärungsarbeit der Polizei zusammenhing. Wie viele Berichte und Erklärungen würde er wegen dieses Zwischenfalls am Morgen abgeben müssen?

»Die Mappe über Paukkajanvaara, bitte sehr. Was soll denn darin Interessantes zu finden sein?«, erkundigte sich Salmi, der Archivar der SUPO, neugierig, wartete aber keine Antwort ab, als er Ratamos grimmige Miene sah.

Hoffentlich entdeckte er in diesen Unterlagen etwas Neues, im Internet war es ihm nur gelungen, einen Hinweis zu finden, wonach sich heutzutage viele Unternehmen für das Bergwerk von Paukkajanvaara und seine nähere Umgebung interessierten: Agricola Resources plc, Cogema-Areva, Cooper Minerals Inc., Apofas Oy ...

Ratamo öffnete den Ordner und blätterte in den Dokumenten. Er las hier und da eine Zeile, bis er auf einen Satz des ehemaligen SUPO-Chefs Armas Alhava stieß: »... aber in Wirklichkeit wurden in Paukkajanvaara etwa hunderttausend Tonnen Uranerz abgebaut, was reichen würde, um beispielsweise den Bedarf eines Kernwaffenprogramms zu decken.«

Das nächste Dokument war noch interessanter. Es trug das Datum 23. 1. 1992, nur etwa einen Monat nach dem Zusammenbruch der Sowjetunion, und unterschrieben hatte den Bericht – Erik Wrede. »Das in Paukkajanvaara abgebaute Uran wurde Anfang der sechziger Jahre nach Schweden geliefert und auch in Schweden verwendet. Es besteht kein Anlass für weitere Untersuchungen.«

Ratamo begann noch einmal von vorn, las sorgfältig alle Unterlagen in der Mappe über das Uranbergwerk von Paukkajanvaara und verglich das Gelesene mit dem Inhalt von Elina Laines Ausdrucken. Warum hatte der Leiter der Sicherheitspolizei Armas Alhava in seinen letzten Tagen als Chef im Januar 1972 eine Zusammenfassung zu dem Thema angefertigt? Warum hatte er behauptet, in Paukkajanvaara seien über hunderttausend Tonnen abgebaut wurden, obwohl alle anderen Quellen von dreißigtausend sprachen? Warum hatte Alhava eine Andeutung in Bezug auf die Verwendung des finnischen Urans bei der Herstellung von Kernwaffen gemacht? Warum hatte man Wrede die Angelegenheit nach dem Zusammenbruch der Sowjetunion erneut untersuchen lassen? Und warum hatten die Berichte von Alhava und Wrede zu keinerlei Reaktionen geführt, weder in der SUPO noch irgendwo anders? Er beschloss, Kontakt zur schwedischen Sicherheitspolizei SÄPO aufzunehmen, vielleicht wussten die Schweden etwas über das Uran aus Paukkajanvaara.

»Man war also wieder die ganze Nacht unterwegs«, sagte Riitta Kuurma, die plötzlich so überraschend auf der Schwelle stand, dass ihr Mann fast einen Herzschlag bekommen hätte. Ratamo stand auf und legte die Arme um Riittas Hüften. »Ich habe doch schon am Telefon gesagt, dass ich in der Runeberginkatu mit dem Schrecken und ein paar blauen Flecken davongekommen bin.«

»Hm«, erwiderte Riitta und kniff Ratamo in den Hintern. »Ich wollte nur vorbeikommen, um mich selbst davon zu überzeugen, wir unterhalten uns dann heute Abend weiter. Wie geht es der Hand?«

»Ich habe gar keine Zeit, daran zu denken. Hier herrscht jetzt Hochbetrieb, und ich bin ziemlich müde.«

»Ich mache mit Nelli und Musti einen Sonntagsspaziergang, wir sehen uns nachher«, sagte Riitta und drehte sich auf dem Absatz um.

»Na, hoffentlich«, rief Ratamo ihr hinterher und bemerkte, dass er schon sehnsüchtig auf den Weihnachtsurlaub am weißen Badestrand von Mui Ne wartete.

27

Vaala, Sonntag, 28. Oktober

Lauri,

mir reicht's jetzt, ich hab diese ganze Scheiße satt. Heute war ich im Supermarkt Ruokariihi, weil der sonntags aufhat und ich nach der Demütigung vorgestern nicht in den S-Market gehen wollte, da hätte ich mich geschämt. Aber unser Kundenkonto im Ruokariihi ist geschlossen. Der Chef hat gesagt, er schreibt nicht mehr an, weil es Probleme mit der Kreditfähigkeit gibt. Bist du nicht mal imstande, dafür zu sorgen, dass die Familie etwas zu essen hat? Ich gehe jetzt mit den Kindern zu Saara. Zurück komme ich, wenn die Renovierung vorbei ist. Oder auch nicht.

Lauri Huotari knüllte den Zettel seiner Frau zu einer Kugel zusammen, warf sie auf den Küchentisch und vergrub sein Gesicht in beide Hände. Womit hatte er das alles verdient? Warum ging alles schief, obwohl er zwanzig Stunden am Tag arbeitete und nichts weiter wollte, als in der Gegend zu wohnen, in der er geboren war, zwei Kinder in seinem eigenen Haus aufzuziehen und sich mit dem Lkw sein Brot zu verdienen?

Katriina verstand er schon lange nicht mehr. Seine Frau tat nichts anderes, als ihn zu beschimpfen, Herrgott noch mal, sie musste doch wohl sehen, dass er wie ein Zugochse für seine Familie schuftete. Mehr konnte niemand tun. Und es war doch nicht seine Schuld, dass er sich im letzten Winter den Fuß verletzt hatte und dass der Kostenvoranschlag für die Hausrenovierung und den Bau der Lkw-Halle schon vor einem halben Jahr überschritten worden war und die Ausgaben kein Ende nahmen. Den zu hohen Krediten, dem Anstieg der Zinsen, dem Pech und diesem verdammten Bauleiter müsste man die Schuld geben. Er konnte die Arbeiten ja auch nicht einfach unvollendet lassen. Und dann musste man sich noch im Radio die ganze Zeit anhören, wie die Moslems überall in der Welt Radau machten.

Huotari schaltete das Gerät aus, ging frustriert ins Wohnzimmer und machte Feuer im Kamin, auch Sparsamkeit im Kleinen zahlte sich aus. Er setzte sich in den alten Schaukelstuhl und betrachtete seine Lebensgeschichte, die auf dem Sekretär stand. Vater und Mutter sahen auf den etwa zwanzig Jahre alten Fotos fast genauso aus wie heute – ruhig. Er konnte sich nicht erinnern, dass sich seine Eltern irgendwann ernsthaft gestritten hatten, von kleinen Reibereien mal abgesehen, wie es sie bei allen Ehepaaren gab. Es konnte kein Zufall sein, dass in seiner Altersgruppe anscheinend so gut wie niemand mit seinem Leben zufrieden war. Im Gegensatz zu seinen Altersgefährten begriffen die nach dem Krieg geborenen und in einer Zeit des Mangels aufgewachsenen Menschen vielleicht, dass sie heutzutage wie Privilegierte im Überfluss lebten.

Die Plastikfolie raschelte, als sich Huotari zwischen den Malerutensilien hindurchschlängelte und ins Obergeschoss stieg. Er blieb mitten im halbfertigen Kinderzimmer stehen, hob eine hellrote Babydecke vom Fußboden auf und schnupperte den Geruch seines Sohnes, der ein halbes Jahr alt war. Wie sollte er zwischendurch dazu kommen, die Mumins an die Wand im Kinderzimmer zu malen? Er sehnte sich so nach seinen Kindern, dass ihm das Herz weh tat. Ihm war flau zumute, und dieses Gefühl drang immer tiefer in ihn ein, er war nicht mehr er selbst, lange würde er es nicht mehr schaffen, das alles für sich zu behalten. Sollte er mit irgendeinem Seelenklempner reden?

Einen Augenblick später schämte sich Huotari für seine Gedanken. Ein Diamant entstand unter hartem Druck, in einer schwierigen Situation durfte man sich nicht hängenlassen, man musste nach vorn schauen und weitermachen, doppelt so schnell wie bisher. Er

verließ das Kinderzimmer, stieß auf der Treppe eine leere Terpentin-
flasche um und blieb stehen, als er im Flur auf dem Spiegeltisch unter Frauenzeitschriften Briefe liegen sah. Der eine stammte von der
Kreditkartenfirma Luottokunta, der andere von der Bank.

Huotari riss das erste Kuvert auf und las den Text im Blitztempo.
Man hatte ihm wegen der unbezahlten Visa-Rechnungen eine Eintragung im Register der Kreditauskunft verpasst. Wie viele Mahn-
briefe hatte er eigentlich schon bekommen? Er öffnete den Brief
der Bank, und die Wut flutete durch seinen ganzen Körper. »...
nehmen Sie Kontakt zu Ihrer Filiale auf, um die Unklarheiten in
Bezug auf Ihre Kreditkarte auszuräumen.«

Warum schickte die Bank immer wieder solche Briefe? Er hatte
doch gerade erst vorgestern den Bankdirektor angerufen, und der
hatte ihm schleimig ein paarmal versichert, das alles ließe sich natürlich regeln. Warum hatte der Mann die überfälligen Visa-Rechnungen mit keiner Silbe erwähnt? Wie zum Teufel sollte er seine
Angelegenheiten in Ordnung bringen? Die von der Bank geforderten zusätzlichen Sicherheiten oder neuen Bürgen könnte er nirgendwo auftreiben, selbst wenn er sich auf den Kopf stellte, sowohl
seine als auch Katriinas Eltern hatten schon geholfen, so gut sie
dazu imstande waren. Er konnte es sich mit Müh und Not gerade
noch leisten, Diesel für den Lkw und Essen für die Familie zu kaufen, und jetzt sollte er noch Geld für die Bank hervorzaubern.

Huotari ging ins Wohnzimmer, nahm aus dem Barschrank eine
Flasche Tapioviina und goss sich von dem Klaren ein Schnapsglas
randvoll. Wie lange würde er das noch durchstehen, er war ständig
so müde, dass schon sein Sehvermögen beeinträchtigt war. Vielleicht würden zwei Schnäpse ihm helfen einzuschlafen, er musste
unbedingt schlafen, schon in drei Stunden stand die nächste Fuhre
an. Jetzt würde er erst recht alle zusätzlichen Fahrten brauchen, die
er sich verschaffen konnte. Und auch die würden nicht reichen.
Ihm musste irgendetwas einfallen, wie er zusätzlich an Geld kam.
Vielleicht sollte er eine Bank ausrauben ...

28

London, Sonntag, 28. Oktober

Aamer Malik erinnerte sich an die Geschichte von Rajpal, dem Sohn eines seiner in Indien lebenden Cousins. Der Junge war im letzten Frühjahr mit seiner Freundin Sushila, die zur Jati-Kaste gehörte, aus seinem Heimatdorf in der Nähe von Gandhinagar geflohen. Daraufhin musste die ganze Familie des Cousins ihr Dorf fluchtartig verlassen, weil eine Horde von Leuten aus der höheren Kaste voller Wut über diese Beleidigung durch den kastenlosen Teenager ihr Haus angegriffen hatte.

Sundar, ein Freund des geflohenen Liebespaars, hatte einen Bericht geschrieben, wie die Dorfbewohner aus höheren Kasten die Kastenlosen misshandelt und mit dem Tode bedroht hatten, und ihn mit den Unterschriften von etwa zwanzig Zeugen der Polizei und der Presse übergeben in der Hoffnung, dass die Behörden die Kastenlosen aus dem Dorf künftig vor Gewaltakten schützten. Umsonst.

Am nächsten Tag fand man Sundars Leiche auf einem Getreidefeld in der Nähe des Dorfes, man hatte ihn abgeschlachtet wie ein Opferlamm. Nach Ansicht der Polizei handelte es sich um Selbstmord. Dann waren Rajpal und seine Freundin Sushila in das Dorf zurückgekehrt. Rajpal wurde zu seinem Glück verhaftet. Sushila kam kurz nach ihrer Heimkehr ums Leben. Es wusste immer noch niemand, vor allem nicht die Polizei, wie Sushila gestorben war. Die Familie von Aamers Cousin, die sich vor Kummer verzehrte, musste sich drei Monate lang bei Verwandten versteckt halten, erst dann konnte sie es wagen, in ihr Heimatdorf zurückzukehren.

Aamer berührte die Fensterscheibe des Flugzeugs fast, in der er besorgt sein Spiegelbild erkannte: Die schwarzen Augenringe waren in seinem nun noch schmaleren, dunklen Gesicht deutlich zu erkennen. Müde betrachtete er die Themse, die sich weit unten dahinschlängelte, und die endlose Kette der Londoner Vorstädte und Industriegebiete, die dann und wann zwischen den Wolken auftauchten. Er hatte das Gefühl, immer noch zu denen zu gehören, die man nicht berühren durfte, zu den Kastenlosen. Wäre er zu einem gänzlich anderen Menschen herangewachsen, hätte er nicht die ersten Jahre seines Lebens in Indien verbringen müssen? Wäre er ganz anders geworden, wenn er in seiner Kindheit nicht Dutzende, Hunderte, vielleicht Tausende Geschichten von den Leiden der Kastenlosen gehört hätte? Wie stark hatten die Kindheitserfahrungen sein Wesen beeinflusst?

Kalter Schweiß lief über Aamer Maliks Stirn, als die Reifen des Flugzeugs der British Airways zwei Minuten vor neun Uhr morgens auf dem Asphalt der Landebahn in Heathrow aufsetzten. Er flog gern und fand es angenehm, im Flugzeug zu sitzen, aber auf das, was ihn in London erwartete, freute er sich ganz und gar nicht. Wie würde man ihn diesmal verhören, würde man ihn foltern? Hatten auch die Briten so wie die Amerikaner aufgehört, die Menschenrechte von Verdächtigen zu achten, wenn es um den Krieg gegen den Terrorismus ging?

»Ich übergebe Sie gleich auf dem Flughafen Heathrow den Behörden«, sagte die junge Botschaftssekretärin von der britischen Botschaft in Helsinki, die neben Aamer saß, und strich ihren Rock gerade. Was ihn anging, funktionierte die Zusammenarbeit der britischen Behörden anscheinend problemlos, dachte Aamer. Der Militärattaché der Botschaft hatte ihn im Containerhafen von Osthelsinki abgeholt, kurz nachdem Riggs und Higley verschwunden waren. Er hatte saubere Kleidung erhalten, seine grün und blau geschlagenen Beine waren versorgt worden, und dann hatte man ihn geradewegs zum Flughafen gebracht. Jetzt war er sich zumindest absolut sicher, dass die britische Regierung die Verantwortung für

Salmans Tod und alle anderen entsetzlichen Ereignisse der letzten Tage trug. Es war eine richtige Entscheidung gewesen, das Washingtoner Protokoll Elina zu geben: Die Wahrheit musste ans Licht gebracht werden.

Was hatten Riggs und Higley mit Elina gemacht?, fragte er sich voller Angst. Hatte Elina ihnen das Protokoll übergeben, war alles schon vorbei? Sollte man Elina ermordet haben, würde er sich das nie verzeihen.

Die Botschaftssekretärin und Aamer hatten im hinteren Teil der Maschine gesessen, so dauerte es seine Zeit, bis sie die Fluggastbrücke erreichten. An Flucht brauchte er gar nicht erst zu denken, wenn die Sicherheitsbehörden und Geheimdienste der Krone es wollten, dann würden sie ihn selbst aus einem Erdloch im Dartmoor ausgraben. Und er, ein alter Mann mit einem schmerzenden Bein, wäre wohl kaum imstande, vor irgendjemandem zu fliehen.

Im Foyer des Flughafens trat ein breitschultriger Mann neben ihn und packte ihn fest an der Schulter. Aamer schaute ihn kurz an: dunkler Anzug, kurzer, korrekter Haarschnitt und ein lebloser, entschlossener Blick. Der Mann sah aus wie ein Klon von Riggs und Higley. Dann erschien ein zweites, in derselben Form gegossenes Gewaltinstrument auf seiner linken Seite, und die Reise ging weiter.

»Wer sind Sie?«, stammelte Aamer und versuchte vergeblich, sich zu sträuben.

»Majorin Doherty möchte jetzt sofort mit Ihnen reden«, sagte einer der Klone, als sie vor einer Tür stehen blieben, die man in der weißen Wand des Terminals kaum erkennen konnte.

Sie gingen bis ans Ende eines langen Flures, fuhren mit dem Aufzug ein paar Stockwerke nach unten und setzten ihren Weg in einem Betontunnel fort, der Kälte ausstrahlte. Aamer Malik hätte die Männer gern gefragt, wohin man ihn brachte, was man mit ihm vorhatte ... Er wollte eine freundliche und bestimmte Antwort hören, wie sie Männer, deren Geschäft das Töten war, nicht geben konnten. Aamer war von seinen eigenen Gedanken überrascht. Denn natürlich wusste er, was als Nächstes geschehen würde, er hatte das alles in Gedanken schon Dutzende Male durchgespielt. Er musste bereit sein, er wollte nicht aufgeben, solange das Washingtoner Protokoll seine Aufgabe nicht erfüllt hatte, das war sicher.

In einer Tiefgarage führte man ihn zu einem grünen Geländewagen der Armee, einem Land Rover Defender, und drückte ihn auf den Rücksitz neben eine blonde, stark geschminkte Frau mit Bubikopffrisur. Die Klone stiegen ein, und die statuenhafte Offizierin stellte sich als Majorin Doherty vor.

Aamer warf einen kurzen Blick auf die groß gewachsene Frau, die vor sich hin starrte, und dann auf das Emblem an ihrer Armeekopfbedeckung: Es war zusammengesetzt aus einem Schwert, einem korinthischen Helm und dem Wort *Reconnaissance*. Hatte man dem SRR, dem Aufklärungsregiment der Armee, seinen Fall anvertraut? Das war so neu und geheim, dass er nicht viel darüber wusste, niemand wusste etwas. Aamer erinnerte sich, dass diese Einheit 2005 gegründet worden war und die undurchsichtigsten Aufklärungsoperationen im Krieg gegen den Terrorismus durchführen sollte. Doch niemand unter den Beamten im Außenministerium schien zu wissen, wie und mit welchen Mitteln und Vollmachten das SRR seine Aufträge erfüllte. Das SRR war ein glänzendes Beispiel dafür, welchen Verfall der demokratischen Praxis der Krieg gegen den Terrorismus in den westlichen Ländern ausgelöst hatte.

»Es war ausgesprochen dumm, das Washingtoner Protokoll aus dem Zimmer des ständigen Unterstaatssekretärs zu stehlen«, sagte Majorin Doherty, als der Geländewagen schließlich auf die Autobahn M4 einbog.

Aamer sah die Frau, die wie die Geschäftsführerin eines großen Unternehmens aussah, gleichgültig an. »Was hat das schon für eine Bedeutung? Was hat überhaupt noch irgendeine Bedeutung? Ich musste etwas tun, ihr habt meinen Sohn umgebracht. Ich weiß, wie diese Dinge laufen. Das *Periculum Islamicum* war eine Gefahr für die Regierung, und daher beschloss sie, die drei Menschen aus dem Weg zu räumen, die wussten ...«

Majorin Doherty schnalzte mit der Zunge wie ein Lehrer, der ein Kind zügeln wollte. »Sie sind vom Tod Ihres Sohnes erschüttert, das führt dazu, dass Sie sich manche Dinge einbilden. Die Behörden Ihrer Majestät haben nur in Ausnahmefällen das Recht, Menschen zu töten, nur im Krieg, und auch dann bleibt diese Aufgabe Soldaten vorbehalten ...«

»Ihr seid doch Soldaten. Und ihr führt doch Krieg, diesen Antiterrorkrieg, in dessen Namen heutzutage alles erlaubt ist.« Aamer wurde so wütend, dass der Klon auf dem Beifahrersitz sich umdrehte und ihn eiskalt anblickte.

»Es ist Ihre Schuld, dass Elina Laine in Gefahr ist«, warf Doherty ihm vor. »Man hat heute am frühen Morgen in Helsinki versucht, sie zu ermorden.« Sie erzählte Aamer Malik vom Angriff des Flintenmannes vor der Wohnung von Elina Laine.

Aamer schloss die Augen, am liebsten hätte er laut geflucht. Alles drohte zu scheitern, weil die Behörden zu schnell vom Verschwinden des Washingtoner Protokolls erfahren hatten. Es war nicht seine Absicht gewesen, Elina zu schaden, sondern der britischen Regierung. Wenn Doherty die Wahrheit sagte, dann jagte jetzt nicht nur die Regierung Ihrer Majestät das Protokoll, sondern noch jemand anders. »Geht es Elina Laine gut?«

Majorin Doherty seufzte. »Sie und das Washingtoner Protokoll sind verschwunden.«

Aamer sah kurz in den Kofferraum des Defender und erkannte zwischen den Utensilien der Soldaten seinen abgenutzten Lederkoffer. Sie waren in seiner Wohnung gewesen. »Wohin bringen Sie mich?«

»In den Urlaub. Bis wir das Washingtoner Protokoll gefunden haben, können Sie sich in der Kommandozentrale des SRR ausruhen.«

»Das ist doch in Hereford, fast in Wales.«

»Unterstaatssekretär Efford will Ihnen helfen. Wir alle verstehen, dass der Tod Ihres Sohnes Sie erschüttert hat und Sie ... eine Dummheit begehen ließ. Sagen Sie mir, wo die Journalistin Laine ist, dann können Sie mit Sicherheit schon in ein paar Tagen an Ihre Arbeit zurückkehren. Oder in Urlaub fahren, wenn Sie wollen.«

»Elina Laine hat das Washingtoner Protokoll nicht«, erwiderte Aamer und betrachtete dabei niedergeschlagen die hüglige Felderlandschaft.

Doherty sah Aamer Malik mit durchdringendem Blick an.

»Elina hat gesagt, sie wolle das Originalprotokoll in irgendeinem Gepäckfach verstecken. Aber das geht mich nichts mehr an. Ich bin es müde ... alles. Ich wollte das Protokoll nur irgendjemandem übergeben, der sich für all das noch interessiert und sich darum kümmern will.«

»Wohin ist Elina Laine aus Helsinki geflohen, hat sie Ihnen das erzählt?«

»Elina hat gestern keine Flucht geplant, sie hatte das Protokoll ja gerade erst von mir bekommen. Bestimmt hat sie erst nach dem Angriff auf sie beschlossen, zu fliehen.« Aamer Malik erzählte nicht, dass Elina keinesfalls zur Polizei gehen würde, sie wollte garantiert eine Sensationsstory über das Washingtoner Protokoll schreiben. Er kannte Elina.

»Haben Sie denn wirklich keine Ahnung, wo sich Elina Laine jetzt befindet? Oder warum sie überhaupt nach Finnland gereist ist, kaum dass man das *Periculum* gefunden hatte. Warum wollte sie nicht das Blitzlichtgewitter in London genießen?«

»Sie wollte zum Begräbnis ihrer Tante, deshalb ist sie nach Finnland gereist. Aber Sie werden Elina nach den Ereignissen des gestrigen Tages dort kaum noch finden. Finnland ist ein großes, dünn besiedeltes und um diese Jahreszeit äußerst kaltes Land«, erklärte Aamer Malik, zog die Brauen nach unten und schloss die Augen.

»Ich wollte nur, dass Elina irgendetwas tut gegen all das ... Ich kann nicht mehr vernünftig denken, weiß nicht mehr, was richtig und was falsch ist. Die britische Regierung hat Salman umbringen lassen ... Und ich habe nur zusätzliche Probleme verursacht.«

»Es ist sinnlos, wenn Sie hier den Gandhi spielen, Sie wollten sich einfach nur für den Tod Ihres Sohnes rächen«, entgegnete Doherty ungerührt.

Zorn blitzte in Aamers Augen auf. »Erzählen Sie mir nichts von Gandhi, dieser Mann wird im Westen völlig grundlos verehrt. Gandhi hat zwar als einer der Ersten für die Beseitigung der Kastenlosigkeit gekämpft, aber niemals das Kastensystem an sich verurteilt. Das indische Kastenwesen würde nicht mehr existieren, wenn Gandhi 1932 Bhimrao Ramji Ambedkar unterstützt hätte, als der sich für die Abschaffung des Kastenwesens einsetzte. Gandhi verwässerte die radikalen Veränderungen, denen die britische Kolonialverwaltung schon zugestimmt hatte.«

Maliks Gefühlsausbruch interessierte Doherty nicht. »Sie werden sicher verstehen, dass wir in Erfahrung bringen wollen, wo sich das Washingtoner Protokoll befindet. Wenn Sie wissen, wo Elina Laine es versteckt hat, dann werden wir das garantiert herausbekommen.« Majorin Doherty sprach im Tonfall einer ganz normalen Konversation, dennoch klang es unverhohlen wie eine Drohung. »Wir werden die Wahrheit aus Ihnen herausholen, wenn es sein muss, mit Gewalt.«

Der Land Rover raste auf der Autobahn an Oxford vorbei, Aamer erkannte das höchste Gebäude der Universitätsstadt, den Magdalen Tower. Wenn er an Oxford dachte, fiel ihm immer der Ruderwettbewerb 1969 ein. Er hatte das ganze Jahr wie besessen trainiert, um zur achtköpfigen Rudercrew von Cambridge beim legendären Wettrudern auf der Themse gegen Oxford zu gehören. Natürlich wurde er nicht für den Achter ausgewählt, an der Universität war er zur Abwechslung wegen seiner pakistanischen Herkunft »kastenlos«.

29

Hereford, Sonntag, 28. Oktober

Oliver Watkins, der Kanzleichef des britischen Premiers, stand an der Wand der größten Maschinenhalle auf dem Kasernengelände von Credenhill und sah schmunzelnd einem gepanzerten Fahrzeug zu, das sich auf seinen Ketten drehte und mit seiner 120-mm-Kanone ein Übungsgeschoss auf eine Zielscheibe an der Stirnseite der Halle abfeuerte. An den Schläfen des großen Mannes floss der Schweiß herunter, obwohl es in der Halle keine Heizung gab.

»Das sieht wie ein ganz gewöhnlicher Panzer aus«, sagte Majorin Doherty gleichgültig, sie war unbemerkt neben Watkins aufgetaucht.

Der Kanzleichef schreckte zusammen. Er blickte Doherty wütend an, doch die blasse Frau wirkte in ihrer Uniform so reizvoll, dass er sofort besänftigt war.

»Sie wissen nicht, wovon Sie sprechen. Dieses Fahrzeug ist alles andere als gewöhnlich. Es ist die Grundlage für die Kriegsführung der nächsten Generation, eine unbemannte Waffe. Schon bald werden sie mit ihren Computern die Feinde sowohl zu Lande als auch zu Wasser und in der Luft aufspüren«, sagte Watkins tadelnd. Sie wussten beide, was in Helsinki passiert war, also kam Watkins sofort zur Sache.

»Was hat Aamer Malik während des Flugs erzählt?«

»Noch nicht viel, aber bald wird er quasseln wie ein Politiker, wenn der Ausdruck erlaubt ist. Wir lassen den Mann durch Profis verhören«, versicherte Doherty. »So viel hat Malik schon verraten: Die finnische Frau hat das Washingtoner Protokoll wahrscheinlich in Helsinki in irgendeinem Gepäckfach versteckt. Das ist von unserem

Standpunkt aus viel besser, als wenn sie es mit sich herumtragen würde.«

Kanzleichef Watkins bedeutete Doherty mit einer Handbewegung fortzufahren.

»Jetzt können wir sowohl das Protokoll als auch Frau Laine suchen. Vielleicht weiß Aamer Malik, wo das Protokoll versteckt ist, vielleicht hat jemand gesehen, wo Elina Laine es gelassen hat, vielleicht ...«

»Vielleicht, vielleicht – erklären Sie nicht so viel. Die Frau muss gefunden werden. Ermitteln Sie auf die Sekunde genau, was sie nach der Entdeckung des *Periculum Islamicum* getan hat. Wen sie getroffen hat, mit wem sie geredet hat, wo sie was erledigt hat. Hat irgendeine Überwachungskamera den Fluchtweg der Frau aufgezeichnet oder gefilmt, wie sie das Protokoll versteckt hat?«

Doherty sah Watkins gelassen an. »All das wird schon ermittelt. Dennoch glaube ich, dass wir mit Hilfe von Aamer Malik schneller Resultate erzielen. Er ist anscheinend ein gebrochener Mann, seelisch am Boden. Der Tod des Sohnes ist für ihn sichtlich ein schwerer Schlag.«

»Und der Inspektor der finnischen Sicherheitspolizei, der in der Wohnung der Frau war, kurz vor der ... Schießerei?« Watkins bohrte seinen Blick in Majorin Dohertys geschminkte Augen.

»Der Polizist kann bezeugen, dass Riggs und Higley bewaffnet dort auftauchten und versuchten Elina Laine in ihre Gewalt zu bringen. Wir können das Risiko nicht eingehen, dass der Mann redet und die Medien sich noch mehr für den Tod von Salman Malik, Amy Benner und William Norton interessieren. Und außerdem ist es möglich, dass Elina Laine dem finnischen Inspektor vom Washingtoner Protokoll erzählt hat, woher wollen wir wissen, ob die Laine es ihm nicht vielleicht sogar gegeben hat? Laut Higley war der Mann die Nacht über in Laines Wohnung. Der finnische Polizist muss irgendwie ausgeschaltet werden.«

Watkins zögerte nicht. »Wir arrangieren etwas, eine Inszenierung, wie gewöhnlich, in diesem Fall ist es besser, nicht das geringste unnötige Risiko einzugehen. Zahlen Sie so freigiebig, dass auch ein Mensch mit etwas besserem Ruf bereit ist, den Inspektor zu diffamieren. Wissen wir übrigens schon, wer den Mann mit dem Gewehr nach Helsinki geschickt hatte?«

Doherty schüttelte den Kopf. »Die Sache wird untersucht. Der Name des Mannes ist Kevin Hopkins beziehungsweise war es. Er kürzlich zum Islam konvertiert und hat den Namen Jamal Waheed angenommen. Wir haben den Verdacht ...«

»Wie zum Teufel hat jemand erfahren, dass dieses Washingtoner Protokoll in Helsinki ist?«, fuhr Watkins sie an.

»Wir haben auch hier zu Hause ein neues Problem.« Doherty beschloss, dem Kanzleichef gleich alle schlechten Nachrichten auf einmal zu berichten. »Die Polizei hat herausgefunden, dass der schwarze Transporter, der zur Tatzeit der Morde an Norton und Benner vor dem Haus von William Norton geparkt war, dem SRR gehört.«

Die Wangenmuskeln von Watkins spannten sich an, doch er blieb stumm.

»Wie kann diese Maschine die eigenen Truppen von den feindlichen unterscheiden?«, fragte Doherty schließlich und beobachtete den unbemannten Panzer, der in der Mitte der Halle brummte und wendete.

»Sie werden so programmiert, dass sie erst von der Führungsstelle eine Angriffserlaubnis einholen. Und an die Truppen, die auf derselben Seite stehen, können die entsprechenden Sensoren verteilt werden«, erklärte Watkins.

»Hm«, meinte Doherty, sie hatte keine Lust, zu sagen, dass man sich in einer Kriegssituation nie auf die Kommunikationsverbindungen verlassen konnte. Wenn es bei so einer Maschine zu einer Funktionsstörung kam, wollte sie lieber nicht dabei sein.

Watkins räusperte sich. »Schicken Sie diesmal genug Leute nach Finnland. Sie haben in diesem Fall keinerlei Beschränkungen, alle

Kosten werden übernommen, alle staatlichen Einrichtungen stehen zur Verfügung. Ich nehme Verbindung zur Botschaft in Helsinki auf, die Waffen bekommen Sie dort. Das Protokoll muss gefunden werden. Wir können es uns nicht mehr leisten, peinlich genau die Regeln einzuhalten.«

Majorin Doherty blieb im Lärm der Maschinenhalle stehen, als der Kanzleichef hinausging. Es war an der Zeit, den Chef der finnischen Sicherheitspolizei noch einmal anzurufen.

Als Erik Wrede sich nach dem ersten Ruf meldete, kam Doherty gleich zur Sache. »Sie wissen sicherlich schon, dass Elina Laine irgendwo in Finnland auf der Flucht ist?«

»Natürlich weiß ich das. Wir werden sie selbstverständlich finden, Sie brauchen deswegen nicht ständig hier anzurufen. Erklären Sie mir lieber, warum zwei Ihrer Leute heute Morgen hier in Helsinki mit Waffen herumgefuchtelt haben!«, wetterte Wrede.

»Sie wollten nur mit Laine reden. Und ohne sie hätte man die Frau wahrscheinlich umgebracht. Meine Männer wussten, dass Laine in Gefahr ist.«

»In was für einer Gefahr? Wer will Elina Laine umbringen?«, fragte Wrede erregt.

Dohertys Stimme klang nun angespannt. »Ich rufe an, um mitzuteilen, dass Elina Laine im Besitz eines Dokuments ist, das wir unbedingt in unsere Gewalt bringen müssen. Sie sollten es so schnell wie möglich ausfindig machen. Andernfalls weiß bald die ganze Welt, was mit dem in Finnland abgebauten Uran passiert ist. Halten Sie mich bei allem auf dem Laufenden.«

30

Kemiönsaari, Sonntag, 28. Oktober

Elina Laines Herz schlug immer noch heftig, obwohl der Bus des Unternehmens Vainion Liikenne schon vor zwanzig Minuten in Salo abgefahren war. Eine unmittelbare Gefahr bestand jetzt wohl nicht mehr, dennoch hatte sie Angst: Wann würde das nächste Mal jemand über sie herfallen? Die Flucht aus Helsinki war jämmerlich schlecht verlaufen, weil sie in der Hektik am Kamppi-Center in den falschen Bus gestiegen und über alle möglichen Nester bis nach Salo gezuckelt war, wo sie dann stundenlang auf den nächsten Bus nach Kemiönsaari warten musste. Sie war vom Tatort des Mordanschlags geflohen und wurde jetzt zumindest von den finnischen und britischen Behörden gejagt.

Ihr war immer noch ganz übel. Sie hatte nie zuvor in ihrem Leben einen toten Menschen gesehen, und jetzt waren vor ihren Augen zwei Menschen getötet worden. Oder ermordet worden. Das Bild des von Schrotkugeln durchlöcherten Hauptmanns wollte einfach nicht aus ihrem Kopf weichen. Zudem war sie trotz ihres Versprechens nicht beim Begräbnis von Tante Kaisa gewesen. Und am furchtbarsten war, dass sie nicht einmal ihren Ehemann begraben könnte.

Elina blickte hinaus auf die Landschaft, die Felder von Perniö, und hoffte, dass der Nieselregen vor Kemiö aufhören würde. Irgendwie wurde sie das Gefühl nicht los, dass der Fahrer über den Innenspiegel zuweilen einen Blick auf sie warf. Sie atmete tief und ruhig, fuhr mit der Zunge über den Zahnschmuck und versuchte sich über ihre Situation klar zu werden. War es die Absicht der britischen Offiziere gewesen, sie und Ratamo zu erschießen? Wenn ja, dann hatten sie Aamer wahrscheinlich schon getötet und ihn vorher dazu gebracht, zu verraten, dass er ihr das Washingtoner Protokoll übergeben hatte. Die Identität des Mannes mit dem Gewehr würde sie selbst mit angestrengtem Nachdenken nicht herausfinden, das war letztlich auch egal, es genügte, dass sie wusste, sie war in Lebensgefahr.

Es galt, das Washingtoner Protokoll so schnell wie möglich bekannt zu machen. Die Behörden würden sie binnen kurzem überall aufspüren. Sie musste das Protokoll an die Öffentlichkeit bringen, je eher, desto besser, danach wäre es für niemanden mehr eine große Freude, sie umzubringen. Oder zumindest würde es niemandem mehr nützen, überlegte Elina, als sie sich an das kalte Grinsen des Mannes mit dem Gewehr erinnerte.

Es fiel ihr schwer, all das zu begreifen, was in den letzten Tagen geschehen war. Hatte das *Periculum Islamicum* diese Ereignisse ausgelöst? War Aamers Leben tatsächlich in der Gewalt der britischen Offiziere zu Ende gegangen? Ein deprimierender Gedanke, wenn jemand etwas anderes verdient hatte, dann Aamer.

Elina hätte nie und nimmer angenommen, dass sie bereit war, solche Risiken einzugehen. Es wäre einfach gewesen, das Washingtoner Protokoll an irgendeine Zeitung zu schicken oder es den Behörden auszuhändigen, aber das wollte sie nicht. Wenn sie das Protokoll der Polizei übergab, würde man es wahrscheinlich totschweigen; Finnland saß schließlich wegen der Sicherheitsgarantien in der kürzlich in Kraft getretenen EU-Verfassung mit allen Signatarstaaten des Washingtoner Protokolls in einem Boot. Ein Konflikt der moslemischen Länder mit den EU-Mitgliedern Großbritannien, Italien oder Spanien würde bedeuten, dass auch Finnland mit in die Auseinandersetzungen verwickelt wäre. Und wenn irgendein moslemisches Land und die USA aneinandergerieten, würden deren NATO-Partner Großbritannien, Italien und Spanien aufgrund der Klausel über die kollektive Verteidigung im Gründungsdokument der NATO mit in den Krieg hineingezogen, und damit zugleich wohl auch die EU und Finnland. Wenn sie hingegen das Washingtoner Protokoll den Medien übergab, würden die den ganzen Ruhm für die Enthüllung ernten. Ihr blieb nichts anderes übrig, als rasch selbst eine sensationelle Story über das Washingtoner Protokoll zu schreiben und den Artikel der Presse zu schicken. Das wäre ihre Eintrittskarte zur Ruhmeshalle und ihr Abschiedsgeschenk für Salman.

Elina stieß mit dem Kopf gegen die kalte Fensterscheibe, als der Bus im Schneckentempo über die Bremsschwellen auf der Brücke von Strömma fuhr. Wie sollte sie ihren Artikel und eine Kopie des Washingtoner Protokolls den Zeitungen übermitteln? Man könnte sie mit dem Handy fotografieren und schicken, aber das kam nicht in Frage, es war heutzutage viel zu einfach, ein Telefon zu orten. Wie genau konnte die SUPO Faxe, Briefe und E-Mails überwachen, die bei Zeitungen eingingen? Die Nummer der für ein Fax genutzten Telefonverbindung ließ sich leicht ermitteln, ein Brief erhielte vermutlich den Stempel der Post von Kemiö, und den Computer, von dem eine E-Mail abgeschickt wurde, konnte man mit Hilfe der IP-Adresse ausfindig machen.

Ein Mann in einem dunklen Herbstmantel, der ein paar Reihen vor ihr saß, wandte sich zu ihr um und sah sie neugierig an. Sie machte sich auf ihrem Sitz noch kleiner. Wurde sie beschattet? Elina erschrak über ihre Gedanken, sie litt ja schon fast unter Verfolgungswahn. Es war doch wohl kein Nachrichtendienst imstande, alle Busse und Massenmedien der Welt zu überwachen. Oder doch? Zum Teufel noch mal, woher sollte sie das wissen?

Der Linienbus fuhr an der Kreuzung Pedersåntie vorbei. Elina wäre gern ausgestiegen, aber sie musste noch Lebensmittel einkaufen.

Als der Bus pünktlich um 14:40 Uhr im Zentrum von Kemiö ankam, warf sie sich den Rucksack auf den Rücken, nahm ihre Tasche und stieg als Erste aus. Wenigstens regnete es hier nicht. Sie ging geradewegs in den K-Market, packte wahllos alles Mögliche in ihren Einkaufskorb: Suppen, Knäckebrot, Käse … Jetzt war keine

Zeit, an Kalorien zu denken. Sie befand sich auf dem Weg zu einem Ort, der fast zehn Kilometer vom nächstgelegenen Laden entfernt war. Schaute die Frau an der Kasse sie merkwürdig an, oder bildete sie sich das nur ein?

Ein Taxi wollte Elina nicht nehmen, das hatte sie schon im Bus beschlossen. Wenn man ihr auf die Spur käme, würde die Polizei möglicherweise die Taxifahrer von Kemiö nach ihr fragen. Sie blieb am Lebensmittelladen stehen und sah vor dem Gebäude nebenan jede Menge Fahrräder. Die Dorfjugend hatte sich zum Sonntag in der Kebab-Pizzeria versammelt. Eines der Räder schien klein genug für sie zu sein.

Sie biss die Zähne zusammen, hastete im Laufschritt zu dem Fahrradständer und stopfte ihre Tasche in den Metallkorb an der Lenkstange eines schwarzen Rads der Marke Crescent. Sie zog es aus dem Ständer, schob es an und schwang sich in den Sattel. Die Ketten knirschten, als sie kräftig in die Pedale trat, sie erwartete jeden Augenblick wütende Rufe des Radbesitzers, aber es war nichts zu hören. Als sie das Zentrum von Kemiö hinter sich gelassen hatte und die Kreuzung von Perniöntie und Turuntie erreichte, fühlte sie sich etwas erleichtert.

Elina lenkte das Fahrrad auf die Pedersåntie und beruhigte sich weiter, als sie die Laubfärbung auf der Insel Kemiönsaari sah. Die Luft war klar und kühl, und die Straße, die in den südöstlichen Winkel der Insel führte, lag verlassen vor ihr. Felder, Waldabschnitte und Holzeinschlagflächen wechselten sich ab. Der Gedanke, dass sie nun in die Sommerlandschaft ihrer Kindheit fuhr, wirkte bedrückend, sie war auf dem Weg zu einem Ort, an den sie eigentlich erst zurückkehren wollte, wenn sie ihr Verhältnis zu Vater und Mutter in Ordnung gebracht hatte. Im Sommerhaus ihrer Eltern wollte sie allerdings auf keinen Fall vorbeischauen, dort würde die Polizei sie in den nächsten Tagen garantiert suchen.

Nach einer halben Stunde bog Elina auf den Pedersån-Uferweg ab und hielt über ihre linke Schulter Ausschau nach der schönen

Meerlandschaft. In Höhe des Hauses ihrer Eltern konzentrierte sie sich auf den Weg und erhöhte ihr Tempo.

Ein paar Minuten später sprang Elina vom Sattel und schob ihr Fahrrad auf den Gipfel eines kleinen Hügels. Das Haus von Ruholahti sah noch genauso aus wie vor fünfzehn Jahren. Oder hatten die Wände des Blockhauses eine neue Schicht von rotem Ocker erhalten? Sie stellte das Fahrrad hinterm Schuppen an die Wand, trug ihre Beutel zum alten Familienhof der Eltern ihrer Freundin Heli und betrachtete die über hundert Jahre alten Holzgebäude und das dazugehörige Land, das zum Meer hinunterführte. Genau so wollte sie wohnen – irgendwann. Dann, wenn sie endlich glücklich wäre, sofern sie das überhaupt noch jemals sein könnte, ohne Salman. An diesen Ort hatte sie immerhin auch angenehme Erinnerungen: die Heuernte in der Hitze, angeln am Ende des Bootsstegs, die Hühner des Nachbarn füttern ... Sie spürte, wie sehr sie sich nach solchen Momenten des Friedens sehnte.

Als Kind hatte sie den Namen des Hofes von Helis Eltern, Ruholahti, die Rumpfbucht, spannend gefunden, aber jetzt hörte er sich nur wie ein schlechtes Omen an. Angeblich hatte der Hof diesen Namen bekommen, weil nach einem starken Sturm der Rumpf eines Elches angeschwemmt worden war. Elina hielt immer noch Verbindung zu Heli und wusste, dass sich die Familie Sirviö nur im Spätsommer in Ruholahti aufhielt.

Sie holte den Schlüssel für das Hauptgebäude aus einem gemauerten Kessel, der als Blumenkasten diente, das Versteck hatte Heli ihr vor Jahren verraten. Dann öffnete sie die Haustür und betrat die Diele, in der es nach den alten Holzbalken roch. Hier würde man sie nicht so schnell finden.

31

Helsinki, Sonntag, 28. Oktober

Es klopfte an der Tür. Arto Ratamo, der an seinem Schreibtisch eingenickt war, fuhr hoch, so dass Kaffee auf den Bericht der schwedischen Sicherheitspolizei schwappte. Er war todmüde, obwohl er es geschafft hatte, in der Mittagspause ein Schläfchen zu machen.

»Ich habe die Tickets gebucht. Von Helsinki nach Ho Chi Minh City, Hinflug am 20. Dezember und Rückflug am 28., wie vereinbart. Mit einer Zwischenlandung insgesamt zweitausend und ein paar Euro für drei Personen«, erzählte Riitta ganz begeistert und beugte sich vor, um ihrem Lebensgefährten einen Kuss zu geben.

»Nicht im Dienst.« Die Stimme des SUPO-Chefs war schon zu hören, noch bevor der Rotschopf über die Schwelle getreten war. »Wir müssen uns kurz unterhalten, Ratamo«, sagte Erik Wrede und sah so aus, als wäre ihm gerade jemand auf die Zehen getreten.

»Bei uns beginnt in einer Viertelstunde eine Besprechung, hat das nicht Zeit ...«

»Sofort danach«, erwiderte der Schotte und verschwand genauso schnell wieder, wie er gekommen war.

Ratamo schüttelte den Kopf, hob Riittas Bluse hoch und küsste ihren Bauchnabel. »Man sehnt sich wirklich schon nach Urlaub. Aber wir reden zu Hause weiter, bei uns hier ist im Moment der Teufel los.«

Als Riitta den Raum verlassen hatte, trank Ratamo den kalt gewordenen Kaffee aus seinem Keramikbecher und vertiefte sich dann in den Bericht des Kollegen von der Säkerhetspolisen über den Verbleib des an der Wende von den fünfziger zu den sechziger Jahren in Paukkajanvaara abgebauten Urans. Er fragte sich verwundert, weshalb es nötig war, so ein Schriftstück über die schwedische Botschaft in Helsinki an die SUPO zu schicken. Und weshalb die Säpo für die Bitte um Aushändigung des Dokuments die Unterschrift des SUPO-Chefs verlangt hatte.

Die Atomienergia Oy verkaufte das in Paukkajanvaara abgebaute angereicherte Uran, den sogenannten Gelbkuchen, an die schwedische Atomenergi Ab, die jetzige Studsvik Ab, las Ratamo. Das wusste er schon. Seine Neugier erwachte ernsthaft, als er eine Zusammenfassung des Vorgängers der Säpo, der Sicherheitsabteilung der schwedischen Polizeiverwaltung, aus dem Jahre 1971 fand, die den Stempel »geheim« trug.

»Das pakistanische Atomwaffenprogramm wurde offiziell von Zulfikar Ali Bhutto im Jahre 1972 in Angriff genommen, sofort nach der Übernahme der Amtsgeschäfte als Präsident. Der Welt wurde vorgespiegelt, der Anstoß für den Start des Kernwaffenprogramms sei der Krieg 1971 zwischen Pakistan und Indien gewesen, in dessen Folge Pakistan seinen östlichen Teil verlor, aus dem der Staat Bangladesch gebildet wurde. In Wirklichkeit hatte Ali Bhutto jedoch die Entwicklung eines Atomwaffenprogramms in Pakistan schon über zehn Jahre lang im Geheimen vorbereitet.«

»Zulfikar Ali Bhutto hatte schon 1962 als junger ehrgeiziger Minister von der schwedischen Regierung unter Erlander die Genehmigung erhalten, bei Atomenergi Ab hunderttausend Tonnen vom Gelbkuchen aus Finnland zu kaufen. Ali Bhutto konnte das Geschäft jedoch erst als Präsident verwirklichen und das Uran nach Pakistan holen. Das von Atomenergi verkaufte Uran wurde zum Jahreswechsel 1971/1972 per Schiff nach Pakistan gebracht.«

Ratamo bekam große Augen, als er eine Stelle des schwedischen Berichts erreichte, die unterstrichen war. »Dieses in Finnland abgebaute Uran bildete die Grundlage für Pakistans Kernwaffenprogramm. Pakistans Atomwaffen beruhen vornehmlich auf angereichertem Uran, das sich einfacher und sicherer behandeln und herstellen lässt als Plutonium.«

Konsterniert ließ Ratamo die Dokumente sinken: Pakistan hatte sein Atomwaffenprogramm mit Hilfe von finnischem Uran verwirklicht. Kein Wunder, dass die Schweden nur auf Bitten des SUPO-Chefs bereit gewesen waren, den Bericht auszuhändigen. Hatte die politische Führung Finnlands seinerzeit von der Sache gewusst? Die Sicherheitspolizei zumindest war informiert gewesen. Ratamo erinnerte sich an den Bericht des Leiters der SUPO Armas Alhava vom Januar 1972, den er am Vormittag gelesen hatte. Nun fragte er sich nicht mehr, warum Alhava die Verwendung des finnischen Urans bei der Herstellung von Kernwaffen angedeutet hatte. Wredes Notiz 1992 in der SUPO-Mappe über Paukkajanvaara hörte sich jetzt noch merkwürdiger an – das Uran wurde nach Schweden verkauft, es bestehe kein Bedarf für weitere Maßnahmen.

»Die Stirn liegt so in Falten, dass man den Hut wie einen Deckel auf den Kopf drehen muss«, witzelte Ossi Loponen, der durch die offene Tür hereintrat. »Da sitzt er hier, obwohl er selbst eine Besprechung abhalten wollte.«

Ratamo schaute auf seine Uhr – 16:07 – und fluchte, er kam wieder zu spät. Er nahm seinen Papierstapel unter den Arm, und wenig später betraten die beiden im Gänsemarsch den Lagerraum. Der Flirt zwischen Saara Lukkari und Pekka Sotamaa endete, als Loponen die Tür zuknallte.

»Zwei Tote bei Schießerei in Töölö! Oberinspektor der SUPO an dem Zwischenfall beteiligt. SUPO weigert sich, zu bestätigen, dass es einen Zusammenhang zwischen der Schießerei und Terrorismus gibt oder ...«, las Ratamo in der aufgeschlagenen Abendzeitung, die auf dem Tisch lag, und fluchte nun noch heftiger als eben in seinem Zimmer.

»Sotamaa fängt an. Was gibt es Neues von dem Flintenmann?«, knurrte er.

»Der ist vor einer Stunde auf der Intensiv gestorben«, erwiderte Sotamaa.

Ratamo setzte sich und fühlte sich schuldig. Hatte er den Mann getötet?

»Der Mann war ein britischer Staatsbürger, der 1974 als Kevin Hopkins getauft wurde und seit 2002 den Namen Jamal Waheed trug«, fuhr Sotamaa fort. »Geboren in Birmingham, Studium der Wirtschaftswissenschaften an der Universität Nottingham, danach arbeitete er sechs Jahre in verschiedenen Bereichen bei der Barclays-Bank, sowohl in England als auch im Ausland. Junggeselle, keine Kinder, hat zwei Jahre in Karatschi gearbeitet und dort Urdu gelernt, die offizielle Amtssprache Pakistans. Steht weder bei den Briten noch anderswo auf der Terroristenliste, ist aber Mitglied bei Hizb ut-Tahrir und bei der Moslembruderschaft. Oder war es jedenfalls. In den letzten zwei Jahren gibt es über diesen Hopkins-Waheed keinerlei Informationen.«

Sotamaa bemerkte Loponens fragenden Blick. »Hizb ut-Tahrir ist ähnlich wie die Moslembruderschaft eine weltweite islamistische Organisation. Auch ihr Ziel besteht darin, den Einfluss des Westens in den moslemischen Staaten zu beseitigen und die gesamte islamische Welt zu einem Staat zu vereinen, zu einem neuen Kalifat. Die Moslembruderschaft ist in Großbritannien zugelassen und vorläufig auch Hizb ut-Tahrir, aber es wird schon darüber geredet, sie zu verbieten. Sie sind beide keine Terrororganisationen, haben aber natürlich Verbindungen zu allen möglichen Gruppierungen.«

Ratamo sah unzufrieden aus. »Dieser Hopkins wird wohl kaum selbst auf die Idee gekommen sein, nach Finnland zu reisen, um Elina Laine mit einer Schrotflinte zu erschießen. Der Mann muss einfach zu irgendeiner Terrororganisation gehören.«

»Englands MI6 und MI5 untersuchen die Sache, also werden sich in den nächsten Tagen weitere Informationen über Hopkins-Waheed ergeben«, versicherte Sotamaa.

»Woher hatte er die Waffe? Er muss irgendeinen Kontaktmann hier in Finnland haben, und den müssen wir finden, und zwar sofort«, raunzte Ratamo.

Loponen ließ Hefekuchenstückchen in seine Kaffeetasse fallen. »Die Engländer müssen den Hintergrund dieser Geschichte ermitteln und nicht wir. Selbst ein Blinder sieht, dass der Fall Hopkins irgendwie mit den Moslemorganisationen in England zusammenhängt. Dort wohnen ja schon weit über eine Million eingewanderte Moslems.«

Sotamaa wirkte nachdenklich. »Es wird sich zeigen, ob in Finnland bald dasselbe wie bei den Briten passiert. Dass sich nämlich die Nachkommen der Einwanderer radikalisieren, weil sie sich weder in ihrem alten noch in ihrem neuen Heimatland zu Hause fühlen. Dann ziehen sich die Einwanderer in ihre eigenen abgeschotteten Gemeinschaften zurück, kapseln sich ab und wollen nichts mehr mit der einheimischen Bevölkerung zu tun haben. Das weckt bei den alteingesessenen Leuten Misstrauen und Intoleranz und führt zur Diskriminierung. Und die wiederum beschleunigt die Radikalisierung und Isolierung der Einwanderer noch weiter. So ist es zumindest in England abgelaufen.«

»Na, in Finnland leben aber nicht sehr viele Moslems«, entgegnete Loponen und schnaufte.

»Es sind jetzt immerhin fünfundzwanzigtausend«, widersprach Sotamaa. »Ich wette, dass sich unter den siebentausend Somalis in Finnland schon bald, wenn nicht Terroristen, so doch zumindest Unterstützer von Terrororganisationen finden werden. Finnland hat jetzt über die somalischen Einwanderer das erste Mal eine direkte Verbindung zum islamischen Fundamentalismus. In Somalia ist, wie ihr vielleicht wisst, derzeit eine islamische Verwaltung im Stil der Taliban an der Macht. Man hält Somalia für einen der wichtigsten Stützpunkte von Al Kaida. Und als in Somalia vor kurzem extreme Islamisten festgenommen wurden, befanden sich unter ihnen schon etliche Leute mit schwedischem und dänischem Pass.«

»Zu Elina Laine gibt es noch keinerlei Hinweise«, sagte Saara Lukkari, um das Thema zu wechseln. »Auch in ihrer Wohnung fand sich nichts Interessantes, wenn man nicht mit einrechnet, dass Laine eine Art Bakterienphobie haben muss. Die Wohnung war so rein wie ein OP-Saal. Aber es sieht so aus, als wäre Aamer Malik ziemlich eilig aus Finnland abgereist. Seine Tasche stand noch in ihrer Wohnung.«

»Apropos Aamer Malik ...«

Saara Lukkari unterbrach Ratamo: »Das Personenprofil ist fertig«, sagte sie und verteilte einen Stoß Unterlagen an ihre Kollegen. »Und der MI5 hat vorhin bestätigt, dass Aamer Malik nicht weiß, wo sich Elina Laine befindet, und dass die britischen Offiziere, die auf der Runeberginkatu mit ihren Waffen herumgefuchtelt haben, zu nächtlicher Stunde nur mit Malik über irgendein Dokument reden wollten, das aus dem britischen Außenministerium verschwunden ist.«

»Das klingt aber sehr wahrscheinlich«, schnaufte Sotamaa. »Die Briten müssen uns doch wohl irgendeine offizielle Erklärung übermitteln. Der Waffenschein für die Pistole des toten Briten war für die englische Botschaft ausgestellt worden ...«

»Sie haben ja schon ihr Bedauern zum Ausdruck gebracht«, unterbrach ihn Saara Lukkari. »Die offizielle Entschuldigung kommt angeblich dann, wenn die internen Ermittlungen abgeschlossen sind.«

»Irgendwas an dieser Geschichte ist faul«, murmelte Ratamo, verteilte dann mürrisch Aufgaben an seine Kollegen und verließ in Gedanken versunken den Lagerraum. Er war schon auf halbem Weg zu seinem Zimmer, als ihm einfiel, dass Wrede mit ihm reden wollte.

»Jetzt steckst du ganz schön in der Klemme«, sagte der Schotte, als Ratamo sich wenig später auf das Sofa im Zimmer des Chefs setzte. »Man hat aus dem Außenministerium angerufen. Der Brite, der bei der Schießerei auf der Runeberginkatu verletzt wurde, befindet sich jetzt in London und behauptet, du hättest versucht ihn umzubringen. Angeblich hat er eine von dir abgefeuerte Kugel in seinem Bein.«

Ratamo überlegte, ob Wrede nun den Verstand verloren hatte. Es war doch so gewesen, dass die britischen Offiziere und der Flintenmann ihn und Elina angegriffen und sie beide es nur mit knapper Not überlebt hatten. Die Behauptung des Schotten war so unsinnig, dass er nicht wusste, was er sagen sollte. »Ich habe doch auf diesen Flintenmann geschossen.«

»Wie dem auch sei, dieser Hauptmann Higley behauptet jedenfalls, du hättest dort total durchgedreht. Die Sache droht in rasantem Tempo zu einem diplomatischen Konflikt zu werden, und wir müssen Entscheidungen treffen, und zwar schnell«, erwiderte Wrede und starrte Ratamo an wie ein Henker.

»Was für Entscheidungen?«

»Bestreitest du die Behauptungen des Offiziers?«, fuhr Wrede ihn an.

»Natürlich bestreite ich sie, verdammt noch mal. Ich habe doch schon einen Bericht über die Ereignisse auf der Runeberginkatu geschrieben. Lies ihn. Und es hat dort auch Augenzeugen gegeben.«

Wrede ergriff den Telefonhörer. »Dieser Psychiater kann jetzt hereingebracht werden«, befahl er seiner Sekretärin.

Ratamos Verblüffung wurde noch größer, als ein etwa sechzigjähriger Mann mit Hohlkreuz hereinmarschiert kam, dessen Haut genauso grau aussah wie sein Anzug. Er stellte sich als Eero J. Vuorenmaa vor und nickte Ratamo zu wie einem alten Freund, obwohl der sicher war, dass er den Mann noch nie gesehen hatte.

»So, wiederholen Sie bitte, was Sie eben bei unserem Gespräch unter vier Augen erzählt haben«, sagte Wrede.

Vuorenmaa räusperte sich, setzte sich auf dem Stuhl gerade hin und wandte sich an Wrede. »Ja, das ist äußerst bedauerlich. Aber ich sah keine andere Alternative, als Kontakt zur Sicherheitspolizei aufzunehmen, nachdem ich erfuhr, dass mein Patient bei der Schießerei dabei war. Und das, was Sie über die Vorkommnisse auf der Runeberginkatu berichteten, ließ mich endgültig zu der Überzeugung gelangen, dass ich meine Informationen trotz der Schweigepflicht offenlegen muss. Die Polizei hat in jedem Falle das Recht, Zugriff auf Patientendaten zu erhalten, die mit Ermittlungen auf dieser Ebene zusammenhängen.«

Vuorenmaa wich Ratamos Blick aus und fuhr fort: »Arto Ratamo ist ein Jahr lang einmal wöchentlich in meiner Sprechstunde gewesen, und ich muss bedauerlicherweise sagen, dass er sowohl für sich selbst als auch für andere eine Gefahr darstellt.«

Schlimmer kann es für einen Menschen nicht kommen, dachte Ratamo, als Wrede Vuorenmaa dankte und den Psychiater zur Tür brachte. Dann fiel ihm ein, dass er sich womöglich bei Wahib al-Atassi mit HIV angesteckt hatte, und die Aussichten wurden noch trüber. Er saß nur da und hatte nicht einmal die Kraft, wütend zu werden, die Situation war absurd.

»Das ist alles totaler Schwachsinn«, sagte er schließlich.

»Ach so?«, erwiderte Wrede und zog die Luft durch die Nase. Er runzelte die Brauen und nahm von seinem Tisch ein Blatt. »Eero J. Vuorenmaa. Facharzt für Psychiatrie, übt seinen Beruf seit einunddreißig Jahren aus, Praxis in Tapiola und eine zweite in Gibraltar, eine völlig makellose Vergangenheit, keine einzige Beschwerde im Rechtsschutzzentrum des Gesundheitswesens oder bei der Provinzregierung. Und auch im Finnischen Psychiaterverband hat man über Vuorenmaa nichts Negatives gehört. Tatsache ist, dass ich irgendwie darauf reagieren muss; zwei glaubwürdige Menschen behaupten, dass du dein Verhalten nicht mehr unter Kontrolle hast«, sagte der Schotte und wies mit der Hand auf die Tür.

Als Ratamo gegangen war, zog Wrede unter einem Papierstapel am Rand seines Schreibtischs eine Kopie des Berichts der schwedischen Säpo über das Uran aus Paukkajanvaara hervor und seufzte tief. Fehler in der Jugend verfolgten einen Menschen sein ganzes Leben lang, dachte er. Warum war er aber auch seinerzeit so selbstsicher gewesen; er hatte den aus seiner damaligen Sicht unnötigen Bericht über Paukkajanvaara nachlässig und in Eile angefertigt, um sich mit wichtigeren Fällen beschäftigen zu können. Wenn das SRR oder Ratamo seinen Fehler aufdeckten, wäre sein Ruf ruiniert.

Wrede ging ans Fenster, öffnete die Jalousie und schaute auf die fast leere Ratakatu. Er hatte seine Entscheidung getroffen. Majorin Janet Doherty vom SRR hatte beim letzten Telefonat gedroht, die finnischen Urangeschäfte in den sechziger Jahren an die Öffentlichkeit zu bringen, wenn die SUPO dem SRR nicht half, das Washingtoner Protokoll in seinen Besitz zu bringen. Er war gezwungen, sich der Erpressung zu beugen, er würde Doherty über alles, was in Finnland passierte, auf dem Laufenden halten. Die Frau hatte schon beteuert, solche Vorkommnisse wie in Töölö würden sich nicht wiederholen, das SRR wäre laut Doherty imstande, Elina Laine zur Vernunft zu bringen, vorausgesetzt, sie bekamen die Frau in ihre Gewalt. Elina Laine und das Washingtoner Protokoll mussten gefunden werden, egal was es die SUPO kosten würde.

32

Helsinki-Kemiönsaari, Sonntag, 28. Oktober

In dem gelben Kriegsveteranenhaus auf der Kuppe des felsigen Hügels war niemand zu Hause. Man konnte zwar wegen des trüben Wetters durch die Fenster nichts richtig erkennen, aber Elina war sich jetzt ganz sicher. Sie verließ ihren Beobachtungsposten hinter der Garage und ging zielstrebig zum Haus des Bruders ihrer Kindheitsfreundin Heli. Sie musste sich beeilen, es war schon kurz vor vier, und sie hatte keine Ahnung, wann die Bewohner des Hauses von der Arbeit heimkämen. Und Imrans Maschine war bereits vor einer Dreiviertelstunde gelandet. Kindheitserinnerungen tauchten auf, als sie mitten in einem kleinen Kiefernwäldchen die Reste einer alten Hütte erblickte. Dort hatte sie seinerzeit mit Heli und deren Bruder Otto gespielt. Das schien eine Ewigkeit her zu sein, dennoch erinnerte sie sich noch deutlich, wie sie Heli um den nettesten Bruder der Welt beneidet hatte.

Elina war mit dem Fahrrad von Ruholahti auf dem Pedersån-Uferweg etwa einen Kilometer nach Norden gefahren, um von einem Festnetztelefon anzurufen, weil sie sicher war, dass zumindest die SUPO ihr Handy überwachte. Alles war bereit, jetzt musste sie nur noch das Washingtoner Protokoll und ihren fertigen Artikel an die Öffentlichkeit bringen. Danach brauchte sie nichts mehr zu befürchten, danach stünden ihr alle Türen offen.

Wo könnte der Schlüssel sein? Elina ging hinter das Haus, bückte sich in der Mitte des hohen Steinsockels und zog an der Klinke der Kellertür. Abgeschlossen. Kein einziges Fenster stand offen. Wo würde sie selbst einen Ersatzschlüssel verstecken? Elina rannte auf dem Hof umher, suchte in den Blumentöpfen, unter dem

Abstreicher, im Sicherungskasten, im Fahrradschuppen und durchwühlte auch noch alles in der Garage, ehe sie aufgab. Wann waren die Leute auf dem Lande so misstrauisch geworden? In ihrer Jugend hatte man die Türen hier nie abgeschlossen, überlegte Elina und begriff, dass sie noch gar nicht versucht hatte, die Haustür zu öffnen.

Elina stieg die Steinstufen zur Terrasse hinauf und zog wütend an der Haustür, die mit so viel Schwung aufging, dass sie das Gleichgewicht verlor und auf ihrem Hintern landete. Im selben Moment wurde ihr klar, dass sie einem riesengroßen Schäferhund in die Augen blickte. Die Angst übermannte sie schlagartig, sie schloss die Augen und hätte am liebsten geschrien ... Dann leckte eine feuchte, raue Zunge ihre Wange.

Der Hund ist ja so sanft wie ein Franziskanermönch, dachte Elina und kraulte ihn hinterm Ohr. Jetzt musste sie sich beeilen. Sie zog an der Treppe ihre Schuhe aus und fand nach kurzem Suchen das Festnetztelefon in der Küche, hinter dem Wasserkocher. In dem Haus hatte man offensichtlich wochenlang nicht saubergemacht, Elina fühlte sich schmutzig. Sie holte aus der Tasche einen Zettel, auf den sie Imrans Nummer geschrieben hatte, und tippte sie mit zitterndem Finger ein.

»Hier Elina. Es ist etwas passiert, kannst du sprechen?«, fragte sie, als Imran sich meldete.

»Ich bin noch auf dem Flughafen Helsinki-Vantaa, die Maschine hatte Verspätung. Ich wollte dich gerade wie versprochen anrufen. Willst du, dass wir uns treffen?« Imran hörte sich frisch und munter an.

»Natürlich will ich, dass wir uns treffen, aber geh nicht zu meiner Wohnung, nicht mal in die nähere Umgebung. Du musst Folgendes tun ...« Elina bat ihn, einen Stift zu nehmen, und beschrieb ihm, wie er nach Ruholahti fahren sollte.

»Hast du etwas von deinem Vater gehört, geht es Aamer gut?«, fragte sie schließlich.

»Vater hat mich zuletzt aus Helsinki angerufen. Wieso, was ist …«

»Ich erzähle dir alles, wenn du hier bist, jetzt muss ich aufhören.« Elina beendete das Gespräch, als sie das Motorgeräusch eines Autos hörte, das immer lauter wurde. Sie musste verschwinden.

Ihr Blick fiel auf ein kleines Sparschwein, das schon Patina angesetzt hatte; ein ähnliches hatte sie seinerzeit auch gehabt, vermutlich ein Geschenk von irgendeinem Verein. Sie steckte einen Fünfeuroschein in das Geldschweinchen, tätschelte den Kopf des inkompetenten Wachhunds und verließ das Haus. Sie fühlte sich etwas erleichtert, als das Autogeräusch leiser wurde. Niemand hatte sie gefunden, zumindest noch nicht …

* * *

Imran Malik stieg auf der Sturenkatu an der Technischen Lehranstalt von Vallila aus dem Taxi. In Helsinki war es genauso windig wie in London, aber erheblich kälter. Er freute sich, dass er Elina so leicht gefunden hatte, das Glück war auf seiner Seite. Imran ging in Richtung Elimäenkatu und betrachtete die Umgebung. Er war schon zweimal in Finnland gewesen, zu Besuch bei Elina und Salman, verstand dieses Land aber nicht richtig. Die Menschen wirkten ständig angespannt, obwohl sie in einer heilen Welt lebten, in der es anscheinend nicht viel Grund zur Sorge gab. Vielleicht lag es an der Dunkelheit, oder vielleicht waren die Menschen hier einfach von ihrem Wesen her mehr der Typ, der sich ständig grämte.

Neu-Delhi und Helsinki hatten nichts gemeinsam, sie schienen zu ganz verschiedenen Welten zu gehören, überlegte Imran, als er beobachtete, wie sich eine modisch gekleidete junge Frau vorsah, damit ihre Stöckelschuhe auf dem mit Pfützen übersäten Fußweg nicht nass wurden. Er war es gewöhnt, gleichzeitig in gegensätzlichen Kulturen zu leben: in England und Pakistan, im Kulturkreis der Moslems und dem der Christen, inmitten von abgrundtiefer Armut und übertriebenem Wohlstand ...

Die Spannung stieg, als Imran den auf der Elimäenkatu geparkten weißen Audi Kombi erblickte. Die Kontaktperson von Laskar-e-Jhangvi in Helsinki, Zahid Khan, war angeblich nur ein kleines Rädchen im Getriebe, doch vor Ort genau der richtige Mann: immer verfügbar und immer voller Eifer.

»*Adaab bija laana*«, begrüßte ihn Khan auf Urdu, als Imran Malik sich auf den Beifahrersitz neben ihn setzte.

»Hast du alles bekommen, was ich brauche?« Malik kam sofort zur Sache.

»Alles«, sagte Khan und nickte in Richtung der Tasche auf dem Rücksitz. »Und das Auto ist auf meinen Namen für eine Woche gemietet. Worum geht es? Gibt es im Sechs-Stufen-Plan einen Ruck nach vorn, in Richtung Krieg?«

Imran Malik schlug unvermittelt zu, aber Khan konnte den Kopf gerade noch wegdrehen, so dass Imrans Faust an seinen öligen Haaren abrutschte, die Schläfe verfehlte und gegen die Fensterscheibe krachte. Khan packte Malik an der Kehle und tastete mit der anderen Hand nach der Türklinke. Malik schlug erneut zu und suchte mit der anderen Hand sein Emerson-Karambit-Klappmesser, das heruntergefallen war. Khan wehrte sich wie ein Wahnsinniger, er stieß sich mit den Füßen vom Fußboden ab, und sein ganzer Körper zuckte. Malik schrie auf vor Schmerz, als Khan ihn an den Haaren zerrte und dann die Zähne in seinen Mantel schlug.

Khan bekam die Tür auf, drehte sich auf dem Sitz, um hinauszuspringen, und machte den letzten Fehler seines Lebens, als er seinem Gegner den Rücken zukehrte. Malik legte blitzschnell den Arm um Khans Hals und packte ihn mit der anderen Hand an den Haaren; dann zog er Khans Hals mit einem Ruck nach hinten und stieß den Kopf des Mannes zugleich in die entgegengesetzte Richtung. Es knackte laut, als Khans Halswirbelsäule brach.

Imran Malik keuchte, er hob sein Klappmesser auf und bemerkte, dass seine Hände zitterten. An das Töten gewöhnte man sich nie, vor allem nicht, wenn es sich um einen Glaubensbruder handelte. Aber Zahid Khan musste sterben: Imran konnte nicht das Risiko eingehen, dass der Mann seine Identität verriet. Er wollte nicht für den Rest seines Lebens auf der Flucht vor den Behörden sein.

* * *

Das monotone Ticken der Standuhr wirkte behaglich, und der Geruch der vor hundertfünfzig Jahren mit der Hand behauenen Balken beruhigte. Elina fror. Sie wagte es nicht, im Ofen der Stube Feuer zu machen, obwohl sie sich ganz sicher war, dass sie hier niemand suchen würde. Die Stille und die Ruhe kamen ihr schon wie Verbündete vor, vielleicht hatten sie ihr länger gefehlt, als ihr bewusst gewesen war. Vielleicht brauchte sie genau so ein Leben und nicht das rastlose Gehetze in aller Welt. Offenbar hatte ihr Salmans Tod die Augen geöffnet.

Was für Geschichten mochten mit den Gegenständen verbunden sein, die an der Wand hingen?, überlegte sie und ließ den Blick wandern: Milchkannen, Kaffeekessel aus Kupfer, Tonvasen, Teigmulden, Reusen, Melkeimer, Birkenrindenranzen, Rockenaufsätze ... Sie wusste nicht einmal von allen Gegenständen, wofür man sie verwendet hatte, geschweige denn ihre Namen. Wie sehr hatte sich das Leben doch innerhalb von hundert Jahren verändert. Und wie würde die Welt in hundert Jahren aussehen?

Plötzlich war draußen ein Geräusch zu hören, und Elina sah, wie ein weißer Kombi auf den Hof von Ruholahti einbog. Sie spürte, wie die Angst ihren Griff ein klein wenig lockerte. Imran war gekommen, schon bald würde ihr Artikel über das Washingtoner Protokoll in allen Medien weltweit das Hauptthema sein. Noch nie hatte sie sich so gefreut, Imran zu treffen. Ihr Verhältnis war immer gut gewesen, doch erst jetzt nach Salmans Tod empfand sie ihn als nahen Verwandten.

Elina rannte hinaus und fiel Imran um den Hals, kaum dass er ausgestiegen war. Er duftete nach Kräutern und Gewürzen, ein bisschen wie in der Brick Lane, dem indischen Viertel von London, bei sommerlicher Hitze.

»Was ist denn bloß passiert? Weshalb bist du hierhergefahren, Salmans Begräbnis findet morgen statt, und Vater möchte uns sicher vorher sehen.« Imran hörte sich genauso besorgt an, wie er auch aussah.

Elinas Stimmung rutschte abrupt in den Keller. »Ich bin ... in Gefahr. Vermutlich kann ich nicht einmal zu Salmans Begräbnis kommen. Ich erzähle gleich alles, aber gehen wir erst mal hinein.« Elina nahm Imran an der Hand und zog ihn in Richtung Haustür. Imran sah muskulöser und besser aus als früher und trug jetzt einen modischen Dreitagebart.

Elina setzte Teewasser auf und stellte alles auf den Tisch, was man für belegte Brote brauchte. Sie begann ihren Bericht mit dem Auftritt von Hauptmann Riggs und Higley im Restaurant Elite und beendete ihn mit ihrer Flucht aus Helsinki nach Kemiönsaari.

»Salman wurde aus politischen Gründen getötet«, sagte Imran Malik leise. Es dauerte eine Weile, bis er seine Gedanken geordnet hatte. Dann holte er das Handy aus der Tasche und rief seinen Vater an. Imran ging nervös auf den Dielen in der Stube auf und ab, bis sich jemand meldete. Er sagte ein paarmal etwas mit tiefer Stimme, dann war das Gespräch vorüber.

»Vater ist wohlauf, aber wahrscheinlich hat die Armee ihn inhaftiert. Am Telefon hat sich irgendein Hauptmann gemeldet und behauptet, Vater sei krankgeschrieben. Ich konnte aber wenigstens seine Stimme hören«, sagte Imran und wechselte das Thema. »Du willst also, dass ich deinen Artikel über das Protokoll an die Presse schicke?«, fragte Imran schließlich.

»Alles ist fertig.« Elina schwenkte einen Stapel Briefe. »Hier sind fünf Schreiben. Wenn sie an die Zeitungen geschickt werden, hilft das auch Aamer. Es hätte keinen Sinn mehr, ihn noch hinter

Schloss und Riegel zu halten, wenn das Washingtoner Protokoll überall in der Welt veröffentlicht ist.«

»Darf ich das Protokoll nicht wenigstens lesen?«, fragte Imran verwundert. Elina stand auf, holte aus der Tasche ihrer Jacke eine Kopie des Washingtoner Protokolls, die sie von Aamer bekommen hatte, und reichte sie stolz ihrem Schwager.

Je länger Imran Malik las, umso bestürzter wurde sein Gesichtsausdruck. Schließlich legte er das Protokoll vor sich auf den Tisch, schüttelte den Kopf und lächelte ungläubig. »Dieser Plan ist ja perfekt. Oder zumindest war er es.«

»Und leichter zu verwirklichen, als man im ersten Moment annehmen würde. Denk beispielsweise an die wirtschaftliche Kontrolle über die moslemischen Länder. Der Präsident der Weltbank ist ein ehemaliger US-Republikaner, ein Hardliner. Der Chef des Internationalen Währungsfonds hat lange für den spanischen Staat in verschiedenen Ministerien gearbeitet, der ehemalige britische Finanzminister ist heute Vorstandsvorsitzender der Ratingagentur Standard & Poor's und so weiter.« Elina präsentierte stolz die Informationen, die sie nachts im Internet gefunden hatte.

Hass leuchtete in Imrans Augen auf. »Du hast sicher recht. Diese Briefumschläge enthalten also den Artikel, den du geschrieben hast, und eine Kopie des Washingtoner Protokolls?«

Elina nickte.

»Du trägst doch wohl das Originalprotokoll nicht mit dir herum?«, fragte Imran.

Elina lachte. »Natürlich nicht, das ist ja meine Lebensversicherung. Es ist gut verwahrt in Helsinki.«

Für einen Augenblick sah es so aus, als würde Imran die Antwort nicht genügen.

Sie redeten noch über Salmans Begräbnis. Elina hätte gern gefragt, ob sich Imran am Tod seines Bruders mitschuldig fühlte, schließlich war er in gewisser Weise dafür verantwortlich, dass Salman angefangen hatte, nach dem *Periculum Islamicum* zu suchen.

Doch sie schwieg. Es war das Beste, wenn Imran jetzt ging: Sie wollte keinen Augenblick länger als notwendig Angst vor Männern mit Gewehren oder vor britischen Offizieren haben.

Imran griff nach der Teetasse, leerte sie in einem Zug und erhob sich dann mit entschlossener Miene von der langen Holzbank.

»Es ist am klügsten, wenn ich das jetzt sofort weiterleite«, sagte er und nahm die Umschläge. »Hoffen wir, dass diese Quälerei damit ein Ende findet.«

Sie umarmten sich kurz, dann verschwand Imran mit seinem Auto in der Abenddämmerung von Kemiönsaari.

Elina fühlte sich erleichtert, jetzt musste sie nur in aller Ruhe abwarten, bis die Zeitungen ihre Story veröffentlichten, bis sich der aufgewirbelte Staub gelegt hatte und die Treibjagd endete. Danach würde ihr Name in aller Munde sein.

33

Helsinki, Sonntag, 28. Oktober

Ein Lächeln spielte um Arto Ratamos Lippen, als er Riitta Kuurma und seine Tochter Nelli betrachtete. Sie saßen zu dritt an einem Ecktisch im trendy eingerichteten Restaurant Nuevo und sahen einer ganz normalen Familie täuschend ähnlich. Dann verschwand das Lächeln von seinem Gesicht; die Ermittlungen, die mit der Veröffentlichung des *Periculum Islamicum* und Elina Laines Besuch bei der SUPO vor zwei Tagen begonnen hatten, waren zum merkwürdigsten Fall in seiner ganzen Laufbahn geworden. Es machte ihm immer noch schwer zu schaffen, dass er Kevin Hopkins beziehungsweise Jamal Waheed womöglich getötet hatte, und die Behauptungen des britischen Offiziers und des Psychiaters Vuorenmaa zermürbten ihn.

»Was haben die davon, wenn sie solche Lügen verbreiten? Die Wahrheit kommt doch sowieso ans Licht, jedenfalls dann, wenn Elina Laine gefunden wird«, sagte er zu seiner Lebensgefährtin.

Riitta tätschelte seinen Handrücken. »Versuch die Geschichte doch wenigstens für zwei Stunden zu vergessen. Das wird sich schon alles klären.«

Ratamo schniefte, hielt jedoch den Mund. »Was feiern wir denn nun eigentlich?«, fragte er wenig später mürrisch. Riitta hatte sie mit der Begründung zum Abendessen eingeladen, sie hätte etwas Angenehmes zu erzählen, aber Ratamo konnte sich partout nicht vorstellen, was für eine Neuigkeit das sein sollte, die sie wie ein Staatsgeheimnis für sich behielt. Riitta schien die Situation zu genießen, sie lächelte geheimnisvoll wie Mona Lisa und sah auch irgendwie ätherisch aus.

»Geduld, mein Lieber. Nur Geduld«, erwiderte Riitta mit strahlender Miene.

»Das ist aber spannend, sagte der Opa, als er die Kaffeesorte wechselte«, witzelte Ratamo.

»Ich nehm nur diese Kalbfleischklößchen in Tomatensoße«, beschloss Nelli.

»Das ist eine Vorspeise. Nimm lieber irgendein Hauptgericht, wenn du nur eins schaffst«, schlug Riitta vor, doch sie kamen nicht dazu, noch weiter darüber zu diskutieren, weil der Kellner eintraf, um die Bestellungen aufzunehmen. Nelli blieb bei ihrem Entschluss.

Ratamo fiel ein etwa fünfzigjähriger Mann mit großer Nase am Nachbartisch auf, dessen Gelfrisur fest wie Granit aussah. Er nahm eine Kostprobe vom Rotwein, schmeckte ihn ab und sagte dann mit tiefer und laut hörbarer Stimme: »Ein Allora Negroamaro aus Puglia, eine ausgezeichnete Empfehlung des Kellners. Man schmeckt zumindest Kirsche, Heidelbeere, Pflaume und vielleicht auch etwas Pfefferminze«, sagte der Mann mit ernster Miene zu seiner etwa zwanzig Jahre jüngeren Begleiterin und schrieb etwas in ein kleines Notizbuch.

»Du arbeitest wieder das ganze Wochenende.« Nellis Bemerkung holte ihren Vater zurück an seinen eigenen Tisch. »Und du nimmst zu, weil du nicht mehr zum Joggen kommst«, stichelte sie und sah Riitta kurz an wie eine Mitverschwörerin.

»Hör mal, das ist eine Ausnahme, es ist das erste Wochenende seit vielen Monaten, das ich in der Ratakatu verbringe«, widersprach Ratamo und tat so, als wäre er empört. »Und das Gewicht von unsereinem ist überhaupt nicht gestiegen, im Gegenteil, es ist gesunken – von den Schultern zur Taille.«

In dem Moment wurde Ratamo die Vorspeise serviert: Serranoschinken, geröstete Feigen und mit Chili gewürztes Olivenöl sowie ein Glas spanischer Rotwein, ein Gran Feudo Reserva. Er wunderte sich ein wenig, dass Riitta für sich Mineralwasser bestellt hatte. Sie waren beide vernarrt in Rotwein, und schon aufgrund ihrer Herkunft war auch Riitta ein Kenner italienischer Weine.

»Wusstest du, dass Chili das Aroma des Weins nicht verdeckt, obwohl es ein starkes Gewürz ist«, fragte Ratamo und wartete die Antwort nicht ab. »Die starke Wirkung des Chilis rührt von einem Stoff namens Capsaicin her, und so verrückt das auch klingt, dieses Capsaicin ist farblos, geruchlos und geschmacklos. Es wirkt nur auf die Schmerznerven, überhaupt nicht auf die Geschmacksnerven. Und...«

Ratamo unterbrach seinen Vortrag, als der Mann mit dem Gelhaar am Nachbartisch laut und genüsslich ächzte. »An diesen Krebsschwänzen ist genauso viel Knoblauch, wie man braucht. Er betont den Geschmack des Krebses, überdeckt ihn jedoch nicht. Und die Tomatenvinaigrette des Salats ist hervorragend gelungen. Aber im Salatbett hätte ich natürlich diesen amerikanischen Salat weggelassen«, klärte der Mann seine stille Freundin auf und kritzelte wieder voller Eifer etwas in sein Notizbuch.

Ratamo hatte noch niemals einen Restaurantkritiker getroffen, und daran würde sich vermutlich auch nichts ändern, selbst wenn er dem Herrn am Nebentisch die Hand gäbe. Er war sich ganz sicher, dass der Mann mit dem Gelhaar eine Rolle spielte, um seine Begleiterin zu beeindrucken.

»Was für einen Film wollt ihr euch denn anschauen?«, fragte er Nelli, die mit der Gabel in ihren Fleischklößchen herumstocherte.

»Den neuen Harry Potter.«

»Den hast du dir doch schon vor langer Zeit angeschaut.«

»Kirsi will ihn sehen. Außerdem kommen auch noch andere mit«, erwiderte Nelli gereizt.

»Was soll das für einen Sinn haben, etliche Euro für denselben Film auszugeben...«

Die Unterhaltung am Tisch landete über ein paar Zwischenstopps bei ihrer Vietnamreise zu Weihnachten. Überrascht bemerkte Ratamo auch bei Nelli Vorfreude, obwohl es nirgendwo auf der Welt zu den Lieblingsvergnügungen dreizehnjähriger Mädchen gehören dürfte, mit den Eltern zu verreisen. Vermutlich hatte Nelli angenehme Erinnerungen an ihren Vietnamurlaub zu zweit vor einigen Jahren, dachte Ratamo und verspürte Stolz, dass er doch nicht der schlechteste alleinerziehende Vater war. Früher hatte es zwischen ihm und Nelli eine außergewöhnliche Nähe gegeben, und auch Nellis Pubertät hatte ihr Verhältnis nicht wesentlich beeinträchtigt.

»Ich muss jetzt los, wir treffen uns um halb am Kino«, verkündete Nelli wenig später und stand auf.

Ratamo bedeutete seiner Tochter mit einem strengen Blick, sie solle sich bei Riitta für das Essen bedanken, und aß dann weiter seine gegrillten Lammrippchen und Ziegenkäsekartoffeln, bis der Experte am Nachbartisch sein Hauptgericht vorgesetzt bekam. Es dauerte nicht lange, und er begann wieder lautstark zu kommentieren und in sein Notizbuch zu kritzeln.

»Auf die Sekunde genau die richtige Bratzeit für Weißfisch: Er ist gar, aber das Fleisch ist noch nicht hart geworden. Und die gegrillte Aubergine und die Kirschtomaten reichen völlig als Beilagen, zu viele Dinge auf dem Teller lassen die ganze Portion unruhig wirken.«

Als der lässige junge Kellner den Kaffee und Calvados brachte, konnte Ratamo seine Neugier nicht mehr unterdrücken.

»Der Herr da ist anscheinend Restaurantkritiker?«, fragte er mit einem Lächeln.

»Nein, das ist Hasse. Ein Stammgast, der kommt fast jeden Tag hierher. Der versucht mit seinen Analysen nur bei dieser oder jener Eindruck zu schinden. Vermutlich eine Midlife-Crisis in den Fünfzigern ...«

»Du hast noch Wein in deinem Glas«, mahnte Riitta ihn, als der Kellner gegangen war. Sie sah plötzlich sehr ernst aus und fingerte nervös an ihrem Armband herum.

Ratamo brauchte man das nicht zweimal zu sagen, er trank das

Glas aus. Seine Neugier verwandelte sich schon allmählich in Sorge. Er blickte Riitta in die Augen, sie wirkten feuchter als eben noch, und er ahnte, dass jetzt der Zeitpunkt gekommen war, gleich würde er es erfahren.

»Ich kann das nicht länger für mich behalten und will es auch nicht, obwohl du einen schrecklichen Tag hattest. Wir bekommen vermutlich eine kleine Schwester für Nelli. Oder einen Bruder. Ich habe es heute Morgen erfahren.«

34

London, Montag, 29. Oktober

Von außen betrachtet sah William Buggage's Bookstore ziemlich genau so aus wie alle anderen Buchläden in der Charing Cross Road. Um halb zehn Uhr war der morgendliche Berufsverkehr im Londoner Zentrum abgeflaut, und im Buchladen befand sich lediglich ein Kunde, der nur darauf wartete, dass es aufhörte zu regnen. Doch die Atmosphäre im großen, durch eine Stahltür abgetrennten Hinterzimmer des Geschäfts war so aufgeladen wie in einer militärischen Kommandozentrale.

»Die Zeitung Al Watan aus Oman ist abgehakt, das war die letzte auf der Liste. Das Washingtoner Protokoll wurde über Mittelsmänner und übers Internet an alle Massenmedien auf der Liste geschickt.« Ein junger, vor Enthusiasmus glühender Pakistaner hielt Imran Malik ein Blatt Papier unter die Nase.

Saifullah, der Führer der Organisation Laskar-e-Jhangvi, wirkte nicht enthusiastisch. »Und die Organisationen? Wurde das Washingtoner Protokoll an alle unsere Partner geschickt?«

Imran Malik nickte einem der jungen Männer zu, die in dem Zimmer geschäftig hin und her eilten. Der nahm ein kleines kariertes Heft und blätterte hastig darin.

»Die Abu Nidal Organisation, Abu Sayyaf, die Al-Aqsa-Märtyrerbrigaden, Al Kaida, Ansar al-Islam, Asbat al-Ansar, Gama'a al-Islamiyya, Hamas, Harkat ul-Mujahideen, Hisbollah ...«

Malik fiel es schwer, seinen Stolz zu zügeln. Der Besuch in Finnland war leicht wie ein Tanz verlaufen. Bei seiner Ankunft in Kemiönsaari hatte er Zahid Khans Leiche ins Meer geworfen, sich dann das Washingtoner Protokoll von Elina besorgt, Khans Mietwagen

221

im Zentrum von Helsinki stehen gelassen und im Flughafenhotel übernachtet. Mit der ersten Maschine früh war er nach London zurückgekehrt. Er blickte Saifullahs Leibwächter Sapahi kurz mit triumphierender Miene an und wandte sich dann Saifullah zu.

»Ich habe das Protokoll schon gestern Abend von Helsinki aus mit dem Scanner übers Internet an alle in Pakistan geschickt: an den Präsidenten, die Abgeordneten beider Kammern des Parlaments, an alle Mitglieder der pakistanischen Bundesregierung und des Rates der Kommandeure der Waffengattungen sowie an alle religiösen Führer, die so denken wie wir, sowohl an die Sunniten als auch an die Schiiten. Und natürlich habe ich es auch an die fünf größten TV-Nachrichtenredaktionen der Welt geschickt – ich wollte den Plan der finnischen Frau etwas beschleunigen. Alles ist bereit, die Kettenreaktion ist ausgelöst, und nichts hält sie mehr auf.«

Saifullah strich sich über den Bart und sah vom Washingtoner Protokoll auf. Er hatte es schon mehrmals durchgelesen. »Einen aus unserer Sicht besseren Text hätte selbst ich nicht schreiben können«, sagte er, hob das Dokument hoch und las vor:

»*Das besondere Augenmerk richtet sich auf den pakistanischen Staat. Es darf nicht zugelassen werden, dass der einzige islamische Kernwaffenstaat gestärkt wird und zu einem einflussreichen weltpolitischen Faktor heranwächst. Die wirtschaftliche Lage Pakistans wird auf einem niedrigen Niveau gehalten, so dass die Möglichkeiten des Landes, seine Gesellschaft, seine Armee sowie sein Kernwaffenprogramm weiterzuentwickeln, möglichst gering bleiben ... Großbritannien als ehemalige Kolonialmacht in Pakistan übernimmt die Gesamtverantwortung dafür, dass die Stärkung und Entwicklung des pakistanischen Staates verhindert werden.*«

Imran Malik betrachtete zufrieden seine Fingernägel. »Großbritannien als ehemalige Kolonialmacht. Das hört sich fast so an, als würden die Verfasser dieses Textes regelrecht betteln, sich eine blutige Nase holen zu dürfen.«

»Das ist das geheimste Dokument der westlichen Welt«, sagte Saifullah triumphierend und hielt die Kopie des Washingtoner Protokolls hoch. »Die ganze islamische Umma ist dir dankbar.«

Malik wollte gerade mit einer Antwort Bescheidenheit demonstrieren, da sprang einer der jungen Männer an den Computern auf und stürzte so überraschend auf Saifullah zu, dass der Leibwächter Sapahi auf seinem Stuhl zusammenzuckte. »Hier ist sie schon: Die Erklärung des Staates Pakistan!«

Imran Malik nahm das Blatt in die Hand und kämpfte sich, so schnell er konnte, durch die Flut von wütenden Drohungen und islamischen Phrasen. Es dauerte eine Weile, bis er das, was er suchte, auf der letzten Seite fand und lachte. »Genau so, wie es sein soll: Pakistan droht Großbritannien mit Krieg, falls die Informationen des Washingtoner Protokolls stimmen.«

»Wieso ›falls‹? Besteht das Risiko, dass sie nicht stimmen?«, fragte Saifullah verdutzt.

Imran Malik gefiel die unerwartete Wendung nicht, die das Gespräch nahm. »Natürlich nicht. Aber es ist doch verständlich, dass Pakistan sich vergewissern will. Es dürften kaum alle vier Signatarstaaten des Protokolls imstande sein, dessen Existenz zu bestreiten, irgendein verbitterter Beamter oder entmachteter Politiker wird sich garantiert schon bald mit seinen Informationen an die Medien wenden.«

Die Antwort befriedigte Saifullah nicht, er musterte den modisch gekleideten Malik, der wie ein Fotomodell aussah, eine Weile.

»Du scheinst gut informiert zu sein, hoffen wir, dass alles so verläuft, wie du es versprichst«, sagte Saifullah schließlich und befahl Sapahi mit einer Handbewegung, den Fernseher einzuschalten. Der Soldat führte den Befehl aus und zappte sich dann mit konzentrierter Miene durch die Kanäle.

So gut wie alle Sender berichteten über das Washingtoner Protokoll oder die Zornesausbrüche in den moslemischen Ländern. Imran Malik spürte fast, wie das Adrenalin durch seine Adern strömte.

Er musste vorsichtig sein, den Ruhm für die Beschaffung des Washingtoner Protokolls würde er erst für sich beanspruchen, wenn der Krieg begonnen hatte. Es lohnte sich nicht, Saifullah zu verärgern, der Mann war kein Dummkopf, und von allen Soldaten war Sapahi der allerletzte, gegen den er kämpfen wollte, dachte Malik und erinnerte sich an die Geschichte, wie Sapahi in Afghanistan seinen linken Daumen verloren hatte, die ihm in einem Ausbildungslager zu Ohren gekommen war. Man sollte besser nicht Streit mit einem Mann suchen, der bereit ist, seinen eigenen Finger abzubeißen, um sich aus Fesseln zu befreien.

* * *

Aamer Malik weinte leise neben seinen Söhnen: Imran stand schweigend an seiner Seite, und Salman lag ein paar Meter entfernt in der Friedhofserde. Der Imam und die Trauergäste waren eben gegangen. Man hatte Salman nach islamischer Tradition begraben, das Gesicht Mekka zugewandt, der Grabhügel war zwei Handbreit höher als der Erdboden. Am oberen Ende des Grabes stand ein nackter Steinbrocken, und im Ostlondoner Walthamstow schien die Sonne.

Imran Malik dachte an das Gefängnis Feltham und seinen Freund Kamran, der als Opfer rassistischen Hasses gestorben war. Kamran war in Walthamstow aufgewachsen, nur ein paar Kilometer von diesem Friedhof entfernt. Die Gegend erinnerte heutzutage an das Westjordanland in Palästina oder an Belfast vor dem Frieden: Zäune und Stacheldraht schützten den Friedhof, in einigen Gebäuden waren Fenster eingeschlagen, und die Wand des Schuppens im Garten war verkohlt. In Walthamstow lebte man in einer Atmosphäre des Krieges.

»Seit Salmans Tod sind schon vier Tage vergangen, obwohl sie wissen, dass wir unsere Toten innerhalb von vierundzwanzig Stunden begraben wollen. Sie demütigen uns vorsätzlich«, murmelte

Imran, sah kurz zu seinem Vater und fragte sich, ob der seit Mutters Tod für sich irgendein neues Kleidungsstück gekauft hatte.

»Bei Opfern von Verbrechen mit Todesfolge muss eine Obduktion vorgenommen werden, so verlangt es das Gesetz des Landes.« Aamer Malik wischte sich mit einem bunten Taschentuch den Augenwinkel.

»Verteidigst du die immer noch, nach allem, was du erlebt hast? Obwohl die britische Regierung Salman hat umbringen lassen und dich wie einen Verbrecher behandelt? Manchmal frage ich mich wirklich, auf wessen Seite du eigentlich stehst.«

Aamer hatte keine Lust zu antworten, es war Zeitverschwendung, mit Imran zu streiten: Er ließ sich nie von seiner Meinung abbringen. Der Junge war schon seit seiner Kindheit ein Hitzkopf. Bis zum Teenageralter hatte Imran ihm wenigstens noch gehorcht, danach hatte er jedoch gemacht, was er wollte. Aamer hatte sein Bestes versucht, um Imran ein gutes und sicheres Leben in Wohlstand zu garantieren, aber der Junge hatte wegen dieses eigensinnigen Fanatismus all seine Chancen vertan. Und ganz nebenbei hatte Imran seine radikalen Hirngespinste auch Salman eingeimpft.

Vielleicht war auch er selbst schuld an Imrans Eigensinn und den sonderbaren Entscheidungen, die der Junge für sein Leben getroffen hatte. Er hätte ihm seine Ansichten nicht mit so viel Eifer aufdrängen dürfen. Das Verhältnis zwischen Vater und Sohn war schon vor über zehn Jahren abgekühlt. Dennoch war Imran sein Sohn. Und jetzt sein einziger Sohn. Der Tag war lang gewesen, Aamer fühlte sich erschöpft und verzweifelt. Die Soldaten des SRR, die irgendwo in der Nähe warteten, hatten ihn am Morgen von der Kaserne in Credenhill zur Ostlondoner Moschee gefahren. Das Bestattungsunternehmen Taslim, das dort ansässig war, hatte Salmans Leichnam vom gerichtsmedizinischen Institut abgeholt und die zeremonielle Waschung und das Einkleiden ins Leichentuch vorgenommen. Danach hatte der Imam das Gebet abgehalten. Jetzt war Salman begraben, und er musste weiter Gefangener derjenigen bleiben, die Salman umgebracht hatten. Er fühlte sich vollkommen kraftlos.

»Wir können nicht einmal die Trauerzeit gemeinsam verbringen«, sagte Aamer leise. »Das SRR wird mich nach Credenhill zurückschaffen.«

»Wie behandeln sie dich?« Imran betrachtete prüfend die grauen Haare, die an den Schläfen seines Vaters aufgetaucht waren, und die noch tiefer eingefallenen Wangen. Sogar Vaters Hakennase, das Erkennungszeichen der Malik-Männer, schien hagerer geworden zu sein.

»Einigermaßen, ich bin in den Händen von Profis. In Helsinki haben sie mich noch misshandelt, aber hier benutzt man nur Medikamente und Psychologie: wenig Schlaf, viele Verhöre, kalte Räume und Gebrüll. Alles wird Mal um Mal wiederholt.« Aamer beschönigte die Realität.

»Sie werden dich nicht mehr lange dort festhalten. Lassen sie dich die Nachrichten hören?«, fragte Imran, und sein Vater schüttelte den Kopf.

»Das Washingtoner Protokoll ist an die Medien geschickt worden, und Pakistan droht Großbritannien mit Krieg. Die ganze Welt redet jetzt davon, überall wird der Heilige Krieg verkündet, und in den moslemischen Ländern strömt das Volk auf die Straßen. Elina Laines Name ist weltweit in den Schlagzeilen.«

Für einen Augenblick sah es so aus, als würde Aamer Malik von Imrans Begeisterung angesteckt, doch dann runzelte er die Brauen und blickte auf eine Krähe, die über sie hinwegflog. »Das bedeutet nichts Gutes.«

»Im Gegenteil. Das ist für jeden echten Islamisten ein Traum. Die moslemische Welt wird sich in den nächsten Tagen vereinigen, wenn die Nachrichten bis in den letzten Winkel der Erde vorgedrungen sind, und dann erhebt sich ein Sturm des Zorns, wie man ihn sich in den westlichen Ländern nicht einmal hat vorstellen können.«

»Du scheinst über diese Dinge gut im Bilde zu sein. Und ich

habe gedacht, dass du nach Pakistan gezogen bist, um arme Kinder auf dem Lande zu unterrichten.«

Imran antwortete nicht, er musste aufpassen, dass er sich nicht verriet. Vater würde ihn kaum denunzieren, selbst wenn er erführe, was sein Sohn tat, dennoch musste man unnötige Risiken vermeiden. Vor allem jetzt, wo Vater Gefangener des SRR war. »Ich kann nicht begreifen, was die USA, die Briten, Spanien und Italien dazu gebracht hat, einen Vertrag wie das Washingtoner Protokoll abzuschließen. Aber du weißt sicher auch das?«

»Die Angst hat das bewirkt, nichts anderes«, antwortete Aamer Malik und schnaufte. »Viele Wissenschaftler und Politikexperten aus Europa und Amerika sind der Ansicht, dass in der nahen Zukunft entweder die islamische Kultur europäisiert oder Europa islamisiert wird. Manche westliche Denker vergleichen das Stärkerwerden des Islams in Europa schon mit dem Anwachsen des Nazismus und des Kommunismus in der ersten Hälfte des zwanzigsten Jahrhunderts. Die Angst grenzt schon an Hysterie.«

Imran lächelte seinen Vater selbstsicher an und blinzelte, als die Sonne zwischen den Wolken hervorglitt. »Vielleicht ist die Angst angebracht. Vielleicht wird Europa in Kürze unter dem stark anwachsenden Islam begraben – aus Europa wird Eurabia.«

Aamer Malik sah seinen Sohn neugierig an. Es klang so, als wüsste Imran nur zu gut, wovon er sprach. »Das ist absolut möglich. Die Anzahl der Moslems in Europa ist innerhalb der letzten dreißig Jahre von ein paar Hunderttausend explosionsartig angewachsen auf über zwanzig Millionen. Es ist so, wie der Historiker Bernard Lewis annahm: Wenn das Bevölkerungswachstum so weitergeht, wird Europa binnen kurzem islamisch. Überall schießen moslemische Organisationen aus dem Boden wie Pilze nach dem Regen, allein in Großbritannien gibt es schon über dreihundertfünfzig islamische Vereinigungen. Und viele von ihnen streben eine Schwächung des demokratischen Systems von Großbritannien an.«

Überrascht bemerkte Imran, dass er mit seinem Vater auf der

gleichen Wellenlänge lag. »Europa liegt schon jetzt auf den Knien, es versucht um jeden Preis zu verhindern, uns Moslems zu erzürnen.«

Aamer Malik nickte. »Für die Zukunft des Islams in Europa sieht es zweifellos gut aus.«

»Und die Ungläubigen sind um ihr Schicksal nicht zu beneiden, wir werden kein Mitleid kennen.«

Aamer Malik wandte den Blick von Salmans Grab ab und schaute Imran an. »Mir scheint, dass du eine kleine Lektion brauchen könntest. Denke daran, Imran, man kann auch ertrinken in Hass und Ehrgeiz.«

35

London, Montag, 29. Oktober

Die Journalisten und Kamerateams vor der Downing Street 10 beobachteten träge, wie der hünenhafte Kanzleichef Oliver Watkins
an dem Polizisten vor der Tür vorbei in die Dienstwohnung des
Premiers hineinging. Einen Vorteil hatte die Arbeit als Beamter immerhin, die Leute von den Medien belästigten ihn in der Regel
nicht, obwohl er über Informationen verfügte, die zu den wichtigsten im Königreich gehörten.

Sein Gehirn arbeitete auf Hochtouren. Das Washingtoner Protokoll war aufgedeckt worden, es wurde derzeit weltweit in wirklich
allen Massenmedien präsentiert, und Pakistan, das Land mit der islamischen Bombe, drohte Großbritannien den Krieg zu erklären.
Das Washingtoner Protokoll entwickelte sich zu einem beispiellos
großen Problem, und das Schlimmste daran war, dass er dafür die
Verantwortung trug. In der Regel kümmerte sich Oliver Watkins
nicht im Geringsten um die Schäden, die er anrichtete, er kannte so
viele Geheimnisse, dass es kein einziger Politiker wagen würde, ihn
für seine Taten zur Rechenschaft zu ziehen, aber diesmal war die Situation eine andere. Schließlich wollte er sein Land nicht in den
Krieg treiben.

Watkins blieb in der ersten Etage vor der Tür stehen, die zu den
privaten Räumen des Premierministers führte, wischte sich den
Schweiß von der Stirn und drückte die Klingel. Eine der Sekretä-
rinnen des Premiers, Nicole, erschien an der Tür und führte ihn ins
Beratungszimmer.

Watkins gab dem gestresst aussehenden Ministerpräsidenten
und dem obersten Militär des Landes, General Timothy Dickson,

Chief of the Defence Staff, der nach der Abkürzung auch CDS genannt wurde, die Hand. Der müde wirkende Chef des Aufklärungsregiments SRR blieb stumm, als er Watkins' fleischige Hand drückte. Auf dem 52 Zoll großen LCD-Bildschirm des TV-Geräts wurde gezeigt, wie sich Zehntausende Menschen auf den Straßen einer arabischen Stadt drängten und Flaggen Großbritanniens und der USA verbrannten.

Die viktorianische Wanduhr läutete einmal, es war 11:30 Uhr, und der Premierminister räusperte sich. »Meine Herren, wie Sie bereits wissen, ist das Washingtoner Protokoll, das im Außenministerium gestohlen wurde, in die Hände der Medien gelangt, mit besorgniserregenden Folgen.« Der Ministerpräsident nickte in Richtung Bildschirm und fuhr fort. »Wir haben uns hier versammelt, weil Pakistan dem Vereinigten Königreich heute Morgen eine ... tja, wie soll man das eigentlich nennen ... eine bedingte Kriegserklärung übermittelt hat.«

Watkins schüttelte den Kopf. »Seit der Veröffentlichung des Protokolls sind schon einige Stunden vergangen, ich fürchte, dass die aggressivsten Moslems bald irgendwo zu den Waffen greifen werden. Hoffen wir, dass der Hass in der islamischen Welt im Laufe des heutigen und morgigen Tages nicht überkocht.«

»Das reicht!«, rief der Premier. Er klopfte mit den Fingern auf sein Knie und wirkte nervös. »Wir alle wissen, was uns erwartet, wenn wir nicht imstande sind, dieses Problem in den Griff zu bekommen – die absolute Katastrophe! Die Medien fordern schon jetzt den Kopf der Verfasser des Protokolls. Wir müssen uns schnell etwas einfallen lassen, wie wir die Situation beruhigen und einen Krieg verhindern. Hat der Chef des SRR Vorschläge?«, fragte der Premierminister mit hoffnungsvoller Miene.

»Es war unser Glück, dass diese finnische Journalistin den Zeitungen schlechte Kopien des Protokolls geschickt hat. Jetzt gibt uns die Erklärung Pakistans die Chance, mit dem Schrecken davonzukommen. Wir müssen der Welt nur beweisen, dass dieses ganze

Washingtoner Protokoll eine Fälschung ist«, erklärte der Chef des SRR ganz ruhig.

»Und wie machen wir das?« Der Premier sah ihn ungläubig an.

»Ganz einfach: Wir müssen das echte Washingtoner Protokoll in unseren Besitz bringen«, sagte Kanzleichef Watkins und schlug seine langen, dicken Beine übereinander.

Der Chef des SRR ergriff erneut das Wort. »Wir haben Aamer Malik, diesen Idioten, jetzt fast vierundzwanzig Stunden lang nahezu pausenlos verhört. Er weiß weniger, als wir gehofft haben, sicher ist aber, dass die finnische Frau namens Elina Laine das Protokoll zuletzt hatte. Sie hat es am Samstagnachmittag von Aamer Malik erhalten und ist unseren Männern am frühen Sonntagmorgen entkommen. In der Zwischenzeit traf die Frau nur zwei Menschen. Der eine ist Aamer Malik, der das Protokoll nicht hat und behauptet, die Frau habe es irgendwo im Zentrum von Helsinki versteckt. Der andere ist ein Mitarbeiter der finnischen Sicherheitspolizei. Die Finnen hätten uns sicherlich schon informiert, wenn sich das Protokoll in ihrem Besitz befinden würde, Finnland ist schließlich als EU-Mitglied genauso vom Krieg bedroht wie wir. Außerdem haben wir dafür gesorgt, dass dieser Inspektor der SUPO keine Probleme machen kann. Wir haben einen finnischen Psychiater gefunden, der in Gibraltar wohnt und in einen Teufelskreis von Schulden geraten war. Es ließ sich so ... regeln, dass der Mann sich bereit erklärte, der finnischen Sicherheitspolizei zu erzählen, dieser Inspektor wäre psychisch instabil. Und wenn das nicht reicht, müssen wir ...«

»Das Protokoll herbeischaffen?« Der Premierminister unterbrach den SRR-Chef barsch. »Es muss gefunden werden, selbst wenn wir gezwungen wären, eine halbe Armee nach Finnland zu schicken. Wir können es uns nicht mehr leisten, die Regeln einzuhalten.«

»Der Chef der finnischen Sicherheitspolizei ist äußerst kooperativ, seit wir ihm erzählt haben, dass wir wissen, wie Finnland in den sechziger Jahren Uran über Schweden an Pakistan verkauft hat. Die SUPO unternimmt jetzt alles, was in ihrer Macht steht, um Elina Laine aufzuspüren. Wir erfahren alles, was sie herausbekommen. Auch unsere eigenen Leute suchen derzeit an Orten, an denen sich die Frau möglicherweise versteckt. Wenn wir sie finden, finden wir auch das Protokoll.«

Der Premierminister schien noch immer nicht zufrieden zu sein. »Und die anderen Unterzeichner des Protokolls? Wir müssen uns irgendwie auf gemeinsame ... Stellungnahmen ... Formulierungen verständigen. Wir müssen uns auf eine einheitliche Darstellung einigen und dann konsequent daran festhalten.«

Jetzt wurde zur Abwechslung Watkins nervös. »Das könnte schwierig werden, es hat sowohl in Italien als auch in Spanien einen Machtwechsel gegeben. Aber ich sehe, was sich machen lässt, ich nehme Kontakt zu den Unterzeichnern auf. Wir alle müssen natürlich konsequent bestreiten, dass so ein Protokoll existiert, das ist klar.«

»Und wie will die Armee auf diese ... Kriegserklärung reagieren?« Der Ministerpräsident wandte sich an den CDS.

»Vorläufig wurde eine erhöhte Alarmbereitschaft angeordnet, die Truppenstärke wird erhöht, Urlaub gestrichen, und die taktischen und strategischen Pläne werden überprüft. Den Angriffs- und Verteidigungsplan haben wir natürlich schon bereit, Pakistan ist schließlich ein Kernwaffenstaat.«

Watkins blickte auf die Hüften der Sekretärin des Premiers, die hereingehuscht war, und versuchte sich an ihren Namen zu erinnern. Alle warteten, bis die Frau ihrem Vorgesetzten einen Zettel gereicht und den Raum wieder verlassen hatte.

»Was für eine Bedrohung stellt Pakistan eigentlich dar?«, fragte der Premierminister.

»Eine echte«, antwortete der CDS. »Nach den Ergebnissen unserer Aufklärung verfügen sie über 68 Urangefechtsköpfe und die Fähigkeit, Dutzende weitere herzustellen. Und das Land besitzt möglicherweise auch einige Plutoniumsprengköpfe. Die Reichweite der pakistanischen Langstreckenrakete Hatf-6 beträgt nur etwa 2500 Kilometer, aber mit Flugzeugen ist Pakistan imstande, seine Kernwaffenlast überallhin zu bringen. Ich möchte euch nicht mit Kilotonnenzahlen langweilen, also sage ich nur, Pakistans Kernwaffenarsenal ist ... ausreichend.«

»Für eigentliche militärische Maßnahmen besteht also deiner Ansicht nach noch keine Veranlassung?«, vergewisserte sich der Premierminister.

Der CDS schüttelte den Kopf. »Der erste vorbeugende taktische Schlag würde mit aus Flugzeugen abgefeuerten Präzisionsraketen erfolgen, sie würden die Fabriken für die Herstellung von angereichertem Uran in der Nähe von Islamabad in Kahuta und Golra zerstören. Aber militärische Maßnahmen gegen einen Kernwaffenstaat sollte man natürlich erst dann beginnen, wenn es keinerlei ... andere Mittel mehr gibt.«

»Sonst noch etwas Interessantes?«, fragte der Premier und breitete die Arme aus.

»Imran, der andere Sohn von Aamer Malik, dem Dieb des Washingtoner Protokolls, ist heute hier in London beim Begräbnis seines Bruders aufgetaucht«, sagte der Chef des SRR mit nachdenklicher Miene. »Niemand weiß, wo er die letzten Jahre verbracht hat. Es gibt keinen Anlass für den Verdacht, dass er irgendwie in die Aktivitäten seines Bruders oder Vaters verwickelt wäre, aber eine Kleinigkeit sorgte dafür, dass wir uns für Imran Malik interessieren. Der Mann hat letzte Nacht auf seiner Reise von Delhi nach London in Helsinki übernachtet. Und noch ein anderer Berührungspunkt bringt ihn in Zusammenhang mit den Ereignissen in Helsinki. Es sieht so aus, als hätte der Flintenmann Kevin Hopkins alias Jamal Waheed, der bei der Schießerei in Helsinki starb, Imran Malik gekannt. Sie gehörten vor einigen Jahren zur selben Londoner Untergruppe der Moslembruderschaft, und der MI6 hat vor ein paar Stunden bestätigt, dass Hopkins-Waheed Mitglied einer pakistanischen Terrororganisation namens Laskar-e-Jhangvi gewesen sein könnte.«

Der Premierminister überlegte einen Augenblick und faltete dann die Hände auf dem Beratungstisch. »Meine Herren, ich bin gezwungen, ein Kriegskabinett zu ernennen. Diese Besprechung ist beendet.«

Der Beratungsraum leerte sich schnell, nur der Kanzleichef Watkins und der Premierminister blieben am Tisch sitzen.

»Wir haben noch ein Problem, über das ich unter vier Augen mit dir reden wollte«, sagte Watkins, als der CDS die Tür geschlossen hatte. »Die Finnen wissen, dass die an der Schießerei in Helsinki beteiligten Männer für das SRR arbeiten, und die Metropolitan Police ist dem SRR bei den Ermittlungen zum Tod von William Norton und Amy Benner auf die Spur gekommen. Ein Transporter des SRR …«

Der Premierminister sprang auf. »Wie oft habe ich dir schon gesagt, dass ich keine Details hören will! Dafür bist du zuständig.«

»Vielleicht ist es nur gut, dass wir jemanden haben, dem man die Schuld geben kann, falls …«

Der Premier unterbrach Watkins wütend: »Wir wissen beide, wem man für das alles gegebenenfalls die Schuld geben kann – diese Katastrophe haben wir dir zu verdanken. Du wolltest das Washingtoner Protokoll aufsetzen, damit sich auch andere und nicht nur Großbritannien unwiderruflich mit den Amerikanern verbünden. Und es war dein Vorschlag, das Protokoll dem Unterstaatssekretär Efford zu überlassen.«

36

Helsinki, Montag, 29. Oktober

Die Temperatur auf der vor Jahren zusätzlich eingebauten obersten Sitzbank in der großen und hohen Sauna lag bei über hundert Grad. Arto Ratamo und Jussi Ketonen saßen in der Sauna von Kotiharju am Harjutori-Platz im Stadtteil Kallio, der einzigen mit Holz beheizten Sauna für einen ganzen Häuserblock, die in Helsinki noch in Betrieb war. Ratamo hatte ein Treffen vorgeschlagen, Ketonen den Treffpunkt. Es war zwei Uhr nachmittags und die Sauna gerade erst geöffnet worden, sie konnten also ungestört zu zweit schwitzen. Ratamo hatte die Absicht, Ketonen wegen seiner Probleme in der Ratakatu um Rat zu bitten.

»Wahrscheinlich freue ich mich heute das erste Mal, dass ich pensioniert bin«, sagte der ehemalige Chef der SUPO und ächzte in der Hitze. »Selbst einem alten Mann macht es ja Angst, was dieses Washingtoner Protokoll noch anrichten wird. Finnland ist jetzt einem Krieg näher als je zuvor in meinem Erwachsenenleben. Und wenn die Briten in den Krieg geraten, dann müssen wir uns wegen der EU anschließen. Wie zum Henker können die vom Volk gewählten Staatsmänner so blöd sein und den Inhalt eines solches Paktes zu Papier bringen? Es ist ja verständlich, dass sie befürchten, der Islam könnte immer stärker werden, weil die Moslems zu Millionen nach Europa einwandern, aber musste man das unbedingt aufschreiben? Vor allem der Zorn der Pakistaner ist völlig verständlich, dieses Land will man ja wirklich ernsthaft schikanieren und klein halten.«

Große Schweißtropfen fielen auf die Bretter, als Ratamo nickte. »Elina Laine ist tatsächlich auf einen Schlag in die Geschichte eingegangen. Ihr Name wird derzeit in den Medien so oft wiederholt wie das Abc in der ersten Klasse. Noch nie ist ein Finne an so etwas beteiligt gewesen.«

Ketonen schnaufte eine Weile und versuchte sich an der großen Zehe zu kratzen, reichte aber mit der Hand nicht bis dahin, sein Bauch war im Wege. »Diese Sauna wird wohl bald das Einzige in Helsinki sein, was älter ist als ich. Wir erleben wieder mal eine Zeit, in der sich die Leute nicht die Bohne für Altes interessieren, weder für Menschen noch Gegenstände. Alte Gebäude und andere Sachen werden verhunzt, nur damit sie neu aussehen, und die Menschen zwingt man, vorzeitig ihre Arbeit aufzugeben, als wäre ein Mann mit sechzig alt. Und dann werden die Alten in Pflegeheimen aufbewahrt, in denen man für alles wie im Hotel bezahlen muss.«

Ketonen wischte sich den Schweiß von der Stirn und wandte sich Ratamo zu. »Junge, gieß noch mal was auf.«

Ratamo schluckte seine giftige Antwort, stieg von der obersten Bank hinunter und ging ein paar Meter bis zu dem Hahn, mit dem das Wasser beim Aufguss auf den riesigen Saunaofen dosiert wurde. Die insgesamt tausendfünfhundert Kilo schweren Ofensteine, die mit einen Meter langen Holzscheiten beheizt wurden, zischten lange.

Als Ratamo auf die oberste Pritsche zurückkehrte, lag die Temperatur vermutlich schon bei fast einhundertzehn Grad, was er daraus schloss, dass seine Ohrmuscheln brannten. Die Bisswunde schmerzte durch die Hitze, und sein Rücken juckte, aber er dachte gar nicht daran, als Erster aufzugeben und sich von Ketonen aus der Sauna vertreiben zu lassen.

»Wie ich schon am Telefon gesagt habe, versucht man die Geschichte von gestern so darzustellen, als wäre ich der Schuldige. Einer der Briten vom SRR, die auf der Runeberginkatu herumgeballert haben, behauptet, ich hätte völlig durchgedreht und wie ein Verrückter um mich geschossen, aber das ist noch gar nichts ...«

Ratamo wandte sich Ketonen zu und sah ihn an, als wollte er gleich ein großes Geheimnis verraten.

»In die Ratakatu kam gestern ein Psychiater marschiert, den ich noch nie in meinem Leben gesehen habe. Ohne eine Miene zu verziehen, hat er Wrede gegenüber versichert, ich wäre schon länger als ein Jahr bei ihm in Behandlung. Der verdammte Kerl behauptet, ich wäre sowohl für mich als auch für andere eine Gefahr.«

»Der Mann lügt also?«, fragte Ketonen und grinste.

»Ich habe in der Runeberginkatu aus Notwehr einmal geschossen und weiß offen gestanden nicht mal, ob und wo ich getroffen habe. Und beim Seelenklempner bin ich in meinem ganzen Leben nicht gewesen, obwohl es vielleicht notwendig wäre.«

»Das wird sich schon alles klären, spätestens dann, wenn man Elina Laine findet«, sagte Ketonen ganz ruhig. »Sie kann bestätigen, was in der Runeberginkatu passiert ist, und die KRP hat bestimmt auch Augenzeugen ausfindig gemacht.«

»Jemand will mich bei diesen Ermittlungen aufs Abstellgleis schieben. Ich begreife nur nicht, was für einen Nutzen sich dieser Jemand davon verspricht«, fuhr Ratamo fort und ächzte.

»Rede in aller Ruhe mit Wrede, der hat einen scharfen Verstand, wenn es nötig ist«, riet Ketonen.

»Bei diesen Ermittlungen ist er aber anscheinend stumpf wie eine alte Rasierklinge«, schimpfte Ratamo, und ihm fiel noch ein Problem ein.

»Weißt du übrigens etwas von dem Uranbergwerk in Paukkajanvaara? Oder, genauer gesagt, davon, dass dort abgebautes Uran Anfang der sechziger Jahre über Schweden nach Pakistan verkauft wurde?«

»Wie wäre es mit einem Aufguss«, fragte ein tätowierter Mann, der in die Sauna trat und an dem Hahn drehte, bevor jemand antworten konnte.

Ketonen duckte sich, als ihn die neue Welle heißen Dampfes traf, und verzog das Gesicht, dass es einer Halloween-Maske ähnelte. Es dauerte eine ganze Weile, bis er antwortete. »Unterlagen über Paukkajanvaara habe ich vermutlich nie gelesen, aber geredet wurde in der SUPO sehr wohl über dieses Uran. Ich kann mich gut erinnern, dass es in der Ratakatu Gerüchte gab, wonach Schweden das Uran auf Bitten der USA an Pakistan geliefert hatte. Zu der Zeit war Pakistan Verbündeter der Yankees im Kalten Krieg gegen den Kommunismus. Und es wurde gemunkelt, dass Kekkonen von der Sache wusste.«

Ratamo brummte etwas Unverständliches, stieg herab und verließ die Sauna. Er blieb auf dem roten Fußboden des Waschraums stehen, drehte die Dusche auf und dachte, wie merkwürdig das Leben doch war. Er hatte am Tag zuvor sowohl die unverschämtesten Lügen als auch eine der besten Neuigkeiten seines Lebens gehört. Eigentlich hieß es ja, eine schlechte Nachricht kommt selten allein. Er fühlte sich sofort besser, als er an Riittas Schwangerschaft und das Kleine, das bald käme, dachte. Natürlich war die Schwangerschaft erwünscht, aber überraschend kam es dennoch: Sie hatten es erst einen Monat lang versucht. Seltsam, dass ihm die bevorstehenden Nächte mit wenig Schlaf nicht im Mindesten Sorgen bereiteten, er freute sich einfach nur darauf, den kleinen Menschen möglichst bald zu sehen.

Wenig später saß der frisch geduschte Ratamo auf der Holzbank vor seinem Spind und sehnte sich nach einem kalten Bier, als Ketonen rosig wie ein Schweinchen mit schwankendem Bauch in der Garderobe erschien.

»Weshalb wolltest du übrigens, dass wir uns hier treffen?«, fragte Ratamo.

»Marketta hat mich wieder auf Diät gesetzt.«

»Wann hat denn die vorherige Diät aufgehört?«, scherzte Ratamo.

»Schau mal, ein Saunabad ist die einzige Methode, bei der einem der Schweiß ausbricht und der Puls steigt, obwohl man ruhig dasitzt«, erwiderte Ketonen und schmunzelte, dann holte er aus der

Tasche seines Popelinemantels eine eingewickelte Fleischwurst und eine große Tube Senf.

Die beiden saßen schweigend da. Ketonen verschlang mit genießerischer Miene seine Wurst, und Ratamos Gedanken schweiften ab zu den laufenden Ermittlungen.

»Für Elina Laine ist die Geschichte längst noch nicht ausgestanden, im Gegenteil«, sagte Ratamo. »Pakistan droht, England den Krieg zu erklären, wenn dieses Washingtoner Protokoll echt ist. Deswegen machen die Briten natürlich Druck, wir sollen das Protokoll mit allen Mitteln finden. Das ist allerdings im Besitz von Elina Laine.«

»Wenn Pakistan England den Krieg erklärt, ist Elina Laine die geringste deiner Sorgen. Kann sein, dass der Spaß dann ganz aufhört«, erwiderte Ketonen mit ernster Miene.

Gerade als Ratamo antworten wollte, klingelte sein Telefon, und er fluchte, als er den Namen des Anrufers auf dem Display sah.

* * *

Der Chef der Sicherheitspolizei Erik Wrede drückte Ratamo die Abendzeitungen in die Hand, kaum dass der bei ihm die Schwelle überschritten hatte. Er machte sich nicht einmal die Mühe, zu fragen, warum Ratamo mitten am Arbeitstag nasse Haare hatte.

»Ein Oberinspektor der SUPO mit psychischen Problemen schoss gestern auf der Runebergin...« Ratamo schloss die Augen und stieß die Luft zischend zwischen den Zähnen aus. Wenigstens konnte die Schlagzeile der anderen Abendzeitung nicht noch schlimmer sein, dachte er und bemerkte sogleich, dass er sich geirrt hatte: »Psychopatient in der SUPO-Führung?«

Wrede, der auf seiner Schreibtischkante saß, wirkte verlegen.

»Hoffen wir, dass dieser Psychiater ihre Quelle ist, ansonsten haben wir hier in der SUPO eine undichte Stelle, und das würde uns das Leben verdammt schwer machen.«

»Du bist anscheinend überhaupt nicht daran interessiert, zu erfahren, was die Wahrheit ist. Du schluckst ungekaut, was der Higley und dieser Psychiater Vuorenmaa erzählen«, regte sich Ratamo auf. »Und was passiert dann, wenn Elina Laine bestätigt, dass ich die Wahrheit gesagt habe?«

»Dann ist dein Ansehen wiederhergestellt. Aber momentan bleibt uns nichts anderes übrig, als die derzeitige Faktenlage zu berücksichtigen. Du verstehst sicher, dass ich gezwungen bin, dich aus dem Fall Laine herauszunehmen. Mach meinetwegen Urlaub oder ...«

Wrede wurde mitten im Satz unterbrochen, als sein privates Telefon klingelte. Verdutzt sah er auf die Nummer des Anrufers und meldete sich nach kurzem Zögern.

Ratamo beobachtete den Gesichtsausdruck des Schotten, der zwischen Verblüffung und Verärgerung wechselte. Das Reden schien bei diesem Telefonat Sache des Anrufers zu sein, Wrede kam nur dazu, ein, zwei kurze Bemerkungen zu machen.

Wie leicht wäre es für ihn, Wrede in dieser Situation zu erpressen. Wegen seines Fehlers im Jahre 1992 wussten die politischen Entscheidungsträger und die Polizeiführung nichts davon, dass finnisches Uran aus Paukkajanvaara in Pakistan gelandet war.

»So ist es, wirklich eine bedauerliche Geschichte ... Aber selbstverständlich wird sich das rechtzeitig aufklären ... Seine Laufbahn wird doch jetzt nicht an so einer Kleinigkeit scheitern, da ... Das Innenministerium hat natürlich wegen Ratamo schon Kontakt mit mir aufgenommen ... Ja, so hatte ich das auch vor ...«

Wie konnte denn das jetzt passieren?, fragte sich Wrede, als das Gespräch zu Ende war, und dachte eine Weile mit sauertöpfischer Miene über seinen nächsten Zug nach. »Schönen Gruß von Ketonen. Er hat bei seinen Pferdewetten gewonnen.«

Ratamo bemühte sich, keine Miene zu verziehen. Es ärgerte ihn, dass er Ketonens Hinweise für Wrede nicht gehört hatte.

»Du bekommst achtundvierzig Stunden Zeit, Elina Laine zu

finden. Zwei Tage. Du darfst in der Ermittlungsgruppe dabei sein, aber Sotamaa ist der Chef«, sagte Wrede, der aufgebracht und verlegen zugleich war. Dann versuchte er einen versöhnlichen Gesichtsausdruck aufzusetzen, bevor er fortfuhr:

»Ich weiß, dass du die Berichte über die Sache mit dem Uran aus Paukkajanvaara gelesen hast. Ich habe mir selbst eine Kopie von der Zusammenfassung aus Schweden gemacht. Du könntest mir als Gegenleistung den Gefallen tun, nicht über diese Berichte zu reden, sofern es nicht absolut unumgänglich ist. Wir beide sitzen ja doch in einem Boot.«

Ratamo stand auf. Deshalb war Wrede also bereit gewesen, ihm aus der Patsche helfen. »Werden die wegen dieses Washingtoner Protokolls nicht ohnehin an die Öffentlichkeit gelangen? Inzwischen redet doch schon die ganze Welt über die pakistanischen Kernwaffen«, sagte Ratamo und wandte sich zur Tür.

»Warte einen Moment!«

Wredes Ruf ließ ihn stehen bleiben.

»Sotamaa und Lukkari sind auf irgendeiner Brücke nach Kemiönsaari. Dort wurde vor zwei Stunden Zahid Khans Leiche gefunden«, sagte Wrede, dann klingelte sein Telefon wieder, und er seufzte, als er die eiskalte Stimme der Majorin Doherty hörte.

* * *

Zwei Stunden später parkte Ratamo seinen gelben Käfer-Cabrio auf der Brücke von Strömma neben einem Krankenwagen und schaltete die Stereoanlage ab. Als er ausstieg, schlug der Wind ihm ins Gesicht, und das Wasser schäumte um die grünen Stahlträger, die aus dem Meer ragten.

Ratamo sah ein paar Männer von der KRP in ihren Kennzeichnungswesten, eine ganze Reihe Techniker von der Spurensicherung in ihren weißen Schutzanzügen und ein blau-weißes Schutzdach. Er bückte sich, ging unter dem Absperrband hindurch und zeigte einer jungen Wachtmeisterin von der örtlichen Polizei seinen Dienstausweis.

Eine Ärztin, ein Rettungssanitäter, ein Kriminaltechniker und Saara Lukkari und Pekka Sotamaa standen unter dem Schutzdach um einen Klapptisch herum, auf dem die Leiche zu sehen war. Auf einem kleinen Beistelltisch aus Metall lagen Einweghandschuhe, Pinsel, Beutel für die Proben und Gläser. Ratamo stellte sich neben seine Kollegen und schaute neugierig der Ärztin und dem Techniker bei ihrer Arbeit zu. Das Licht der Neonleuchte war so grell, dass er die Augen zusammenkneifen musste. Die Ärztin entnahm dem Leichnam Kopf- und Schamhaarproben und holte Schmutz unter den Fingernägeln hervor. Zum Schluss suchte sie mit Klebeband, Pinzette und Wattebausch Fasern und Teilchen auf der Haut der Leiche. Der Kriminaltechniker nahm die Proben einzeln entgegen und legte sie in Wachspapier, das er dann in nummerierte Briefumschläge steckte.

Saara Lukkari beugte sich zu Ratamo hin. »Die Techniker haben am Parkplatz jede Menge Spuren von Autoreifen und Schuhsohlen gefunden.«

Ratamo nahm die Leiche jetzt zum ersten Mal genauer in Augenschein und registrierte tief in seinem Inneren ein bedrückendes, unangenehmes Gefühl. Der Anblick eines leblosen Menschen wirkte auf ihn heute aus irgendeinem Grund noch abstoßender als sonst. Ob das wohl an der Neuigkeit lag, die Riitta ihm am Vorabend erzählt hatte? »Das ist Zahid Khan«, sagte er, als er den Mann erkannte, den er vor fünf Tagen in dem Café mit dem Syrer gesehen hatte. Lukkari und Sotamaa nickten.

»Die äußere Untersuchung der Leiche ist jetzt abgeschlossen«, sagte die kleine Ärztin, die mit flinken Bewegungen an dem bläulich verfärbten Toten herumhantierte. »Der Todeszeitpunkt lässt sich bei diesem Kollegen nur sehr schwer bestimmen. Die Körpertemperatur hilft nicht weiter, der Mann ist natürlich inzwischen genauso warm oder kalt wie das Meerwasser, das heißt, zehn Grad.

Es war hier übrigens ein warmer Herbst«, fügte die Ärztin fröhlich hinzu.

»Der Rigor Mortis klingt bereits wieder ab, was darauf hinweist, dass seit dem Tod schon über zwanzig Stunden vergangen sind. Und aufgrund des Zustands der Haut würde ich tippen, dass die Leiche noch nicht viele Tage im Wasser lag. Der Mann hat übrigens ein paar Flecken, also ist er wohl kaum im Wasser gestorben. Erst bei der Obduktion kann man die Todesursache mit Sicherheit feststellen, aber wahrscheinlich ist es der Bruch der Halswirbelsäule. So weit das Wichtigste. Wenn mir noch was einfällt, könnt ihr es in meinem Bericht lesen.«

Die SUPO-Mitarbeiter traten unter dem Schutzdach hervor, gingen zu dem kleinen, sandigen Parkplatz und sahen der Spurensicherung eine Weile bei ihrer aufwendigen Arbeit zu: Der Fundort der Leiche wurde gefilmt, Abfall eingesammelt und aufbewahrt, Entfernungen gemessen und Beutel mit Beweisstücken nummeriert. Der bereits untersuchte Bereich reichte jetzt schon von der Uferzone bis in die Nähe des Asphalts der Perniöntie.

»Gefunden hat die Leiche im Wasser ein einheimischer Fischer. Er hat da an der Brücke geangelt«, sagte Sotamaa nachdenklich. »Das ist angeblich die einzige Stelle in Finnland, wo man die Gezeiten beobachten kann.«

»Wrede hat erzählt, dass sich Elina Laine möglicherweise irgendwo in dieser Gegend versteckt hält. Sind wir auf dem Weg dahin?«, fragte Ratamo.

Saara Lukkari nickte. »Die Polizei von Salo hat am Vormittag mit einem Busfahrer aus Perniö gesprochen, der behauptet, er habe am Sonntag eine Frau, die genauso aussah wie Elina Laine, von Salo nach Kemiö gefahren. Wrede wollte, dass wir gleich das Ferienhaus von Elina Laines Eltern mit überprüfen, wenn wir Khans Leiche einen Besuch abstatten.«

»Ist heute sonst noch etwas Interessantes herausgekommen?« Ratamo wollte auf dem neuesten Stand sein.

»Die Londoner Polizei hat nicht erklärt, warum ein Kleinlaster des SRR in der Mordnacht vor dem Haus von William Norton stand. Und der Flintenmann auf der Runeberginkatu starb durch die Kugeln aus der Pistole des Hauptmanns Riggs. Der Tote könnte Mitglied einer Terrororganisation namens Laskar-e-Jhangvi gewesen sein. Aber lass uns im Auto weiterreden. Es ist besser, wir fahren los, bevor man auch noch die Leiche von Elina Laine findet«, sagte Saara Lukkari und ging in Richtung Auto.

Ratamo blieb stehen, hob das Gesicht zum Himmel und holte tief Luft. Er hatte also doch niemanden umgebracht.

37

London, Montag, 29. Oktober

In einem modischen Nadelstreifenanzug und hellrotem Hemd kam
Imran Malik aus dem hässlichsten Hochhaus im Ostlondoner Viertel Newham, an seiner Seite ging ein etwa zwanzigjähriger Konver-
tit. Im Gesicht des stämmigen blonden Mannes hatte die Akne ihre
Spuren hinterlassen, und sein Kinn zierte ein Dreitagebart, der fast
genauso schick getrimmt war wie bei Malik.

Saifullah hatte den jungen Mann namens Abdul Islam erst vor
ein paar Monaten in seine Organisation aufgenommen, wollte
den Neuen aber aus irgendeinem Grund schon jetzt sehen. Imran
Malik glaubte den Grund zu kennen: Moslemaktivisten aus west-
lichen Ländern wie Abdul Islam und der in Helsinki gestorbene
Jamal Waheed waren als Soldaten des Heiligen Krieges Gold wert.
Wahrscheinlich hatte Saifullah irgendeinen Auftrag für den jungen
Mann.

Die beiden überquerten den mit Pfützen bedeckten Hof und sahen schon von weitem, wie eine Politesse unter den am Straßenrand geparkten Autos ein Opfer fand.

»Schau zu und lerne«, sagte Imran zu dem jungen Mann, als sie
die Politesse erreichten, die einen Strafzettel wegen Falschparkens
ausstellte. Er blieb vor ihr stehen, verschränkte die Arme auf der
Brust und sah so aus, als würde er jeden Augenblick explodieren.
»Was zum Teufel soll das werden?«

Die Frau mit Immigrationshintergrund hob den Blick und
schien von Imrans Drohgebärde nicht im Geringsten beeindruckt
zu sein.

»Wonach sieht es aus? Soll ich die Polizei rufen, damit sie es dir erklärt?«, sagte die Politesse, steckte den Bußgeldbescheid in eine Plastikhülle und schob ihn unter den Scheibenwischer.

Imran nahm das Knöllchen, zerriss es in kleine Schnipsel und warf sie mit theatralischer Geste auf die Frau. Als sie wutschnaubend einen Stift und ein Bündel leerer Strafzettel aus ihrer Tasche holte, schlug Imran mit der Hand danach, so dass sie auf den Asphalt fielen. Jetzt schreckte die Politesse ein Stück zurück.

»Eine Frau, die so sexy aussieht, sollte in dieser Gegend nicht allein unterwegs sein. Zumindest nicht mit dieser Einstellung. Man kann nie wissen, was passiert.« Es gelang Imran, außerordentlich drohend zu klingen.

Die Politesse starrte in das von Zornesröte verfärbte Gesicht ihres Opfers und hatte die Nase voll. Sie machte auf dem Absatz kehrt und sah sich beim Weggehen immer wieder um. »Ich habe dein Autokennzeichen. Ich mache eine Anzeige bei der Polizei, und da wirst du nicht mit einem Bußgeld wegen falschen Parkens davonkommen!«

Imran wartete, bis die Knöllchenfee nicht mehr zu sehen war, ging dann zu seinem etwa zwanzig Meter entfernten Auto und öffnete dem jungen Konvertiten die Tür. »Das war nicht mein Auto«, sagte er, und Abdul Islam blickte ihn verdutzt an. Imran setzte sich hinters Lenkrad und schaute dem jungen Mann in die Augen. »Die Lehre aus dieser Szene lautet: Man sollte sich auf nichts verlassen.«

Eine Stunde später parkte Imran Malik seinen Wagen an der Charing Cross Road im Zentrum von London. Einen Parkplatz in der City zu finden war heutzutage nicht mehr so schwer, wie auf dem Wasser zu gehen, und auch die Staus im Berufsverkehr hatten in der Amtszeit von Ken Livingstone als Bürgermeister deutlich abgenommen.

In der Kommandozentrale im Hinterzimmer von William Buggage's Bookstore war es diesmal ruhig. Saifullah saß am Tisch und wartete auf Imran, während sein Leibwächter und Schatten Sapahi vor sich hin starrte wie eine Puppe, deren Batterie leer war.

»Du hattest gebeten, diesen Konvertiten mitzubringen, wir haben viel …«, sagte Imran, verstummte jedoch, als Saifullah die Hand hob. Die 16-Uhr-Nachrichten begannen im Fernsehen.

Der Chef von Laskar-e-Jhangvi verfolgte die durch das Washingtoner Protokoll ausgelösten Reaktionen in der Welt gleichzeitig auf drei Bildschirmen. Der Führer der radikalen Schiiten Pakistans hielt wutschnaubend eine Rede, der US-Außenminister wirkte erschrocken und erklärte, dass der Präsident der USA ein Dokument wie das Washingtoner Protokoll niemals ohne die Unterstützung des Senats hätte unterschreiben können, und ein hunderttausendköpfiges Menschenmeer auf den Straßen der jordanischen Hauptstadt Amman wogte im Takt von Parolen, mit denen die Vernichtung Großbritanniens, der USA, Italiens und Spaniens gefordert wurde.

Diese Nachrichtenbilder hatte Imran Malik im Laufe des Tages schon mehrmals gesehen. Er beobachtete den Leibwächter und erinnerte sich an eine Geschichte, die er in Pakistan gehört hatte. Sapahi, so hieß es, hatte während des Bosnienkrieges in einem Konzentrationslager unweit des Dorfes Čelebići mit seinem Schwert Dutzenden Serben den Kopf abgeschlagen.

»Abdul, geh essen, ich habe auch die anderen jungen Männer für eine Weile hinausgeschickt. In einer Stunde wird weitergearbeitet«, ordnete Saifullah schließlich an, schaltete die Fernseher aus und bedeutete Imran Malik mit einer Handbewegung, am Ende des Tisches Platz zu nehmen.

Die Stahltür knallte, als Abdul hinausging, und Saifullah heftete seinen wütenden Blick auf Imran.

»*Saalar-i-Aala*, Oberbefehlshaber«, sagte Saifullah abfällig. »Man ist nicht mehr zufrieden mit dem, was du tust. Ziemlich viele Organisationen und auch einige Staaten sind sehr enttäuscht, dass so ernstzunehmende Zweifel an der Echtheit des Washingtoner Protokolls aufgetaucht sind. Jetzt warten alle nur ab, was als Nächstes geschehen wird.«

Imran traute seinen Ohren nicht. Alles war bereit für den Übergang in die dritte Stufe – den Krieg –, und einige unfähige Feiglinge verschwendeten noch Zeit für Nebensächlichkeiten? »Es ist wohl kaum mein Fehler, dass die Erklärung Pakistans so schlecht formuliert war – ›Pakistan droht Britannien mit Krieg, wenn die Informationen im Washingtoner Protokoll zutreffen.‹ Was soll das ›wenn‹? Selbst ein Kind versteht doch, dass niemand imstande wäre, so einen Vertrag zu fälschen.«

Saifullah brummte etwas als Zeichen der Zustimmung und winkte ab. »Die Wortwahl der Erklärung war zweifellos schlecht. Dasselbe gilt jedoch auch für deine Entscheidung. Hättest du bloß das Originalprotokoll beschafft, als du in Finnland warst! Nun musst du noch einmal dorthin, um es zu holen, und das kann schwierig werden. Aber zumindest schaffst du noch die Maschine heute Abend. Weißt du, wo sich deine Verwandte in Finnland aufhält?«

»Wir können nicht warten, und das brauchen wir auch nicht«, erwiderte Imran erregt. »Siehst du nicht, wie die Lage ist? Der Papst hat die Moslems vor ein paar Stunden gewarnt, man dürfe den Glauben nicht mit dem Schwert verbreiten. Die führenden Geistlichen in Pakistan, im Irak, im Iran und in Syrien sind vor Zorn fast aus der Haut gefahren und werfen der katholischen Kirche vor, die Mutter der Bekehrung mit dem Schwert zu sein. Der Hass wird jetzt auf beiden Seiten geschürt. Der Übergang zur dritten Stufe gelingt auch ohne ...«

Saifullah schlug mit der Faust auf den Tisch, und es wurde still in dem Raum. »Die Entscheidung ist schon gefallen, wir müssen unbedingt das Original des Washingtoner Protokolls in unseren Besitz bringen. Der Beginn der dritten Stufe ist psychologisch extrem wichtig: Die Kriegserklärung Pakistans an Großbritannien muss auch in den westlichen Ländern als gerechtfertigt angesehen werden, niemand darf glauben, dass Pakistan Großbritannien wegen eines gefälschten Dokuments angreift.«

Imran Malik schluckte seine Verärgerung und lächelte ergeben. Darauf verstand er sich, in Großbritannien war ein Junge mit dunkler Haut und pakistanischem Namen gezwungen, die Kunst der Unterwerfung schon als Kind zu lernen. Zumindest wenn er gesund bleiben wollte. Aber seine Zeit würde kommen, schon bald. Mit flammenden Buchstaben würde sein Name durch das Washingtoner Protokoll in das Gedächtnis jedes Islamisten eingebrannt werden.

38

Vaala, Montag, 29. Oktober

Im Büro des Bankdirektors hing ein farbensattes Gemälde des einheimischen Künstlers Olli Seppänen, bekannt auch als Naiver von Neittävä. Der kleine Verhandlungstisch war irgendwann mit Kaffee und Kuchen gedeckt worden, vermutlich für einen wichtigeren Kunden als Lauri Huotari. Für ihn hatte der Direktor erst jetzt Zeit gefunden, abends um halb sechs. Er trug einen grauen Anzug, fingerte an seiner gestreiften Wollkrawatte mit dem Emblem des Sportvereins Vaalan Karhu und las in den Unterlagen seines Kunden, dabei klopfte er mit dem Stift auf den Tisch und blickte Huotari zuweilen mit peinlich berührter Miene an. Die Bilder der früheren Filialdirektoren hingen in Reih und Glied an der Wand, auf dem Bücherregal standen Wimpel, Werbeartikel der Bank und jene persönlichen Werbegeschenke des Direktors, die seine Gattin als nicht gut genug für zu Hause befunden hatte.

Lauri Huotari stützte seine Ellbogen auf die Knie, betrachtete die Spitzen seiner schmutzigen Stiefel und ging im Kopf noch einmal das letzte voller Erregung geführte Telefongespräch mit seiner Frau durch. Katriina war immer noch bei ihrer Schwester. Natürlich kam er zu Hause auch ohne Frau zurecht, da lag nicht das Problem, Katriina war in der letzten Zeit so geschwätzig und verbittert geworden, dass ein paar Tage Alleinsein seine Anspannung nur lindern konnten. Aber nach seinen Kindern sehnte er sich so sehr, dass es schmerzte. Nur wenn er mit Pauliina und Vili zusammen war, konnte er für eine Weile seine Probleme vergessen, die unfassbare Ausmaße angenommen hatten.

Huotari rutschte unsicher auf seinem Stuhl hin und her und überlegte, wie er sein Anliegen formulieren sollte. »Ja, also, es sieht nun leider wirklich so aus, dass ich nicht imstande bin, dir diese zusätzlichen Sicherheiten zu bieten, wenn ich es auch noch so sehr möchte.«

»Du verstehst doch sicher, dass wir keine Probleme hätten, wenn das alles von mir abhängen würde?«, erwiderte der Direktor, sah von Huotaris Kreditunterlagen auf und zwanzig Zentimeter an seinem Kunden vorbei zur Wand. Er schwitzte, obwohl es in dem Raum kühl war.

»Wieso zum Teufel soll das nicht von dir abhängen? Du bist der Direktor dieser Bank, und mit dir habe ich doch seinerzeit die Verträge über die Kredite abgeschlossen. Du kennst mich, ich halte natürlich mein Wort und bezahle meine Schulden. Wir haben uns schließlich schon als Knirpse im Sandkasten gekannt.« Huotari hätte am liebsten mit der Faust auf den Tisch gehauen, aber das gehörte sich in einer Bank nicht, selbst wenn der Direktor ein alter Bekannter war. Dieses Gespräch könnte seine letzte Chance sein, es war viel zu wichtig, das durfte er nicht vermasseln.

»Wir als Filialleiter haben heutzutage keinerlei Macht mehr. Nach der letzten Krise hat man uns zu bloßen Marionetten gemacht«, sagte der Bankdirektor amüsiert. »Ich darf in der Praxis nichts mehr allein entscheiden. Alle Kreditangelegenheiten müssen wir dem Kreditausschuss vorlegen, und die Abteilung für Risikomanagement entscheidet darüber, wann mit den Problemen eines Kunden ...«

»Die Sache ist aber eben nun mal die, dass die Bank ihr Geld nur bekommt, wenn ich am Steuer sitze. Auch jetzt müsste ich eigentlich auf Tour sein«, übertrieb Huotari, schaute auf die Uhr und begriff, dass es stimmte.

Der Bankdirektor lockerte seine Krawatte und machte den Eindruck, als wäre er in diesem Augenblick liebend gern irgendwo anders, nur nicht hier, wo Huotari ihm um Gnade flehend gegenübersaß. »Tja, eine Bank hat natürlich ihre Mittel, um sich gegen

Risiken zu schützen. Ich habe aus Oulu Anweisungen erhalten, wonach wir deinen Kredit unter Umständen kündigen und die Sicherheiten realisieren müssen, wenn du diese zusätzlichen Sicherheiten nicht beibringen kannst ...«

Huotari sprang auf und ballte die Fäuste. Er schluckte seine Wut und zitterte wie der Vesuv vor einem Ausbruch. Unter Aufbietung aller Kräfte sagte er sich: Bleib ganz ruhig, mit Brüllen lässt sich das nicht aus der Welt schaffen. »Wie soll ich dann arbeiten? Wenn ihr mir den Lastzug wegnehmt und das Haus und die Halle verkauft, bleibt mir nur ein verdammt großer Haufen Schulden und kein Mittel, sie je zu bezahlen.«

»Das habe ich ja auch versucht unserem Regionaldirektor zu erklären, aber der hört nicht hin. Das ist so ein junger Hahn, so ein verdammter Master. Ich führe schon seit vielen Monaten einen Hinhaltekampf für dich, aber lange geht das nicht mehr gut. Aber ich versuche noch mal, irgendeinen Kompromiss zu erreichen, vielleicht fällt uns hier noch ein Mittel ein, die Sache ohne diese zusätzlichen Sicherheiten zu regeln.«

Huotari erhob sich und murmelte: »Hoffentlich kannst du das regeln.« Dann gab er dem Direktor die Hand und marschierte hinaus. Auf dem Parkplatz wuchtete er seinen gewaltigen Körper in die Fahrerkabine seines Lastzugs und brüllte vor Wut so laut, dass ein alter Mann, der vorbeiging, erschrocken zusammenzuckte. Ich muss mich jetzt beruhigen, dachte Huotari. Er durfte nicht die Nerven verlieren, sonst tat er womöglich etwas, was er sein Leben lang bereuen würde. Im Radio hörte er, wie über irgendein geheimes Protokoll, die darüber in Wut geratenen Moslems und die Gefahr eines Krieges geredet wurde. Die ganze Welt war im Begriff, verrückt zu werden. Und dieses Protokoll hatte irgendeine finnische Journalistin aufgedeckt, Elina Laine hieß sie wohl, in den Medien wurde pausenlos über diese Frau gesprochen. Ob wohl diejenigen, die behaupteten, Geld und Ruhm würden nicht glücklich machen, diesen Schwachsinn absichtlich oder aus Dummheit erzählten?, überlegte Huotari.

39

Kemiönsaari, Montag, 29. Oktober

Das Meer rauschte laut, der Mond schien silbrig hell, der Wind
kniff in die Haut, und das Trio der SUPO bereitete sich darauf vor,
in das alte Blockhaus auf dem südöstlichen Zipfel der Kemiönsaari
zwischen dem Pedersån-Uferweg und dem Meer einzudringen.
Sotamaa und Lukkari drückten sich noch enger an die Hauswand,
und Ratamo spähte kurz durchs Fenster hinein. Stockdunkel. Vielleicht hatte Elina Laine sie kommen sehen und versteckte sich jetzt
irgendwo im Haus. Ratamo berührte seine Dienstwaffe, die im
Achselhalfter hing, und ihm schoss der Gedanke durch den Kopf,
dass in vielen Häusern auf dem Lande an einem Elchgeweih eine
ansehnliche Waffensammlung hing. Die vertraute Unruhe erwachte
in ihm. Als Ratamo nickte, stieß Sotamaa die Klaue des Kuhfußes
zwischen Tür und Rahmen und zerrte mit solcher Wucht an der
Karbonstahlstange, dass Holzsplitter durch die Gegend flogen. Ratamo riss die Tür auf, trat hinein und rief mehrmals den Namen
von Elina Laine. Er ging nach links in die Küche, Sotamaa marschierte nach rechts in die Wohnstube, und Lukkari stürmte ins
Obergeschoss hinauf. Eine Minute später trafen sie sich mit ent-
täuschten Gesichtern in der Küche.

Saara Lukkari öffnete die Kühlschranktür. »Hier ist schon seit
Wochen niemand gewesen.«

»Sie hätte sicher zumindest den Kamin oder den Herd ge-
heizt, in der letzten Zeit hat es Nachtfrost gegeben«, pflichtete
ihr Sotamaa bei und klopfte auf den großen gusseisernen Küchen-
herd.

»Elina Laines Bild ist den ganzen Tag in den Medien präsent, kein Wunder, dass der Busfahrer glaubt, die Frau gesehen zu haben«, klagte Saara Lukkari.

»Wir müssen Wrede die frohe Botschaft mitteilen.« Ratamo drückte die Kurzwahltaste seines Handys und setzte sich an den Küchentisch.

Der Schotte hörte sich Ratamos Bericht nur an, bis er erfuhr, dass Elina Laine nicht im Sommerhaus ihrer Eltern war.

»Hast du irgendjemandem von den Berichten über das Uran aus Paukkajanvaara erzählt?«

»Was hat das jetzt mit Laine zu tun ...«

»Da fragst du noch, verdammich!« Wrede geriet in Rage. »Wenn die SUPO dieses verfluchte Protokoll nicht bald findet, drohen die Briten damit, in der EU an die große Glocke zu hängen, dass Finnland Uran an Pakistan verkauft hat. Das SRR will behaupten, dass Pakistans Kernwaffenprogramm zum Teil Finnland zu verdanken ist. Begreifst du, was das für Ereignisse sind, in deren Mittelpunkt wir geraten? Ich habe schon gehört, dass man bei den Streitkräften Vorkehrungen für die Erhöhung der Gefechtsbereitschaft trifft.«

Ratamo versuchte seine Verärgerung zu unterdrücken. »Es stimmt doch, was die Briten sagen.«

Wredes Stimme klang nun noch angespannter. »Lukkari und Sotamaa bleiben dort und suchen nach Laine, und du kommst jetzt sofort in die Ratakatu, dann überlegen wir, wie wir in dieser Urangeschichte vorgehen. Wir müssen uns darauf einstellen, dass die Politiker demnächst eine Zusammenfassung von uns verlangen.«

»Alles klar, wir sehen uns bald«, sagte Ratamo und schaltete das Telefon aus. Er hatte nicht die geringste Absicht, Kemiönsaari zu verlassen, bevor nicht klar war, ob sich Elina Laine hier befand, aber das brauchte Wrede noch nicht zu wissen.

»Der Schotte ist anscheinend auf hundertachtzig«, sagte Saara Lukkari und musste lächeln.

»Dieses Weib muss gefunden werden«, fauchte Ratamo. »Wir

verteilen uns und überprüfen die Häuser in der Umgebung. Vielleicht ist der Laine klar geworden, dass die Polizei dieses Haus durchsuchen könnte, vielleicht versteckt sie sich in der Nähe in irgendeiner leerstehenden Sommerhütte.«

»Es ist schon dunkel, und hier gibt es Dutzende Häuser«, protestierte Saara Lukkari.

»Wir haben schließlich Lampen und Karten, zumindest einen Versuch ist es wert«, entschied Ratamo, obwohl er selbst nicht davon überzeugt war, dass dabei etwas herauskam. Er bereute es, dass er seinen VW an der Brücke von Strömma stehen gelassen hatte.

Saara Lukkari und Ratamo gingen zu Fuß den Pedersån-Uferweg in Richtung Norden, und Sotamaa fuhr mit dem Auto gen Süden. Wenig später bog Saara Lukkari an einer Weggabelung nach rechts ab in Richtung Ufer, wo viele Sommerhütten standen.

»Ruf an, wenn du sie findest«, rief Ratamo seiner Kollegin hinterher und zog den Reißverschluss seiner Jacke bis zum Kragen hoch. Der Wind wurde immer kälter, Wolken schoben sich vor den Mond und ließen es für einige Zeit noch dunkler werden. Auf einmal spuckte sein Gehirn den Namen aus, den er schon den ganzen Tag vergeblich in seinem Gedächtnis suchte – Heli Sirviö. Elina Laine hatte vorletzte Nacht erwähnt, dass sie nur noch zu einer Bekannten in Finnland engen Kontakt hatte – Heli Sirviö. Vielleicht wusste die etwas über Elina Laine. Ratamo rief Riitta in der SUPO an, bat seine Lebensgefährtin, mit Heli Sirviö zu reden, musste das Gespräch jedoch wohl oder übel beenden, als Riitta zu neugierig wurde.

Er ging weiter und bereute schon, dass er überhaupt vorgeschlagen hatte, nach Elina Laine zu suchen. Sie würden kaum etwas finden, und selbst wenn, wäre es für die Frau ein Leichtes, sich in der Dunkelheit zu verstecken. Plötzlich sah er weit vor sich im Mondlicht eine dunkle Gestalt, die auf dem Weg zu schweben schien wie ein Blatt im Wind. Er kniff die Augen zusammen, um etwas zu erkennen. Ein Radfahrer. Trug er einen Umhang? Ratamo lief mit großen Schritten in die Straßenmitte, schwenkte seine Taschenlampe und bedeutete ihm anzuhalten.

Ein alter Mann in einem grünen Regenumhang und Gummistiefeln stieg aus dem Sattel und schob seinen Südwester aus der Stirn. Graue Haare fielen ihm über die Augen. »*Har ni gått vilse? Behöver ni hjälp?*«, fragte der Alte in einem merkwürdigen schwedischen Dialekt.

Ratamo holte seine Brieftasche heraus und zeigte dem Mann kurz seinen Dienstausweis. »Haben Sie diese Frau in den letzten Tagen hier gesehen?«, fragte er auf Finnisch, schaltete seine Taschenlampe an und reichte dem Fischer das gleiche Foto, auf dem der Busfahrer aus Perniö Elina Laine erkannt hatte.

Der Mann betrachtete es in aller Ruhe und warf zwischendurch neugierig einen Blick auf Ratamo. »Die wohnt nicht hier, das ist sicher. Allerdings erinnert sie ein wenig an diese junge Journalistin, deren Bild heute in den Nachrichten zu sehen war. Wie hieß sie doch gleich? Ihre Eltern haben eine Sommerhütte hier ganz in der Nähe, davon war im Dorf gerade erst die Rede. In ihrer Jugend hat sie hier die Sommer verbracht, sie war ein etwas schüchternes, aber energisches Mädchen.«

»Sie haben die Frau also gestern oder heute nicht gesehen?«, fragte Ratamo.

Der alte Mann zupfte an der Krempe seines Südwesters und strich sich über seinen weißen Bart. Es sah so aus, als versuchte er sich an irgendetwas zu erinnern.

»Hier sind jetzt nicht mehr viele Gäste unterwegs, da die Urlaubszeit vorbei ist, vor allem keine Frauen. Gestern oder vorgestern habe ich allerdings eine junge dunkelhaarige Frau auf einem Fahrrad gesehen, die an der Weggabelung nach Ruholahti abgebogen ist, aber das·war garantiert eines der Mädchen von Sirviö. Ich …«

»Ist Ruholahti der Name eines Hauses? Wo ist es?« Es fehlte nicht viel, und Ratamo hätte den Mann am Kragen gepackt.

»Biegen Sie einfach rechts ab, wenn sich die nächste Gelegenheit dazu bietet. Gehen Sie etwa zweihundert Meter auf dem Sandweg und dann den Hügel hinauf, dort oben ist es: ein altes Blockhaus, mit rotem Ocker gestrichen, in toller Lage am Meeresufer«, erklärte der Mann gemächlich und sah zu, wie der Polizist losrannte.

Ratamo wollte schon Sotamaa anrufen und Bescheid geben, dann beschloss er jedoch, Ruholahti erst zu überprüfen, bevor er seine Kollegen alarmierte. Er bog vom Pedersån-Uferweg ab und verlangsamte sein Tempo bergan, weil sein Puls so hämmerte, dass es in den Ohren dröhnte.

Bei Urlauben in Italien und Spanien war Ratamo oft Einheimischen begegnet, die einem Touristen, der sich nach dem Weg erkundigte, eifrig Ratschläge gaben, obwohl sie nicht die geringste Ahnung hatten, in welche Richtung er gehen musste. Sie wollten wohl um jeden Preis den Eindruck erwecken, dass sie sich in ihrer Gegend auskannten, oder sie taten es aus Bosheit. Blieb nur zu hoffen, dass der Mann mit dem Südwester nicht zum selben Menschenschlag gehörte.

Sein Telefon klingelte, und Ratamo fluchte. Elina Laine könnte das Geräusch hören.

»Ich habe Heli Sirviö erwischt. Sie sagt, sie habe noch dann und wann Kontakt zu Elina Laine, getroffen hätten sie sich allerdings schon seit Jahren nicht mehr. Als Kinder waren sie ein Herz und eine Seele, im Sommer hat Elina angeblich fast bei ihnen gewohnt. Die Sirviös haben ein altes Bauernhaus dort in Kemiö, es heißt Ruholahti.«

Ratamo dankte Riitta, entschuldigte sich, dass er nicht länger reden konnte, schaltete das Telefon aus und ging weiter. War das Glück endlich mal auf seiner Seite? Wenig später erreichte er die Kuppe der Anhöhe und sah die Umrisse des alten Hofes: ein großes Blockhaus, ein Speicher mit Söller und ein Kuhstall mit Steinsockel. Dann traf der Lichtkegel der Taschenlampe auf ein Fahrrad, das an der Schuppenwand lehnte. Ratamo spürte, wie die Spannung stieg. Vielleicht hatte sich der Mann mit dem Hut doch nicht getäuscht.

* * *

Der Fahrer eines weißen Transporters, eines Fiat Ducato, bestätigte die Anweisung, die er gerade über den Ohrhörer bekommen hatte, und lenkte den Wagen von der Linnarnäsintie auf die Pedersån-Uferstraße. Er hatte eben von seinen Kollegen, die den SUPO-Leuten folgten, erfahren, dass einer von denen mit einem Einheimischen gesprochen hatte und danach zielstrebig in Richtung eines Bauernhofes gerannt war.

Er warf durch das Fenster an der Rückwand der Fahrerkabine einen Blick auf seine Kameraden, die im Frachtraum saßen. Einer der Soldaten öffnete seinen metallenen Medikamentenkoffer und schaute zufrieden auf eine ganze Reihe von Ampullen. Der siebenköpfige Kommandotrupp trug Wanderkleidung und in der britischen Botschaft ausgeliehene 9-mm-Pistolen vom Typ Browning Hi-Power Mark III, nur der Gruppenführer verfügte zusätzlich über eine Maschinenpistole Heckler & Koch MP5. Die leichte Bewaffnung würde genügen, sie erwarteten keinen nennenswerten Widerstand.

Das Kommando des SRR war nur ein paar Minuten von der Frau entfernt, die wusste, wo sich das Washingtoner Protokoll befand.

* * *

Als Ratamo die Klinke des Blockhauses drückte und die Scharniere knarren hörte, fing er ernsthaft an, sich Hoffnungen zu machen. Die Tür war nicht abgeschlossen, womöglich befand sich Elina Laine wirklich hier. Durch die Veranda gelangte er in die große Stube. Ratamo fand den Lichtschalter an der Balkenwand und freute sich noch mehr, als das Licht anging: Der Strom war nicht abgeschaltet. Er betastete den Herd, der war kalt wie ein Januarmorgen. Das Haus erinnerte an ein Heimatmuseum. Bäuerliche Gerätschaften, der Dielenfußboden, der Geruch der Holzbalken und das uralte Werkzeug an der Wand ließen ihn an das Elternhaus seines Großvaters denken. Weder in der Küche noch auf dem Esstisch sah man schmutziges Geschirr, das Sofa und das Bauernbett im Erdgeschoss sahen unbenutzt aus.

Er stieg die knarrende Treppe ins Obergeschoss hinauf, überprüfte jeden Winkel und kehrte enttäuscht in die Stube zurück. Die Haustür war nicht abgeschlossen, der Strom nicht abgeschaltet, außerdem hatte der Mann mit dem Südwester am Tag zuvor eine Frau gesehen, die mit dem Fahrrad hierherfuhr und Elina Laine ähnelte. Vielleicht hatte sich Elina rechtzeitig verstecken können, oder sie war einkaufen gegangen. Da bemerkte Ratamo einen Flickenteppich, der auf einer Seite zusammengeschoben war. Er zog ihn mit dem Fuß gerade, erblickte auf den Dielenbrettern einen kleinen metallischen Ring und erkannte die Umrisse einer Falltür. Darunter lag sicher ein Keller. War die Haustür deswegen nicht verschlossen gewesen? Vielleicht hatte Elina ihn durchs Fenster gesehen und sich hastig in dem Erdloch versteckt?

Ratamo schob den Teppich beiseite, riss die Falltür auf und schaute in Elina Laines angsterfüllte Augen. Die kleine Frau konnte in dem niedrigen Keller stehen. Anscheinend verwandelte sich die Angst in Erleichterung, als Elina klar wurde, wen sie anstarrte. Dann hörte man auf dem Hof das Geräusch eines Autos. Ratamo half Elina aus dem Keller heraus und schlich vorsichtig ans Fenster. Er sah, wie ein weißer Transporter auf dem Hof anhielt, und begriff sofort, was bevorstand. »Die Leute, die dich jagen, sind gerade auf den Hof gefahren. Gibt es noch einen anderen Ausgang?«, zischte Ratamo.

»Durch den Waschraum kommt man auf die Rückseite des Hauses.« Elina warf ihre Tasche auf die Schulter und führte Ratamo hinaus in den Garten hinter dem Blockhaus, der zum Ufer abfiel und an dessen Ende ein großer Bootssteg lag. Die Angst erfasste Elina.

Als sich die Augen an die Dunkelheit gewöhnt hatten, erkannte Ratamo im Mondlicht neben dem Steg ein Aluminiumboot mit einem Heckmotor. Er nahm Elina an der Hand, zog sie mit sich und rannte los.

»Funktioniert dieser Außenbordmotor?«, fragte Ratamo im Laufen und bemühte sich, am Hang das Gleichgewicht zu halten.

»Woher soll ich das wissen?« Vor Angst überschlug sich Elinas Stimme. Sie schaute über die Schulter zurück, als sie hörte, wie ein Motor aufheulte. Dann tauchten die Scheinwerfer auf und richteten sich genau auf sie. Warum hatte sie Ruhm und Ehre gewollt, würde es ihr jetzt genau so ergehen wie Salman ...

»Mach die Leine los«, befahl Ratamo, als sie den Steg erreichten.

Er sprang in das Boot, das im starken Seegang schaukelte. Zum Glück war es ein alter Motor, der mit einem Seilzug gestartet wurde, nicht mit einem Zündschlüssel. Er riss mit solcher Kraft an der Motorleine, dass er ausrutschte und sich das Knie an der Ruderbank stieß. Aber der Motor sprang an. Das Auto war nur noch fünfzig Meter entfernt, und Elina kämpfte immer noch mit dem Seil am Bug. Würden die das Feuer eröffnen?

Endlich sprang Elina ins Boot, und Ratamo drehte den Gashebel des Motors mit fünfzehn PS. Sie mussten gegen die Wellen ankämpfen, das Tempo schien zu gering, würden sie es bis in den Schutz der Dunkelheit schaffen? Ratamo sah, wie zwei Männer vor den Scheinwerfern auftauchten, das Metall von Waffen blitzte. Er beugte sich zu Elina rüber und drückte die Frau auf den nassen Boden des Bootes, doch keine Schüsse ertönten.

40

London – Washington, D. C., Montag, 29. Oktober

Am Beratungstisch im Bunker unter der Dienstwohnung des Premierministers in der Downing Street 10 saßen die wichtigsten Mitglieder des vor einigen Stunden ernannten britischen Kriegskabinetts: der Premierminister, Kanzleichef Oliver Watkins, der Verteidigungs- und der Außenminister, der Chief of the Defence Staff Timothy Dickson, der ständige Unterstaatssekretär des Außenministeriums Gordon Efford sowie die Chefs des Inlandsgeheimdienstes MI5, des Auslandsgeheimdienstes MI6 und des SRR.

Der Premier nickte Kanzleichef Watkins zu, der seinen massiven Oberkörper aufrichtete, in den Wandpaneelen versteckte Türen öffnete und einen großen LCD-Bildschirm freilegte, auf dem der erschöpft wirkende Präsident der USA lächelte. Im Lagezentrum des Kellergeschosses unter dem Westflügel des Weißen Hauses saßen neben dem Präsidenten der Vorsitzende des Vereinigten Generalstabs, die Außenministerin, der Verteidigungsminister sowie die Nationale Sicherheitsberaterin.

Der Präsident und der Premierminister wechselten ein paar Worte, die trotz des lockeren Tonfalls kühl wirkten, und stellten dann jeweils die Anwesenden vor.

Der Präsident kam sofort zur Sache: »Wir haben hier eine verdammt ernste politische Krise wegen dieses Protokolls. Der Senat will einen Untersuchungsausschuss einsetzen, und man spricht auch schon von einer Anklage wegen schwerer Dienstvergehen. Diese Situation muss bereinigt werden, und zwar schnell. Wir gehen zunächst die Fakten durch, meine Leute können anfangen.« Er wandte sich seinem Verteidigungsminister zu, einem Mann mit kantigem Kinn.

»Die Lage ist äußerst ernst, wie wir alle wissen. Die Moslembruderschaft hat inzwischen alle islamischen Länder aufgefordert, ihre diplomatischen Beziehungen zu den Unterzeichnerstaaten des Washingtoner Protokolls abzubrechen. Die in der Türkei an der Macht befindliche Partei, die AKP, hat mitgeteilt, dass die Regierung des Landes bald über den Rückzug der Türkei aus der NATO entscheiden wird. Das Oberhaupt des Iran, der Großajatollah Ali Khamene'i hat den Heiligen Krieg gegen die Unterzeichnerstaaten des Protokolls verkündet. In Syrien ...«

»Das wissen wir schon«, unterbrach ihn der Präsident mit lauter Stimme.

»Wenn Pakistan England den Krieg erklärt, geraten auch die USA und die anderen NATO-Länder in den Krieg gegen den islamischen Kernwaffenstaat.« Bevor der US-Verteidigungsminister fortfuhr, blickte er zum Präsidenten und dann wieder auf den Bildschirm, der die Kollegen in London zeigte.

»Pakistan hat nach den Informationen unserer Aufklärung derzeit zweiundsiebzig Uransprengköpfe und produziert ständig weitere. Plutoniumsprengköpfe besitzt das Land ein paar, wir wissen nicht genau, wie viele, nicht einmal, wo sie gelagert werden.« Der Verteidigungsminister übertrug das Wort einem amerikanischen General mit rundem Kopf und breiten Schultern.

»Ein Angriff gegen Pakistan mit Bodentruppen kommt nicht in Frage, das Land verfügt über eine Berufsarmee mit 620 000 Mann und vierzig Millionen Männer im wehrfähigen Alter. Allerdings ist ein Bodenangriff auch nicht erforderlich, sofern die Eliminierung der Gefahr des Einsatzes von Kernwaffen durch Pakistan unser einziges Ziel ist. Das gelingt besser auf dem Luftwege mit Präzisionsbomben, notwendig wäre ein massiver Angriff auf das Territorium mehrerer Staaten und ...«

Der britische General unterbrach erregt seine amerikanischen Kollegen. »Wir müssten eine enorme Anzahl von Objekten zerstören: die Urananreicherungsanlagen in Kahuta und Golra, den Plutoniumreaktor in Jauharabad, die Plutoniumseparationsanlage in Rawalpindi, das Computerzentrum in Karatschi und dann noch die wichtigsten Gebäude der Militäradministration, die Telekommunikationsinfrastruktur, die Flughäfen, die Raketensilos …«

»Das stimmt, die Luftoperation würde tatsächlich eine große Herausforderung«, sagte der amerikanische General und fuhr fort: »Es gibt Hunderte Ziele überall in Pakistan, vielleicht weit über tausend, und wir kennen nicht einmal von allen die Lage. Wir müssten sicherheitshalber mindestens zweitausend bis zweitausendfünfhundert Zielpunkte wählen. Und viele der Objekte liegen unter verstärktem Beton, man müsste sie mehrfach angreifen, wenn man sicher sein will, dass sie vernichtet werden. Die Marschflugkörper der U-Boote durchschlagen diesen verstärkten Beton aber nicht. Und selbst wenn wir alle möglichen Zirkuskunststücke veranstalten, könnten wir wahrscheinlich trotzdem nicht das gesamte Kernwaffenarsenal Pakistans zerstören.«

Der Präsident der Vereinigten Staaten räusperte sich und stützte seine Ellbogen auf den Verhandlungstisch. »Wenn ich das richtig verstehe, scheint ihr Militärs von diesem Krieg nicht sonderlich begeistert zu sein. Anders als von den zwei vorherigen.« Das grauhaarige Staatsoberhaupt sah den Vorsitzenden des Vereinigten Generalstabs vorwurfsvoll an.

Sowohl in dem Raum in der Downing Street als auch im Weißen Haus zog Stille ein. Beendet wurde sie schließlich vom ranghöchsten Militär Großbritanniens, CDS Dickson.

»Unser größtes Problem dürfte sein, dass Pakistan nach den Informationen der Aufklärung vermutlich beabsichtigt, seine Kernwaffen mit Flugzeugen an ihre Ziele zu bringen. Es hat für diesen Zweck chinesische Fantan- und französische Mirage-Jagdflugzeuge modifiziert. Am allerschlimmsten wäre es natürlich, wenn sie noch auf die Idee kämen, für den Abwurf der Bomben Fracht- oder Passagierflugzeuge einzusetzen. Es ist absolut möglich, dass Pakistan schon begonnen hat, Bomben auf verschiedene Flughäfen zu ver-

263

teilen oder sogar ins Ausland, in andere islamische Staaten, zu bringen. In dem Fall würde uns selbst eine durchweg gelungene Luftoperation gegen Pakistan nicht vor einem Kernwaffenschlag bewahren.«

»Von unserem Standpunkt aus ist die letzte sichere Alternative ein umfassender präventiver Kernwaffenangriff«, sagte der britische Unterstaatssekretär Efford bedrückt.

Die einzige Frau am Tisch der USA, die Außenministerin, räusperte sich und sagte mit leiser Stimme: »Ein Erstschlag mit Kernwaffen von unserer Seite würde zu einer globalen Katastrophe führen. Die anderen moslemischen Länder kämen Pakistan zu Hilfe, die Terroristen würden weltweit wüten. Der Iran würde die Straße von Hormus sperren, die Öllieferungen aus dem Persischen Golf verhindern und der Hisbollah die Genehmigung zum Angriff auf Israel erteilen.«

Der Präsident blickte ungehalten auf die drei Uhren im Lagezentrum, sie zeigten die Zeit in Washington, London und Islamabad an. »Welche praktischen Vorkehrungen nehmen wir zu diesem Zeitpunkt in Angriff?«

Der amerikanische General saß steif da. »Für das US Central Command gilt Alarmstufe DefCon 2. Der Befehl zum Auslaufen und Beziehen ihrer Positionen wurde zwei Flugzeugträgern der Nimitz-Klasse erteilt, drei U-Booten der Virginia-Klasse, zwei U-Booten der Los-Angeles-Klasse und einem Raketen-U-Boot der Ohio-Klasse, dem Zerstörer USS John S. McCain der Arleigh-Burke-Klasse sowie mehreren Minenlegern und Minenräumschiffen. Deren erste Aufgabe besteht darin, die pakistanischen Häfen zu blockieren und den Golf von Akaba, den Golf von Oman, den Persischen Golf und vor allem die Straße von Hormus unter Kotrolle zu nehmen.«

Der britische General sah mindestens genauso ernst aus wie sein amerikanischer Kollege. »Wir haben den Befehl zum Auslaufen schon an die Flugzeugträger HMS Invincible und HMS Illustrious erteilt, an drei Fregatten der Duke-Klasse, eine Fregatte der Broadsword-Klasse, zwei Zerstörer, zwei U-Boote der Trafalgar-Klasse sowie zwei mit ballistischen Raketen bestückte U-Boote der Vanguard-Klasse.«

Der US-Präsident starrte den Premierminister via Bildschirm an, in beiden Räumen herrschte betretenes Schweigen.

»Ihr versteht sicher, wie wichtig es ist, dieses ... Protokoll zu finden. Alle Mittel sind erlaubt, und wir sind bereit, jedwede Unterstützung zu geben. Hoffen wir, dass ihr bald gute Neuigkeiten habt und uns ... all das erspart bleibt, worüber wir gerade gesprochen haben. Bis dahin müssen wir beide die Vorbereitungen mit voller Intensität fortsetzen.«

»Wir melden uns unverzüglich, sobald wir neue Informationen bekommen«, sagte der Premierminister in Richtung des Bildschirms, und die Verbindung nach Washington brach ab.

»Jeder von uns kennt seine Aufgaben. Setzen wir die Arbeit fort.« Diese Worte gab der Premier seinem Kriegskabinett mit auf den Weg. Daraufhin verließen die anderen mit Ausnahme von Kanzleichef Watkins und dem Leiter des SRR den Bunker.

Der angespannt wirkende Chef des SRR hatte nicht die Nerven, zu warten, bis der Premier das Gespräch eröffnete. »Wir sind der finnischen Frau und dem Washingtoner Protokoll dicht auf den Fersen, sie werden jeden Moment gefunden. Die Frau ist auf dem Seeweg mit demselben Mann von der Sicherheitspolizei geflohen, der ...«

Der Premierminister erhob sich mit mokanter Miene. »Auf dem Seeweg geflohen ... werden jeden Moment gefunden ... Patrouillieren etwa Boote des SRR an der finnischen Küste? Habt ihr genug Leute dahin geschickt, um diese Sache zu erledigen?«

»Die Frau wird jetzt schon von der gesamten finnischen Polizei gesucht, und die finnische SUPO hält uns auf dem Laufenden. Genauer gesagt hilft uns ihr Chef, wir erfahren zeitgleich mit den Finnen alles über Elina Laine, den Inspektor, der mit ihr zusammen unterwegs ist, und über das Protokoll«, versicherte der Leiter des SRR.

Die Antwort sorgte dafür, dass sich der Premier beruhigte. Er schaute nachdenklich auf den Flachbildschirm an der Wand, auf dem jetzt dargestellt wurde, wo die Truppen der pakistanischen Armee stationiert waren.

»Hat denn wirklich niemand eine Vermutung, wo das Originalprotokoll versteckt ist?«

»Laut Aamer Malik hat die finnische Frau das Dokument in Helsinki versteckt, und ich glaube Malik. Der Mann wird seit gestern verhört und mit allen möglichen Mitteln ... überredet«, erklärte der SRR-Chef.

»Und wenn die Finnen das Protokoll finden, was passiert dann?«, fragte Kanzleichef Watkins nach.

»Gute Frage«, pflichtete der Premier ihm bei. »Dieses Dokument muss vernichtet werden. Jeder noch so hohe Preis ist niedrig, verglichen mit einem Krieg gegen den einzigen islamischen Kernwaffenstaat. Wir müssen bereit sein, notfalls auch in Finnland Gewalt einzusetzen.«

Der Chef des SRR hustete. »Wir sind uns da mit den Finnen einig. Das Protokoll wird entweder in unseren Besitz gelangen oder vernichtet.«

Der Premierminister war schon im Begriff, die Besprechung zu beenden, doch der Chef des SRR fuhr fort: »Nach den Berichten der Aufklärung scheint es leider so, dass irgendjemand das alles koordiniert, also die Reaktionen der Moslems auf das Washingtoner Protokoll. Wir haben in den letzten Stunden Tausende Nachrichten von Terrorgruppen und islamistischen Organisationen abgefangen. Aber die Menge des elektronischen Aufklärungsmaterials ist momentan so gewaltig, dass wir nicht imstande sind, zu sondieren, wer die Fäden in der Hand hält. Offensichtlich ist jedoch, dass die Gruppierung Laskar-e-Jhangvi etwas mit all dem zu tun hat. Die Sache wird natürlich weiter untersucht ...«

»Ihr habt also bisher nichts Handfestes herausgefunden!«, schnauzte Watkins ihn an.

Der SRR-Chef ließ sich jedoch nicht aus der Fassung bringen. »Ein Name wurde in den E-Mails über das Washingtoner Protokoll sehr oft wiederholt – *Saalar-i-Aala*, das heißt Oberbefehlshaber. Wir sind schon früher auf diesen Namen gestoßen, haben aber bislang noch keine Ahnung von der Identität des Mannes. Wir haben auch den Background von Imran, Amer Maliks anderem Sohn, untersucht, und da ist einiges sehr interessant. Er hat sich die letzten Jahre in der nordwestlichen Gebirgsregion Pakistans aufgehalten, wo viele Terroristenorganisationen ihre Ausbildungslager haben. Der pakistanische Staat ist schon seit langer Zeit nicht mehr in der Lage, diese Regionen zu kontrollieren, und die jetzige islamistische Administration des Landes akzeptiert die Terroristenlager, obwohl sie das nicht offen zugibt. Seinem Vater hat Imran Malik erzählt, er arbeite als Lehrer in der Dorfschule von Susum, zehn Kilometer von Chitral entfernt, was aber nicht stimmt. Wir haben das bei den pakistanischen Behörden überprüft. Außerdem ist Imran Malik heute nach Finnland zurückgekehrt. Wir observieren ihn natürlich.«

Watkins wirkte nachdenklich. »Vielleicht hat der eine der Malik-Brüder den legalen Aktivismus gewählt und der andere den illegalen.«

Der Premierminister stand auf, die Besprechung schien damit beendet. »Eure Köpfe sind die ersten, die rollen, wenn das Original des Washingtoner Protokolls woanders landet als im Reißwolf.«

41

Särkisalo, Montag, 29. Oktober

Als das Aluminiumboot in Särkisalo am Dorf Finnari auf die Ufersteine krachte, sprang Arto Ratamo aus dem Kahn, wobei er sich das Fußgelenk verstauchte und Wasser in die Schuhe bekam. Er reichte Elina Laine die Hand, aber die schwang sich mit der Tasche auf der Schulter schon behände über Bord und erreichte vor ihm das Ufer.

Sie folgten den Lichtkegeln ihrer Taschenlampen in den dichten Mischwald hinein, der Schutz vor dem Wind bot, setzten sich auf einen großen flachen Steinbrocken und wärmten sich die Hände mit ihrem Atem. Die eisige Brise bei der Bootsfahrt auf dem Meer war ihnen durch Mark und Bein gegangen und hatte sie vor Kälte steif werden lassen. Ratamo spürte seinen Herzschlag in der schmerzenden Hand.

»Wo sind wir? Ich muss meinen Kollegen die Koordinaten durchgeben. Gibt es hier in der Nähe irgendwelche Landmarken ... ein Café oder ein Geschäft?«, fragte Ratamo.

Elina erschrak. Ihr musste irgendetwas einfallen, und zwar schnell, sonst würde man sie mit Gewalt nach Helsinki in die Ratakatu schleppen, und dann wäre sie nicht mehr imstande, ihre Aufgabe zu vollenden. »So gut kenne ich diese Gegend nun auch nicht, dass ich genau wüsste, wo wir sind. Aber hier können uns diese bewaffneten Männer wenigstens nicht finden. Sag deinen Kollegen, dass sie nach Särkisalo und dann langsam durch Finnari fahren sollen. Wir können ihnen in etwa zwanzig Minuten auf der Straße entgegengehen.«

Ratamo murmelte irgendetwas und verschwand mit seiner Taschenlampe in Richtung Ufer.

Elina ging auf und ab, fuhr mit der Zunge über den Zahnschmuck und bemühte sich, nicht in Panik zu geraten. Sie wollte nicht mit den SUPO-Leuten nach Helsinki, den Killern ausgeliefert zu sein war erst recht nicht verlockend. Sie konnte immer noch nicht glauben, dass diese Wende eingetreten war, von der sie am frühen Abend im Radio gehört hatte – es war der Verdacht aufgekommen, dass es sich bei dem Washingtoner Protokoll um eine Fälschung handelte. Wenn sie jetzt nicht den Medien das echte Protokoll schickte, bliebe ihr großer Enthüllungsartikel, ihre Jahrhundertstory ein Torso, man könnte sie sogar für den Verfasser der Fälschung halten, und was das Schlimmste war, sie befand sich weiterhin in Lebensgefahr. Die Unterzeichnerstaaten des Protokolls wussten natürlich, dass ein echtes Dokument existierte, und würden sie mit Sicherheit so lange suchen, bis man sie ausfindig gemacht hätte. Wenn sie das Originalprotokoll der SUPO übergab, wurde es garantiert vernichtet: Finnland würde kaum auf Teufel komm raus einen Krieg wollen. Sie musste das Originalprotokoll unbedingt den Medien übergeben. Aber wie? Sie hatte alle möglichen Methoden in Erwägung gezogen, und am Ende war ihr nicht mehr als ein wackliger, fast schon verzweifelter Plan eingefallen. Sie brauchte dringend Hilfe.

Ratamo steckte die Taschenlampe in den Mund, zog die Jackenärmel über die Hände und blieb auf den Steinen am Ufer stehen. Er atmete eine Weile tief durch und versuchte sich zu beruhigen, bevor er mit klammen Fingern das Telefon herausholte und Wrede anrief. Jetzt musste er sich genau überlegen, was er sagte, er hatte gegen den ausdrücklichen Befehl des Schotten verstoßen und war in Kemiö geblieben, um Elina Laine zu suchen. Als sich der Chef meldete, berichtete er mit doppelter Geschwindigkeit, wie er Laine gefunden hatte.

»Sotamaa hat eben angerufen und gesagt, du hättest nicht die Absicht gehabt, Kemiö zu verlassen«, brüllte Wrede. »Was glaubst du, wie lange du gegen die Befehle deines Vorgesetzten verstoßen kannst, ohne dass es Folgen hat? Hör mir jetzt genau zu, verdammt! Lass diese Frau keine Sekunde aus den Augen! Ihr wartet da, wo ihr seid, auf Sotamaa und Lukkari, fahrt hierher in die Ratakatu, und dann erzählt uns Elina Laine, wo das Protokoll ist.«

»Es scheint dich nicht sonderlich zu interessieren, was dort in Kemiönsaari passiert ist, dass …«

»Kapierst du nicht, wie ernst die Lage ist?«, schrie Wrede, so dass Ratamo verstummte. »Finnland und ganz Europa droht Krieg, wenn dieses Protokoll nicht gefunden wird. Und ganz nebenbei drohen die Briten damit, der ganzen Welt zu erzählen, dass Pakistans Kernwaffenprogramm mit Hilfe von finnischem Uran verwirklicht wurde. Der Zirkus, den Laine veranstaltet, könnte Finnland für alle Zeit teuer zu stehen kommen«, brüllte Wrede. »Du kommst mit ihr jetzt sofort hierher. Wir müssen das verdammte Protokoll unbedingt finden.«

Ratamo trat einen mit Tang bedeckten Stein weg und wollte gerade sagen, dass er sich schon vor dem Anruf bei Wrede auf den Weg nach Helsinki gemacht hatte, aber der Schotte war schneller:

»Ich bin bereit, die gegen dich vorgebrachten Anschuldigungen zu vergessen, wenn du den Bericht vergisst, den ich über das Uran von Paukkajanvaara geschrieben habe. Es ist Schwachsinn, wenn sich Kollegen gegenseitig ans Messer liefern.«

Ratamo antwortete nicht auf den Vorschlag des Schotten, versprach aber, mit Laine nach Helsinki zurückzukehren, und beendete das Gespräch. Irgendetwas stimmte hier nicht, er wusste jedoch nicht, was. Wrede war trotz seines unberechenbaren Charakters immer ein guter Polizist gewesen, aber jetzt kümmerte sich der Mann überhaupt nicht um Regeln und Vorschriften. Zu den Ereignissen in Kemiönsaari hätte man Ermittlungen einleiten müssen, sein eigenes Handeln in der Runeberginkatu müsste untersucht werden, und Wrede müsste die Verantwortung für seinen fehlerhaften Bericht über das Uran von Paukkajanvaara übernehmen. Genauso wurmte ihn, dass der Schotte versuchte die gefälschten Vorwürfe gegen ihn und seinen eigenen Fehler miteinander zu verknüpfen.

Ratamo kehrte zu dem Stein zurück, an dem er Elina eben zurückgelassen hatte. Es war niemand zu sehen, sosehr er auch mit seiner Taschenlampe herumfuchtelte. Die Frau war abgehauen. Ratamo stürmte auf einen kleinen Pfad und rannte, so schnell er im Dunkeln konnte, obwohl sein Fußgelenk schmerzte und die Vegetation dicht war. Da hörte er hinter sich jemanden rufen.

»Wohin hast du es plötzlich so eilig?«, spottete Elina, die hinter einem dichten Weidenbusch kauerte.

Ratamo stoppte, setzte sich auf einen Steinbrocken und schaute auf die Uhr. Gleich könnten sie Lukkari und Sotamaa entgegengehen.

»Hier gibt es ja noch Pilze, obwohl wir schon bald November haben«, sagte Elina verwundert, als sie aus dem Gebüsch zurückkam, und beleuchtete mit ihrer Taschenlampe mehrere Gruppen von Pilzen.

»Das ist sicher der Gelbe Quartalssäuferpilz. Die gibt es am häufigsten nach Feiertagen in der Nähe von Restaurants«, witzelte Ratamo. Elina war nicht zum Lachen zumute, die beiden saßen schweigend da, bis Ratamo genug davon hatte. »Wollen wir nicht losgehen in Richtung Straße, damit wir meine Kollegen nicht verpassen? Du musst das Washingtoner Protokoll in Helsinki der SUPO übergeben«, sagte er unfreundlicher als beabsichtigt. »Und ich brauche deine Hilfe. Jemand muss aussagen, was in der Runeberginkatu wirklich passiert ist.«

Elina verstand nicht, was Ratamo meinte. »Du wirst doch wohl selbst bezeugen können, was dort in Töölö passiert ist?«

Ratamo schniefte. »Natürlich, das Problem ist nur, dass mir niemand glaubt«, sagte er und berichtete ihr von den Lügen, die der britische Hauptmann und der Psychiater Vuorenmaa der SUPO erzählt hatten.

Elina ging ein paar Meter weiter, betrachtete die Mondsichel, die zwischen den Bäumen hervorlugte, und dachte fieberhaft nach. Sie musste Ratamo erpressen, das war das einzige Mittel, das ihr blieb. Ihr Gewissen würde das schon aushalten. Sie hatte schließlich auch akzeptiert, dass dieses Washingtoner Protokoll womöglich einen Krieg auslöste. Wer ein Verbrechen entlarvte, konnte nicht für die Folgen des Verbrechens verantwortlich gemacht werden. Die britischen Behörden hatten Salman umgebracht und versucht, auch sie zu töten, da würde sie doch jetzt, zum Teufel noch mal, keine Gewissensbisse bekommen, dachte Elina erbost und trat entschlossen auf Ratamo zu.

»Es sieht so aus, dass ich das echte Protokoll nicht der SUPO aushändigen werde. Ich hole es und übergebe es einer neutralen Partei ... «

»Sei nicht albern«, erwiderte Ratamo verdutzt. »Du fährst jetzt in die Ratakatu und nirgendwo anders hin.«

»Ich helfe dir nur, wenn du mir hilfst. Falls du mich jetzt mit Gewalt zur SUPO bringst, dann sage ich ... dass du in Töölö völlig ausgeflippt bist und auch mich umbringen wolltest. Phantasie ist hier reichlich vorhanden«, sagte Elina und klopfte mit dem Zeigefinger an ihre Schläfe.

Ratamo versuchte sich zu beherrschen. »Und darf ich fragen, wie du das Protokoll holen willst, wenn dich die ganze finnische Polizei sucht und noch dazu diese bewaffneten Leute aus Kemiönsaari?«

Elina dachte angestrengt nach, und der Plan nahm allmählich Gestalt an. »Du hilfst mir: Du lässt mich jetzt gehen, bevor man uns abholen kommt. Und dann nehme ich Verbindung zu Salmans Bruder auf.«

Ratamo hatte das Nein schon auf den Lippen, sprach es aber nicht aus. Wollte er Elina tatsächlich in die Ratakatu schaffen und damit sowohl das echte Washingtoner Protokoll als auch Wredes Bockmist weiter geheim halten? Wollte er sich selbst zugleich in noch größere Schwierigkeiten bringen, falls Elina dann tatsächlich be-

hauptete, dass er in der Runeberginkatu wie wild um sich und auf
Menschen geschossen hatte? Plötzlich erschien auch die Alternative möglich. Vielleicht sollte er Elina helfen, der Welt die Wahrheit zu sagen, und zugleich sein Ansehen wiederherstellen.

42

Hereford, Montag, 29. Oktober

Aamer Malik beendete sein Sonnenuntergangsgebet, das Maghrib, rollte den Gebetsteppich zusammen und trat ans Fenster seiner Zelle. Man spürte sofort, dass draußen etwas Großes im Gange war. Es schien so, als wären alle Fahrzeuge der beiden in den Kasernen von Credenhill stationierten Spezialeinheiten, des SAS und des SRR, unterwegs, und auch alle Soldaten zu Fuß hatten es sehr eilig. Der Gesichtsausdruck der Menschen war ernst und konzentriert, alle bildeten sich ein, etwas Wichtiges zu tun. Die berühmteste britische Spezialeinheit, der Special Air Service SAS, hatte Menschen im Zweiten Weltkrieg umgebracht, im Koreakrieg während der fünfziger Jahre, bei der Erstürmung der iranischen Botschaft in London 1980, im Falklandkrieg, im Golfkrieg 1991, bei der Operation Barras in Sierra Leone 2000, in Afghanistan 2001 und im Irakkrieg ab 2003. Und natürlich über Jahrzehnte in Nordirland. Das Aufklärungsregiment SRR hingegen war ein Newcomer, gegründet 2005 für den Antiterrorkrieg, eine Spezialeinheit der modernen Zeit, über die nur wenige Informationen in die Medien gelangten. Es war ein großer Bruder, den niemand überwachte. Aamer Malik war von Profis des Todes umgeben.

Die hektische Atmosphäre auf dem Kasernengelände griff auch auf Aamer über und machte ihn unruhig, er schloss die Jalousie des Fensters. Es fiel ihm schwer, zu begreifen, wie viel Aggressivität und was für ein hektisches Räderrasseln der Machtapparate er in Gang gesetzt hatte.

Er sagte sich einmal mehr, dass nicht er das Washingtoner Protokoll verfasst hatte, sein Wunsch war es nur gewesen, dass die Welt die

Wahrheit erfuhr. Und er war auch nicht verantwortlich für den Tod von Salman, William Norton oder Amy Benner. Ihm wurde warm ums Herz bei dem Gedanken, dass wenigstens Elina noch lebte. Seine Schwiegertochter war auf einen Schlag zur umstrittensten Journalistin der Welt geworden. Am Nachmittag hatte man ihm einen Fernseher in sein Zimmer gestellt, seitdem verfolgte er gespannt, wie sich die Moderatoren der Nachrichtenkanäle bei ihren Berichten über das Washingtoner Protokoll in eine hysterische Stimmung redeten.

Ein Knopfdruck auf der Fernbedienung erweckte den Fernseher zum Leben, und Aamer erkannte den kleinäugigen UN-Generalsekretär, der vor einer Herde von Journalisten sprach. »Natürlich müssten die Mitgliedstaaten alle ihre internationalen Verträge bei den Vereinten Nationen registrieren lassen, diese Praxis wurde ausdrücklich deswegen eingeführt, um den Abschluss von Verträgen wie des Washingtoner Protokolls zu verhindern. Kein einziger Staat kann sich vor dem Internationalen Gerichtshof oder einem anderen Organ der UN auf einen nichtregistrierten Vertrag berufen ...«

Die Diplomatie war nichts anderes als eine Decke, die alle Großmächte über den Misthaufen ihrer schmutzigen Taten legten, dachte Aamer und wechselte den Kanal. Auf dem Bildschirm erschien der Direktor des Zentrums für Terrorismusforschung an der University of St Andrews, den der BBC-Redakteur zur Folter in den geheimen Gefängnissen der USA befragte.

»Das von Präsident Bush in den USA durchgedrückte Gesetzespaket zum Terrorismus, das Military Commissions Act beziehungsweise MCA, sah die Einführung spezieller Militärgerichte vor und gab den Amerikanern das Recht, von ihnen als feindliche Kombattanten eingestufte Gefangene zu foltern. Spuren darf das an den Gefolterten allerdings nicht hinterlassen, und ihre Körperteile müssen da bleiben, wo sie hingehören, aber diese Bedingungen schränken beispielsweise die Folter mit elektrischem Strom oder Wasser überhaupt nicht ein. Und durch Folter erlangte Zeugenaussagen können vor amerikanischen Militärgerichten verwendet werden. Am unglaublichsten ist jedoch, dass die Amerikaner einen Menschen, den sie verdächtigen, ein Terrorist zu sein, mit pauschalen Begründungen festnehmen und auf unbestimmte Zeit im Militärgefängnis festhalten dürfen. Die Gefangenen können vor ihrer Verurteilung nicht gegen ihre Verhaftung Beschwerde einlegen. Die Amerikaner brauchen also nur jemanden zum feindlichen Kämpfer zu erklären, dann kann man ihn, wenn es sein muss, ewig im Gefangenenlager festhalten, solange man ihn nicht vor Gericht gestellt und verurteilt hat. Sehr praktisch und sehr schlau.«

Das Fernsehbild schrumpfte zu einem kleinen Stern, der verschwand und Dunkelheit zurückließ. Aamer warf die Fernbedienung aufs Bett, es ging ihm nicht gut. Seine Welt war mit Salmans Tod zu Bruch gegangen. Arbeit, Familie, Heim und das Streben nach edlen Zielen hatten ein Ganzes gebildet, das ihm Sicherheit gab, doch nun wurde es verdrängt durch die brennende Sorge, dass er mit dem Diebstahl des Washingtoner Protokolls aus dem Außenministerium den Tod vieler Menschen verursacht hatte. Aber was bedeutete schon sein Leiden, wenn die Welt am Abgrund des Atomkriegs stand?

Angst erfasste ihn. Er hatte sich von Anfang an immer bemüht, richtig zu leben, und das kam nun dabei heraus. Alles Schöne um ihn herum starb. Vielleicht hatten die schrecklichen Jahre seiner Kindheit in Gandhinagar bleibende Spuren in ihm hinterlassen, vielleicht trug er das Unglück mit sich herum und verbreitete es in seiner Umgebung wie der Sensenmann den Tod. Oder vielleicht war es wirklich sein Karma, kastenlos zu sein und schlimmer als ein Paria. Über Jahre hatte er sich eingebildet, das Gesetz des Lebens überlisten zu können, aber jetzt war man gekommen, um ihn in den Kreis der Verlorenen zurückzuholen. Er hatte es nicht vermocht, sich und seine Söhne zu befreien: Salman war tot, Imran lebte als Einsiedler, vom Hass durchtränkt, und sein eigenes Leben lag in Scherben.

Freundliche Worte und Vergebung sind besser als ein Almosen, dem Beleidigungen nachfolgen, dachte Aamer. Er musste das Spiel zu Ende bringen, das er in Gang gesetzt hatte, und das erforderte, dass er alle ihm auferlegten Prüfungen ertrug. Er musste in sich dieselbe Ergebenheit finden, mit der seine kastenlosen indischen Verwandten über Jahrhunderte die schmutzigen Arbeiten der Dorfgemeinschaft ausgeführt hatten, all jene Verrichtungen, bei denen man in Kontakt geriet mit Blut, Exkrementen oder anderen Unreinheiten des Körpers, wie sie die Hindugesetze bestimmten. Sie hatten Leichen verbrannt, Aborte gereinigt, Nabelschnüre durchgeschnitten, Tierkadaver von den Straßen geräumt, Häute gegerbt, Straßengräben und die Kanalisation gereinigt, Haustiere getötet, Ratten gefangen und die Einäscherung von Menschen vorbereitet.

Aamers Gedankengänge brachen ab, als der Schlüssel im Schloss umgedreht wurde und die ausdruckslose Majorin Janet Doherty vom SRR eintrat. Die große Frau trug heute einen lachsfarbenen Hosenanzug, und ihr Haar schien heller zu sein als am Tag zuvor.

»Ist es dir recht, wenn wir uns einen Augenblick unterhalten?«, fragte sie und musterte Aamer Malik. Der Mann, der aussah wie ein Rabe, wirkte heute noch ausgezehrter und abwesender. Als hätte er aufgegeben.

»Ich möchte, dass du noch einmal darüber nachdenkst, wo Elina Laine das Washingtoner Protokoll versteckt haben könnte«, sagte Doherty und sah, wie sich Maliks Gesichtsausdruck veränderte und nun verzweifelt wirkte.

»In den letzten vierundzwanzig Stunden habt ihr mich mit allen möglichen Stoffen vollgepumpt, ihr habt gedroht, Druck ausgeübt, gelogen und mich mit allen vorstellbaren Mitteln erpresst, und du glaubst immer noch, dass ich ...«

Doherty unterbrach seinen Redeschwall: »Worüber habt ihr gesprochen, nachdem du ihr von dem Protokoll erzählt hattest? Was wollte Laine am nächsten Tag tun? Und dieser Inspektor der Sicherheitspolizei, was hat Laine über ihn erzählt? Alles, woran du dich erinnerst, kann für uns von Nutzen sein, und zugleich für dich. Wir können daraus schlussfolgern ...«

Aamer schaute Doherty mit ergebenem Gesichtsausdruck an. »Ich habe alles gesagt, was ich weiß. Elina habe ich das Protokoll gerade deshalb gegeben, weil ich wollte, dass jemand anders darüber entscheidet, was damit getan werden soll.«

Eben noch war der Gesichtsausdruck der Majorin ruhig und gelassen gewesen, doch nun runzelte sie die Stirn. »Du hast nicht einmal die Hälfte von dem gesagt, was du weißt, und meine Geduld geht langsam zu Ende. Kapierst du nicht, was ich in diesem Fall für Vollmachten habe? Ich kann dich für Jahre in irgendein geheimes Gefängnis der Yankees stecken, wenn es sein muss, auf der Stelle, und niemand würde je erfahren, was mit dir passiert ist.« Doherty sprach so überzeugend wie möglich, und Aamer Malik sah nun noch niedergeschlagener aus. »Erst vor ein paar Stunden hast du gelogen und behauptet, dein Sohn Imran würde in Nordwestpakistan in den Bergen als Lehrer arbeiten und ...« Doherty brach mitten im Satz ab, als Aamer Malik sein Gesicht in beide Hände vergrub.

Die Majorin fluchte, verließ Maliks Zimmer und marschierte auf dem Hauptflur des Kasernengebäudes zu ihrem Büro.

Vielleicht wusste Aamer Malik wirklich nichts von Elina Laines Plänen oder vom Hintergrund seines Sohnes Imran. Sie wollte keine Zeit mehr damit verschwenden, Malik zu verhören, jetzt musste sichergestellt werden, dass das Washingtoner Protokoll in den Besitz des SRR gelangte, egal was in Finnland geschah. Als Nächstes würde sie den Chef der finnischen Sicherheitspolizei anrufen und ihm mitteilen, dass die Finnen Imran Malik im Auge behalten mussten, bis sie selbst in Helsinki eintraf.

43

Perniö, Montag, 29. Oktober

Elina Laine stieg vor der großen Tankstelle in Perniö an der Fernstraße 52 aus dem Taxi. Am liebsten hätte sie laut gejubelt, es war ihr gelungen, aus Särkisalo wegzukommen. Während der ganzen Fahrt hatte sie gefürchtet, dass der Transporter ihrer Verfolger hinter dem Taxi auftauchte.

Elina hängte ihre Stofftasche über die Schulter, ging auf der Haarlantie in Richtung Zentrum des Kirchdorfs Perniö und war Arto Ratamo für seine guten Ratschläge dankbar. Sie hatte im Schutz des Waldes gestanden und beobachtet, wie Ratamo von seinen Kollegen abgeholt wurde, und dann in der Straße durch Finnari an einem Kriegsveteranenhaus geklingelt und von dort ein Taxi angerufen. Dem netten Rentnerehepaar musste sie vorschwindeln, ihr Auto hätte eine Panne gehabt.

Es war kurz vor halb neun Uhr abends und stockdunkel, sobald man das Licht der Straßenlaternen verließ. Elina zitterte vor Kälte. Schuld waren nicht sonderlich niedrige Temperaturen, sondern ihre nach der Bootsfahrt immer noch feuchten Jeans und die dünne Outdoorjacke. Wechselwäsche hatte sie nicht bei sich. Sie sah garantiert aus wie eine Trinkerin, die außerdem noch Drogen nahm oder medikamentenabhängig war. Elina ging ruhig die Straße entlang und fragte sich, warum zum Teufel sie hier war, wo sie doch jetzt eigentlich in London ihren Mann begraben müsste.

Elina schien es dennoch so, als wäre das Glück wieder auf ihrer Seite, sie hatte die Lage jetzt im Griff. Nachdem sie Ratamo gezwungen hatte, ihr zu helfen, wollte sie als Nächstes Imran überreden, sie zu unterstützen. Ihre Story über das Washingtoner Protokoll würde auch künftig als einer der wichtigsten Artikel aller Zeiten gelten. Und sie würde nicht zulassen, dass irgendjemand das verhinderte, sie hatte schon zu viel dafür tun und erleiden müssen. Im Kopf war ihr Plan fertig, sie brauchte nur ein wenig Glück ...

Als ein Polizeiauto auftauchte, erschrak sie, senkte den Kopf und beschleunigte ihr Tempo, bis sie das Zentrum von Perniö erreichte. Von wo sollte sie anrufen? Ihr Handy wagte sie nicht zu benutzen. Links lagen die Restaurants Wanha Wihtori und Lauri, rechts der R-Kiosk und eine Kebab-Pizzeria. Von der Tankstelle wollte sie nicht telefonieren, weil sie dort in Kürze jemanden finden wollte, der sie mit nach Helsinki nahm, vielleicht würde es dadurch ihren Verfolgern wenigstens ein bisschen schwerer fallen, ihr auf die Spur zu kommen.

In die Kebab-Pizzeria konnte man von der Straße nicht hineinschauen, das gab den Ausschlag. Elina rannte hinter das Gebäude der Sozialversicherung und betrat das Lokal, das wie ein Imbiss aussah und nach Bratfett roch, die Wände waren mit hellen Farben gestrichen. Ein Mann in Windjacke und Basecap schaufelte sich mit der Gabel Reis in den Mund, und eine Truppe von Jungen verspeiste lautstark eine große Pizza. Elina hatte vor Hunger schon ein flaues Gefühl im Magen. Sie bestellte bei dem Mann an der Kasse, der wie ein Türke aussah, eine »Alles, was ihr wollt«-Pizza mit vier Gemüsefüllungen und bot ihm fünf Euro, wenn sie kurz telefonieren dürfte, musste jedoch zehn Euro bezahlen, als der Mann hörte, dass es sich um ein Auslandsgespräch handelte. Der Türke musterte sie lange und genau, während in dem dröhnenden Fernseher hoch oben an der Wand über das Washingtoner Protokoll geredet wurde, worüber auch sonst. Der Befehlshaber der Streitkräfte erklärte mit ernster Miene, wie bedrohlich die Situation aus finnischer Sicht war.

Elina bereute langsam, dass sie sich auf dieses ganze Spiel eingelassen hatte. Ein weltweiter Konflikt schien ihr ein zu hoher Preis für die Aufdeckung der Wahrheit und die Befriedigung ihres eigenen

Ehrgeizes zu sein. Für einen Augenblick zog sie sogar in Erwägung, das Spiel aufzugeben, dann aber wurde sie wieder unerbittlich: Sie war nicht für die Aggressionen der Moslems verantwortlich. Und auf lange Sicht würde die ganze Welt davon profitieren, wenn die Veröffentlichung des Washingtoner Protokolls zu einer Gesundung der westlichen Demokratien führte. Garantiert würde man künftig stärker kontrollieren, was die Staatsoberhäupter taten.

Sie wich dem Blick des Lokalinhabers aus und starrte auf einen im Meer schwimmenden Tintenfisch und eine Qualle auf dem Wandbild, bis sich Imran meldete. »Wo bist du? Kannst du reden?«, flüsterte Elina.

»Immer noch in London, wir können reden. Ich gratuliere, dein Artikel ist in der ganzen Welt das Gesprächsthema Nummer eins. Wie läuft es bei dir, du versteckst dich doch nicht etwa immer noch in diesem Bauernhaus?« Imran hörte sich besorgt an.

»Mein Plan hat nicht so funktioniert, wie er sollte. Irgendjemand ist auf die Idee gekommen, dass dieses Protokoll eine Fälschung ist. Jetzt bin ich gezwungen, den Medien das Originalprotokoll zu liefern, und …«

»Willst du gar nicht nach dem Begräbnis von Salman fragen?«, unterbrach Imran seine Schwägerin schroff.

Elina schämte sich so, dass sie sich auf die Zunge biss. »Du weißt, dass ich nach London gekommen wäre, wenn ich gekonnt hätte. Und natürlich will ich alles über Salmans Begräbnis hören, aber nicht jetzt. Ich bin in Lebensgefahr und brauche deine Hilfe.«

»Ich würde auch lieber von Angesicht zu Angesicht über das Begräbnis sprechen. Es war schwer, Vater scheint psychisch ziemlich am Ende zu sein. Aber lass hören, was soll ich tun?«

Elina holte tief Luft, erzählte ohne Pause alles, was ihr nach dem Treffen am Vortag passiert war. Dann bat sie ihren Schwager um Hilfe. Voller Spannung wartete sie darauf, was Imran antworten würde, er durfte nicht ablehnen, sie brauchte ihn. Sie hatte Angst, die Ereignisse der letzten Tage könnten für Imran zu viel gewesen sein.

Es dauerte eine Weile, bis Imran Malik alles verstanden und sich entschieden hatte, was er Elina vorschlagen sollte. Die Frau durfte keinen Verdacht schöpfen. »Du hast recht, du brauchst tatsächlich Hilfe. Und Salman hätte sicher gewollt, dass wir unser Möglichstes tun, damit das Washingtoner Protokoll in der Welt bekannt wird, es ist ja die moderne Version des *Periculum Islamicum*.«

In der Leitung wurde es für eine Weile still, dann fuhr Imran fort: »Ich kann meinen Abflug aus London um einen Tag vorziehen. Beim Gehalt eines Dorfschullehrers wird es allerdings ziemlich teuer, schon das zweite Mal über Helsinki nach Delhi zu fliegen, da ...«

»Ich bezahle die Flüge natürlich«, rief Elina mit schriller Stimme, so dass der türkische Wirt, der ein paar Meter entfernt Kebabfleisch schnitt, zusammenzuckte.

»Alles klar, ich buche ein Ticket für den ersten Flug nach Helsinki morgen früh. Wenn ich mich recht erinnere, ist die Maschine gegen halb eins da.«

Elina spürte, wie sie lockerer wurde, als sich die Anspannung legte. Gott sei Dank hatte sie wenigstens einen Freund, an den sie sich in solch einer Situation wenden konnte. »Treffen wir uns morgen, sobald du kannst? Vielleicht da, wo wir mit Salman vorletzten Sommer zu dritt gefrühstückt haben, erinnerst du dich daran?«

»Selbstverständlich. Das war das erste Mal in meinem Leben, dass ich zum Frühstück Erdbeeren und Schlagsahne bekam.«

»Also dann bis morgen. Und danke. Du weißt gar nicht, wie viel ich dir schulde.« Elina brach das Gespräch ab. Der arme Imran wusste nicht, in was für große Schwierigkeiten er wegen seines Versprechens noch geraten könnte, dachte Elina.

Sie aß schnell ein Drittel ihrer Pizza, die so fettig war, dass sie befürchtete, danach wäre ihre Aorta verstopft. Anschließend ging sie zur Toilette, wusch sich und hastete dann im Dauerlauf zurück zur Tankstelle an der Kreuzung von Haarlantie und F52, wo sie am Rande des überfüllten Parkplatzes stehen blieb. Jetzt musste sie ein

geeignetes Opfer finden. Sie beobachtete die Kunden der Tankstelle abschätzend wie ein Talentsucher. Ein junges Paar auf dem
Weg zu einem Kleinwagen, eine scheue Oma vom Lande, deren
Wagen fast quer geparkt war ... Sie drehte den Kopf und sah einen
gutgelaunten Mann um die fünfzig, der seinen Gürtel lockerte und
dann am Fahrerhaus seines Lastzuges die Tür öffnete. Elina
schwenkte die Tasche auf die Schulter und rannte los.

»Entschuldigung. Du fährst nicht zufällig in Richtung Helsinki?«, fragte Elina und lächelte so, dass der Zahnschmuck garantiert zu sehen war. »Meine Schwester feiert dort ihre Geburtstags-
party, und ich versuche jemanden zu finden, der mich mitnimmt,
weil mein Geld alle ist. Die Studienbeihilfe kommt erst nächsten
Montag aufs Konto. Das ist immer dasselbe am Monatsende
und ...«

»Du bist ziemlich spät noch unterwegs«, murmelte der Lkw-
Fahrer und musterte die junge Frau wie ein Sklavenhändler. Elina
fiel schnell eine Erklärung ein: »Ich bin zwei Stunden in Piikkiö
hängen geblieben, ich hätte da nicht mitfahren sollen.«

»Na dann rein mit dir, ein hübsches Mädchen lässt man ja gerne
auf den Bock aufsteigen«, sagte der Mann und lachte über seine
zweideutige Bemerkung. Elina ging um den Lkw herum auf die andere Seite zur Tür.

»Wohin fährst du denn in Helsinki?«, fragte Elina den in der
Nase bohrenden Fahrer, als der Lastzug auf die F52 einbog.

»Geht der Westhafen?«, antwortete der Mann, zog den Finger
aus der Nase und betrachtete die Ausbeute.

»Das passt ganz ausgezeichnet«, erwiderte Elina und drehte den
Kopf zum Fenster.

44

Helsinki, Montag, 29. Oktober

Eine Lachsalve schallte durch das Wohnzimmer der Ratamos, als das Bild des halbnackten Hausherrn beim Zehennägelschneiden auf der Leinwand erschien, die von einem Stativ gehalten wurde.

»Ups, das Foto ist versehentlich da reingerutscht«, sagte Riitta bedauernd und sah ihren Lebensgefährten fröhlich an.

Ratamo, der ein T-Shirt mit dem Text »Polizeiabsperrung« trug, warf einen Blick auf den Kaffeetisch im Wohnzimmer: Tee, Rotwein, Calvados, ein riesiges Tablett mit Käse, drei Sorten Kekse, Finncrisp, Apfel- und Tomatenscheiben, Weintrauben, eine von Nellis Großmutter Marketta gebackene Pilzpastete und eine von Riittas Mutter Claudia mitgebrachte italienische *Pasticcio di natale.* Angeblich hatte Claudia die Zubereitung dieser Weihnachtspastete schon einmal üben wollen. Alles war bereit, nur die Baguettes fehlten noch, und auch die lagen bereits im Ofen.

Nach seiner Rückkehr aus den Schären von Turunmaa hatte Ratamo einen Abstecher in die Ratakatu gemacht. Wrede war zum Glück nicht da gewesen, man hatte ihn wegen des Washingtoner Protokolls zum Rapport nach Kesäranta gerufen, in die Dienstwohnung des Ministerpräsidenten. Der Schotte hatte Ratamo ausrichten lassen, er solle sich am kommenden Morgen Viertel vor zehn in seinem Büro einfinden. Blieb nur zu hoffen, dass sich Wredes Wut bis dahin legen würde, aber Ratamo hielt das für unwahrscheinlich. Er hatte schließlich im Laufe dieses Tages zweimal gegen Wredes Befehle verstoßen.

»Habt ihr verfolgt, was für einen Aufruhr das Washingtoner Protokoll in der Welt ausgelöst hat?« Claudia Kuurma warf die

Frage in die Runde. »Das ist fast die gleiche Situation wie damals während der Kubakrise. Man wartet nur noch, wann der Krieg ausbricht.«

Ilmari Kuurma schüttelte den Kopf. »Versteht diese Elina Laine nicht, was sie da anrichtet? Es erscheint ziemlich merkwürdig, dass ...«

»Wir wollen doch nicht über unangenehme Dinge reden, wo wir etwas zu feiern haben, das so erfreulich ist«, mahnte Riitta, gerade als Ratamo den Mund aufmachen wollte.

»Soll ich einen Witz erzählen«, sagte Jussi Ketonen, schob die Hände zwischen die Hosenträger und seinen riesigen Bauch und ließ den Blick von Ilmari und Claudia Kuurma über Nelli bis hin zu Marketta wandern, die ihn warnend ansah. Niemand sagte nein. »Was beschleunigt in weniger als zwei Sekunden von null auf hundert?«

»Die Personenwaage, wenn du drauf trittst«, gab Ratamo zum Besten und ging in die Küche, während Ketonen aufgebracht etwas entgegnete.

Der Anblick der winzigen blau-roten Schuhchen und des Plüschhasen auf dem Fensterbrett, der ersten Geschenke für das künftige Krümelchen, rührte ihn. Die Familie hatte sich versammelt, um Riittas Schwangerschaft, die Hoffnung auf neues Leben, zu feiern. Einen angenehmeren Anlass für eine Feier konnte es kaum geben, und dieser Abend eignete sich auch perfekt für diesen Zweck: Draußen war es stockdunkel, und im stürmischen Wind fiel der erste Schneeregen des Vorwinters fast waagerecht.

Die Gäste schienen sich wohl zu fühlen, aber Ratamo konnte sich nicht richtig entspannen. Es gab ganz einfach zu viel Grund zur Sorge: das Washingtoner Protokoll, die Kriegsgefahr, die Lügen des Psychiaters Vuorenmaa, Wredes Uranbericht, die mögliche HIV-Infektion, Elina Laines Schicksal und seine eigene Zukunft bei der SUPO.

Verführerische Düfte eroberten die Küche, als Ratamo ein Blech aus dem Ofen zog, auf dem verschiedene Baguettes zischten. Er legte sie in einen Non la, der schon lange als Brotkorb diente. Den aus Palmblättern und Bambus geflochtenen Kegelhut hatte er in seiner Jugendzeit aus Vietnam mitgebracht. »Man hätte den Tisch erst decken sollen, wenn wir die Dias angeschaut haben«, sagte Ratamo, als er ins Wohnzimmer zurückkehrte und Ketonen sich über ein glühend heißes Baguette mit Aurakäse hermachte wie jemand, der dem Hungertod nahe war.

»Jussi, denke ans Cholesterin. Riitta hat gesagt, dass sie für dich fünfprozentigen fettarmen Käse gekauft hat«, sagte Marketta und schob den fahl aussehenden Käse näher zu ihrem Mann hin.

Jussi Ketonens Miene veränderte sich auf einen Schlag, er sah nun verzweifelt aus. »Selbst ein Kotflügel schmeckt besser«, murmelte er so leise, dass es Marketta nicht hörte.

Riitta drückte die Fernbedienung des Diaprojektors, und auf der Leinwand erschien ein neues Bild.

»Wir haben also mit Taina zusammen in Madrid ein Auto gemietet und sind Richtung Süden gefahren. Unser erster Übernachtungsort war Almagro, eine nette Kleinstadt ungefähr auf halbem Wege nach Granada. Dort fand zu Ostern die *Semena santa* statt, die Heilige Woche. Schaut euch diesen Umzug an. Wenn man das vor Ort erlebt, macht es einen ganz sprachlos.« Alle blickten auf das Foto, auf dem sich eine Osterprozession mit Hunderten Teilnehmern durch überfüllte Straßen bewegte. Schwarzgekleidete Frauen trugen imposante Blumengestecke, die Männer in ihren purpurfarbenen Umhängen und Kapuzen erinnerten an einen mittelalterlichen Geheimbund oder den Ku-Klux-Klan, und auch das Orchester hatte Festuniformen angelegt. In der Mitte der Prozession wurde von etlichen Männern ein gewaltiges Holzgestell gehalten, auf dem eine zwei Meter hohe Statue von Jesus stand, der das Kreuz trug, und dazu Dutzende anderthalb Meter hohe Kerzenständer und viele andere schmückende Gegenstände.

»In Sevilla versammeln sich jedes Jahr Hunderttausende von

Menschen, um sich diese Osterprozessionen anzuschauen«, erzählte Riitta.

Ratamo zerbrach die kaum abgekühlten Baguettes, legte die Stücke in kleine Brotkörbe und verteilte sie links und rechts von sich. Ein fast biblischer Augenblick, dachte er amüsiert. Sie saßen alle sieben auf einer Seite des Kaffeetischs, um die Leinwand zu sehen, und er befand sich in der Mitte und brach das Brot. Die Konstellation erinnerte an das Letzte Abendmahl.

»Solche Traditionen sind der Reichtum der alten Länder Europas. Ihr habt Glück, dass sie noch gepflegt werden«, sagte Marketta wehmütig zu Claudia.

»Ihr habt doch auch eure eigenen Traditionen wie die Sauna und das Mittsommerfest. Und bestimmte Faschingsbräuche. Die sind für Südeuropäer etwas sehr Exotisches und Eigenartiges«, lobte Riittas italienische Mutter. Claudia Kuurma strahlte wegen der Neuigkeiten ihrer Tochter schon den ganzen Abend wie eine Wunderkerze.

Ratamos Blick wanderte von Claudias gepflegter Erscheinung einer pensionierten Solocellistin des Rundfunksinfonieorchesters zu Jussi Ketonen in seinem Hawaiihemd. Es war angenehm, dass Marketta und Ketonen so gut mit Riittas Eltern auskamen, obwohl sie vermutlich nicht viele Gemeinsamkeiten hatten.

»Habt ihr übrigens zufällig heute in der *Helsingin Sanomat* von dem Kleinkind in Kenia gelesen, das durch einen Hund gerettet wurde?«, fragte Ketonen, als Riitta ein Foto von herumstreunenden Hunden in Granada auf die Leinwand brachte. Niemand antwortete.

»In der Nähe von Nairobi fand vor ein paar Wochen eine Hündin auf der Suche nach Futter im Busch ein ausgesetztes Baby. Vermutlich erwachte ihr Mutterinstinkt, jedenfalls trug sie das Kind mit den Zähnen über eine verkehrsreiche Straße zu ihren eigenen Jungen nach Hause. Der Besitzer des Hundes hatte dann das Weinen eines Kindes gehört und das Baby ins Krankenhaus gebracht.

Und das wird jetzt mit einer Flut von Anfragen überschüttet, alle wollen das Kind adoptieren, sogar Leute aus Venezuela und Japan melden sich.«

Ketonen meinte, er hätte sich für seine Geschichte eine Belohnung verdient, und hoffte, dass Marketta in dem dunklen Zimmer nicht sah, wie er sich zum Camembert hinbeugte.

»Jussi!«, schallte es durch den Raum, gerade als Ketonen zum Käsemesser greifen wollte. Er bewegte die Hand einen Deut nach links und nahm sich ein Stück Baguette.

»Brot bringt keinen um«, murmelte er verärgert.

»Das sollte man denken«, sagte Ilmari Kuurma, der nun endlich auch zu Wort kam. »Doch im Mittelalter führte Brot, gebacken aus Getreide, das mit einem Schlauchpilzgebilde namens Mutterkorn verunreinigt war, zu einer großen Zahl von Todesfällen. Auch in Finnland tötete Mutterkornbrot Mitte des neunzehnten Jahrhunderts etwa tausend Menschen pro Jahr. Das ist kein schöner Tod: Der Mensch hat das Gefühl, innerlich zu verbrennen. Viele haben sich vor Schmerzen ins Wasser geworfen und sind ertrunken.«

Ratamo war kein großer Freund von Dias, vermutlich würde ihn so etwas erst interessieren, wenn er sich nicht mehr erinnern konnte, wo er seinen Urlaub verbracht hatte. Außerdem kannte er Riittas Fotos, er hatte sie schon zweimal gesehen. Er hätte sich gern mit Ketonen über die laufenden Ermittlungen unterhalten, aber er wollte Riitta nicht verärgern, schließlich war das heute ein Feiertag für sie beide.

Er stand geräuschlos auf, berührte Riitta leicht an der Schulter und ging zu seinem Arbeitsplatz im Bibliothekszimmer. Es war schon nach zehn Uhr abends, aber der Arzt, der ihn zum PCR-Test geschickt hatte, um eine eventuelle HIV-Ansteckung abzuklären, war ein alter Bekannter aus der Zeit seines Medizinstudiums. Er dachte an Fakultätsfeste und andere gemeinsame Erlebnisse in der Freizeit und hatte auf einmal das Gefühl, ein völlig anderer Mensch zu sein als jener Arto Ratamo, der als junger Mann Medizin studiert und dann als Virusforscher gearbeitet hatte, bevor er zur SUPO gegangen war.

Er suchte die Nummer seines Studienkollegen heraus und tippte die Zahlen langsam in sein Handy ein. Als sich jemand meldete, nannte Ratamo seinen Namen und kam ohne Umschweife zur Sache:

»Ich wollte nur wegen dieses PCR-Tests übermorgen fragen. Durch einen Biss kann ich mich ja wohl kaum mit HIV angesteckt haben. Oder was meinst du?«

»Es ist ziemlich unwahrscheinlich, aber trotzdem möglich. Spekulieren bringt nichts, du kommst am Mittwochabend zum Test, dann wird man ja sehen. Ich verspreche, noch am selben Abend Bescheid zu geben, sobald es bei dir in Hinsicht auf HIV eine heiße Spur gibt«, witzelte der Arzt.

Ratamo lächelte. Er hätte daran denken müssen, dass »Messer-Viitala« seinen Spitznamen genau deswegen bekommen hatte, weil Taktgefühl nicht gerade zu seinen Stärken gehörte. Ratamo bedankte sich, versprach, in einer Woche wieder anzurufen, und ließ sich auf den Fußboden fallen, neben die Hündin Musti. War er gesund oder würde er bis zu seinem Tode Medikamente schlucken und seinen Bekannten versichern müssen, dass man sich beim Händegeben nicht mit HIV ansteckte?

Er schaltete den Fernseher ein und sah in den Nachrichten zum hundertsten Male im Laufe dieses Tages Elina Laines strahlendes Gesicht. Müde strich er über Mustis Bauch und fühlte die großen Knoten. Es waren schon zu viele. Er müsste seiner dreizehnjährigen Tochter sagen, dass Musti nicht mehr lange leben würde, aber ihm fehlte es an Mut – und das war ihm peinlich. Der Tod dürfte das größte Tabu der finnischen Gesellschaft sein.

In dem Beitrag zur Auflockerung am Schluss der 10-Uhr-Nachrichten wurden Bilder von den Siegern der »Bart«-Weltmeisterschaften in Istanbul gezeigt. Ratamo betrachtete schmunzelnd einen Mann, der eher an ein Walross erinnerte.

»Sieht ja ätzend aus«, lästerte Nelli, die sich neben ihrem Vater auf den Fußboden gesetzt hatte, als der Sieger der Kategorie »Natürlicher Vollbart« auf dem Bildschirm erschien: In dem dichten Bartgestrüpp sah man kaum die Augen.

»Schön, dass Riitta wieder eingezogen ist. Alles ist jetzt ein bisschen so wie früher«, sagte Nelli leise.

Ratamo überlegte, ob Nelli die kurze Zeit meinte, in der er und Riitta schon einmal zusammengewohnt hatten, oder vielleicht die Jahre, als ihre Mutter noch am Leben gewesen war. »Genau. Jetzt fangen bei uns die ruhigen Zeiten an.«

45

Helsinki, Dienstag, 30. Oktober

Imran Malik trat von der Pohjoisesplanadi in das Warenhaus Stockmann, durchquerte die große Halle und stieg die Treppe hinauf in die Abteilung für Herrenbekleidung. Hier musste er jetzt unbedingt eine geeignete Stelle finden, um seine Verfolger abzuschütteln. Das war bereits das dritte Warenhaus, bald würden seine Beschatter misstrauisch werden. Es war halb zehn am Vormittag, und er war nicht in bester Verfassung. Die Maschine am Vorabend hatte Verspätung gehabt, er war weit nach Mitternacht in sein Hotel gekommen und erst irgendwann in den frühen Morgenstunden eingeschlafen.

Seine Freude über Elina Laines erneuten Hilferuf war längst verflogen. Dank ihres Anrufs würde er das Washingtoner Protokoll zwar ohne Probleme finden, aber zuvor musste er die Polizisten loswerden, die ihm auf Schritt und Tritt folgten. Und das war extrem schwierig. Es fiel nicht schwer, einen Beschatter oder auch zwei zu täuschen, wenn ihm jedoch die ganze finnische Sicherheitspolizei oder die Briten auf den Fersen waren, könnten es etliche Verfolger sein. Zumindest einen Dünnen mit Hut, einen glatzköpfigen jungen Mann mit Brille und eine Frau mit der Figur einer Sportlerin hatte er zu oft gesehen, als dass es Zufall sein könnte. Unterstützen konnte ihn nur Abdul Islam, und der Plan, den er sich zurechtgelegt hatte, war alles andere als genial. Aber er musste es versuchen.

Imran Malik hatte normale dunkelblaue Jeans an, dazu eine auffällige hellblaue Lederjacke und eine schwarze Schirmmütze. Die Sachen hatte Abdul Islam aus London mitgebracht. Auf der Schulter trug Imran eine grellrote Stofftasche, seinen Dreitagebart hatte er am Morgen getrimmt. Er wusste, dass er toll aussah.

Die Abteilung für Herrenbekleidung war verwinkelt, also gut geeignet, beschloss Imran. Er ging zur nächsten Kleiderstange, fingerte kurz an blauen Baumwollhosen herum, trat unter das Reklameschild einer anderen Marke, nahm ein rot-weiß gemustertes Hemd und schaute sich nach einer Umkleidekabine um. Dabei sah er die sportliche Frau auf der anderen Seite des Ganges. Ihr genügte es, dass sie die Ausgänge im Blick hatte. Imran nickte Abdul Islam zu, der etwa zehn Meter entfernt stand und einen langen schwarzen Stoffmantel und eine weiße Schirmmütze trug. Die Ankleidekabine hob sich wie eine Insel mitten in der Herrenabteilung ab. Imran ging hinter die Kabine, an eine Stelle, wo ihn die sportliche Frau nicht sehen konnte. Er tat so, als würde er sich für farbenfrohe Pullover interessieren, die auf einem Tisch ausgelegt waren, und wartete, bis Abdul von der anderen Seite bei ihm eintraf. Gerade als Imran seine Tasche auf den Fußboden stellte, tauchte wie aus dem Nichts ein junger Verkäufer auf und lächelte ihn freundlich an:

»Kann ich Ihnen helfen?«

»Ich schaue mich nur um«, erwiderte Imran höflich auf Englisch, obwohl er nicht wusste, was der junge Mann gefragt hatte. Er wendete den Kopf zurück zu den Pullovern, aber der Verkäufer rührte sich nicht von der Stelle. Imran konnte nicht glauben, dass er so ein Pech hatte, gleich würde sich die sportliche Frau einen anderen Beobachtungsplatz suchen, die Zeit war knapp. Er zischte vor Erleichterung, als der Verkäufer endlich wegging. Die beiden Männer wechselten rasch die Sachen. Nun war Abdul genauso angezogen wie eben noch Imran, während dieser einen schwarzen Mantel und eine weiße Schirmmütze trug. Abdul hängte sich Imrans grellrote Tasche auf die Schulter, ging in aller Ruhe zur Umkleidekabine und vermied es, zu der sportlichen Frau hinzuschauen.

Imran lächelte siegesgewiss, als er aus dem Augenwinkel sah, dass die Frau ihren Standort am Rande des Ganges wechselte, den Blick fest auf die Umkleidekabinen geheftet. Sein Schatten hatte den Köder geschluckt. Imran bewegte sich gelassen von einer Kleiderstange zur nächsten, die ganze Zeit mit dem Rücken zu der Frau. Schritt für Schritt näherte er sich der Giebelwand der Abteilung und schlich so weit weg von der Frau an ihr entlang, dass er es schließlich wagte, den Gang zu betreten.

Bei der Schuhabteilung beschleunigte er sein Tempo, er musste es schaffen, unbemerkt hinauszukommen. Wenn die finnischen Polizisten auf Nummer sicher gingen, könnte an jedem Ausgang einer von ihnen postiert sein.

Imran lief hinter einem groß gewachsenen Mann, der es eilig zu haben schien, in Richtung Ausgang zur Mannerheimintie und hielt den Kopf gesenkt, um jeden Blickkontakt zu vermeiden. Er wurde in seiner Konzentration gestört, als sein Blick am Zeitungskiosk auf die Schlagzeilen und Elina Laines lächelndes Gesicht fiel. Dann verließ er das Warenhaus.

Auf dem Fußweg der Mannerheimintie wandte er sich in Richtung Erottaja, ging rasch etwa zwanzig Schritt und blieb dann stehen, um etwas in sein Handy einzutippen und sich dabei zu vergewissern, dass ihm niemand folgte. Er fühlte sich erleichtert und spürte, wie die Anspannung nachließ, jetzt folgte ihm niemand mehr. Es sah so aus, als würde sein Plan doch aufgehen.

46

Helsinki, Dienstag, 30. Oktober

Erik Wredes wütende Worte sprühten wie Funken durch sein Büro, aber Arto Ratamo saß ganz ruhig da und betrachtete den dunkelroten Tresor an der Wand. Was für Geheimnisse wohl darin verborgen waren? Zumindest die nach dem ehemaligen SUPO-Chef benannte Tiitinen-Liste, in der die finnischen Kontaktpersonen der Stasi aufgedeckt wurden, und Wredes amateurhafter Bericht über den Verkauf des Urans von Paukkajanvaara. Aber was enthielt er sonst noch alles?

»Und wie die Medien jubilieren werden, wenn sie das erfahren: Einem Oberinspektor der SUPO entwischt in Särkisalo eine unbewaffnete dreißigjährige Frau, als er ins Gebüsch pinkeln geht. Das ist derselbe Mann, unter dessen Augen vorgestern in der Runeberginkatu zwei Menschen getötet wurden. Und von dem behauptet wird, dass er unter psychischen Problemen leidet.«

»Hol zwischendurch mal Luft«, entgegnete Ratamo gelassen. »Und sag mir dann, ob ich bis zum Ende dieser Ermittlungen aufs Abstellgleis geschoben werde.«

Das Gesicht des Schotten nahm die gleiche rote Farbe an wie seine Haare. »Vielleicht hast du die Frau absichtlich entkommen lassen? Vielleicht sollte man auch das untersuchen. Vielleicht hast du dich auf die Seite der Laine geschlagen ...«

Richtig geschlussfolgert, dachte Ratamo, sagte aber: »Untersuch doch, was du willst.« Sollte er angeben, dass Elina Laine erwähnt hatte, sie wolle Salman Maliks Bruder um Hilfe bitten? Wenn Elina gefasst wurde, könnte sie verraten, dass sie ihm davon erzählt hatte. Es wäre schließlich besser, wenn er nicht auch noch selbst dazu beitrug, dass man ihn wegen dieser Ermittlungen rausschmiss.

Wrede sprang auf, sein Gesicht war feuerrot angelaufen. »Das Washingtoner Protokoll muss unbedingt gefunden werden. Mein Problem ist nicht, dass die Briten drohen, unsere Pfuscherei im Zusammenhang mit dem Uran zu enthüllen, Sorgen mache ich mir um den Ruf der SUPO. Und Sorgen macht mir, in was für Schwierigkeiten Finnland geraten wird, wenn England und zugleich der EU der Krieg erklärt wird. Kapierst du nicht, dass die Präsidentin und der Ministerpräsident morgen am EU-Gipfel teilnehmen? Das Personal der Kommandozentralen der Streitkräfte wurde bereits vergrößert, die Alarmbereitschaft der Jagdflieger erhöht, und die Landstreitkräfte treffen Vorkehrungen für die Aufstellung von Einheiten zur Unterstützung unserer Verbündeten.«

»Elina Laine bekommt möglicherweise Hilfe von Salman Maliks Bruder Imran. Das hat sie jedenfalls behauptet. Vielleicht sollte man Imran Malik überwachen«, sagte Ratamo.

Plötzlich klopfte es an der Tür, und Wredes Sekretärin steckte den Kopf herein. »Saara Lukkari hat etwas Dringendes.« Wrede winkte, und Saara trat schlechtgelaunt ein. »Alles ist schiefgelaufen. Diesem Imran Malik ist es bei Stockmann gelungen, uns abzuhängen. Es ist meine Schuld. Ich habe ihn in die Umkleidekabine gehen sehen, aber er ist nicht wieder rausgekommen. Auf den Überwachungskameras haben wir dann gesehen, dass er einen Helfer hatte, der in Maliks Sachen in die Kabine ging und in anderen Klamotten wieder rauskam. Malik wird natürlich mit Volldampf gesucht, die Polizei hat ...«

»Jetzt stecken wir wegen dir noch tiefer im Schlamassel«, sagte Wrede müde und wandte sich dann Ratamo zu. »Du bist nicht der einzige Polizist auf der Welt, der etwas herausbekommt. Ich wusste dank der britischen Kollegen schon lange, dass Imran Malik irgendwie mit diesem ganzen Durcheinander zusammenhängt. Er ist

gestern Abend mit der letzten Maschine von London hierhergekommen und wurde natürlich sofort beschattet.«

Die sonst so energiegeladene Saara Lukkari wirkte niedergeschlagen. »Wir treten auf der Stelle. Wir haben nicht die geringste
Ahnung, wo Elina Laine das Protokoll versteckt hat, sie wurde auf
keiner einzigen Aufzeichnung einer Überwachungskamera entdeckt. Das Auto, das der in Kemiö tot aufgefundene Zahid Khan
am Sonntag gemietet hatte, wurde letzte Nacht in Kaisaniemi gefunden, aber es wird noch eine ganze Weile dauern, bis die Techniker die Ergebnisse haben. Der Bericht der KRP über die Schießerei
auf der Runeberginkatu offenbart nichts Neues, und aus London
kommen keinerlei Informationen mehr über die Ermittlungen zu
den Morden an William Norton und Amy Benner.«

Ratamo wollte gerade eine bittere Bemerkung machen, da trat
Wredes Sekretärin herein, diesmal ohne anzuklopfen. »Majorin
Doherty ist hier, ich sollte sofort Bescheid sagen, wenn sie ein-
trifft.«

Der Chef bedeutete seinen Mitarbeitern, das Zimmer zu verlassen, er rückte seinen schäbigen Wollschlips zurecht und brachte
gerade sein rotes Stirnhaar in Ordnung, als sich die Majorin des
SRR räusperte, sie stand schon in der Tür.

Der Schotte drehte sich um, und die Worte zur Begrüßung er-
starben ihm auf den Lippen: Janet Doherty war eine beeindru-
ckende Erscheinung, blass und schön wie eine echte Eisprinzes-
sin.

Sie stellte sich vor, drückte Wrede die Hand, setzte sich ungebe-
ten hin und kam sofort zur Sache. »Imran Malik ist anscheinend
viel tiefer, als wir ahnen konnten, in die Geschichte um das Washingtoner Protokoll verwickelt. Und wer weiß, in was alles sonst
noch, wir haben gerade neue Informationen über ihn bekommen.
Wenn uns doch nur schon vor Salman Maliks Begräbnis klar gewesen wäre, dass wir den Mann observieren müssen ...« Sie schüttelte
den Kopf und fuhr fort:

»Imran Malik gehört möglicherweise der pakistanischen Terror-organisation Laskar-e-Jhangvi an. Er ist nicht Lehrer, wie er vor-gibt, sondern hat in den letzten Jahren den größten Teil seiner Zeit in den nordwestpakistanischen Bergen verbracht, wahrscheinlich in Trainingslagern dieser Organisation. Es könnte sogar sein, dass er jener Kommandeur einer Einheit von Laskar-e-Jhangvi ist, der Saalar-i-Aala, also Oberbefehlshaber, genannt wird, aber da sind wir uns noch nicht sicher. Nach Angaben der Aufklärung hat Malik jedenfalls in den letzten Tagen etliche Male mit dem Führer von Laskar-e-Jhangvi, einem Islamisten namens Saifullah, gesprochen. Saifullah ist es vor zwei Monaten in London gelungen, uns zu ent-wischen, er ist damals verschwunden wie Asche im Wind.«

Wredes Wangenmuskeln spannten sich an. Hätte er das eher ge-wusst, dann hätte er seine Leute in Bataillonsstärke auf Malik ange-setzt. Er wagte es nicht einzugestehen, dass der Mann verschwun-den war. Vielleicht fand er sich wieder an, bevor ...

»Ihr habt Imran Malik doch ständig unter Kontrolle?«, fragte Doherty nach und wunderte sich, warum der finnische Rotschopf sie anstarrte, als wäre er beschränkt.

»Alles ist unter Kontrolle, wir erledigen das natürlich«, versi-cherte Wrede in seinem steifen Englisch, obwohl ihm so war, als würden die Wände auf ihn herabstürzen. Alles lief gegen den Baum.

»Bist du immer noch nicht bereit, eine Beteiligung meiner Leute an der Festnahme von Malik und Laine zuzulassen?«, fragte Do-herty.

Wrede war gezwungen, ihr entgegenzukommen, er würde alle Sympathiepunkte brauchen, wenn die SUPO Malik und das Wa-shingtoner Protokoll nicht rechtzeitig fand. »Die Beteiligung von Ausländern an Polizeioperationen erfordert einen solchen bürokra-tischen Aufwand, dass das nicht in Frage kommt. Aber ich kann einige Vertreter britischer Behörden in Zivil mit meinen Leuten mitgehen lassen, wenn etwas passiert. Gewissermaßen als Beobachter. Und du selbst bist natürlich dann am besten auf dem Laufenden, wenn du mir Gesellschaft leistest.«

Die Antwort stellte Doherty zufrieden. »Ausgezeichnet. Und du kannst dich deinerseits darauf verlassen, dass wir vom SRR euch in jeder möglichen Weise unterstützen werden. Ihr könnt uns um alles bitten. Du verstehst ja wohl, dass wir Elina Laine und das Protokoll um jeden Preis bekommen müssen – es gibt einfach keine Alternative.«

»Natürlich verstehe ich das«, versicherte Wrede. »Das Protokoll wird euch sofort übergeben, sobald es gefunden ist, diese Entscheidung wurde bereits auf hoher Ebene getroffen. Und danach seht ihr sicher keinen Bedarf mehr, das in den sechziger Jahren in Finnland abgebaute Uran an die große Glocke zu hängen. Nicht wahr?«

»Natürlich nicht«, sagte Doherty und trat ans Fenster zur Ratakatu. Sie war sich nicht sicher, ob sie den Finnen vertrauen sollte. Vielleicht brauchte sie diese Entscheidung jetzt auch noch nicht zu treffen: Der Rotschopf würde sie schon auf dem Laufenden halten. Somit wäre sie imstande, ihr Kommando vor Ort zu schicken, sobald Elina Laine gefunden wurde.

47

Helsinki, Dienstag, 30. Oktober

Der kalte Stahl wurde auf ihre Stirn gedrückt. Elina Laine öffnete die Augen, sah den schwarzen Lauf und dann den Griff der Waffe. Die Angst löschte alles andere aus, sie versank in Entsetzen. Die hatten sie gefunden, nun würde es ihr genauso ergehen wie Salman, warum war sie nicht fähig, die Hände zu bewegen, warum kam aus ihrem Mund kein Laut, obwohl sie doch um Gnade flehte …

Es knackte, als die Pistole entsichert wurde, das metallische Geräusch schien eine Ewigkeit im Raum zu tönen. Wer hielt die Waffe in der Hand, wer würde ihr die Zukunft nehmen? Die Deckenlampe mit ihrem grellen Licht hing hinter dem Kopf des Killers, so dass sie das Gesicht des Mannes nicht sehen konnte. Dann rührte sich die Gestalt – Imran. Diese Nase würde sie immer und überall erkennen. Plötzlich beugte sich der Killer ein Stück zu ihr hin, gerade so viel, dass die Schatten sich bewegten, und ihr wurde klar: Das war nicht Imran.

»Die Zeit ist gekommen …«, sagte der Mann, und Elina schnellte mit einem Aufschrei hoch. Es dauerte eine Weile, bis sie begriff, dass sie ein Gemälde anstarrte. Es hing an der Wand ihres Zimmers im Hostel Mekka und stellte eine Marktszene dar: Eine arme Frau mit Kopftuch kaufte bei einem bärtigen Händler einen Fisch. Selbst diese Alte war garantiert glücklicher als sie, dachte Elina.

Sie schob die Beine aus dem Bett und fuhr zusammen, als ihre Füße den kalten Fußboden berührten. Was für ein furchtbarer Alptraum. Sie brauchte noch einen Moment, bis sie richtig wach war: Gleich würde sie Imran Malik treffen, es könnte sein, dass dies der wichtigste Tag ihres Lebens wurde.

Wenn es ihr gelänge, das Original des Washingtoner Protokolls an die Medien zu liefern, müsste sie nicht mehr arbeiten, dafür würde das Aufsehen in der Öffentlichkeit sorgen. Möglicherweise würde sie doch ein Buch oder zwei über ihre Erfahrungen schreiben. Ihre Laune verschlechterte sich wieder, als ihr einfiel, dass sie auch früher weder Geld noch Freizeit glücklich gemacht hatten. Vermutlich war sie einer jener Menschen, die es nicht verstanden, das Leben zu genießen. Oder vielleicht hatte Salmans Tod einfach nur alles schwarzgemalt.

Sand und Schmutz knisterten unter ihren Füßen, als sie vom kalten Parkett auf den Teppich trat. Merkwürdigerweise machte es ihr überhaupt nichts aus, dass es in dem Zimmer nach Zigarettenrauch stank und so aussah wie in einem Paradies für jemanden mit einer Putzmanie. Sie war am späten Abend im Hostel Mekka in der Vuorikatu abgestiegen, weil es in Bahnhofsnähe lag und weil sie gedacht hatte, dass man hier eine etwas heruntergekommene junge Frau nicht weiter beachten würde. Diese Annahme erwies sich als falsch, es hatte nicht viel gefehlt, und der an der Rezeption vor sich hin dösende junge Mann hätte sie gefragt, wie viel sie verlangte. Zum Glück war sie wenigstens so schlau gewesen, in das Anmeldeformular einen falschen Namen einzutragen.

Der Spiegel im Bad war so weit oben befestigt, dass Elina sich auf die Zehenspitzen stellen musste, um ihr Gesicht zu sehen. Das hätte sie lieber lassen sollen: Ihre Haare waren zerzaust und die Augen geschwollen und mit dunklen Schatten gezeichnet. Und der Zahnschmuck sah idiotisch aus. Was hatte sie sich damals eigentlich eingebildet? Ein glitzernder Diamant an einem Schneidezahn verlieh einem derart farblosen Menschen noch lange keinen Glanz.

Elina trat unter die Dusche, stellte das Wasser wohltuend warm ein und überlegte Wort für Wort, was sie Imran Malik erzählen würde. Wenn Imran nicht auf ihren Vorschlag einging, würde sie das Original des Washingtoner Protokolls vielleicht nie an sich bringen können.

Nach dem Duschen band Elina ihr Haar mit einem Seidentuch zu einem hohen Knoten und schminkte sich dann stärker als sonst. Zu einer besseren Tarnung sah sie sich nicht imstande.

Der morgendliche Berufsverkehr hatte sich schon beruhigt, als Elina auf der Unioninkatu in Richtung Hakaniemi ging, sie genoss die erfrischend kühle Luft, schaute zuweilen über die Schulter und spürte, wie das Adrenalin in ihren Körper strömte. Auf der Brücke Pitkäsilta drang der heftige Seewind durch die dünne Wildlederjacke, die sie am Vorabend im Restaurant Teerenpeli gestohlen hatte. Die Jacke war für dieses Wetter viel zu dünn, aber sie hatte ihre ramponierte Wanderjacke loswerden und sich etwas anderes besorgen müssen. Auf den Titelseiten der Abendzeitungen sah man die Präsidentin der Republik mit todernstem Gesicht, und die Schlagzeilen auf den Plakaten schürten die Angst vor einem Krieg.

So wie sich das alles entwickelte, war die Lage wirklich viel ernster, als sie es hätte voraussehen können. Aber man musste es wagen, die Wahrheit zu sagen, selbst wenn gewaltsame Konsequenzen drohten.

Wenig später blieb Elina mitten im Restaurant Bridges des Hotels Hilton Strand stehen und hoffte von ganzem Herzen, dass niemand sie erkannte.

»Da bist du ja.« Elina hörte Imrans Stimme hinter sich, drehte sich um und sah den Bruder ihres toten Mannes an wie einen rettenden Engel. Wie konnten Brüder nur so unterschiedlich sein: der eher schmächtige und schüchterne Salman und Imran: selbstsicher und breitschultrig. So gut hatte Salmans Bruder noch nie ausgesehen.

»Schön, dich zu sehen«, sagte Elina und legte die Arme um Imran. Der Mann duftete ein wenig wie Salman. Er führte sie an das regennasse Panoramafenster mit Blick auf die Meerenge von Siltavuori, sein Jackett hatte er auf die Stuhllehne gehängt, um den Fensterplatz für sie zu belegen.

»Ich habe das Frühstück für uns beide schon bezahlt, das musste man vor zehn Uhr machen.«

»Wie war Salmans Begräbnis?«, fragte Elina scheu, und Imran berichtete kurz. Die Stimmung wurde ernster. »Wollen wir uns nicht etwas zu essen holen? Und dann kannst du mir in Ruhe alles erzählen, was seit Sonntag passiert ist«, schlug Imran vor.

Als Elina eine halbe Stunde später ihren Bericht beendete, stand auf dem Tisch schmutziges Geschirr, die Fenster waren nass vom Regen, und Imran stocherte mit einem Cocktailspieß in seinen Zähnen. Elina hatte eine Tasse Kaffee getrunken und ein gekochtes Ei sowie etwa zweihundert Milliliter fettarmen Joghurt mit Beeren gegessen.

»Die Polizei weiß also nicht, in welchem Gepäckfach auf dem Bahnhof sich das Washingtoner Protokoll befindet?«, fragte Imran.

Elina lächelte das erste Mal seit langer Zeit. »Meines Erachtens weiß die Polizei auch nicht, dass sich das Protokoll auf dem Bahnhof befindet. Ich bin nicht einmal dazu gekommen, Aamer von dem Versteck zu erzählen.«

»Du glaubst also nicht, dass es gefährlich ist, das Protokoll zu holen?« Imran Malik hörte sich hoffnungsvoll an.

»Woher soll ich wissen, wozu Geheimdienste und dergleichen imstande sind? Vielleicht überwachen sie uns auch jetzt. Aber was soll schon passieren, selbst wenn sie dich erwischen? Was könnten sie dir denn vorwerfen? Dieses Dokument zu besitzen ist keine Straftat. Das einzige negative Ergebnis wäre wohl, dass das Washingtoner Protokoll der SUPO in die Hände fiele und vernichtet oder im hintersten Aktenordner abgelegt werden würde. Wenn ich könnte, würde ich es natürlich selbst holen, aber die Polizei sucht mich, und auf dem Bahnhof gibt es Überwachungskameras, und nach dem Medienrummel der letzten Tage kennt ganz Finnland meine Visage«, versicherte Elina.

Diese Frau weiß, was sie will, dachte Imran, sagte jedoch: »Gut, ich mache das. Nimm es mir nicht übel, aber ich tue das nicht, weil du mich darum bittest, sondern weil ich Salman einen letzten Gefallen tun möchte. Wenn er tatsächlich ermordet wurde, um zu verhindern, dass die Welt vom *Periculum Islamicum* erfährt, ist die Veröffentlichung des Washingtoner Protokolls die bestmögliche Rache an seinen Mördern.«

Elina hätte am liebsten vor Freude gejubelt, riss sich aber zusammen und fragte ihn mit besorgter Miene: »Wie schnell kannst du es mir bringen?«

Imran saugte an seiner Oberlippe und schaute konzentriert aufs Meer. »Vielleicht ist es besser, wenn ich erst meine Sachen aus dem Hotel hole, dann das Protokoll besorge, es dir gebe und anschließend sofort das Land verlasse. Bei dieser Geschichte sind die finnischen und britischen Behörden sicher bereit, harte Maßnahmen zu ergreifen, da bin ich lieber in Pakistan, wenn ihnen klar wird, was mein Anteil an der ganzen Sache war. Ich schaffe es auf jeden Fall noch vor Mittag, am Bahnhof zu sein.«

»Wo treffen wir uns? In welchem Hotel wohnst du?«, drängte Elina und glaubte auf Imrans Gesicht die Spur eines Zweifels zu erkennen.

»Ich wohne im Hotel Torni, aber es ist sicher besser, wenn wir uns woanders treffen. Meinetwegen hier«, antwortete Imran, ohne zu zögern. Er hielt ihr seine geöffnete Hand hin.

Elina drückte ihm den silberfarbenen Schlüssel mit rauem Rand und der Nummer 421 in die Hand und zögerte kurz, bevor sie ihn losließ. Sie wunderte sich, warum Imran nun vollkommen zufrieden aussah.

Ein Gespräch über andere Themen kam nicht mehr richtig in Gang, die Entscheidung, das Washingtoner Protokoll abzuholen, sorgte sowohl bei Elina als auch bei Imran für erhöhte Anspannung. Sie tranken ihren Kaffee aus, dann verabschiedete sich Imran von Elina und versuchte sie mit ein paar netten Worten aufzumuntern.

Der Nieselregen wurde in dem Moment zu einem echten Regenguss, als Elina das Hotel Hilton Strand verließ. Sie wusste nicht, was sie denken sollte, sie hatte nun alles auf eine Karte gesetzt, auf Imran Malik und ihren jämmerlichen Plan. Jetzt musste sie nur abwarten. Und jemanden anrufen.

48

Helsinki, Dienstag, 30. Oktober

Imran Malik lehnte in der Westhalle des Bahnhofs an der Tür der
Dienststelle, in der die Geldstrafen für Schwarzfahrer kassiert wurden. Er trank dann und wann einen Schluck Kaffee aus einem
Pappbecher und beobachtete seine Umgebung. Von hier aus sah
man jeden, der auf der anderen Seite der Halle zur Treppe oder zum
Aufzug ins Kellergeschoss ging. Dort befanden sich die Gepäckfä-
cher, zu denen es seiner Ansicht nach keinen anderen Zugang gab.

Es war ein paar Minuten nach zwölf, Leute in ihrer Mittagspause
strömten in Massen an ihm vorbei. Es war unmöglich, auf die Ge-
sichter aller vorüberhastenden Menschen zu achten, er konzentrierte sich auf Personen, die stehen blieben oder langsam gingen.
Er sah keinen seiner gestrigen Beschatter, weder den Dürren mit
dem Hut und den glatzköpfigen jungen Mann mit der Brille noch
die sportliche Frau. Aber ein kleiner, rundlicher Blonder und ein
Mann mittleren Alters mit Bürstenschnitt standen an einer Stelle,
von der aus man sowohl den Aufzug als auch die Treppe zum Kellergeschoss im Auge behalten konnte. Der untersetzte Mann sprach
mit ungeduldiger Miene in sein Handy, und der mit dem kurzen
Haar schien auf jemanden zu warten, er schaute sich suchend in der
Halle um und warf dann und wann einen Blick auf seine Uhr.

Imran hatte keine Angst vor den Behörden. Er war in keinem
Land bei der Polizei registriert, und dazu würde es auch nicht kommen, selbst wenn man ihn mit dem Washingtoner Protokoll in der
Hand erwischte. Er machte sich keiner Straftat schuldig, wenn er
das Protokoll abholte. Saifullah warb vorzugsweise Islamisten wie
ihn als Mitglieder von Laskar-e-Jhangvi an: jüngere Männer, die bei

den Behörden unbekannt waren. Imran hatte nur deswegen Angst, zu scheitern, weil das Saifullah wütend machen, seine Aufstiegschancen verderben und seinen Traum zerschlagen würde. All seine Instinkte warnten ihn, er hätte niemals auch nur in Erwägung gezogen, zu dem Gepäckfach zu gehen, wenn ihm auch nur eine einzige Alternative eingefallen wäre, an das Dokument heranzukommen. Vermutlich waren die Sicherheitsapparate mehrerer Staaten hinter dem Protokoll her, und die Überwachungskameras an den Wänden des Bahnhofsgebäudes deuteten darauf hin, dass auch die Schließfächer im Kellergeschoss überwacht wurden. Er müsste das Fach rasch finden, öffnen und den Raum innerhalb weniger Sekunden wieder verlassen. Imran Malik atmete tief durch, dann setzte er sich in Bewegung. Er ging durch die Westhalle, wich den Entgegenkommenden aus und hielt vor der Treppe zum Kellergeschoss kurz inne: Der dicke Blonde sprach immer noch in sein Telefon, aber der Mann mit dem Bürstenschnitt war verschwunden. Imran stieg die Treppe hinunter und sah zehn Reihen aufeinandergestellter Schließfächer aus grauem Metall. Nummer 421, Nummer 421 ...

Imran fand das gesuchte Fach in der nächstgelegenen Reihe, holte den Schlüssel aus der Tasche und blickte sich um. Niemand. Er steckte den Schlüssel ins Schloss, drehte ihn und zog, doch die Tür rührte sich nicht. Er drehte den Schlüssel noch einmal, zerrte mit aller Kraft an der Tür, und da flog sie auf und gab den Blick auf eine kleine schwarze Ledertasche frei. Die Spannung wurde unerträglich, er hätte sie gern sofort geöffnet, aber erst musste er hier raus. Er nahm die Tasche und schloss die Tür, in dem Moment waren an der Treppe schwere Schritte zu hören. Er drehte sich um und sah, wie zwei breitschultrige Männer am Fuße der Treppe stehen blieben. Der mit dem Bürstenschnitt schaute ihm in die Augen und schob seine Jacke beiseite, so dass man die Waffe im Achselholster sah.

* * *

Elina Laine stand vor der Post und kniff die Augen zusammen, um die Eingänge der Westhalle auf der anderen Seite des Bahnhofsplatzes besser zu sehen. Es war schon zwölf Minuten nach Mittag. Warum tauchte Imran nicht auf? Das war die Schwachstelle ihres Plans, und wenn Imran nun nicht, wie vereinbart, durch den Ausgang der Westhalle herauskam? Auch die Phantasie spielte ihr einen Streich, sie hatte das Gefühl, dass jeder Passant sie anstarrte.

Wartete sie schon so lange hier, dass Imran von ihr unbemerkt aus dem Bahnhof herausgehuscht war? Jetzt hatte sie genug, sie ging bis zu der tschechischen Kneipe an der Ecke kurz vor dem Bahnhof, zog sich aber gleich wieder ein paar Meter zurück, als zwei Pkw vor dem Eingang der Westhalle auf den Fußweg fuhren und anhielten. Sahen die Männer, die aus den Autos herausstürmten, wie Polizisten in Zivil aus, oder bildete sie sich das nur ein? Hatte man Imran gefasst? Die Sekunden krochen dahin, während sie abwartete, was geschehen würde. Elinas Stimmungsbarometer schoss nach oben, als sie sah, wie Arto Ratamo und ein rundlicher, blonder SUPO-Mann Imran aus dem Bahnhof herausführten. Und ein dritter Mann, den sie noch nie gesehen hatte, presste die kleine schwarze Ledertasche an sich wie einen Schatz. Ihr Plan war geglückt!

Die Freude und Begeisterung perlten in ihr wie Sekt, sie machte auf dem Absatz kehrt und lief zum Sanomatalo. Auf dem Fußweg, der durch das große quadratische Glasgebäude führte, ging sie bis zum Mediatori, bestellte sich in Wayne's Coffee einen Latte mit Zimt, setzte sich und betrachtete das Laub, das vom heftigen Wind hinter der fünfunddreißig Meter hohen Glaswand des neunstöckigen Gebäudes aufgewirbelt wurde. Sie musste ein paar Minuten warten. Nach Imrans Festnahme würde es eine Weile dauern, bis alle zur Überwachung der Schließfächer eingesetzten SUPO-Mitarbeiter und Polizisten den Bahnhof verlassen hatten.

Sechs Minuten später beschloss Elina, dass die Zeit gekommen war. Sie verließ das gläserne Haus, ging zwischen dem Hotel Holiday

Inn und dem Taxistand hindurch zum neuesten Teil des Bahnhofsgebäudes, zur Einkaufspassage Kauppakuja. Alle anderen Menschen hatten es eilig; es sah so aus, als hätte jemand auf die Schnelllauftaste gedrückt, dachte Elina, während sie gemächlich die von Geschäften gesäumte Passage in Richtung Westhalle ging. Sie passierte den Bahnhofsservice des Eisenbahnunternehmens VR und den Ticketschalter von Finnair und blieb vor der Tür zur Westhalle stehen. Das Herz schlug ihr bis zum Halse, sie brauchte irgendetwas, um sich Mut zu machen. Also beschloss sie, ihren Hass zu entfachen, und rief sich die bittersten Augenblicke ihres Lebens in Erinnerung: die Nachricht von Salmans Tod, die Reaktion ihrer Eltern auf ihre Hochzeit mit Salman ...

Elina gab sich Mühe, möglichst ruhig in die Westhalle zu gehen, und stieg ins Kellergeschoss hinunter. Das Gepäckfach Nummer 19 befand sich in der am weitesten von der Treppe entfernten Reihe. Elina fühlte Stolz auf sich selbst. Das war das Schließfach, in dem sie das Washingtoner Protokoll vor ihrer Flucht nach Kemiönsaari versteckt hatte. Das von Imran geöffnete Fach hingegen hatte ihr nur als Köder gedient. Ihr Plan war aufgegangen. Nach dem Frühstück hatte sie der SUPO mitgeteilt, in welchem Hotel Imran wohnte und dass er das Washingtoner Protokoll kurz vor Mittag auf dem Bahnhof abholen wollte. Jetzt waren Imran und die Polizisten weg, der Bahnhof wurde nicht mehr überwacht, und sie konnte das Protokoll unbehelligt an sich nehmen. Das echte Protokoll.

Elina steckte den Schlüssel ins Schloss, öffnete das Fach und zog ein großes Kuvert heraus. Sie schaute hinein, obwohl sie wusste, was es enthielt, und seufzte erleichtert, als sie die prächtigen Siegel auf dem Original des Washingtoner Protokolls erblickte.

Ihr Puls pochte heftig, jetzt musste sie das Gebäude unauffällig verlassen. Elina riss sich zusammen, ging mit ausdrucksloser Miene zwischen den Schließfachreihen hindurch zur Treppe, als ihr plötzlich ein stämmiger blonder Mann den Weg versperrte. Sie versuchte erst links, dann rechts, an ihm vorbeizukommen, schaute ihm dann ins Gesicht und sah ein überhebliches Grinsen. Irgendetwas stimmte hier ganz und gar nicht.

»Schönen Gruß von Imran Malik«, sagte Abdul Islam und schnappte sich den Briefumschlag. Er stieß Elina Laine grob zur Seite, prüfte, ob sich das Washingtoner Protokoll in dem Kuvert befand, und ging rasch davon, um sich ein Taxi zu nehmen, das ihn zur iranischen Botschaft brachte.

49

Mittelfinnland, Dienstag, 30. Oktober

In der Gaststätte der Esso-Tankstelle in Hirvaskangas roch es nach gebratenem Fett, und Lauri Huotari schien es fast, als könnte man den Geruch wie einen dünnen Dunstschleier sehen, der um die Lampen schwebte. Er saß in dem bei Berufskraftfahrern beliebten Lokal an der Staatsstraße 4, etwa dreißig Kilometer nördlich von Jyväskylä, und aß eine »Braut des Lasterfahrers«. Das panierte Steak war gerade richtig weich, die mit Blauschimmelkäse überbackenen Kartoffeln schmeckten salzig genug, und das obligatorische Grünfutter hatte er auf den Brotteller verbannt. Aber es schmeckte ihm nicht, nichts schmeckte mehr, es kam ihm so vor, als hätte das Leben ihm einen Strick gedreht und die Schlinge um den Hals gelegt.

Huotari rülpste, holte den neuesten Brief des Bankdirektors aus der Brusttasche seines ölbeschmierten Flanellhemdes, breitete ihn auf dem Tisch aus und beobachtete, wie sich in einer Ecke ein Fettfleck ausbreitete. »Da Sie nach Ihren Angaben nicht in der Lage sind, die für Ihre oben angeführten Kredite von uns geforderten zusätzlichen Sicherheiten beizubringen ... Voraussetzung für das Abrufen der nächsten Kreditrate ist die Begleichung der fälligen Tilgungen in Höhe von 11 743,28 Euro sowie ...«

Er knüllte den Brief zu einer kleinen Kugel zusammen und steckte sie in seine Tasche. Was zum Teufel war das denn für ein Kompromiss? Der Bankdirektor sollte sich doch eine Alternative für die zusätzlichen Sicherheiten ausdenken, irgendeine Lösung, damit er seine Probleme meistern und Zeit gewinnen könnte, um ausreichend Geld für die Rückzahlung der überfälligen Raten zusammenzubekommen. Und nun schickte der Mann ihm eine Mahnung über mehr als zehntausend. Wie stellte sich der Idiot das vor? Wie sollte er Bargeld beschaffen, wenn er nicht einmal fähig war, der Bank zusätzliche Sicherheiten zu bieten? Allmählich wurde die Lage hoffnungslos, Huotari fiel kein Mittel mehr ein, das ihn vor der Katastrophe bewahren könnte. Sein Verstand sagte ihm, dass er es nicht schaffen würde, seine Angelegenheiten mit der Bank zu klären, aber sein Gefühl weigerte sich, die Tatsachen zu akzeptieren. Wenn er nachgab und anfing über den Verlust des Lastzugs und des Hauses nachzudenken, wäre er nicht mehr imstande, vernünftig zu arbeiten. Am meisten Angst hatte er vor Katriinas Reaktion, sie war schon wegen einer gesperrten Kreditkarte zu Hause ausgezogen, was würde sie wohl tun, wenn sie erfuhr, dass ihr Haus zwangsversteigert wurde? Oder wenn sie hörte, dass sie gezwungen waren, aus Vaala wegzuziehen, einer neuen Arbeitsstelle hinterher? Näher als in Oulu würde er sicher keinen Job finden.

Die Hälfte der »Braut des Lasterfahrers« blieb auf dem Teller liegen, als Huotari aufstand, den Gürtel lockerte und sich am Ende der Kaffeeschlange anstellte. Er beobachtete, wie ein offensichtlich gut situiertes Ehepaar in modischer Kleidung für seinen kleinen Sohn spontan ein teures Robospielzeug kaufte. Sie sprachen Helsinkier Dialekt, beschwerten sich bei der Verkäuferin darüber, dass es in der Robosapien-Serie angeblich keine richtigen Spielsachen für Mädchen gab, und benahmen sich auch sonst so, als gehörte ihnen die halbe Welt. In Huotari kochte die Wut hoch, am liebsten hätte er gesagt, dass die Verkäuferin wohl kaum für die Produktentwicklung der Spielzeugfabrik verantwortlich war, aber er schluckte seinen Ärger. Wie er es immer tat.

Der Kaffee schmeckte frisch, und die Präsidentin sprach im Fernsehen über das Washingtoner Protokoll. Jeder hatte eben seine Sorgen. Huotari drehte seinen Stift hin und her und versuchte noch einmal zu überlegen, woher er Geld bekommen könnte, um die überfälligen Tilgungen zu zahlen oder zumindest einen Teil davon, damit der Bankdirektor mitsamt seinen Vorgesetzten für ein paar Monate ruhiggestellt war und er genug Zeit bekam, seine Angelegenheiten zu regeln. Von seinen Verwandten würde er keinen Cent mehr bekommen, aber gab es vielleicht jemanden im weiteren Bekanntenkreis? Als er ein paar Namen auf den Zeitungsrand kritzelte, wurde sein Frust noch größer. Er kannte keinen einzigen Menschen, der wirklich flüssig war: Alle seine Freunde befanden sich mit ihren Wohnungskrediten und Kleinkindern in der teuersten Phase ihres Lebens, und auch die Verwandten hatten ihnen ja schon Geld geliehen, so viel sie konnten. Einen Versuch, Blitzkredite oder Ähnliches zu bekommen, brauchte er gar nicht erst zu unternehmen, seit in seinen Kreditdaten ein Eintrag über Zahlungsschwierigkeiten stand.

Er war müde, auch letzte Nacht hatte er nur ein paar Stunden geschlafen. Doch er musste es noch bis nach Oulu schaffen und dann gleich wieder zurück in den Süden fahren. Er hatte Angst, dass er eines Tages nicht mehr an seinem Ziel ankommen würde.

50

Helsinki, Dienstag, 30. Oktober

Arto Ratamo, Erik Wrede und Janet Doherty starrten im Verhörraum der SUPO Imran Malik an, der auf der anderen Seite des
Tisches saß und verärgert wirkte. In dem fensterlosen Betonraum
standen nur Metallstühle und ein großer Tisch mit einer Holzplatte, die matte Beleuchtung sollte bedrohlich wirken und die
Hitze den Verhörten in Bedrängnis bringen. Allerdings dürfte
Malik Hitze gewöhnt sein, dachte Ratamo, während er selbst
schwitzte. In dem schallisolierten Raum hörte man nur Maliks heftiges Atmen und das leise Surren der Videokamera. Das Verhör
dauerte schon über eine Stunde.

Janet Dohertys Finger verfärbten sich vom Make-up, als sie sich
den Schweiß von der Stirn wischte. Die Suche nach dem Washingtoner Protokoll war zu einem Alptraum geworden: Weil sie versagt
hatte, könnte Großbritannien und mit ihm der größte Teil der
westlichen Länder in einen Krieg gegen den einzigen islamischen
Kernwaffenstaat getrieben werden. Und zu alledem schien sich dieser rothaarige Chef der Sicherheitspolizei mehr für sie zu interessieren als für Imran Malik.

»Ich muss wissen, um welche Zeit das Asr ... das Nachmittagsge-
bet heute hier in Helsinki gebetet wird. Ich bin nicht dazu gekommen, das herauszufinden«, verlangte Imran Malik.

Doherty stand auf, ging zu der offenen Tasche, die auf dem Tisch
lag, und nahm einen Stapel Kopien des Washingtoner Protokolls
heraus. »Ich sage es noch einmal, damit Sie es auch ganz sicher verstehen. Sie werden diesen Raum nicht verlassen, solange Sie uns
nicht gesagt haben, wo sich das Originalprotokoll befindet.«

Imran Malik schloss die Augen und ächzte laut. »Und ich sage zum hundertsten Mal, dass ich nicht weiß, wo es ist. Elina Laine bat mich um Hilfe, gab mir den Schließfachschlüssel, und das da ist das Ergebnis«, erwiderte er und deutete auf die Tasche. Er musste noch eine Weile glaubhaft den zu Unrecht beschuldigten Zivilisten spielen, obwohl er vor Neugier fast platzte. Hatte Elina das echte Protokoll wie vermutet irgendwo anders versteckt? War es Abdul Islam gelungen, es an sich zu bringen? Wenn sich das Protokoll jetzt im Besitz der Moslembrüder befand, dann war das einzig und allein sein Verdienst: Er hatte Vorkehrungen für den Fall getroffen, dass Elina versuchte, ihn zu hintergehen, und Abdul deswegen befohlen, die Frau zu beschatten.

Wrede haute mit der Faust auf den Tisch. »Sie haben Elina Laine erst vor ein paar Stunden getroffen. Was hatte sie mit dem echten Protokoll vor?«

»Es den Medien zu übergeben, genau wie sie es vorgestern mit den Kopien getan hat. Elinas Plan hat sich überhaupt nicht geändert, er wurde nur unterbrochen, als die Echtheit des Protokolls bestritten wurde. Elinas Ziel ist es weiterhin, die Verkommenheit der westlichen Länder um jeden Preis zu entlarven«, sagte Imran Malik ganz ruhig und schaute die britische Majorin ausdruckslos an.

»Was haben Sie vorgestern in Helsinki gemacht?«, fragte Ratamo und strich über das Pflaster, das er am Morgen statt des Verbandes auf seine Hand geklebt hatte.

»Wie oft wollen Sie dieselben Dinge noch hören?«, entgegnete Malik in eisigem Ton. »Ich bin hierhergekommen, um Elina zu treffen, meine Schwägerin, die Beistand braucht. Falls Sie sich zufällig erinnern, ihr Mann, mein Bruder Salman Malik, wurde in der Nacht vom letzten Donnerstag zum Freitag ermordet. Ich habe mit Elina am Samstag vereinbart, dass ich von Delhi nach Helsinki fliege und wir dann gemeinsam zu Salmans Begräbnis nach London reisen. Ich weiß nicht, wie das bei Ihnen ist, aber wir Moslems erweisen unseren Verstorbenen die letzte Ehre und kümmern uns um die Witwen.«

Der Mann scheint ja fromm zu sein wie ein Imam, dachte Ratamo. Bei Maliks Liebe für die Verwandtschaft war er sich nicht so sicher.

Doherty ging zum nächsten Thema über. »Sie behaupten, dass Sie in Nordwestpakistan in der privat finanzierten Dorfschule von Susum zehn Kilometer nordöstlich von Chitral kleine Kinder unterrichten. Warum erkennt Sie dann kein Mitarbeiter der Schule auf Fotos?«

»Woher soll ich das wissen?« Malik lachte. »Wahrscheinlich glauben die Kollegen, dass sie mir einen Gefallen tun, wenn sie behaupten, sie kennen mich nicht. In Pakistan suchen die Behörden selten nach Menschen, um ihnen frohe Nachrichten zu überbringen.«

»Wissen Sie, wer Ihre Gebirgsschule finanziert?«, fragte Ratamo und fand, dass Imran Malik eher wie ein Fotomodell aussah und nicht wie ein Dorfschullehrer oder Terrorist. Imran Malik nickte gelangweilt. »Natürlich weiß ich das – die Moslembruderschaft.«

»Wissen Sie, dass die Moslembruderschaft im Verdacht steht, Verbindungen zu zahlreichen Terrororganisationen zu unterhalten? Ist Ihnen bekannt, dass sich im Gebirge nördlich von Susum Ausbildungslager vieler pakistanischer Terrorvereinigungen befinden?«

Imran Malik verzog keine Miene. »Ich bin deswegen hier, weil ich der Witwe meines Bruders helfen wollte. Auf ihre Bitte hin habe ich aus einem Schließfach auf dem Helsinkier Bahnhof eine Ledertasche geholt, die Kopien des schon zuvor in der Presse veröffentlichten Protokolls enthält. Mehr habe ich mir nicht zuschulden kommen lassen.«

Keiner reagierte auf Maliks Antwort. Wrede sah Doherty zum x-ten Mal an.

Die beugte sich vor zu Malik. »Stimmt es, dass Sie letzte Woche in London eine Person namens Saifullah getroffen haben?«

»Saifullah ... Saifullah. Der Name kommt mir nicht bekannt vor. In welchem Zusammenhang soll ich ihn denn getroffen haben?« Imran Malik klang nun noch selbstsicherer.

Dohertys Geduld näherte sich ihrem Ende. Sie schaute kurz zu Wrede, erhob sich und drückte die Fäuste auf den Tisch.

»Wer ist *Saalar-i-Aala* – der Oberbefehlshaber?«, fragte Doherty in scharfem Ton.

Für eine Millisekunde huschte ein Schreck über Imran Maliks Gesicht, und das ärgerte ihn. Er war doch auf diese Frage vorbereitet.

»Das hängt sicher davon ab, welche Terrororganisation Sie meinen, die Führer der meisten pakistanischen Organisationen werden so genannt. So viel weiß auch ich, schließlich verfolge ich die Ereignisse in Pakistan ziemlich genau, schon um meiner eigenen Sicherheit willen. Wie Sie selbst gesagt haben, ist die Gebirgsregion zwischen Pakistan und Afghanistan nicht gerade einer der sichersten Orte der Welt.«

Die Majorin sprang auf wie von der Tarantel gestochen, marschierte zur Tür und rief die Finnen zu sich. Die drei traten hinaus auf den Flur, und die Tür des Verhörraums wurde geschlossen.

Doherty drohte mit dem Finger einen Zentimeter von Wredes Gesicht entfernt. »Hättet ihr Malik in dem Warenhaus nicht aus den Augen verloren, dann hätten wir Elina Laine rechtzeitig gefunden. Und du hast es mir nicht mal gesagt, dass es Malik gelungen war, zu verschwinden.«

Der Schotte wurde feuerrot. »Das war ein Betriebsunfall. Ich war mir sicher, dass wir den Mann finden, bevor ...«

Doherty schnaufte wütend. »Ich glaube nicht, dass uns Imran Malik irgendetwas sagen wird, wir verschwenden nur unsere Zeit.«

Wrede nickte und befahl dann dem Wachtmeister, der auf dem Flur vor der Tür stand, in den Verhörraum zu gehen. Die drei liefen

316

zum Aufzug und saßen eine Minute später im Zimmer des SUPO-Chefs.

Doherty wirkte gestresst, ihr linker Augenwinkel zuckte nervös.

»Wir müssen Elina Laine und das Originalprotokoll finden, das ist das Allerwichtigste, alles andere kann warten.«

Ratamo zuckte die Achseln. »Alles, was möglich ist, wurde getan: die Fahndung ist herausgegangen, das Bild der Frau wurde an die Behörden, die Flughäfen, die Grenzübergangsstellen verteilt ...«

»Das reicht nicht«, unterbrach Doherty ihn gereizt. »Wir können nicht dasitzen und abwarten, was mit dem Washingtoner Protokoll passiert. Der Ausbruch des Krieges hängt von diesem verdammten Vertrag ab.«

Ratamo hatte eine Idee. »Imran Malik ist der einzige Mensch, mit dem die Laine in den letzten Tagen freiwillig geredet hat. Wir sollten Malik gehen lassen, streng überwacht natürlich, und sehen, ob der Mann uns entweder zu Elina Laine oder zu seinen eigenen Kontaktpersonen und Helfern führt. Zumindest kann es nichts schaden.«

Doherty sagte nichts. Sie hätte am liebsten in Credenhill angerufen, ein ganzes Bataillon nach Helsinki beordert und die komplette Stadt auf den Kopf gestellt. Aber das würde auch nichts nützen: Sie suchten eine Frau und ein Dokument, und wenn die finnische Polizei beide nicht fand, dann wäre auch niemand anders dazu imstande. Sie war auf die Finnen angewiesen.

Ratamo fragte sich, ob Wrede die Engländerin deswegen wie ein Hypnotiseur anstarrte, weil sie so eine kühle Schönheit war oder weil sie in einem der geheimsten Nachrichtendienste arbeitete.

»Da du nun mal hier bist, möchte ich ein paar Fragen zu diesen Ermittlungen stellen«, sagte Ratamo in aggressivem Ton zu der Majorin. »Weshalb stand ein Transporter des SRR in der Nacht vor dem Haus von William Norton, als der Mann ermordet wurde? Und weshalb behauptet der Hauptmann von euch, der in der Runeberginkatu verletzt wurde, ich hätte durchgedreht und wild um mich geschossen?«

Doherty schienen die Fragen nicht im Geringsten zu beunruhigen. »Das sind Nebensächlichkeiten, über die können wir später reden. Jetzt muss ich mir etwas einfallen lassen, wie der Krieg verhindert wird.«

* * *

Eine Stunde später stand Imran Malik im heftigen Wind am Rande des Kauppatori neben dem Brunnen von Havis Amanda und fühlte sich stärker als je zuvor. Jetzt kam der Augenblick der Wahrheit, und da war es ihm egal, dass die finnische Sicherheitspolizei wahrscheinlich die Hälfte des Personals ihrer kleinen Behörde auf ihn angesetzt hatte. Gleich würde er erfahren, was mit dem Washingtoner Protokoll geschehen war: Hatte er gesiegt, würde man im Sechs-Stufen-Plan zur dritten Phase übergehen – zum Krieg.

Imran überquerte die Pohjoisesplanadi, auf der sich der Verkehr staute, ging etwa zwanzig Meter die Unioninkatu entlang und blieb vor einem weißen Portal stehen. Der Unionin Kioski war geöffnet. Die Abendzeitungen auf den Metallständern vor dem Laden brachten Bilder von Elina Laine und Großajatollah Ali Khamene'i. Der religiöse Führer des Iran wurde mehr und mehr zur Verkörperung des ganzen islamischen Zorns.

Imran Malik lächelte, als er sah, dass im Schaufenster *The Times* hing. Das war ein Zeichen und bedeutete, dass eine Nachricht für ihn hinterlegt war. Der Verkäufer musste Asif sein. Abdul Islam hatte ihn genau so beschrieben: ein bärtiger, etwa fünfzigjähriger Mann mit Eulenaugen. Alles war in Ordnung.

Imran holte ein paar Münzen aus der Tasche.

» *The Times*«, sagte er, und der bärtige Verkäufer riss die Augen noch weiter auf, wenn das überhaupt möglich war. Dann bückte sich Asif, nahm irgendwoher eine Zeitung und reichte sie seinem Kunden mit einem Lächeln.

Imran juckte es in den Fingern, aber er durfte die Zeitung nicht gleich aufschlagen, alles musste normal aussehen. Seine Schritte beschleunigten sich unwillkürlich, als er in die Aleksanderinkatu einbog und das Schild des Café Engel erblickte. Er kaufte einen Espresso, setzte sich an einen leeren Fenstertisch und betrachtete erst die Kunden des Cafés und dann die Menschen, die auf dem Senaatintori unterwegs waren. Garantiert wurde er von einem Dutzend Polizisten beobachtet. Er schlug die Zeitung auf, überflog die Schlagzeilen und tat so, als würde er hier und da einen Artikel lesen. Die Minuten schienen im Schneckentempo zu vergehen. Er blätterte langsam um und schlug endlich die mittlere Doppelseite auf. Seine Anspannung nahm noch zu, als er links eine eingeklebte Nachricht von Abdul Islam entdeckte.

»Wir waren erfolgreich. Elina Laine hatte auch das echte Washingtoner Protokoll in einem Schließfach auf dem Bahnhof versteckt. Du hattest recht, die Frau hat dich als Köder benutzt, aber das weißt du bereits, wenn du dies liest. Ich habe das Protokoll zur iranischen Botschaft gebracht. Von dort wurde es zum Flughafen von Helsinki und dann mit einem Boeing Business Jet nach Teheran geschickt. Saifullah sagt, du darfst keinerlei Kontakt zu ihm oder zu anderen Mitgliedern der Organisation aufnehmen. Und du darfst nicht nach Pakistan zurückkehren.«

51

London, Dienstag, 30. Oktober

Die Stuhlreihen an der Stirnwand des tausend Quadratmeter großen alten Ziegelgebäudes auf dem Industriegelände Dagenham
Dock in Ostlondon füllten sich, als die von Saifullah eingeladenen
Verbindungsmänner einer nach dem anderen eintrafen. Das Gebäude ließ sich nicht abhören, und ungebetene Gäste würden nicht
einmal in die Nähe der Halle mitten auf einem großen Industrie-
grundstück gelangen, dafür sorgte eine Gruppe von dreißig Wäch-
tern, die Saifullah um das Gebäude herum postiert hatte. Und
wenn die Behörden trotz aller Vorsichtsmaßnahmen den Weg hierher fanden, würden sie sagen, dass es sich um eine Versammlung
der Moslembruderschaft handelte; notfalls konnte jeder von ihnen
nachweisen, Mitglied der Bruderschaft zu sein. Saifullah lief der
Schweiß in Strömen, Sapahi reichte ihm ein Papiertuch. Es war
gefährlich, dieses Treffen zu organisieren, aber unabdingbar. Sie
mussten sich wenigstens einmal von Angesicht zu Angesicht treffen und alle offenen Fragen klären, bevor man vom Wort zur Tat
übergehen konnte, zur dritten Phase des Sechs-Stufen-Plans: zum
Krieg.

Die Ungeduld der Versammlungsteilnehmer war spürbar, nur
wenige brachten es fertig, sich hinzusetzen, alle diskutierten heftig
miteinander. Plötzlich dröhnten laute Rufe und frenetischer Applaus durch die Halle, so dass die Wände erzitterten: Alle starrten
auf die Leinwand, auf der ein Projektor die Sendung des Nachrichtenkanals Al Jazeera zeigte. Ein selbstsicher und aggressiv wirkender Mann mit Turban und grauem Bart hielt, umgeben von Sicherheitsleuten, das Washingtoner Protokoll in der Hand und genoss

320

es, im Mittelpunkt der Aufmerksamkeit Dutzender Journalisten und Kamerateams zu stehen.

»Das echte Protokoll ist in Teheran in Sicherheit. Jetzt ist der Sieg unser!«, schrie jemand und löste einen Sturm der Begeisterung aus.

Erfreut und zufrieden bemerkte Saifullah, dass gerade der Vertreter Syriens eintraf. Jetzt waren alle Staaten repräsentiert, die eine Einladung erhalten hatten: Afghanistan, Algerien, Ägypten, Indonesien, Iran, Irak, Jemen, Jordanien, Oman, Saudi-Arabien, Somalia, Syrien, Tunesien und natürlich Pakistan. Aber der Vertreter irgendeiner Organisation fehlte noch, Saifullah ging die Gästeliste schnell im Kopf durch: Al Kaida, At-Takfir wa-l-Higra, die Al-Aqsa-Märtyrerbrigaden, Gama'a al-Islamiyya, Hamas, Hisbollah und die pakistanischen Organisationen Harkat-ul-Jihad-i-Islami, Laskar-e-Jhangvi, Jaish-e-Mohammed, Anjuman Sipah-e-Sahaba ...

Die Stahltür knallte zu, und Schritte hallten durch das Gebäude, als der letzte Versammlungsteilnehmer eintraf, ein schnurrbärtiger Araber von der Organisation Abu Nidal. Saifullah klopfte ans Mikrofon und forderte seine von Freude erfüllten Kampfgefährten auf, Platz zu nehmen. Sapahi stellte sich hinter ihn und verschränkte die Arme auf der Brust. Es dauerte eine Weile, bis sich die erregten Gäste so weit beruhigt hatten, dass sie sich hinsetzten.

»Wie ihr gehört habt, ist das Washingtoner Protokoll jetzt in Teheran. Nach meinen Informationen bemüht man sich in Teheran darum, dass eine von der Universität eingesetzte Gruppe von Wissenschaftlern die Echtheit des Washingtoner Protokolls schon morgen bestätigt oder ...« Als Saifullah seine Rede begann, schallten wieder Freudenrufe durch die Halle.

»Niemand kann das Urteil der Gruppe anfechten, dafür haben unsere Brüder in ihrer Weisheit gesorgt, indem sie auch zwei Mitglieder aus westlichen Ländern in die Gruppe berufen haben: Otto Kaltenbach vom Fachbereich Dokumente im Kriminaltechnischen Institut des deutschen BKA sowie die für Echtheitsprüfungen verantwortliche Direktorin der Florenzer Galerie der Uffizien Giulietta Moretti.«

Jetzt tobte ein Proteststurm durch die Halle, Saifullah musste auf den Tisch klopfen, damit sich der Sturm wieder legte.

»Beruhigt euch, Brüder, beruhigt euch. Die Beteiligung der Wissenschaftler aus westlichen Ländern garantiert die Unparteilichkeit der Gruppe. Auch unsere Feinde müssen von der Echtheit des Protokolls überzeugt sein, dann ist unser Krieg gerechtfertigt.«

Saifullah wartete, bis die Rufe im Saal verstummten. »Der Hauptdarsteller in diesem historischen Schauspiel ist, soviel ich weiß, in jeder Hinsicht bereit?«

Der Repräsentant der größten Partei Pakistans, der extrem islamistischen Muttahida Majlis-e Amal, erhob sich. »Ich habe die Vertreter der Armee vorhin konsultiert. Die Atomwaffen sind einsatzbereit. Fünfundzwanzig für die Verteilung der Kernwaffen umgebaute Passagiermaschinen, zwanzig zivil genutzte Learjet-Düsenflugzeuge und genau so viele Frachtflugzeuge stehen mit ihrer Kernwaffenlast startbereit auf syrischen, iranischen und pakistanischen Flughäfen. Und die restlichen Kernsprengköpfe sind schon nach Syrien verlegt worden, von dort erreichen die Trägerraketen Hatf-6 Rom und werden es zerstören. Die westlichen Länder verfügen über kein Mittel zu ihrer Verteidigung, sie wissen nicht, von welchen Maschinen die Bomben abgeworfen werden, und sie können auch nicht den gesamten Luftverkehr abschießen. Die Flugpläne der Maschinen sind außerdem so koordiniert, dass die tödlichen Lasten fast gleichzeitig abgeworfen werden.«

Wieder toste eine Welle der Beifallsbekundungen durch die Halle. »Syrien und Iran, konntet ihr allen willigen Brüdern Biowaffen liefern?«, fragte Saifullah, erhielt diesmal aber nur ein Nicken der Vertreter beider Staaten als Antwort. Saifullah stand auf und erhob die Hand. »Und alle Armeen sind bereit, die offiziellen wie auch die inoffiziellen.« Er heizte die Stimmung absichtlich an und erreichte, dass die Versammlungsteilnehmer Parolen brüllten. Er wartete, bis sich der Lärm legte, und fuhr dann fort.

»Den enthusiastischsten unter unseren Brüdern fällt es sicher in diesen Augenblicken schwer, sich zurückzuhalten. Es ist unsere Aufgabe, dafür Sorge zu tragen, dass niemand unseren Plan durch überstürzte Aktionen durcheinanderbringen kann. Das Timing ist das A und O, wir ziehen an allen Fronten und mit allen Waffen gleichzeitig in den Krieg, sobald die Wissenschaftlergruppe der Teheraner Universität bestätigt, dass dieses Washingtoner Protokoll echt und das Originaldokument ist. Keinen Augenblick früher. Unser Angriff muss begründet sein.«

Das zustimmende Gemurmel hielt nur kurz an, daraus schloss Saifullah, dass die Stimmung genügend angeheizt war. »Unser Heiliger Krieg wird uns allen ungeheuer viel abverlangen: intensive Zusammenarbeit, unablässige Konzentration und eine auf die Minute genaue Koordination. Ich habe euch deswegen hierhergerufen, damit wir die Gelegenheit erhalten, von Angesicht zu Angesicht zu reden, bevor die Stunde schlägt. Planen muss man jetzt, sobald die Teheraner Universität die Echtheit des Protokolls bestätigt, ist die Zeit gekommen, zu handeln. Nutzt die Gelegenheit, redet miteinander, stellt euch Fragen, trefft Vereinbarungen, damit alles bereit ist ...«

* * *

Im Bunker unter der Dienstwohnung des Premierministers in der Londoner Downing Street richteten sich die Blicke der todernsten Mitglieder des britischen Kriegskabinetts auf den großen Bildschirm. Eine förmliche Frauenstimme hatte gerade mitgeteilt, sie werde jetzt die Bildverbindung in das Emergency Operations Center des US-Präsidenten freischalten, in den röhrenförmigen Bunker tief unter dem Ostflügel des Weißen Hauses, in den Raum, von dem aus die USA bei der Gefahr eines Angriffs geführt wurden.

Es dauerte eine Weile, bis das hüpfende und grieselnde Bild so scharf war, dass man die Amerikaner an dem ovalen Tisch aus Edelholz erkennen konnte. Um den Präsidenten, dessen Gesicht aufgedunsen wirkte, saßen nun alle Generale des Vereinigten Generalstabs sowie die Schlüsselminister und seine wichtigsten außen-, sicherheits- und militärpolitischen Berater.

»Danke, dass ihr Zeit für diese Konferenz gefunden habt«, sagte der britische Premierminister und entnahm dem wütenden Gesichtsausdruck des Präsidenten, dass es ratsam wäre, gleich zur Sache zu kommen. »Die Lage ist offen gesagt katastrophal ... «

»Das ist uns sicher allen klar. Ich will gar nicht erst fragen, wie es möglich ist, dass dieses Washingtoner Protokoll in Teheran gelandet ist und nicht bei euch in London. Wir haben nur eine Frage: Ist das Protokoll, das die Mullahs in Teheran schwenken, echt oder nicht?«, wetterte der Präsident.

»Es ist echt. Das ist leider dasselbe Dokument, das in unserem Außenministerium aus dem Zimmer des Ständigen Unterstaatssekretärs ... «

»Wie ist das möglich? Ihr solltet doch alles in die Waagschale werfen!«, rief der Präsident und unterbrach den Premier schon zum zweiten Mal.

Der Chef des SRR musste antworten. »Einen Menschen in seinem Heimatland zu finden ist nicht immer einfach, selbst wenn die Behörden mehrerer Staaten nach ihm suchen.«

Der Präsident schnaufte gereizt. »Das Protokoll ist verloren, jetzt sollten wir aufhören, Mist zu erzählen, und uns auf das Wesentliche konzentrieren. Der Krieg beginnt heute oder morgen. Es ist an der Zeit, den Generalen das Wort zu geben.«

Der Vorsitzende des Vereinigten Generalstabs der USA räusperte sich. »Bei uns ist alles einsatzbereit. Die Pazifikflotte hat im Arabischen Meer, im Golf von Oman und im Indischen Ozean ihre Stellungen bezogen und ist bereit, die pakistanischen Häfen zu blockieren und den Golf von Akaba, den Persischen Golf und die Straße von Hormus unter Kontrolle zu nehmen. Alles ist in Betracht gezogen, wir können atomare Präventivschläge entweder mit interkontinentalen ballistischen Raketen aus Silos, von B-2-Bombern der Air Force aus oder von U-Booten durchführen. Oder wir können taktische Atomraketen einsetzen, entweder Tomahawks, die von U-Booten abgeschossen werden, oder B61-Bomben, die aus Flugzeugen abgeworfen werden.«

Der britische Chief of the Defence Staff wirkte schockiert. »Ihr redet ja nur von Kernwaffen. Ist ein Präventivschlag mit konventionellen Waffen nicht ...«

»Nein«, sagte der US-Verteidigungsminister. »Nach Informationen unserer Aufklärung plant Pakistan den Abwurf von Atombomben aus Zivilflugzeugen. Außerdem sieht es so aus, als wurde ein Teil seines Kernwaffenarsenals schon ins Ausland gebracht, wahrscheinlich in den Iran und nach Syrien. Diesen Krieg wird man ohne Kernwaffen nicht gewinnen.«

Jetzt schien auch der britische Premierminister nervös zu werden.

»Ihr könnt doch solche Entscheidungen nicht allein treffen. Das muss morgen auf dem NATO-Gipfel besprochen werden oder ...«

»Leider haben wir nicht die Zeit, bis zu dem NATO-Treffen zu warten.« Der Präsident fiel dem Premierminister mit vor Zorn krebsrotem Gesicht schon das dritte Mal ins Wort. »Dieser Krieg kann jeden Augenblick losgehen. Und das ist kein Grenzgeplänkel auf dem Balkan und auch kein Feldzug zur Zügelung irgendeines halbverrückten moslemischen Diktators, jetzt wird es ernst.«

Der Chef des SRR machte einen ruhigen Eindruck. »Wenn ihr angreift, geraten auch wir in den Krieg. Wie sicher ist es, dass Pakistan Vorkehrungen für einen Atomkrieg trifft? Wie verlässlich sind die Informationen eurer Aufklärung? Sollen wir auf deren Grundlage die Entscheidung über den Beginn eines Atomkriegs treffen? Eure Aufklärung hat sich auch früher schon ziemliche Fehlschüsse geleistet, wenn die Formulierung erlaubt ist, zuletzt im Falle der Massenvernichtungswaffen des Irak.«

Der selbstsichere Direktor der CIA sah bei seiner Antwort den Präsidenten an. »Ich habe in meiner ganzen Laufbahn kein einziges Mal eine solche Flut von Aufklärungsinformationen erlebt, das Personal schafft es nicht einmal, diese Unmenge von Material wenigstens zu überfliegen, obwohl alle rund um die Uhr arbeiten. Aber Pakistan hat Kernwaffen ins Ausland transportiert und plant die Verwendung von Zivilflugzeugen für ihren Abwurf, das steht fest. Und ebenso, dass sich unser Verdacht gegen die Moslembruderschaft bestätigt hat. Sie scheint eine Dachorganisation zu sein, mit deren Hilfe die verschiedenen Terrororganisationen und andere radikale islamische Gruppierungen Kontakt zueinander halten.«

Der Kanzleichef des britischen Premiers, Oliver Watkins, hatte das Gespräch schweigend verfolgt, er schwitzte noch mehr als sonst, seine Angst wurde immer größer. Würde sein Versagen zu all dem führen, zu einem richtiggehenden Atomkrieg? »Und ein Schlag gegen die Teheraner Universität? Was wäre, wenn wir das Washingtoner Protokoll vernichten?«, schlug er vor.

Die Machthaber in der Operativen Zentrale des Weißen Hauses schüttelten den Kopf, und die US-Außenministerin antwortete: »Auf die Idee sind wir auch gekommen. Aber das Endergebnis wäre wahrscheinlich genau das gleiche. Die islamische Welt würde die Vernichtung des Protokolls als Beweis für seine Echtheit ansehen, und ein Angriff auf Teheran wäre in jedem Falle der Beginn eines Kriegs.«

Der US-Präsident erhob sich am ovalen Edelholztisch und verschränkte die Arme vor der Brust. »Wir haben eure Erklärungen gehört, und ihr habt gehört, was wir vorhaben. Wir können es uns nicht leisten, diesen Kampf zu verlieren, der schon bald beginnen wird«, verkündete er, dann brach die Bildverbindung ab.

Der US-Verteidigungsminister wandte sich mit todernster Miene dem Präsidenten zu. »Wir müssen vor Pakistan zuschlagen, Sie müssen die Erlaubnis zum Atomschlag schon erteilen, bevor die Echtheit des Washingtoner Protokolls bestätigt wird.«

Der Präsident suchte mit einem Blick Unterstützung bei seinen Generalen und fühlte sich einsamer als je zuvor. Würde er der zweite Mensch der Weltgeschichte sein, der über den Einsatz von Kernwaffen entschied? Sollte er den Befehl geben, der Millionen Menschen den Tod brachte?

52

Helsinki, Dienstag, 30. Oktober

Der BH flog aufs Bett, dann der Slip und die Strümpfe. Elina Laine ärgerte es, dass sie noch ein weiteres Mal zur Polizei gehen musste. Als der Schock nach den Ereignissen auf dem Bahnhof einigermaßen überwunden war, hatte sie ein paar Stunden lang über ihre Lage nachgedacht und sich dann bei der SUPO gemeldet. Erik Wrede ließe sie diesmal sicher nicht so leicht davonkommen. Sie würde wieder und wieder seine Fragen beantworten müssen: Wer hatte ihr das Washingtoner Protokoll weggenommen? Wie hatte sie es verloren? Was hatte der Dieb gesagt ...

Die entspannende Wirkung der heißen Dusche war himmlisch, half aber nicht gegen den Riss in ihrem Selbstwertgefühl. Imran Malik hatte sie durch K. o. besiegt. Wieder einmal hatte sie einen Kampf in ihrem Leben verloren. Seit dem Zwischenfall auf dem Bahnhof waren fast sechs Stunden vergangen, doch Elina konnte es immer noch nicht fassen, dass Imran sie hintergangen hatte. Herrgott noch mal, der Mann war doch Salmans Bruder.

Sie bereute es nicht mehr im Geringsten, dass sie Imran ausgenutzt hatte. Dazu war sie gezwungen gewesen. Man hatte den Bahnhof garantiert überwacht, und ihr Bild war in den letzten Tagen in den Medien zu präsent gewesen. Ohne Ablenkungsmanöver wäre sie nicht imstande gewesen, das Protokoll zu holen. Erst hatte sie in Erwägung gezogen, einen jungen Burschen dafür zu bezahlen, dass er das Protokoll besorgte, aber letztlich hatte sie sich nicht durchringen können, das Dokument auch nur für einen Augenblick einem Unbekannten anzuvertrauen.

Elina drehte die Dusche zu, spürte die kühle Zimmerluft auf ihrer Haut und griff nach dem dicken Frotteehandtuch. Was war Imrans Motiv? Warum war das Washingtoner Protokoll zur Überprüfung an der Teheraner Universität gelandet? Vielleicht stand Imran im Dienst jener islamistischen Extremisten, denen die Aufdeckung des Washingtoner Protokolls als perfektes Mittel diente, um Hass zu schüren und zum Heiligen Krieg aufzuhetzen. Möglich war das wohl, Imran lebte schon seit Jahren in einer Gegend, in der es zahlreiche Ausbildungszentren von Terrororganisationen gab, und fanatisch war Imran schon immer gewesen.

Allmählich sah Elina ihren Schwager in einem anderen Licht: Imran war der erstgeborene Sohn, dem der Vater seine Kritik am westlichen System von Anfang an eingetrichtert hatte. Er war ein Mann, der fast sämtliche Verbindungen zu seiner Familie und zu Freunden abgebrochen und sich einen Arbeitsplatz in einer Region voller Lager von Terroristen gesucht hatte.

Elina zog den Bademantel an und trocknete die Duschkabine erst mit dem Wasserabzieher und dann mit einem Lappen. Der beschlagene Spiegel regte sie auf, rasch öffnete sie die Badtür und wischte ihn ab. Sie würde das nicht mehr lange durchhalten, sie musste sich unbedingt ausruhen. Elina schlurfte ins Wohnzimmer und schaltete das erste Mal seit ihrer Flucht nach Kemiönsaari vor zwei Tagen ihr Telefon ein. Das Teil spielte verrückt, das Piepen wollte überhaupt nicht aufhören, sie hatte jede Menge SMS, und auch auf dem Anrufbeantworter waren an die zwanzig Nachrichten hinterlassen worden. Sie ließ sich auf ihr Designersofa fallen und drückte auf die Fernbedienung des Plasmafernsehers, der an der Wand hing.

Fast alle Sender bombardierten die Zuschauer mit Nachrichten über das Washingtoner Protokoll. Die Experten der Nachrichtenredaktionen warnten hochgradig erregt vor dem ernstzunehmenden Risiko eines großen Krieges, an dessen Schwelle man schon stand. Es wurde erwartet, dass die Teheraner Universität innerhalb von vierundzwanzig Stunden die Echtheit des Protokolls bestätigte. Und in einer halben Stunde gab es eine Sondersendung, dann würde der finnische Ministerpräsident das Volk über die Weltlage informieren. Elina Laine wurde von niemandem mehr auch nur mit einer Silbe erwähnt, nicht einmal in Nebensätzen, sie war Schnee von gestern. War sie im Begriff gewesen, die Zündschnur anzubrennen, die den großen Krieg entfachen würde, oder war sie im Spiel der Großen nur eine kleine Schachfigur?

Das Fernsehbild erlosch, Elina warf die Fernbedienung auf den Fußboden. Wie sollte sie es schaffen, die Spuren, die all die Schrecken der letzten Tage in ihrem Kopf hinterlassen hatten, jemals zu beseitigen? Imran war der erneute Beweis dafür, dass es besser war, immer das Schlimmste von einem Menschen zu erwarten und lieber eine freudige Überraschung zu erleben, wenn sich jemand doch als vertrauenswürdig erwies. So dachte sie immer noch, obwohl Salman versucht hatte, sie zu einer anderen Denkweise zu bewegen. Ihre Stimmung wurde ein wenig besser, als sie sich sagte, dass die Sache mit dem Washingtoner Protokoll auch schlechter hätte ausgehen können: Wäre es der Sicherheitspolizei oder den britischen Behörden in die Hände gefallen, dann hätte man es vernichtet oder für die nächsten zweihundert Jahre in irgendeinem staubigen Versteck vergraben, wie seinerzeit das *Periculum Islamicum*. Jetzt würde das Washingtoner Protokoll zumindest veröffentlicht und seine Echtheit bewiesen werden, und die westlichen Länder erhielten ihre Strafe. Vielleicht würde sich irgendwann später jemand auch an ihre Rolle erinnern.

Um halb sechs klingelte der Wecker, der Chef der SUPO Erik Wrede hatte sie zu achtzehn Uhr in sein Büro bestellt. Elina wollte das Gespräch möglichst schnell hinter sich bringen und dann in ihr Leben zurückkehren. Oder in das, was davon noch übrig geblieben war.

Elina zog sich den Mantel über, trat hinaus auf die Runeberginkatu und ging in Richtung Fredrikinkatu. Am frühen Abend war es unangenehm kühl, und der heftige Wind rauschte in den Straßenschluchten. Sie fühlte sich vollkommen leer und begriff, dass es jetzt an der Zeit wäre, Salmans Tod zu verarbeiten, aber sie wusste nicht, wie sie das tun sollte. In Helsinki vermochte sie sich nicht zu entspannen, aber sie hatte auch keine Lust, nach London zurückzukehren, in ihre und Salmans gemeinsame Umgebung, in das Leben, das sie verloren hatte. Doch früher oder später müsste sie die praktischen Dinge regeln.

In Kamppi drängten sich auf den Fußwegen die Menschen, die von der Arbeit nach Hause eilten. Elina versuchte Anzeichen dafür zu erkennen, dass man in Finnland das erste Mal seit über einem halben Jahrhundert mit der Gefahr eines Krieges lebte, aber von der beängstigenden Weltlage zeugten höchstens die Titelseiten der Abendzeitungen mit ihren hysterischen Schlagzeilen: Beginnt der Krieg morgen? Pakistan zum Angriff bereit?

An der Ecke Iso Roobertinkatu wäre sie beinahe mit jungen Leuten in Overalls zusammengestoßen, die, nach dem Lärm und ihrem schwankenden Gang zu urteilen, schon seit einiger Zeit feierten. Studenten der Land- und Forstwirtschaftlichen Fakultät, schlussfolgerte Elina, als sie ein Gerät erblickte, das von zwei stämmigen jungen Männern getragen wurde und wie eine Melkmaschine aussah. Einfach feiern und dabei richtig abschalten – das hatte sie nie gekonnt und würde es wohl auch nicht mehr lernen. Wie lange würde sie brauchen, um sich von den Ereignissen der letzten Tage zumindest so weit zu erholen, dass sie wieder der scheue und unsichere Workaholic wurde, der sie vorher war? Zum Glück hatte sie keine neuen Fotoaufträge für *National Geographic* oder irgendeine andere Zeitschrift übernommen. Sie würde morgen ans Grab von Tante Kaisa gehen und sich danach zu Hause einschließen und ihre Gedanken ordnen.

Am Haupteingang der Ratakatu 12 drückte Elina auf den Summer und gelangte in den Windfang. Dann öffnete sich die zweite Glastür, sie nannte dem Diensthabenden an der Wache ihren Namen und ihr Anliegen und trat dann durch die nächste Tür in das Foyer, wo ein junger SUPO-Mitarbeiter mit nach hinten gekämmtem Haar sie erwartete. Sie gingen schweigend am Metalldetektor und am Durchleuchtungsgerät vorbei zu den Aufzügen und fuhren hinab ins erste Kellergeschoss. Elina Laine wurde in denselben unfreundlichen Verhörraum geführt, in dem sie am vergangenen Freitag Arto Ratamo das erste Mal begegnet war. Der Chef der SUPO Erik Wrede saß an dem Tisch mit der Holzplatte, und ein junger Polizist hantierte an der Videokamera. In dem fensterlosen Betonkabuff roch es muffig.

»Nun ja, diesmal sind Sie also freiwillig gekommen. Es ist Ihnen sicher recht, dass wir den Recorder einschalten?«, sagte Wrede und machte sich nicht die Mühe, ihr wenigstens die Hand zu geben. Er deutete auf den Stuhl und wartete, bis sich Elina Laine gesetzt hatte. Dieses Gespräch musste über die Bühne gebracht werden, obwohl das Schlimmste schon eingetreten war: Das Washingtoner Protokoll befand sich in Teheran, und der Beginn des Krieges rückte unausweichlich näher.

»Ich würde gern fragen, ob Ihnen klar ist, was Sie getan haben, aber das dürfte sinnlos sein. Es wird wohl kaum jemand sein Land aus Versehen an den Abgrund des Krieges treiben.« Wrede versuchte gar nicht erst, seine feindselige Einstellung zu verbergen.

»Ich wollte nur einen längst abgeschlossenen Vertrag aufdecken und mir nicht ausdenken ...«

»Ich muss Sie gleich zu Anfang warnen«, unterbrach Wrede sie. »Die Juristen der Polizeiverwaltung werden klären, ob Sie eine Straftat begangen haben, als Sie das Washingtoner Protokoll versteckten. Oder es dürfte vielmehr darum gehen, zu klären, was für Straftaten Sie begangen haben.«

Elina trieb es allmählich die Zornesröte ins Gesicht. »Ich kann versichern, dass dies im Moment meine geringste Sorge ist.«

Die Bemerkung schien auch Wrede noch mehr zu verärgern. »Sind Sie jetzt bereit, alles über die Ereignisse der letzten Tage auszusagen?«

Elina geriet nun erst recht in Wut, sie wollte dieses Gespräch jedoch schnell hinter sich bringen, bevor dieses rothaarige Arschloch es schaffte, dass sie die Fassung verlor. Sie erzählte ausführlich alles, woran sie sich erinnerte, angefangen mit Salmans letztem Anruf bis zu dem Moment, als der Mann, der plötzlich im Bahnhof aufgetaucht war, ihr das echte Protokoll aus den Händen gerissen hatte.

»Und ich möchte ausdrücklich klarstellen, dass Arto Ratamo in der Runeberginkatu nicht die Nerven verloren hat. Im Gegenteil, Ratamo hat nur versucht, mich zu schützen und auch selbst diesen Angriff zu überleben. Uns standen dort schließlich drei bewaffnete Männer gegenüber. Und in Särkisalo hat mich Ratamo nur, weil ich ihn erpresst habe, entkommen lassen. Ich habe gesagt, dass ich lügen und behaupten würde, er hätte in der Runeberginkatu durchgedreht, wenn er mich nicht gehen lässt.«

»Ach, er hat Sie entkommen lassen?«, konstatierte Wrede voller Interesse.

Elina fluchte innerlich, sie hatte Ratamo doch nicht etwa noch mehr in Schwierigkeiten gebracht. Sie mochte Erik Wrede mit jedem Augenblick weniger.

* * *

Arto Ratamo warf einen Blick zu Nelli, die mit saurer Miene neben ihm auf dem Beifahrersitz saß, und beugte sich dann vor zur Windschutzscheibe seines Käfer-Cabrios, um besser zu erkennen, wo der Straßenrand des Länsiväylä begann. Der Schneeregen musste natürlich gerade anfangen, als er Nelli von der Reitstunde in Kirkkonummi abholte. Er hatte vollauf damit zu tun, nicht an das Washingtoner Protokoll und die Kriegsgefahr zu denken.

»Bei diesen Straßenverhältnissen muss man das Gaspedal mit Fingerspitzengefühl behandeln«, witzelte er, aber Nelli zog immer noch einen Flunsch. Warum hatte er ihr auch gerade jetzt erzählen müssen, wie ernst die Krankheit von Musti war?

»Musti hat doch ein gutes Leben gehabt, zumindest seit sie bei Jussi Ketonen war. Und nur wenige Hunde werden über fünfzehn

Jahre alt. Wir sterben ja alle irgendwann mal, man muss dann versuchen an die schönen Augenblicke zu denken, die man zusammen verbringen durfte.« Ratamo bemühte sich, Nelli zu trösten, sie antwortete jedoch nicht.

In Ruoholahti hielt Ratamo an der Ampel an und klopfte seiner Tochter aufs Knie. »Wir bekommen ja bald ein neues Familienmitglied.«

»Na, das ist wenigstens eine gute Nachricht«, sagte Nelli mit betrübter Miene. »Dann bist du vielleicht etwas öfter zu Hause.«

Am liebsten hätte Ratamo einen Stoßseufzer der Erleichterung von sich gegeben. Er hatte schon befürchtet, dass Nelli tagelang nicht mit ihm reden würde wie im letzten Sommer, damals hatte er sie nicht zum Rockfestival »Entenrock« im Vantaaer Korso gehen lassen.

»Du hättest auch schon eher zugeben können, dass die Geschwülste bösartig sind. Du machst immer alles erst auf den letzten Drücker«, tadelte Nelli ihren Vater.

»Ich hätte das eher sagen können, das stimmt«, gab Ratamo zu und beschloss, das Gespräch erst fortzusetzen, wenn sich Nelli an den Gedanken gewöhnt hatte, dass Musti eingeschläfert wurde. Es wurmte ihn, dass er noch nicht nach Hause gehen konnte, Wrede hatte ihm befohlen, den ganzen Abend in der Ratakatu Bereitschaftsdienst zu machen. Die Arbeitsbelastung der letzten Tage rächte sich nun und führte zu ständiger Müdigkeit, oder sein Blutdruck war wieder zu hoch.

In dieser Hektik blieb keine Zeit, auf eine gesunde Lebensweise zu achten: Er schlief zu wenig, aß, was sich gerade ergab, und auch der Stress machte ihm zu schaffen. Auf den PCR-Test und dessen Ergebnis musste er noch bis zum nächsten Abend warten. Wenn alles in Ordnung war, würde er von seinen Überstunden ein paar Tage mit Riitta frei nehmen und sich richtig ausruhen, dachte er, bevor ihn die Tatsachen wieder einholten. Wenn Pakistan Europa in den Krieg trieb, könnte er vielleicht jahrelang keinen Urlaub machen.

53

Helsinki, Dienstag, 30. Oktober

Erik Wrede ging in seinem Zimmer in der Ratakatu mit so viel
Schwung auf und ab, dass der Parkettfußboden knarrte. Er dachte
immer noch über den Besuch von Elina Laine nach. Mann, so eine
Idealistin und Querulantin: Laine besaß Geld wie ein Oligarch, aber
trotzdem musste sie so ein Trara machen um Vergehen ausgerechnet
jener Staaten, die ihren Erfolg erst möglich gemacht hatten. Der
Schotte kannte den Menschenschlag, den Elina Laine repräsentierte.
Seelenverwandte der Frau fanden sich sowohl unter den Tierschutz-
aktivisten, Feministinnen und Naturschützern als auch unter den
Kommunisten. Wrede traute Menschen nicht, denen Geld allein
nicht genügte. Elina Laine war schuld daran, dass er und die ganze
Nation jetzt in der Patsche saßen: Wenn sie der SUPO das Washing-
toner Protokoll freiwillig übergeben hätte, dann wäre jetzt alles in
Ordnung.

»Stoppst du die Rundenzeiten?«, fragte Ossi Loponen in der
offenen Tür und erreichte damit, dass der Schotte stehen blieb.

»Komm rein, statt Witze zu reißen, verdammich«, fuhr Wrede
ihn an. »Du hast am Telefon gesagt, dass ihr etwas über diesen Psychiater herausgefunden habt. Diesen ... wie hieß er doch gleich?«

»Eero J. Vuorenmaa. Das J steht übrigens für Jaakkima«, antwortete Loponen und konnte sich das Lachen nur mühsam ver-
kneifen.

Mit allen möglichen infantilen Leuten musste man hier arbeiten,
dachte der Schotte, ersparte sich aber eine Bemerkung. »Und?«

»Der Vuorenmaa scheint eher Rentner zu sein als Psychiater.
Den größten Teil des Jahres wohnt er in Gibraltar, und im letzten

Jahr hatte er nur elftausend Euro zu versteuerndes Einkommen. Laut Europol war Vuorenmaa ziemlich hoch verschuldet, hat aber in den letzten Tagen die meisten seiner Kredite zurückgezahlt. Und was das Beste ist, der Mann hat anscheinend seine Behauptungen über Ratamo ziemlich schlecht vorbereitet. Vuorenmaa hat uns eine Liste seiner Termine mit Ratamo gegeben, und es sieht so aus, dass Ratamo nachweislich in mindestens fünf Fällen ganz woanders gewesen ist.«

Wrede sah enttäuscht aus. »Ein verständlicher Fehler. Vuorenmaa konnte ja Ratamos Abläufe nicht kennen.«

»Ich weiß nicht, weshalb dieser Jaakkima Ratamo diffamieren wollte, aber ich könnte wetten, dass er es für Geld gemacht hat. Es wäre ganz schön zu wissen, wer ihn bezahlt ...«

»Du kannst gehen. Und sag Ratamo, dass er sich seine Jacke anziehen und ins Foyer kommen soll«, schnauzte Wrede. Ratamo hatte jetzt wieder festen Boden unter den Füßen, ihn konnte er nicht mehr erpressen. Jetzt musste er versuchen, zu retten, was noch zu retten war.

Ratamo starrte auf den Mosaikfußboden im Foyer der SUPO und fragte sich, weshalb Wrede ihn hierherbeordert hatte. Wollte der Schotte ihn um sieben Uhr abends ins Innenministerium bringen, damit ihn die oberste Polizeiführung zusammenstauchte? Jedenfalls würde auch bei dem, was ihm jetzt bevorstand, nichts Gutes herauskommen; alles, was mit dem Washingtoner Protokoll zusammenhing, war total schiefgelaufen, schlimmer ging es gar nicht. Blieb nur zu hoffen, dass wenigstens Elina Laine ihr Wort hielt und die Wahrheit über die Ereignisse auf der Runeberginkatu sagte.

Die Glocke des Fahrstuhls erklang, Wrede trat heraus und zog dabei seinen Mantel an. »Du darfst einen Besuch im Regierungspalast machen. Wir gehen zu Fuß, wir müssen ein paar Dinge besprechen.«

Ein eisiger Wind pfiff durch die Ratakatu, und Ratamo schlug den

Kragen seiner Öltuchjacke hoch. Im Regierungspalast würde man wohl kaum über die Schnitzer reden, die er sich geleistet hatte, die Besprechung musste mit der Kriegsgefahr zusammenhängen.

»Elina Laine hat die Wahrheit über die Ereignisse auf der Runeberginkatu erzählt, und dieser Psychiater, Jalmari oder wie der hieß, scheint gelogen zu haben. Also aus meiner Sicht bist du wieder sauber. Allerdings könnte es jemand anders für ein Dienstvergehen oder zumindest für eine Verfehlung halten, dass du Elina Laine hast laufenlassen.«

Ratamo war nahe daran zu fragen, was wohl ein schwereres Vergehen war: Elina Laine laufenzulassen oder der fehlerhafte Uranreport des Schotten, aber er verkniff sich die giftige Bemerkung. Manchmal war es besser zu schweigen. Er warf kurz einen Blick hinüber zur Polizeiwache in der Pieni Roobertinkatu und erinnerte sich mit schmerzhafter Klarheit an den Tag, an dem er kurz nach dem Tod seiner Frau durch diese Tür hineingerannt war.

»Die Politiker haben irgendwie erfahren, dass dieses Uran aus Paukkajanvaara über Schweden in Pakistan gelandet ist. Wahrscheinlich von den Briten, Doherty ist ja nach England zurückgekehrt, das passt genau. Die Jungs von der KRP waren eben hier, sie haben nach den Ermittlungen im Fall Elina Laine gefragt und wollten zugleich einen Blick in unser elektronisches System SALPA werfen. Wir müssen jetzt entscheiden, was wir den Politikern erzählen«, erklärte der Schotte mit betretener Miene. »Die Präsidentin und der außen- und sicherheitspolitische Ministerausschuss wollen garantiert hören, warum kein einziger finnischer Politiker weiß, dass in Finnland abgebautes Uran nach Pakistan gelangt ist. Und warum die SUPO ihre Informationen auch dann noch nicht herausrückte, als die Angelegenheit wieder aktuell wurde.«

Weil du 1992 eine erbärmlich schlechte Arbeit geliefert hast, dachte Ratamo. Ihm wurde auf einen Schlag klar, worauf Wrede hinauswollte. Der Schotte spielte den Freundlichen, um zu verhindern, dass er etwas von Wredes unkorrektem Uranbericht verriet.

Oder davon, dass Wrede die Offenlegung der Urangeschichte gegenüber den Politikern absichtlich hinausgezögert hatte. Der Wind schlug Ratamo ins Gesicht, als sie am Rande des Kasarmitori eintrafen.

»Es wird ja wohl kaum jemand nach deinem Bericht fragen«, sagte Ratamo und hoffte, dass er mit seiner Vermutung richtiglag. Er war beileibe nicht davon überzeugt, dass er lügen würde, um Wredes Haut zu retten.

Der Schotte wirkte erleichtert. »Schön, dass du das so siehst. Ich bin schon immer der Meinung, dass du einer der besten Ermittler der SUPO bist, auch wenn wir manchmal ein paar Meinungsverschiedenheiten haben. Lass mich im Regierungspalast reden, ich sage nur, dass nach den Informationen der SUPO das Uran aus Paukkajanvaara nach Schweden verkauft wurde. Und das stimmt ja auch.«

Ratamo schwieg, es ärgerte ihn, dass er durch Wrede unfreiwillig mit in dessen Machenschaften hineingezogen wurde. Er hasste solche Spielereien. Am Kauppatori beschleunigten die beiden ihre Schritte, bis sie in die windgeschützte Katariinankatu gelangten. Der Senatsplatz lag fast verlassen. Sie betraten den Regierungspalast und stiegen im prächtigen Treppenhaus hinauf in die erste Etage, wo eine Frau in dunklem Hosenanzug sie empfing.

»Sie können gleich in den Saal hineingehen, in dem normalerweise das Kabinett tagt, wenn der Präsident den Vorsitz hat. Nehmen Sie auf den Stühlen an der Wand Platz«, sagte die Frau, als Wrede hochtrabend verkündet hatte, er sei der Chef der SUPO.

Der Schotte wandte sich mit wichtigtuerischer Miene Ratamo zu. »Das ist eine gemeinsame Sitzung des außen- und sicherheitspolitischen Ministerausschusses und der Präsidentin der Republik, zu der angeblich jede Menge Experten eingeladen wurden«, erklärte er und öffnete die Tür des Saales, der mit glänzendem Parkett, Deckenornamenten, Leuchtern auf Säulen, Porträtgemälden und einem riesigen Beratungstisch aus Edelholz ausgestattet war.

Die beiden setzten sich schweigend auf Stühle an der Wand, wie man es ihnen befohlen hatte. Ratamo erkannte die Präsidentin, den Ministerpräsidenten und acht andere Minister sowie den Befehlshaber der Streitkräfte, den Chef der Aufklärungszentrale der Streitkräfte, einen Professor, den man für den führenden finnischen Islamexperten hielt, einen EU-Professor aus Turku, den Leiter des Außenpolitischen Instituts sowie den weißhaarigen Außenminister Deutschlands, das den EU-Vorsitz innehatte.

»Endlich bist du mal in einer Gesellschaft, die deiner würdig ist, oder?«, flüsterte Ratamo dem Schotten zu, bevor er sich konzentrierte und dem EU-Experten zuhörte, der das Wort hatte.

»Diese Solidaritätsklausel der EU-Verfassung, mit der Finnland an die Verpflichtung zur gemeinsamen Verteidigung der EU gebunden ist, bedeutet ganz einfach Folgendes: Wenn irgendein Mitgliedstaat Ziel eines bewaffneten Angriffs wird, müssen wir ihm Unterstützung und Hilfe mit allen zur Verfügung stehenden Mitteln gewähren. Auch militärisch.«

»Sollte die Formulierung in der Verfassung nicht so sein, dass Finnland an seiner Neutralität festhalten kann?«, fragte der erfahrene Außenhandelsminister.

Der EU-Experte lächelte selbstsicher. »Ich weiß nicht, wie die Formulierung der Verfassung sein sollte, aber es heißt darin, dass die Gewährung militärischer Hilfe für ein anderes Mitgliedsland keinen Einfluss auf den Sondercharakter unserer Sicherheits- und Verteidigungspolitik hat. Was soll das nun bedeuten? Wie gesagt: Militärische Hilfe muss gewährt werden, das ist klar. Oder zumindest ist es allen anderen EU-Mitgliedern klar, außer Finnland.«

Die Präsidentin schien mit der Einstellung des EU-Professors nicht zufrieden zu sein. »Über diese Dinge ist ja schon diskutiert worden. Gehen wir weiter. Für wie ernst hält man die Lage im Außenpolitischen Institut?«

Der schmächtige Direktor des Instituts beugte sich vor und faltete auf der glänzenden Tischplatte die Hände. »Eine ernstere

Lage hat man in der Welt seit der Kubakrise nicht erlebt. Fast die ganze islamische Welt ist bereit zum Heiligen Krieg, und wie man in den letzten Jahren gesehen hat, ist dieser Krieg etwas ganz anderes als das, was wir hier in Europa gewöhnt sind. Rückgängig lässt sich die Situation nicht mehr machen, durch nichts, Finnland wird wohl oder übel in den Krieg mit hineingezogen, wenn ...«

»Und die Streitkräfte?« Die Präsidentin unterbrach den Direktor. »Hält der Admiral die Situation für genauso bedrohlich?«

Der glatzköpfige Befehlshaber der Streitkräfte rückte auf seinem Stuhl nach hinten. »Für diese Lage wird sich kaum eine friedliche Lösung finden. Von unserem Standpunkt aus wäre es am schlimmsten, wenn es Pakistan gelänge, England, Italien oder Spanien mit Kernwaffen anzugreifen. Die Auswirkungen dieser Schläge wären auch in Finnland stark zu spüren. Aber Großbritannien und die USA versuchen natürlich den Angriff auf Europa schon im Voraus zu verhindern, sie werden Pakistan wahrscheinlich mit taktischen Kernwaffen angreifen.«

»Halten Sie einen umfassenden Atomkrieg für unausweichlich?«, fragte der Außenminister konsterniert.

»Ich halte ihn für wahrscheinlich, vor allem wenn man die Situation im Nahen Osten berücksichtigt. Wenn die NATO-Staaten Pakistan mit Kernwaffen attackieren, werden Syrien und der Iran wahrscheinlich Israel angreifen, und das muss sich mit Kernwaffen verteidigen. Sicher ist jedenfalls, dass ein beispielloses Chaos entsteht, wenn sich Millionen Moslems überall in der Welt gegen die westlichen Länder und gegen Menschen aus westlichen Ländern erheben. Es wird viele Kriegsschauplätze geben, und die Terroristen werden auch Anschläge auf zivile Objekte in Europa und Amerika verüben. Die EU- und NATO-Länder werden in einen umfassenden Krieg an vielen verschiedenen Orten geraten.«

Verblüfft stellte Ratamo fest, dass er überlegte, in welchem Alter die Wehrpflicht wohl endete, darüber hatte sich jahrzehntelang kein Finne Gedanken machen müssen. So richtig begriff er den

Ernst der Lage jetzt zum ersten Mal. Er bereute es, dass er Elina
Laine am Vortag in Särkisalo hatte fliehen lassen. Wäre die Situation jetzt eine andere, wenn man Elina in Gewahrsam genommen
hätte? Würde er selbst in den Krieg ziehen müssen? Schon allein
der Gedanke erschien unglaublich, dass man Finnen irgendwohin
an die Front schicken könnte, nach Pakistan, Afghanistan, Somalia,
in den Irak ...

»Welche Vorkehrungen trifft man bei den Streitkräften für das,
was bevorsteht?«, fragte der Ministerpräsident.

»Die Alarmbereitschaft wurde erhöht, wir können das flexibel
und ziemlich unbemerkt machen«, versicherte der Befehlshaber
der Streitkräfte. »Die volle Mobilmachung kann natürlich erst eingeleitet werden, wenn das Notstandsgesetz und das Gesetz über
den Verteidigungszustand in Kraft treten.«

»Seid ihr alle gemeinsam der Auffassung, dass Finnland keinerlei Möglichkeit besitzt, sich aus diesem Konflikt herauszuhalten?«,
sagte die Präsidentin mit besorgter Miene, ohne ihre Frage direkt
an jemanden zu richten.

Der selbstsichere EU-Experte ergriff das Wort. »Natürlich ist
Finnland gezwungen, mit den anderen EU-Ländern in den Krieg
einzutreten. Die EU-Verfassung verpflichtet dazu, ganz zu schweigen von dem moralischen Druck, unter dem wir stehen, sobald die
anderen EU-Länder erfahren, dass Pakistans Kernwaffenprogramm
mit Hilfe von finnischem Uran entwickelt wurde.«

»Zum Verkauf dieses Urans wollte ich eine Frage stellen«, sagte
der Innenminister, der ums Wort gebeten hatte, und schaute Erik
Wrede an. »Wie ist es möglich, dass die Sicherheitspolizei nichts
von der Sache wusste?«

Wrede sah aus wie ein kleiner Junge, den man beim Stehlen von
Bonbons erwischt hatte. »Ja, natürlich wussten wir, dass dieses in
Paukkajanvaara abgebaute Uran seinerzeit nach Schweden verkauft
wurde. Aber aus irgendeinem Grunde hat die SUPO damals in den
sechziger Jahren nicht eingehend untersucht, was mit diesem Uran

letztendlich passiert ist, das heißt, wohin es aus Schweden gelangt ist. Die damaligen Kollegen verließen sich wohl auf den lieben Nachbarn.«

»Das kommt davon, wenn niemand die SUPO überwacht«, raunzte der Außenminister.

Die Präsidentin runzelte die Stirn. »Woran liegt es dann, dass der Ministerpräsident und ich von den britischen Behörden über den Verkauf dieses Urans informiert wurden und nicht von der SUPO? Nach Ansicht der Briten wisst ihr schon seit Tagen von der Sache.«

»Die Ermittlungen sind noch nicht abgeschlossen«, sagte Wrede und nickte in Richtung Ratamo. »Und diese Angelegenheit erschien uns so wichtig, dass wir uns bei den Fakten ganz sicher sein wollten, bevor wir die Staatsführung behelligen.«

54

Hereford – London, Dienstag, 30. Oktober

Als der Geländewagen des Aufklärungsregiments SRR das Kasernengelände von Credenhill verließ, blickte Aamer Malik zurück auf den hell erleuchteten Eingang und lächelte. Sein Plan funktionierte perfekt: Das Washingtoner Protokoll war zu den Islamisten nach Teheran gelangt, und Großbritannien stand kurz vor dem Krieg.

»Genieße deine Tage der Freiheit, es werden nicht viele sein«, sagte Majorin Doherty bissig und streckte in dem geräumigen Wagen ihre Beine aus. »Um dich kümmern sich jetzt die Gerichte. Ich bin kein Jurist, aber ich nehme mal an, dass du wegen Landesverrats verurteilt wirst. Bis zum Prozess gilt für dich natürlich ein Reiseverbot, deine Telefongespräche werden abgehört, und du darfst nicht ...«

»Eure Juristen haben mir schon alles erklärt. Mein Pass ist beschlagnahmt, ich darf London nicht verlassen, ich darf mit niemandem reden, der Verbindungen zu radikalen islamischen Organisationen hat, ich darf niemandem etwas vom Washingtoner Protokoll oder von irgendetwas anderem erzählen, was in den letzten Tagen geschehen ist.«

Zum Glück dauerte die Autofahrt bis zum Bahnhof von Hereford nur ein paar Minuten. In der Regel versuchte Aamer Malik in allen Menschen etwas Gutes zu erkennen, aber bei Majorin Doherty hatte er es aufgegeben. In den letzten drei Tagen hatte die Frau Dutzende Male mit ihm geredet, ohne das Geringste über sich selbst preiszugeben. Dorothy war auf ihre Aufgabe fixiert wie eine Maschine.

343

Als der Land Rover Defender vor dem Bahnhof Hereford stehen blieb, nahm Aamer Malik seinen Koffer, wandte sich der Offizierin zu und deutete ein triumphierendes Lächeln an. Es wirkte aufrichtig, kam aus tiefstem Herzen und strahlte die Freude aus, die man empfand, wenn etwas gelungen war. Er brauchte nicht mehr den Unsicheren zu spielen. Der Augenblick durfte jedoch nicht zu lange dauern, Aamer stieg aus und ging geradewegs zum Zug der First Great Western, der am Bahnsteig wartete. Ihm blieben jetzt drei Stunden Zeit, seinen Erfolg zu genießen und seine Verluste zu betrauern.

Der Regen setzte im selben Augenblick ein, als die eiserne Schlange anruckte und ins Rollen kam. Die Abfahrt des Zuges schien seinen Triumph zu besiegeln, sein Plan hatte gut funktioniert, nicht perfekt, aber besser, als er geglaubt hatte. Schließlich waren ihm nur vierundzwanzig Stunden Zeit geblieben, ihn auszuarbeiten.

Aamer schaute zu, wie die Regentropfen quer über die Fensterscheibe glitten, als der Zug beschleunigte. Jahrzehntelang war er England für alles, was es ihm gab, dankbar gewesen und hatte die Augen vor den Ungerechtigkeiten in diesem Land verschlossen. Doch durch Salmans Tod war in ihm eine Veränderung eingetreten. Das erste Mal in seinem Leben hatte er beschlossen, Widerstand zu leisten und die Übeltäter zu entlarven. Er war stolz darauf, dass er das Washingtoner Protokoll mutig gestohlen und einen Weg gefunden hatte, es mit Elinas und Imrans Hilfe an die Öffentlichkeit zu bringen. Elina war eine energische und effiziente Weltverbesserin; er hatte gewusst, dass sie die unmoralischen Ziele der Unterzeichnerstaaten des Protokolls aufdecken würde, um Salmans Tod zu rächen.

Seine Stimmung verschlechterte sich schlagartig, als er an Imran dachte, an den verlorenen Sohn, der nicht mehr nach Hause zurückgekehrt war. Er gab sich die Schuld an seiner Entwicklung; ohne die politischen und religiösen Brandreden seines Vaters wäre der Sohn unter Umständen jetzt tatsächlich irgendwo auf dem Lande in Pakistan oder England Lehrer und kein fanatischer Islamist, der zum Heiligen Krieg aufhetzte.

Ein Bild aus der weit zurückliegenden Vergangenheit tauchte auf und nahm ihn gefangen. Imran war acht Jahre alt gewesen und Salman sieben, als die Jungs mit ihren Freunden trotz seiner Verbote bei ihnen zu Hause in Newham Krieg spielten. Die älteren Jungs hatten bestimmt, dass Imran der Kommandeur der indischen Truppen sein sollte, aber der hitzköpfige und für sein Alter sehr große Imran wollte lieber der *Saalar-i-Aala*, der Oberbefehlshaber, der pakistanischen Armee sein. Daraufhin hatten ihn die Älteren ausgelacht, es war zu einer Prügelei gekommen, und am Ende musste Aamer dazwischengehen und die sich balgenden Bengel auseinanderziehen. Von da an hatte er Imran immer dann Oberbefehlshaber genannt, wenn es nötig gewesen war, den Jungen auf den Boden der Tatsachen zurückzuholen. Das Schlimmste war, dass Salman nach der Prügelei anfing, seinen großen Bruder zu bewundern. Imran, der seine radikalen Meinungen stets überzeugend vertrat, hatte mit seiner trotzigen Haltung im Laufe der Jahre auch Salman angesteckt.

Das Leben bestand aus Zufälligkeiten, dachte Aamer, als der von einem jungen Inder geschobene Servicewagen neben ihm stehen blieb. Er kaufte eine Tasse Tee und ein dreieckiges Sandwich. Wie oft hatte er in den Aufklärungsberichten für Unterstaatssekretär Efford von einem Terroristen der Organisation Laskar-e-Jhangvi mit der Bezeichnung Oberbefehlshaber gelesen, ehe bei ihm ein Verdacht aufkam? Erst als ihm klar wurde, dass Oberbefehlshaber der Spitzname des Kommandeurs einer Einheit der Organisation war, hatte er fortan in dem Aufklärungsmaterial für Efford alle Stellen herausgesucht, an denen dieser Name erwähnt wurde. Schließlich war er überzeugt gewesen, dass es sich um Imran handeln musste: Man vermutete seinen Aufenthaltsort in einer nordwestpakistanischen Gebirgsregion, in derselben, in der Imran angeblich als Lehrer arbeitete. Und immer, wenn man annahm, dass sich der Oberbefehlshaber in London aufhielt, war Imran ausnahmslos zur selben Zeit daheim in Newham gewesen. Alles stimmte überein.

Endgültige Gewissheit hatte Aamer im letzten Frühjahr erlangt, als Imran ungewöhnlicherweise zweimal im Laufe eines Monats kurz in London gewesen war. Aus den Aufklärungsberichten ging später hervor, dass der Terrorist namens Oberbefehlshaber im Verdacht stand, mit bestimmten Linienmaschinen von Karatschi nach London geflogen zu sein, und mit exakt denselben war auch Imran gekommen.

Aamer war nicht stolz darauf, dass er seinen Sohn und Elina benutzt hatte, aber er bereute es auch nicht. Zumindest noch nicht. Er hatte Imran vom Washingtoner Protokoll erzählt, weil ihm klar war, dass der alles dafür tun würde, das Dokument für seine Zwecke zu verwenden. Der Junge hatte den brennenden Wunsch, der wirkliche Oberbefehlshaber zu werden. Aamer hatte gewusst, dass sich die Nachricht von dem Protokoll über Imran wie ein Lauffeuer in den islamistischen Terrororganisationen ausbreiten würde.

Mehr als sechzig Jahre lang hatte Aamer all seinen Kummer, alles Unheil und sämtliche Launen des Schicksals still ertragen, aber Salmans Tod war zu viel gewesen. Er hatte die Zügel in die Hand genommen und genauso zielstrebig gehandelt wie auch sonst in seinem Leben. Er wollte seinem Heimatland England demonstrieren, was für schwerwiegende Folgen ungesetzliche und unmoralische Verträge von der Art des Washingtoner Protokolls in den moslemischen Ländern nach sich zogen. Und zugleich würde er Imran und Elina eine Lehre erteilen. Elina war einfach zu stolz: Die Frau hatte den Namen Malik nicht angenommen und Salman gedemütigt, indem sie von ihm verlangte, dass er vom Geld seiner Frau lebte, und zu alledem hatte sie erreicht, dass Salmans Lebensweise verweltlichte, der Junge hatte in den letzten Jahren nicht einmal mehr den Ramadan begangen. Imran wiederum hatte seine eigenen fanatischen Gedanken Salman eingeimpft. Es war zum Teil Imrans

Schuld, dass Salman nach dem *Periculum Islamicum* gesucht hatte. Imran trug also eine Teilschuld an Salmans Tod. Elina und Imran mussten Demut lernen. Er würde den Politikern Großbritanniens, Elina Laine und Imran eine heilsame Lehre erteilen, die sie nie vergessen würden. Stolz, Unmoral und Habgier blieben nicht immer ungestraft. Wenn man etwas um jeden Preis haben wollte, musste man manchmal zu viel dafür zahlen.

Plötzlich bremste der Zug abrupt, und Aamer schüttete sich kalt gewordenen Tee auf die Hosen. Es wurde durchgesagt, dass sie einen Augenblick auf einen entgegenkommenden Zug warten mussten.

Aamer spürte, wie seine Lider schwer wurden, er kippte die Rückenlehne nach hinten und nahm eine bequemere Haltung ein. Wie immer vor dem Einschlafen dachte er an seine Lieben, an seine Söhne und seine Frau Dorothy. Plötzlich tauchte das Bild von Sonia auf, seiner ersten Liebe, und er bewegte sich unruhig. Er war neun Jahre alt gewesen, als Sonia ihn zu sich nach Hause eingeladen hatte, in das Wohngebiet der oberen Kaste von Gandhinagar. Doch der Besuch war schon auf der Schwelle der Veranda zu Ende gewesen, dort hatten ihnen Sonias Eltern klargemacht, dass ein Kastenloser ihr Zuhause nicht betreten durfte. Aamer erinnerte sich noch, wie sehr die Worte der Erwachsenen damals schmerzten, weinend hatte er das Haus verlassen, war noch einmal am Tor stehen geblieben, um Sonia zu winken. Nie würde er den Anblick vergessen, wie Sonias Mutter den Fußboden der Veranda an der Stelle wischte, an der er gestanden hatte. Er und Sonia waren Freunde geblieben, hatten sich nach diesem Tag aber nur noch zufällig getroffen. In Indien durften Hunde in die Häuser der Menschen aus höheren Kasten, nicht jedoch die Kastenlosen, dachte Aamer und glitt in einen dunklen Traum.

Drei Stunden später stand Aamer im Flur seiner Wohnung in Newham. Die Soldaten des SRR hatten es nicht für notwendig erachtet, die Spuren ihrer Besuche zu verwischen: die Schubfächer der Kommode standen offen, vom Bücherregal waren etliche Bände heruntergefallen, die Bettdecke war zerknüllt ...

Im Zimmer roch es muffig. Er öffnete das Küchenfenster und bemerkte, dass die Blüten des Jasminzweigs verwelkt waren. Den Zweig hatte ihm der Nachbar geschenkt, ein Hobbygärtner. Hoffentlich war das kein schlechtes Vorzeichen: *Jasminum officinale* war Pakistans Nationalblume.

Das Pfeifen des Teekessels war ohrenbetäubend. Aamer bereitete sich eine Kanne Chai, füllte ein kleines Glas und ging ins Wohnzimmer. Er setzte sich in seinen Lieblingssessel, legte die Füße auf den Hocker und betrachtete seine Sammlung: einhundertachtzehn kleine Porzellanpuppen aus der Viktorianischen Zeit. Eine hellhäutiger als die andere, blasse unschuldige Mädchenfiguren in schönen Kleidern des neunzehnten Jahrhunderts.

Schon bald würde sein Plan den Höhepunkt erreichen.

55

Nebraska, USA, Mittwoch, 31. Oktober

Von der Strategischen Kommandozentrale der Vereinigten Staaten USSTRATCOM war nach außen nur ein bescheidenes zweigeschossiges braunes Ziegelgebäude zu sehen, bei dem man eher an eine große Schule dachte und nicht an das Hauptquartier der weltweit wichtigsten militärischen Kommandozentrale. Nur die weißen Interkontinentalraketen, die als Dekoration auf dem Hof des Gebäudes standen, deuteten an, welchem Zweck der Stützpunkt Offutt der US Air Force diente. Das als Hauptquartier des Todes und der Vernichtung erbaute Strategic Command lag im von Ackerbau und Viehzucht geprägten Mittleren Westen, mitten in der Hügellandschaft von Südost-Nebraska.

Das Herzstück der Kommandozentrale befand sich unter dem Ziegelgebäude: Die eintausendfünfhundert Quadratmeter große zweigeschossige, mit Stahl verstärkte Betonkonstruktion war mit den fortgeschrittensten Datenverarbeitungsanlagen und Kommunikationstechnologien der Welt ausgestattet. Mit ihrer Hilfe konnte der Kommandeur des STRATCOM, der General der Marineinfanterie Robert J. Cartwright, Befehle an alle Teile der US-Militärmaschinerie weltweit übermitteln. Die unterirdische Kommandozentrale war vollkommen vom Rest der Welt isoliert: Sie wurde vor elektromagnetischen Pulsen geschützt, bekam Luft und Strom aus ihren eigenen Systemen, und für das Personal hatte man Lebensmittel eingelagert, die den Bedarf über Jahre decken würden.

General Cartwright saß in seinem Lagezentrum am halbkreisförmigen Tisch und starrte auf die gewaltige elektronische Wandkarte, auf der Dutzende Lichter unterschiedlicher Form und Farbe blinkten. Das alles kam ihm unwirklich vor: In seinen Händen lag mehr Macht, als er haben wollte. Im Laufe der Weltgeschichte waren nur wenige Personen gezwungen gewesen, über das Schicksal von so vielen Menschen zu entscheiden wie er gerade jetzt. Der Präsident hatte die Erlaubnis zum Einsatz von Kernwaffen soeben erteilt, um 03:29 Uhr Zulu-Zeit.

General Cartwright stand auf und ließ den Blick über die Reihe seiner Kollegen wandern: Der politische Berater der Strategischen Kommandozentrale, der Personalchef und der Vizekommandeur warteten auf seine Befehle.

»Meine Herren, unser Alarmzustand wurde jetzt das erste Mal in der über fünfzigjährigen Geschichte der Strategischen Kommandozentrale auf die Stufe DefCon 1 erhöht. Die Gefahr eines Angriffs auf die USA ist unmittelbar. Wie Sie gehört und gesehen haben, hat der Präsident soeben einen Erstschlag mit Kernwaffen zur Eliminierung der Bedrohung durch Pakistan genehmigt.«

Cartwright ging in das Herz der Kommandozentrale, in einen großen Saal, der aussah wie ein Auditorium und an dessen Stirnseite acht große Bildschirme flimmerten. An drei Tischreihen saßen über hundert angespannte Soldaten. Sie alle wussten, dass sie einen historischen Augenblick erlebten.

»Nehmen Sie Verbindung zum CENTCOM auf«, befahl Cartwright und wunderte sich, wie ruhig er sich fühlte. Immerhin hatte er vor, dem für die Militäroperationen im Nahen Osten, in Pakistan und Nordostafrika verantwortlichen Kommandeur die Erlaubnis zu erteilen, zehn B-2-Bomber in die Luft zu schicken. Jeder von ihnen würde in seinem Frachtraum acht B-83-Kernwaffen tragen.

Die Pressekonferenz der Universität Teheran begann in einer Stunde, die Flugzeuge mit ihren Kernsprengladungen würden ihre Ziele zwanzig Minuten danach erreichen, um 04:50 Uhr Zulu-Zeit, und dann würden die Bomben fallen.

56

Teheran – Washington, D. C., Mittwoch, 31. Oktober

Der Schweiß floss vom Gesicht des Kanzlers der Teheraner Universität Jamshid Bitaraf auf den Hemdkragen. Seine Beine schlotterten, und die Zunge klebte am Gaumen. Sahen die Millionen Fernsehzuschauer, wie furchtbar aufgeregt er war? Sein großer Augenblick rückte immer näher, gleich würde er im Mittelpunkt der Aufmerksamkeit der ganzen Welt stehen. Er musste sich zusammenreißen, sagte er sich eindringlich und atmete ein paarmal tief durch. Doch die Aufregung nahm nur noch zu. Vielleicht würde es für ihn leichter, wenn er das Publikum vor sich sah, hoffte er, und lugte durch die Tür des Hinterzimmers in den großen Festsaal. Der war brechend voll – tausend, tausendfünfhundert Personen. Wie würden sie reagieren, wenn sie hörten, was er zu sagen hatte, würden die Studenten wütend werden? Es war nicht seine Schuld, die ganze Forschergruppe hatte eine einheitliche Auffassung zur Echtheit des Washingtoner Protokolls ...

»Jetzt ist es an der Zeit«, sagte Bitarafs Sekretär, klopfte seinem Vorgesetzten auf die Schulter und versuchte ihm mit seinem Blick Mut zu machen.

Die Stimmung in der Großen Aula der Teheraner Universität war alles andere als akademisch zurückhaltend. Im vorderen Teil des Saales drängten sich Hunderte Vertreter von Presse und Fernsehen, und im hinteren Teil wogte ein Studentenmeer, das rhythmisch wütende islamische Parolen rief. Die Porträts des Führers der islamischen Revolution von 1979, Ajatollah Ruhollah Khomeini, und des jetzigen Führers des Iran, Großajatollah Ali Khamene'i, blickten von der Wand hinter der Tribüne auf das Publikum.

351

Im Saal wurde es schlagartig ruhig, als der Kanzler der Universität, Jamshid Bitaraf, am Rednerpult erschien, gefolgt vom unzufrieden wirkenden Sachverständigen des Iranischen Aufklärungs- und Sicherheitsministeriums VEVAK, Ali Akbar Amuzegar, von Otto Kaltenbach, Leiter des Fachbereichs Dokumente im Kriminaltechnischen Institut des deutschen BKA, und der für die Echtheitsprüfungen zuständigen Direktorin der Galerie der Uffizien in Florenz, Giulietta Moretti. Es war genau neun Uhr vormittags, der blasse Bitaraf sah sein Publikum an wie ein Mann auf dem Schafott seinen Henker, man konnte die Spannung mit allen Sinnen spüren.

Bitaraf hatte einen trockenen Mund, aber er wagte nicht, nach dem Wasserglas zu greifen, seine Hände zitterten zu sehr. Wenigstens konnte das Publikum nicht bemerken, wie ihm die Beine schlotterten. Er stützte sich auf das Rednerpult. Großajatollah Ali Khamene'i würde in Wut geraten, wenn er diese Aufgabe nicht mit Anstand meisterte. Bitaraf erinnerte sich nicht mehr an die auswendig gelernte Rede, vielleicht könnte er sie ablesen.

»*Salam.* Ich heiße die Vertreter sowohl der einheimischen wie auch der ausländischen Medien herzlich hier in der Teheraner Universität willkommen ...« Bitaraf spürte, wie beim Reden die Anspannung nachließ. Er begann in seiner Einführung bei den Langzeitwirkungen der Kreuzzüge auf die Entwicklung der Staaten im Nahen Osten und schweifte immer wieder ab. Zehn Minuten später äußerte sich die Ungeduld der Studenten in lautem Stimmengewirr, und nach einer Viertelstunde bewegten sich auch die Medienvertreter unruhig und flüsterten. Kanzler Bitaraf war nun locker genug, um endlich zur Sache zu kommen.

»Der Teheraner Universität wurde gestern eine außerordentlich große Ehre zuteil. Die islamische Weltgemeinschaft sah unsere Universität als die bestmögliche Einrichtung für die Prüfung der Echtheit des Washingtoner Protokolls an, das die ganze Welt an den Rand eines Konflikts gebracht hat. Als Kanzler der Universität übernahm ich den Auftrag, eine Expertengruppe zu bilden, deren Mitglieder folgende sind ...« Kanzler Bitaraf stellte die anderen Mitglieder der Gruppe vor und schien nun schon zu genießen, dass die Journalisten genau wie die Studenten ihre ganze Aufmerksamkeit auf ihn richteten.

»Unsere Aufgabe war einfach. Wir brauchten nur wenige Stunden, um festzustellen, dass dieses Washingtoner Protokoll eine Fälschung ist. Sein ...« Bitarafs nächste Worte gingen in dem Sturm der Rufe und Schreie unter, der sich im Saal erhob. Der größte Teil der Journalisten stürzte zu den Ausgängen.

»... außerdem waren alle vier Unterschriften des Washingtoner Protokolls mit Siegeln bestätigt, von denen sich nur eines, das Siegel des Vereinigten Königreichs von Großbritannien und Nordirland, als echt erwies.«

* * *

Im Emergency Operations Center des Präsidenten der USA blieb die Zeit stehen, als die Worte des Kanzlers der Teheraner Universität erklangen: »... dass dieses Washingtoner Protokoll eine Fälschung ist.«

Für einen Augenblick hörte man im Bunker des Weißen Hauses nur das leise Surren der Klimaanlage und das Atmen von acht schockierten Menschen. Der leichenblasse Präsident fuhr sich durchs Haar und versuchte zu begreifen, was geschehen war. Er hatte vor einer Stunde und zwanzig Minuten die Erlaubnis für einen taktischen Kernwaffenangriff auf Pakistan erteilt, die B-2-Bomber würden ihre tödliche Last in diesem Moment abwerfen – und das Washingtoner Protokoll war eine Fälschung. Er hatte den größten Fehler in der Geschichte der Menschheit begangen. Er würde unzählige Menschen umsonst umbringen lassen ...

»Nehmen Sie Verbindung zum Kommandeur der Strategischen Kommandozentrale und zum CENTCOM auf«, sagte der Präsident und starrte auf die blinkenden blutroten Ziffern am oberen

Rand des Bildschirms, der die Stirnwand des Bunkers bedeckte: 04:49.51, 04:49.52, 04:49.53 ...

»General Cartwright, Strategische Kommandozentrale.« »General Harris, CENTCOM.« Die Stimmen der Offiziere dröhnten fast gleichzeitig aus den Lautsprechern im Bunker des Präsidenten. Cartwrights Haut sah farblos aus, und auf der Stirn von Harris perlte der Schweiß.

»Stoppen Sie den Angriff! Sofort!«

57

London, Mittwoch, 31. Oktober

Die schallisolierte Stahltür verhinderte, dass Saifullahs Wutschreie im Hinterzimmer bis in den Buchladen von William Buggage im Londoner Charing Cross zu hören waren. Blätter wirbelten durch die Luft, als er mit einer Armbewegung alles vom Tisch fegte, der Teebecher krachte an die Wand und zerbarst.

Saifullah keuchte und starrte auf den Bildschirm, auf dem der Kanzler der Teheraner Universität im Kreuzfeuer der Fragen und Rufe der Journalisten und Studenten mit ängstlicher Miene den Mund öffnete.

»Was zum Henker soll das bedeuten?«, fragte Saifullah seinen Leibwächter, der mit ausdrucksloser Miene an der Tür saß, aber Sapahi antwortete nicht. Der Soldat sprach nur, wenn es unbedingt notwendig war.

Sie hatten sich hier mitten in der Nacht eingeschlossen, um zu verfolgen, wie das Washingtoner Protokoll für echt erklärt wurde und im Sechs-Stufen-Plan der Übergang zur wichtigsten Phase erfolgte, zum Krieg. Stattdessen mussten sie erleben, dass ihre Pläne wie ein Kartenhaus in sich zusammenfielen. Saifullah lief im Zimmer auf und ab wie ein in die Enge getriebenes Raubtier, er war hier nicht mehr sicher: Die ganze Zeit hatte er sehr genau darauf geachtet, dass alle moslemischen Staaten und Kampforganisationen die Entdeckung des Washingtoner Protokolls für sein Verdienst hielten. Er war bestrebt gewesen, die Rolle des Helden für sich in Anspruch zu nehmen, nun aber würde ihn die Wut der ganzen islamischen Welt treffen. Es war nur eine Frage der Zeit, bis jemand auf die Idee kam, ihn zu bestrafen.

Die Übertragung aus der Teheraner Universität endete, und auf dem Bildschirm erschien der Pressesprecher der pakistanischen Regierung, der in beschwichtigendem Ton mitteilte, Pakistan sei bereit, die Diskussion zum Washingtoner Protokoll über diplomatische Kanäle fortzuführen. Saifullahs Flüche hallten von den Wänden wider. Pakistan hatte das Handtuch in den Ring geworfen, alles war vorbei. Schon bald würde man hinter den Kulissen nach einem Schuldigen für diese Katastrophe suchen, und dann würden alle mit dem Finger auf ihn zeigen. Er musste einen Sündenbock finden.

In seinem Kopf hatte die Wahrheit schon Gestalt angenommen – er war von Imran Malik getäuscht worden! Der Mann hatte geschworen, das Washingtoner Protokoll sei echt. Warum nur hatte er den sogenannten Oberbefehlshaber nicht rechtzeitig in Verdacht gehabt, schon damals, als er schlechte Kopien des Protokolls an die Medien geschickt hatte? Saifullah überlegte fieberhaft, was Imran Malik durch den Verrat an der ganzen Moslemgemeinschaft zu erreichen versuchte. Hatte diese finnische Frau, Maliks ungläubige Schwägerin, den Mann zum Verrat verleitet? Saifullah konnte Mischehen von Moslems nicht ausstehen. Ja, so musste es gewesen sein, diese Frau hatte Malik überredet und hinterhältig in ihre Ränkespiele einbezogen, kaum dass der Leichnam ihres Ehemannes erkaltet war.

»Was würdest du zu einer Reise nach Finnland sagen?«, fragte Saifullah Sapahi, der antwortete, indem er die Brauen hochzog. »Dann könntest du nach langer Zeit mal wieder Nägel mit Köpfen machen. Du dürftest den Oberbefehlshaber töten. Und diese Frau.«

Sapahis Miene hellte sich auf.

»Ich bin auf jeden Fall gezwungen unterzutauchen. Wir müssen unseren Brüdern einen Schuldigen vorweisen, oder die Verantwortung für diese Katastrophe bleibt an mir hängen. Überlege, was du für eine Ausrüstung brauchst, ruf in Finnland an und bitte darum, sie zu besorgen. Nimm die erste Maschine früh nach Helsinki und töte Imran Malik und diese finnische Frau so auffällig wie möglich. Wir müssen zeigen, was für ein Ende Verräter zu erwarten haben.«

* * *

Der US-Präsident mit noch immer erschüttertem Gesichtsausdruck verschwand vom Bildschirm im Bunker der Downing Street 10. Der Premierminister Großbritanniens lächelte gezwungen, und auch die anderen Mitglieder des Kriegskabinetts schienen sich zu entspannen. Der Kanzler der Universität Teheran hatte vor einer halben Stunde bestätigt, dass es sich beim Washingtoner Protokoll um eine Fälschung handelte, und der Präsident der USA hatte gerade mitgeteilt, dass es ihm in letzter Minute gelungen war, den Atomschlag gegen Pakistan zu stoppen.

»Die Gefahr eines Krieges ist gebannt«, sagte der Premier und machte eine Handbewegung, als wollte er die Probleme in den Mülleimer kehren.

Kanzleichef Watkins lockerte seinen schweißdurchtränkten Kragen und blickte mit glasigen Augen zur Decke des Betonbunkers.

»Das war tatsächlich eine unerwartete positive Nachricht, aber leider besteht die Kriegsgefahr nach wie vor. Die Teheraner Expertengruppe hat uns nur einen Aufschub gewährt, nichts anderes. Das Washingtoner Protokoll ist weiterhin verschwunden, an dieser Tatsache hat sich nichts geändert. Entweder hat Aamer Malik das echte Protokoll dieser finnischen Frau nie gegeben, oder es ist immer noch in ihrem Besitz.«

Der Premierminister stand auf, schlug mit der Faust auf den Tisch und starrte den Chef des SRR an. »Diesmal musst du dieses Protokoll an dich bringen. Nichts darf dem Zufall überlassen bleiben, nimm, wenn es sein muss, die ganze Armee zu Hilfe. Alle Mittel sind erlaubt.«

Auch Watkins richtete seinen massiven Körper auf, er sah so aus, als wollte er sich selbst auf die Suche nach dem Protokoll machen. »Zuerst muss geklärt werden, ob das echte Protokoll im Besitz von Aamer Malik oder der finnischen Frau ist. Das muss mit allen Mitteln aus den beiden herausgeholt werden.«

Der Chef des SRR schlug den Deckel seines Notizbuchs zu. »Das gelingt auf jeden Fall. Aamer Malik ist hier in London, und das von Majorin Doherty geführte Kommando kann unverzüglich nach Helsinki zurückkehren.«

58

Helsinki, Mittwoch, 31. Oktober

Die frisch aufgeworfene, hart gewordene Erde sah im Grau des Novembermittags tot aus. Tante Kaisas Grab war zugeschüttet, und die Grabsträuße und Blumenkränze hatte man schon entfernt. Elina Laine wischte sich die Augen. Nur gut, dass sie am vergangenen Sonntag nicht zu Kaisas Begräbnis hatte gehen können. Sie wäre nicht in der Lage gewesen, Vater und Mutter zu begegnen und mit den Verwandten zu plaudern, vor allem nicht zu einer Zeit, in der ihr Bild täglich in den Zeitungen erschien. Elina fühlte sich so einsam wie noch nie: Salman war nicht mehr da, und auch Tante Kaisa nicht, die einzige Verwandte, die sie verstanden hatte. Sie erinnerte sich, wie sie in den schwierigsten Phasen der Pubertät Zuflucht bei der Tante gefunden hatte, und spürte fast noch den Geschmack von Kaisas Domino-Keksen.

Der Besuch am Grab war immerhin ein Zeichen dafür, dass sie die Fähigkeit besaß, sich auch schwierigen Dingen zu stellen. Vielleicht wäre sie in den nächsten Tagen imstande, ihre Mutter anzurufen und eventuell auch ein paar Worte mit Vater zu wechseln. Ihre Eltern würden sich wohl kaum jemals ändern, ihre Welt bliebe wahrscheinlich für immer so eingeengt, dass schon die Ehe einer Christin mit einem Moslem ihr Fundament ins Wanken brachte. Vielleicht müsste sie stärker sein und ihre Eltern so akzeptieren, wie sie waren. Vielleicht war sie nun endgültig im Begriff, erwachsen zu werden, nach Salmans Tod wäre sie wohl auch gezwungen, endlich selbständig zu leben.

Elina schnäuzte sich die Nase und wischte sich die Augen trocken. Sie bemerkte, dass der alte Mann, der am Nachbargrab eine

Kerze angezündet hatte, sie voller Mitleid betrachtete. Er glaubte wohl, dass sie einen nahestehenden Menschen zu früh verloren hatte. Und so war es ja auch. Natürlich betrauerte sie Kaisa, aber am meisten trauerte sie um Salman und weil sie nicht einmal von ihrem Mann hatte Abschied nehmen können.

Sie bestellte ein Taxi, ging auf den Sandwegen des Friedhofs zur alten Pforte und überlegte, was sie als Nächstes tun sollte. Auf jeden Fall wollte sie herausfinden, warum es Imran so wichtig gewesen war, ihr das Washingtoner Protokoll wegzunehmen. Warum hatte er sich nicht damit zufriedengegeben, dass sie das Originalprotokoll selbst an die Medien geschickt hätte? Das Endergebnis wäre vermutlich dasselbe gewesen: Die Echtheit des Protokolls wäre bestätigt worden, und die Welt stünde am Abgrund des Krieges. Sie bereute schon, dass sie sich auf dieses ganze Spiel eingelassen hatte.

Das Taxi traf zur gleichen Zeit auf der Pihlajanmäentie ein wie Elina, die psychisch völlig am Ende war und nicht die Kraft hatte, umgeben von lauter fremden Leuten in einem Bus zu sitzen. Sie nannte ihre Adresse und erstickte die Gesprächsversuche des netten Fahrers mit ein paar unfreundlichen Antworten.

In ihrer Wohnung in Töölö brachte Elina ihre feuchten Schuhe ins Bad, goss sich Obstsaft in ein Glas, obwohl ihr vor Hunger der Magen knurrte, und nahm einen sauberen Untersetzer mit. Sie ließ sich in den Designersessel fallen und fühlte sich ungeheuer einsam, geplagt von Selbstmitleid. Vermutlich würde sie sich einfach wieder in ihre Arbeit vergraben. Auch während der ganzen Taxifahrt hatte sie nur daran gedacht, wie viel Arbeit der Konflikt, der im Gange war, für einen guten Journalisten bedeuten würde: der Krieg zwischen Pakistan und Großbritannien, die Angriffe islamischer Organisationen in den westlichen Ländern von innen heraus, der umfassende Krieg der Zivilisationen ...

Vor dem Friedhofsbesuch war sie so aufgeregt gewesen, dass sie sich gleich früh auf den Weg zu Tante Kaisas Grab in Malmi gemacht hatte. Jetzt wurde es Zeit zu erfahren, was das Washingtoner Protokoll in der Welt Neues zustande gebracht hatte. Elina schaltete den an der Wand befestigten Plasmafernseher ein und suchte den Nachrichtenkanal BBC World. Das Glas mit dem Saft fiel ihr aus der Hand, als sie die Worte des Nachrichtensprechers hörte: »... dass sich das Washingtoner Protokoll als Fälschung erwies, hat weltweit sowohl in den moslemischen Ländern als auch in den westlichen Staaten für Verwirrung gesorgt. Die Behörden Pakistans wie auch Großbritanniens haben zugesagt, gründlich zu klären, wer die Fälschung angefertigt hat, sowie ...«

Elina brauchte eine Weile, bis sie begriff, was sie gehört hatte – das Washingtoner Protokoll war eine Fälschung. Sie überprüfte das bei CNN und Al Jazeera und auch noch im Videotext. Der Gedanke erschien unfassbar, Aamer hatte das Protokoll doch selbst aus dem Tresor im Außenministerium herausgenommen, warum hätten die britischen Behörden ein gefälschtes Dokument verstecken sollen?

Hatte Aamer ihr absichtlich eine Fälschung gegeben, oder war es England oder den USA irgendwann gelungen, das echte Protokoll gegen eine Fälschung auszutauschen?

Elina holte aus der Küche eine Kanne Wasser, schüttete es auf den Saftfleck und trocknete die Stelle dann mit Küchenpapier. Schließlich hob sie den Läufer hoch und brachte ihn ins Bad, der teure afghanische Teppich müsste in die Reinigung gebracht werden.

Jemand hatte sie schamlos ausgenutzt. War es völlig für die Katz gewesen, dass sie sich in den letzten Tagen in Gefahr gebracht hatte? Angst erfasste sie, als ihr etwas bewusst wurde: Selbst wenn das nach Teheran gelangte Dokument eine Fälschung war, konnte ein echtes Washingtoner Protokoll sehr wohl existieren. Und möglicherweise glaubte jemand, dass sie das echte immer noch besaß.

* * *

Imran Malik stand neben dem Altpapiercontainer an der Südostecke des kleinen Parks Sammonpuistikko und sah zur Tür der Runeberginkatu 25. Eine alte Dame mit einem Pudel, der einen bunten Wollpullover trug, betrat den glatten Fußweg, strauchelte und wäre beinahe gestürzt. Elina Laine war zu Hause, in ihrer Wohnung brannte Licht, und eben hatte er gesehen, wie sich drinnen an der Wand Schatten bewegten. Am liebsten wäre er hineingestürmt und hätte Elina gezwungen, die Wahrheit herauszurücken, aber er zögerte. Er kannte seinen Vater, Aamer Malik log nie. Wenn Vater behauptete, er habe Elina das echte Washingtoner Protokoll übergeben, dann hatte er das garantiert auch getan. Doch wenn Imran sich ganz sicher war, dass Elina dieses echte Protokoll besaß, dann könnte genauso gut jemand anders zu diesem Schluss gekommen sein.

Imran entschied sich, zu warten, bis Elina ihre Wohnung verlassen würde, unterwegs ließ sich leichter feststellen, ob jemand beschattet wurde. Er war gezwungen, etwas zu unternehmen, um seinen Fehler auszubügeln und sein Ansehen wiederherzustellen, ansonsten würde Saifullah ihn für sein Versagen büßen lassen. Er fürchtete, dass es schon zu spät war: Saifullah hatte ihm seit Aufdeckung der Fälschung keinerlei Nachricht übermittelt. Er war heute schon zweimal vergeblich am Zeitungskiosk in der Unioninkatu vorbeigelaufen.

* * *

Sapahi hockte in Elina Laines Büro und arbeitete im Licht seiner Stirnlampe. An den Fenstern der Souterrainwohnung hingen keine Gardinen, und die Straßenbeleuchtung schien herein, deshalb warf er sicherheitshalber dann und wann einen Blick schräg nach oben. Er wollte nicht gesehen werden. Die Drahtzange fiel auf den Fußboden, und Sapahi fluchte leise. Eine Bombe mit diesem Werkzeug und aus diesem Material zu bauen war blanker Wahnsinn, es konnte gut sein, dass sie die größte Gefahr für ihren Erbauer darstellte. Eine der Kontaktpersonen von Laskar-e-Jhangvi in Helsinki hatte ihm in der kurzen Zeit nur zwei Kilo Anit, gestohlen im Sprengstofflager einer Erdbaufirma, besorgen können und dazu Zündkapseln sowie zwei uralte und verrostete Zugauslöser der finnischen Armee, die angeblich in Rohrminen verwendet wurden. Und aus diesen Utensilien musste er zwei Bomben bauen, diese hier und eine zweite in der Wohnung der Finnin.

Als Sapahi mit seiner Arbeit fertig war, betrachtete er sein Werk und schaltete dann die Stirnlampe aus. Zumindest brauchte er nicht lange in Helsinki herumzuhängen, es würde ihm ohne Probleme gelingen, auch Imran Malik umzubringen, und er wusste sogar schon wo: an dem Kiosk für die Übermittlung von Saifullahs Nachrichten, direkt im Stadtzentrum.

59

Helsinki, Mittwoch, 31. Oktober

Erik Wrede klopfte mit dem Knöchel auf den Tisch, und das Raunen im Lageraum der Sicherheitspolizei verstummte. Der Schotte zeigte auf den Reporter eines ausländischen Nachrichtenkanals, der auf dem Bildschirm erschien. »... nach unbestätigten Informationen hatte die Strategische Kommandozentrale der Vereinigten Staaten die Alarmstufe das erste Mal in der Geschichte der USA auf DefCon 1 erhöht, das bedeutet eine unmittelbare militärische Bedrohung der USA. Wie aus Militärkreisen zu erfahren war, hatte der Präsident der Vereinigten Staaten auch bereits die Genehmigung zum Einsatz von Kernwaffen erteilt, aber ...«

»Das Washingtoner Protokoll ist eine Fälschung – unglaublich. Man war möglicherweise nur ein paar Minuten vom Krieg entfernt. Worum geht es hier eigentlich, wer hat das gefälscht?«, fragte Saara Lukkari verblüfft.

»Elina Laine wird doch nicht auch damit etwas zu tun haben? Gibt es zu Laine etwas Neues?«, fragte der Schotte und sah Ratamo erwartungsvoll an.

Der schüttelte den Kopf. »Ich habe gerade gehört, dass Majorin Janet Doherty nach Finnland zurückgekehrt ist. Und sogar ziemlich eilig mit einer Maschine der britischen Luftstreitkräfte. Bleibt nur zu hoffen, dass sie nicht noch eine Rechnung mit Elina Laine oder Imran Malik offen hat.«

Saara Lukkari hatte ebenfalls etwas zu berichten. »Ich habe vor ein paar Minuten den Bericht der KT über Zahid Khan und das von ihm gemietete Auto sowie die Ergebnisse des DNA-Tests von Imran Malik bekommen«, teilte sie mit, und ihre Miene wurde ernst. »Imran Malik ist der Mörder von Khan, oder zumindest war er dabei, als Khan getötet wurde. Unter Khans Fingernägeln wurde Haut von Malik gefunden, und ...«

Ossi Loponen stand so abrupt auf, dass sein blonder Pony hin und her schwang. »Malik muss sofort in die Zelle geholt werden.«

»Noch nicht«, widersprach Wrede. »Mit den Briten ist vereinbart, dass wir Malik einige Zeit observieren, es könnte sein, dass der Kerl dumm genug ist, Verbindung zu seinen Kontaktpersonen aufzunehmen.«

»Genau«, sagte Pekka Sotamaa, der in der Tür erschien und sein Handy hochhielt. »Lindström von der Überwachung hat gerade mitgeteilt, dass Malik vor der Wohnung von Elina Laine lauert. Angeblich sieht es so aus, als würde der Mann gern Kontakt zu Laine aufzunehmen, sich aber nicht trauen.«

Saara Lukkari stemmte die Hände in die Hüften und spannte ihre getrimmten Armmuskeln. »Malik kann ziemlich unberechenbar sein. Vielleicht glaubt er, dass Elina Laine das Original des Washingtoner Protokolls ein zweites Mal gegen eine Kopie ausgetauscht hat?«

Wrede nickte. »Und vielleicht glaubt Malik, dass sich das Originalprotokoll immer noch in Laines Besitz befindet. Die Frau könnte in Gefahr sein. Wie wäre es, Ratamo, wenn du wieder für eine Weile ihr Kindermädchen spielst? Falls Malik ihr wirklich auflauert, wird sich ja bald herausstellen, was er vorhat.«

* * *

In der Garage im Kellergeschoss der britischen Botschaft in Helsinki war es still. Majorin Janet Doherty und ihr Kommando saßen im Frachtraum eines Transporters und warteten, sie waren bereit für die wichtigste Aufgabe ihres Lebens. Vor einer Stunde hatte Doherty Erik Wrede zum letzten Mal erpresst und gedroht preiszugeben, dass Wrede immer noch Details vom Verkauf des finnischen Urans nach Pakistan verheimlichte, falls er ihr nicht sagte, wo Elina Laine war. Das hatte gewirkt, jetzt observierte einer ihrer Soldaten die Frau irgendwo im Zentrum von Helsinki.

Dohertys Anspannung nahm zu, als es in ihrem Ohrhörer knackte.

»Die Frau hat ihre Wohnung verlassen. Sie geht zu Fuß in Richtung Norden«, sagte eine tiefe Männerstimme, und Doherty bestätigte die Information. Endlich waren sie einsatzbereit. Für den Transport des zwölfköpfigen Kommandos von Credenhill nach Helsinki und für ihre Vorbereitungen waren einfach zu viele Stunden draufgegangen. Aber diesmal würde nichts schieflaufen: Das SRR-Kommando, das mit Pistolen Browning HiPower Mark III und Maschinenpistolen Heckler & Koch MP5 des Sicherheitspersonals der Botschaft bewaffnet war, würde die finnische Frau gefangen halten, bis das Washingtoner Protokoll gefunden war – entweder im Besitz von Elina Laine in Helsinki oder bei Aamer Malik in London. Die Regeln galten nicht mehr, das Protokoll musste sichergestellt werden, selbst wenn sich Finnland und die ganze restliche Welt über ihre Methoden aufregen würden.

Majorin Doherty gab den Befehl zum Aufbruch, und der weiße Fiat Ducato beschleunigte in Richtung Topeliuksenkatu.

60

Helsinki, Mittwoch, 31. Oktober

Die Dunkelheit am Anfang des Winters war so intensiv, dass sie das Licht der Straßenbeleuchtung zu ersticken schien, dennoch wirkte der Tag bei weitem nicht so düster wie Elinas Gemütsverfassung. Sie verließ die laute Runeberginkatu, bog erst nach links auf die Pohjoinen Hesperiankatu ein und gleich darauf nach rechts auf die Välskärinkatu. Elina fuhr mit der Zunge über ihren Zahnschmuck und bemühte sich, nicht zu weinen. Sie fühlte sich wie gelähmt und war deswegen gezwungen gewesen, an die frische Luft zu gehen. Jetzt befand sie sich auf dem Weg zu ihrem Büro, was sollte sie auch sonst tun? Eine Familie oder enge Freunde hatte sie nicht, und ihre einzige Leidenschaft war ihre Arbeit. Allein Zeit und Geld hatte sie fast unendlich viel. In ihrem Leben fehlte nur eins: der Sinn.

Elina begriff, dass sie in Selbstmitleid schwelgte, und nahm sich vor, damit aufzuhören. Sie würde die offenen Fragen im Zusammenhang mit dem Washingtoner Protokoll klären und das Dokument danach aus ihrem Kopf verbannen. Vielleicht hatte sie bald Aamer am Telefon und erfuhr von ihm, was mit dem Original geschehen war, und vielleicht konnte er ihr die Wahrheit über Imran sagen. Sie hatte Angst, wie Aamer reagieren würde, wenn er hörte, welchen Anteil sein einziger lebender Sohn an den Ereignissen der letzten Tage besaß.

Kurz vor der Bibliothek von Töölö bog Elina nach rechts ab, durchquerte den Topelius-Park, ging über die Topeliuksenkatu und blieb dann an der Tür zum Treppenhaus ihres Büros stehen. Sie holte den Schlüssel aus ihrer Handtasche und erstarrte, als sie eine vertraute Stimme hörte.

»Lass mich dir helfen«, sagte Imran Malik im Befehlston und riss ihr das Schlüsselbund aus der Hand. Er packte Elina am Mantelkragen, öffnete die Haustür und zerrte sie durch das Treppenhaus zur Tür ihres Büros.

Elina wollte versuchen zu fliehen oder um Hilfe schreien, aber ihre Muskeln gehorchten ihr nicht.

So hatte sie Imran noch nie erlebt, sein Gesicht war vor Wut verzerrt. Er zog sie in den Flur des Büros und schloss die Tür.

Ein heftiger Stoß warf Elina aufs Sofa, und endlich bekam sie den Mund auf. »Du hast mich betrogen, die Ehefrau deines eigenen Bruders. Der Mann, der mir auf dem Bahnhof das echte Washingtoner Protokoll weggenommen hat, war dein Helfer ...«

»Hör mit diesen Lügen auf«, brüllte Imran Malik, er beugte sich vor und kam Elina so nahe, dass er den Duft ihres Shampoos roch. »Du weißt genauso gut wie ich, dass ich und meine moslemischen Brüder das echte Protokoll nie bekommen haben. Es muss bei dir sein, und ich habe vor, es jetzt an mich zu bringen. Da kannst du dir vollkommen sicher sein.«

»Du lügst«, zischte Elina und schlug mit der Faust nach ihm, aber Imran fing den Hieb mit der Hand ab und drückte so fest zu, dass ihre Knöchel knackten.

»Wenn das Originalprotokoll in meinem Besitz gewesen wäre, dann hätte ich nie eine Fälschung nach Teheran geschickt. Ich will ja den Zorn der ganzen moslemischen Welt entfachen. Deshalb habe ich meinen islamistischen Brüdern sofort vom Washingtoner Protokoll berichtet, als Aamer mir davon erzählt hatte.«

Elina verzog verdutzt das Gesicht, als ihr ein Gedanke durch den Kopf schoss, der unsinnig erschien. Sie sah Imran wie einen Richter an. »Aamer hat auch mich zu alldem überredet. Er hat mir das Washingtoner Protokoll gebracht, behauptet, es sei echt, und mich aufgefordert, es zu verstecken. Und er hatte die Kopien gemacht. Vielleicht hat dein Vater vorausgesehen, dass man bei derart schlechten Kopien die Echtheit des Dokuments bestreiten würde.«

»Das ist eine hundertprozentige Lüge«, entgegnete Imran Malik, schien jedoch selbst an seinen Worten zu zweifeln.

»Wann und wie hätte ich es denn schaffen sollen, eine Fälschung mit dem echten Siegel Großbritanniens anzufertigen?«, widersprach Elina. »Woher hätte ich das bekommen sollen? Ich schwöre …«

Imran ließ los, und Elina rieb ihre Hand. Imran wusste nicht mehr, was er denken sollte. Es stimmte, Elina konnte das Siegel nur von Aamer erhalten haben. Vater hatte die Möglichkeit, an die Siegel des Außenministeriums heranzukommen. Die eine Erkenntnis führte zur nächsten. Falls Aamer bereit gewesen war, Elina zu helfen, eine Fälschung anzufertigen, warum hätte er dann die Fälschung nicht auch selbst herstellen sollen?

»Als Aamer die Dokumente nach Helsinki brachte, hast du sie da alle durchgesehen? Befanden sich in dem Stapel mehrere Unterlagen mit Siegeln, die echt aussahen? Hat Vater ausdrücklich gesagt, dass er dir das echte Protokoll gibt?«, drängte Imran.

»Aamer hat ganz eindeutig gesagt, er wolle mir das echte Protokoll geben, weil er nicht wusste, was er selbst damit tun sollte. Und ich hatte nicht den geringsten Grund, an seinen Worten zu zweifeln. Kapierst du denn nicht, dass dein Vater unbedingt mit dem Protokoll zu mir nach Helsinki kommen wollte, obwohl ich versucht habe, ihn davon abzubringen? Vorher hatte ich von diesem ganzen verdammten Vertrag überhaupt nichts gewusst. Ich habe nur eingewilligt, ihm zu helfen, weil mir klar wurde, was für eine einzigartige Story man darüber schreiben könnte …«

Langsam, aber unausweichlich begriff Imran, was geschehen sein musste. Der Einzige, der sie alle als seine Schachfiguren hatte benutzen können, war sein Vater. Aamer Malik hatte sie alle an der Nase herumgeführt. Plötzlich fielen ihm Vaters Worte an Salmans Grab ein: *Mir scheint, dass du eine kleine Lektion brauchen könntest. Denke daran, Imran, man kann auch ertrinken in Hass und Ehrgeiz.*

369

Es herrschte absolute Stille. Plötzlich flog die Tür zur Dunkelkammer auf.

»Danke für dieses Gespräch.« Majorin Dohertys englischer Satz hörte sich freundlich an, aber die Frau wirkte angespannt, als sie mit einem ihrer Männer aus der Dunkelkammer heraustrat. Sie hielten beide eine Browning in der Hand. »Freiwillige Geständnisse sind immer glaubwürdiger als durch Zwang erpresste.«

»Wie sind Sie hier reingekommen? Wer sind Sie?«, fragte Elina, obwohl ihr tausend wichtigere Fragen durch den Kopf schwirrten.

»Meine Kollegen hast du schon getroffen, Hauptmann Riggs und Hauptmann Higley«, sagte Doherty und lächelte dann Imran Malik an. »Und wir hatten erst kürzlich das Vergnügen, und zwar in den Räumen der finnischen Sicherheitspolizei. Der Rest meiner Gruppe wartet in dem Transporter vor diesem Haus auf meine Befehle.«

»Die sind vom Aufklärungsregiment SRR der Briten. Sie haben Vater tagelang gefangen gehalten.« Imran Malik machte zwei Schritte auf den Mann vom SRR zu, blieb aber mitten im Raum stehen, als der die Waffe auf seine Brust richtete.

»Das wussten wir schon, dass sich das echte Washingtoner Protokoll entweder bei dir«, Doherty nickte in Richtung Elina, »oder bei Aamer Malik befinden muss. Jetzt sieht es sehr danach aus, als hätte Aamer Malik uns alle getäuscht. Wir wissen nämlich, dass Aamer Malik am vergangenen Freitag im Außenministerium das Originaldokument gestohlen hat.«

Imran Malik lachte, obwohl er am liebsten vor Wut gebrüllt hätte. Der Hass brodelte in ihm so heftig, dass ihm das Blut zu Kopfe stieg. Vater hatte ihn vernichtet, Saifullah würde ihm das nie verzeihen. Aamer Malik, der Inbegriff von Barmherzigkeit und Gerechtigkeit, hatte ihn angelogen. Aber weshalb?

»Diesmal überlassen wir nichts dem Zufall, ihr müsst leider hier warten, bis Aamer Malik das echte Protokoll seinem rechtmäßigen Eigentümer übergibt«, sagte Doherty, sie deutete mit der Hand

370

auf die Tür von Elinas Arbeitszimmer, und der Mann vom SRR stieß Imran in die Richtung.

Imran zeigte ihnen den Stinkefinger, zischte ein paar eindeutige Schimpfworte und öffnete die Tür zu dem Zimmer. Er tastete nach dem Lichtschalter, trat hinein und spürte, wie sich etwas fest an seinen Unterschenkel drückte, dann hörte man ein metallisches Knacken. Gerade als er sein Bein weiterbewegen wollte, tauchte aus seinem Gedächtnis eine vage Erinnerung auf: Er hatte ein ähnliches Geräusch irgendwo schon mal gehört, gerade erst vor kurzem.

Imran Malik blieb das Herz stehen, als ihm klar wurde, wo das gewesen war – im Ausbildungslager von Laskar-e-Jhangvi. Er schaltete das Licht an, schaute nach unten, sah das Seil an seinem Bein und folgte ihm mit seinem Blick. An der Türklinke hing eine eigentümliche Konstruktion: ein Dutzend mit Panzerband zusammengeklebte braune Papierpatronen, an deren Enden eine gelbliche, kneteartig wirkende Masse und Zündkapseln zu sehen waren.

»Bewegt euch nicht. Hier ist eine Bombe.«

* * *

Arto Ratamo drückte den Klingelknopf von Elina Laines Büro an der Haustür im Innenhof der Topeliuksenkatu 15 noch einmal, aber es meldete sich niemand. Sein Kollege Lindström, der Imran Malik observierte und gesehen hatte, wie Laine und Malik kurz zuvor durch diese Tür hineingegangen waren, hatte schon den Hausmeister angerufen und herbeordert.

Ratamo kehrte auf die Topeliuksenkatu zurück, warf kurz einen Blick zu dem weißen Fiat Ducato auf der anderen Straßenseite und musterte dann die Fenster des Hauses. Er hatte keine Ahnung, wo sich Elina Laines Büro in dem Gebäude befand. Er kauerte sich auf den kalten Asphalt, lugte durch das kleine Fenster im Kellergeschoss hinein und erstarrte bei dem Anblick, der sich ihm bot: Majorin

Doherty und ein zweiter Soldat hatten ihre Pistolen gezogen, Elina Laine saß mit schockiertem Gesicht auf dem Sofa, und Imran Malik stand wie eine Salzsäule in der Tür. Dann sah er das gespannte Seil an Maliks Bein und das zusammengeklebte Päckchen, das an der Klinke baumelte. Sein Puls schnellte auf weit über hundert.

»Der Hausmeister ist da. Und der Generalschlüssel!«, rief Lindström von der anderen Straßenseite und führte einen etwa fünfzigjährigen Mann im Overall zu Ratamo.

Ratamo erklärte die Lage erst Lindström und dann, soweit erforderlich, dem Hausmeister, der dadurch so erschrocken war, dass er dem Oberinspektor der SUPO bereitwillig seinen Generalschlüssel überließ.

»Rufe Verstärkung. Und das Bombenräumkommando. Und frag, ob Wrede weiß, was Doherty hier macht«, befahl Ratamo seinem Kollegen und kehrte auf den Innenhof zurück. Er atmete tief durch, ging in den Treppenflur und klopfte an die Tür von Elina Laines Büro.

»Ratamo von der SUPO, wir haben uns gestern getroffen. Ich habe dich durch das Fenster gesehen, Doherty, ich komme hinein, bleibt ganz ruhig«, sagte er auf Englisch so langsam und gelassen wie möglich.

Er öffnete die Tür und ging hinein, es kam ihm so vor, als wäre er in eine Filmszene geraten, die man angehalten hatte. Der Mann vom SRR stand wie in Habtachtstellung da, und die leichenblasse Elina Laine saß zitternd einen Meter von der Tür ihres Arbeitszimmers und von dem fassungslosen Imran Malik entfernt. Janet Doherty hatte stets die Knallharte gespielt, jetzt hatte sie ihre Maske fallen lassen, sie weinte lautlos wie ein kleines Mädchen.

Ratamo griff nach Elinas Hand, und Imran Malik wies auf die Tür. Ratamo sah die an der Klinke hängende Bombe nun aus der Nähe und fühlte, wie ihm das Blut aus dem Kopf wich. Das Büro musste geräumt werden, und zwar sofort.

»Das ist ein Zugzünder, hast du ihn ganz straff gezogen?«, fragte

Ratamo und zeigte auf das Seil an Maliks Bein. Er bekam ein Nicken als Antwort.

»Die Bombe ist entweder ein Blindgänger oder fehlerhaft konstruiert. Die Situation lässt sich auf alle Fälle in den Griff bekommen. Das Bombenräumkommando der Polizei ist unterwegs und auch andere Einsatzkräfte. Jetzt heißt es, die Ruhe zu bewahren. Das gilt vor allem für dich«, sagte er zu Imran Malik, dessen Hand im selben Moment nach vorn schnellte und Elina Laine am Kragen packte.

»Ich werde lieber nicht allein hierbleiben und warten. Die Polizei arbeitet garantiert viel rascher, wenn außer mir auch noch andere hier sind. Vor allem, wenn es sich dabei um Finnen handelt.«

Ratamo sah in Maliks angsterfüllte Augen, der Mann zögerte. Wenn er bereit gewesen wäre, sich in die Luft zu sprengen, dann hätte er es jetzt getan, wo sich alle noch in dem Raum befanden.

Ganz ruhig trat Ratamo näher an Elina heran und griff nach Imran Maliks Hand an Elinas Kragen. »Das ist nicht nötig. Wir alle werden diesen Raum lebend verlassen«, sagte er. Plötzlich schrie Doherty, die zu den Fenstern starrte, ohrenbetäubend laut: »Eine Waffe!«

Imran Malik geriet noch mehr in Panik, als er den Mann erkannte, der auf dem Fußweg lag: Sapahi. Der »Soldat« betrachtete Doherty über den Lauf seiner Pistole. Ratamo riss Maliks Hand von Elinas Kragen weg, und im selben Moment krachten zwei Schüsse. Sapahis Kugel durchbohrte Imran Maliks Oberschenkelmuskel, unmittelbar bevor die des SRR-Soldaten, der auf der Topeliuksenkatu aufgetaucht war, in Sapahis Hinterkopf einschlug.

Die Briten, Ratamo und Elina blickten gebannt zu Imran Malik, der mit einem Bein auf dem Boden kniete. Der Unterschenkel, der das Seil spannte, war immer noch aufgerichtet, Malik hielt dieses Knie mit beiden Händen fest. Er zitterte und wimmerte, während Blut aus seinem Hosenbein floss, sich auf dem Fußboden bis zum Teppich ausbreitete und seinen anderen Schuh umschloss.

»Wir müssen hier raus«, schrie Doherty mit schriller Stimme.

»Ein Treffer nahe an der Schlagader. Der Oberschenkelarterie«, sagte Imran Malik und sah Elina mit Entsetzen in den Augen an.

Ratamo riss Elina in Richtung Wohnungstür, und die Briten rannten im selben Augenblick los. Die Tür flog auf, die Flüchtenden stürmten durchs Treppenhaus auf den Hof und versuchten noch, bis zur Hausecke zu gelangen, doch da wurden sie schon von einer gewaltigen Explosion aufs Pflaster geschleudert.

61

London, Mittwoch, 31. Oktober

Manchmal kann auch ein Tag mit Nieselregen schön sein, dachte Aamer Malik, als er am See mit der Enteninsel im St. James's Park vorbeiging. Er trug seinen besten Anzug und war beim Friseur gewesen, er fühlte sich selbstbewusst wie noch nie. Jetzt war alles vollendet, er hatte seinen Plan erfolgreich zu Ende geführt, und schon bald würden die Vertreter des Vereinigten Königreichs von Großbritannien und Nordirland erfahren, was er getan hatte, um sich für Salmans Tod zu rächen. Rächen war das falsche Wort, überlegte Aamer. Er wollte nur demonstrieren, wohin von Hass und Habgier diktierte Verträge wie das Washingtoner Protokoll führen konnten, wenn sie gegen die islamische Welt gerichtet waren.

Aamer ging erhobenen Hauptes und in gestraffter Haltung die King Charles Street entlang, betrat das Foyer des Foreign Office und sog den Geruch seiner langjährigen Arbeitsstelle tief ein. Er mochte das Außenministerium, mit diesem Ort waren für ihn eine Unmenge angenehmer Erinnerungen verbunden. Ein Blick in den Spiegel verriet, dass er äußerlich erschöpft wirkte. Mit seinen eingefallenen Wangen ähnelte er noch mehr als sonst einem Raben, doch das war unwichtig, denn er fühlte sich so stark wie seit Jahren nicht.

Er war nicht überrascht, als er zwei Männer mit kurzen Haaren in schwarzen Anzügen rasch auf sich zukommen sah, ein Wunder, dass sie ihn nicht schon früher gefunden hatten. Schließlich war bereits eine halbe Stunde vergangen, seit er den Kanzleichef des Premierministers Oliver Watkins mit seinem eigenen Handy angerufen und ihm mitgeteilt hatte, er werde freiwillig ins Außenministerium kommen, um die Fragen im Zusammenhang mit dem Washingtoner Protokoll zu klären.

Wenig später führte man Aamer durch sein eigenes Büro in das des ständigen Unterstaatssekretärs, wo Kanzleichef Watkins im Stehen wartete, die kräftigen Arme vor der Brust verschränkt, während Unterstaatssekretär Efford mit ängstlicher Miene an seinem Schreibtisch saß.

»Ist dieses Hasardspiel nun endlich vorüber? Wenn du uns einen Schreck einjagen wolltest, dann hätten sich dafür bestimmt auch ungefährlichere Mittel gefunden. Hast du das Protokoll mitgebracht?«, sagte Watkins ungehalten, während der eine Soldat vom SRR die Tür schloss und der andere sich hinter den Unterstaatssekretär stellte.

Aamer setzte sich in einen Ledersessel und schaute sich in dem Zimmer um, das lange der Mittelpunkt seines Lebens gewesen war. Auf den dunklen Edelholzmöbeln und in den Zimmerecken türmten sich hier und da wacklige Stapel von Unterlagen, von den Perserteppichen wurde bei jedem Schritt Staub aufgewirbelt, der die Nase verstopfte, und die Gemälde an den Wänden schien ein farbenblinder Buchhalter ausgewählt zu haben. Er räusperte sich und wandte sich an seinen Vorgesetzten, den Unterstaatssekretär Efford.

»Ihr wollt doch sicher die ganze Geschichte hören?«, fragte Aamer, und Efford nickte.

»Ihr habt meinen Sohn, Salman, ermordet, das hat das Ganze in Gang gesetzt«, sagte Aamer Malik und ließ den Blick über alle vier Zuhörer wandern. »Salman hat mir kurz vor seinem Tod eine Nachricht hinterlassen. Darin sagte er, dass Männer in dunklen Anzügen, die wie britische Soldaten aussahen, ihn suchten, doch am Morgen erklärte mir die Polizei, dass eine Bande von rassistischen Fanatikern, die Parolen an Wände schmierte, Salman durch Zufall getötet hätte. Ich habe in all den Jahren im Außenministerium zu viel gesehen, gehört und gelesen, um solche Märchen zu glauben.«

»Einigen wir uns darauf, dass du bei der Sache bleibst und nicht anfängst, irgendjemanden zu beschuldigen«, fuhr Kanzleichef Watkins ihn an und wischte sich einen Schweißtropfen vom Nasenrücken.

»Als mein größtes Problem erwies sich, dass mir so wenig Zeit zur Verfügung stand, der Plan musste in großer Eile ausgearbeitet werden, und auch für die Anfertigung der Kopie des Washingtoner Protokolls blieben nur knapp vierundzwanzig Stunden Zeit. Und beinahe wäre alles schiefgegangen, weil ihr so schnell erfahren habt, dass das echte Protokoll hier aus dem Außenministerium verschwunden war. Wie habt ihr das übrigens herausgefunden?«

Durch das Notizbuch deines Sohnes, dachte Watkins, antwortete aber: »Einigen wir uns darauf, dass du redest und ich die Fragen stelle.«

Aamer lächelte selbstsicher. »Das Originaldokument sollte gar nicht an die Öffentlichkeit gelangen, das war nie vorgesehen. Ich habe über meine beruflichen Kontakte Pakistan die Information zugespielt, dass man die Echtheit des Washingtoner Protokolls überprüfen sollte.«

»Wo ist das Protokoll jetzt?« Unterstaatssekretär Efford wurde langsam ungeduldig.

Malik stand auf, und die Soldaten wandten sich ihm zu.

»Vielen Dank übrigens, dass ihr mich nach den gestrigen Ereignissen nicht mehr als ernste Bedrohung angesehen habt. Dadurch gelang es mir heute, meinen einzigen Beschatter in der U-Bahn abzuschütteln, und so konnte ich meine … letzte Aufgabe erledigen. Das echte Washingtoner Protokoll befindet sich jetzt im Tresor einer Anwaltskanzlei in Deutschland oder vielleicht in Italien, in Frankreich oder Spanien. Ich weiß es nicht, weil ich das Anwaltsbüro Clifford Chance beauftragt habe, das Protokoll aufzubewahren, es ist eine der weltweit größten Kanzleien, in ihrem Dienst stehen über tausend Juristen. Und für den Fall, dass ihr auf die Idee kommt, mich zu … überreden, euch zu sagen, wo das Protokoll sich befindet, kann ich euch versichern, dass ich nur den Namen der Person kenne, mit der ich heute in der Londoner Kanzlei von Clifford Chance zu tun hatte. Er seinerseits hat alle dreißig Kanzleien von Clifford Chance in etwa zwanzig verschiedenen Ländern über diesen Auftrag unterrichtet. Wenn ihr versucht, meine Kontaktperson oder einen anderen Juristen von Clifford Chance unter Druck zu setzen und Auskünfte zu erzwingen, wird das Washingtoner Protokoll unverzüglich an die Öffentlichkeit gebracht.«

Aamer Malik wirkte überzeugend, Efford und selbst Watkins schienen beeindruckt zu sein.

»Warum? Weshalb hast du dir all diese Mühe gemacht?«, fragte Watkins mit echtem Interesse.

Aamers Blick irrte eine Weile über die Wände des Raumes. »Ich wollte meinem Sohn Imran eine Lehre erteilen, der zu Salmans Tod beigetragen hat, weil er aus seinem Bruder einen Mann mit radikalen Ansichten gemacht hat. Und ich wollte Großbritannien eine Lehre erteilen, dessen Gewaltapparat meinen anderen Sohn Salman getötet hat. Und meiner Schwiegertochter Elina Laine wollte ich die Gelegenheit geben, den Tod ihres Mannes zu rächen und zugleich ein wenig Demut zu lernen. Mit Hilfe des Washingtoner Protokolls habe ich Imran und Elina hoffentlich zu der Einsicht gebracht, dass man für übertriebenen Stolz und Ehrgeiz manchmal einen zu hohen Preis zahlen muss. Und ihr werdet sicher in der nächsten Zeit keinen neuen Vertrag von der Art des Washingtoner Protokolls abschließen. Oder ihn zumindest nicht zu Papier bringen.«

Efford stand auf, ging um seinen Schreibtisch herum und setzte sich auf die Kante. »Was glaubst du denn, was du selbst für einen Nutzen davon hast?«

»Meine Sicherheit muss natürlich garantiert werden, und Großbritannien muss auf jede Art eines gerichtlichen Vorgehens gegen Imran verzichten. Und eine weitere Forderung habe ich, eine große«, sagte Aamer Malik, und seine Miene wurde noch ernster.

»Ihr habt vielleicht etwas über meine Vergangenheit gelesen: Ich wurde in einer kastenlosen Familie im indischen Gandhinagar geboren und verbrachte die ersten Jahre meines Lebens unter Verhältnissen, die ich später mit allen Mitteln zu vergessen suchte. Ich hatte Glück, meine Familie zog nach Pakistan, ich konnte nach Großbritannien gehen, um zu studieren, ich bekam eine Stelle im Außenministerium und habe eine englische Frau geheiratet. In den ersten Jahren war ich natürlich vor Glück regelrecht sprachlos, aber allmählich erkannte ich auch in diesem Land dieselben Strukturen, die überall in der Welt dafür sorgen, dass die Menschen nicht das Gleiche gelten. Das westliche Gesellschaftssystem beruht im Grunde ganz genau so wie das Kastenwesen auf der Ungleichheit der Menschen. Hier in Großbritannien wird man zwar nicht unbedingt als minderwertiger Mensch geboren, aber das Endergebnis ist jedenfalls dasselbe. Auch hier gibt es die Kasten: die Armen und die Reichen, die alteingesessene Bevölkerung und die Zuwanderer, die Adligen und das gemeine Volk, die Weißen und die Farbigen, die Menschen mit einer Ausbildung und die ohne ...«

»Noble Gedanken. Aber was ist deine große Forderung?« Watkins klang ungeduldig.

»Salman und Imran sind nicht die leiblichen Kinder von mir und Dorothy, meiner verstorbenen Frau: Wir haben sie in den siebziger Jahren über recht ... inoffizielle Kanäle aus Pakistan adoptiert. Salman und Imran haben mich gelehrt, dass es nicht leicht ist, in den westlichen Ländern Kinder mit einem anderen kulturellen Hintergrund aufzuziehen, vor allem, wenn man versucht, aus ihnen intelligente Islam-Aktivisten zu machen.«

»Das Nachdenken über die Erziehung deiner Söhne dürfte ein wenig zu spät kommen«, sagte Efford.

Aamer erhob sich. »Ihr spendet innerhalb einer Woche einhundertfünfzig Millionen Euro für die Gründung von Spezialschulen, an denen moslemische Kinder unterrichtet werden, die in westlichen Ländern leben. Oder das Washingtoner Protokoll wird veröffentlicht. Das ist meine Forderung. Und ich entscheide natürlich über den Lehrplan dieser Schulen.«

»Das ist eine absurde Forderung«, rief Efford aus.

»Ihr könnt euch die Summe ja mit den USA, Italien und Spanien teilen. Für große Staaten ist das wenig Geld. Aber mit hundertfünfzig Millionen Euro müsste man Zehntausende intelligente, zielstrebige Islam-Aktivisten wie Salman und Imran heranbilden können. Ich werde das Lehrprogramm der Schulen zusammen mit den führenden Islamisten der Welt erarbeiten. Man muss den Krieg der Zivilisationen nicht führen, indem man tötet, der Islam ist selbstverständlich imstande, ihn auch auf unblutige Weise zu gewinnen.«

»Du willst, dass wir die Ausbildung von Terroristen finanzieren?«, fragte Efford bestürzt.

»Keineswegs«, erwiderte Aamer Malik, setzte sich und lächelte. »Die Schüler dürften natürlich selbst wählen, mit welchen Mitteln sie sich für die Sache des Islams einsetzen wollen, genau so, wie es auch meine Söhne getan haben. Die Aufgabe meiner Schulen besteht nur darin, den Schülern die Wahrheit über den Islam, die westlichen Länder ... über alles zu sagen.«

Der mächtige Körper von Kanzleichef Watkins zitterte, er ballte die Fäuste und versuchte mit aller Macht, seine Wut zu zügeln. Aamer Malik, ein kleiner Beamter aus dem Außenministerium, machte sich über ihn und ganz Großbritannien lustig. Watkins sah Malik noch eine Weile an, dann erschien auf seinem Gesicht ein gekünstelter besorgter Ausdruck.

»Es tut mir wirklich leid, Aamer, aber zumindest ein Teil deines Planes ist gescheitert. Du hast ganz offensichtlich noch nicht erfahren, dass auch dein anderer Sohn tot ist«, sagte Watkins mit übertriebenem Mitgefühl und genoss es, als Aamer Malik auf dem Sessel in sich zusammensank. »Imran Malik wurde bei einer Bombenexplosion vor ein paar Stunden in Helsinki zerfetzt. Anscheinend haben ihn die eigenen Hunde totgebissen, man hat Imrans Mörder identifiziert, es handelt sich um einen pakistanischen Söldner, der Sapahi genannt wurde.«

Aamer versuchte zu verstehen, was geschehen war, während sein Gehirn gleichzeitig Erklärungen zu seiner Entschuldigung lieferte. Er hatte vorgehabt, sofort nach diesem Treffen, sobald alles in Ordnung gewesen wäre, sowohl Imran als auch Elina zu besuchen. Seine Absicht war es doch nur gewesen, den beiden eine Lehre zu erteilen, nach seinem Plan sollten sie alle mit dem Schrecken davonkommen.

Kreidebleich griff Aamer Malik nach dem Glas Wasser, das Unterstaatssekretär Efford ihm reichte, seine Hand zitterte. Nun hatte er beide Söhne verloren. Doch er durfte jetzt nicht zusammenbrechen, er musste die Zähne zusammenbeißen und dieses Gespräch zu Ende führen, danach hätte er alle Zeit der Welt, seine Söhne zu betrauern.

Hasserfüllt sah er den vor Schadenfreude grinsenden Kanzleichef an. Er hatte große Lust, Watkins zu sagen, dass Imran in jedem Falle noch eines bewiesen hatte: Mit Gewalt oder mit ihrer Androhung erreichte man zuweilen wirkungsvoller eine Veränderung als mit den friedlichen Bestrebungen von Idealisten wie Salman. Er würde mit dem bei Briten und Yankees erpressten Geld eine Armee von Männern ausbilden, die einen wie Imran und die anderen wie Salman. Im Kampf für den Islam brauchte man sowohl Profis des bewaffneten Kampfes als auch Wissenschaftler, Politiker und jene, die den Glauben des Islams verbreiteten.

Er würde dieses Gespräch erhobenen Hauptes verlassen, als stolzer Sieger, beschloss Aamer Malik und stand auf. »Wenn ihr Bedenkzeit für eure Antwort haben wollt, dann werdet ihr sicher herausfinden, wo ich bin. Ich brauche nicht mehr zu fliehen oder mich zu verstecken.«

Kanzleichef Watkins räusperte sich und wich Aamer Maliks Blick aus. »Du weißt sehr gut, dass wir gezwungen sind, auf diese Erpressung einzugehen. Die Welt darf niemals die Wahrheit über das Washingtoner Protokoll erfahren. Zumindest nicht die islamische Welt.«

Aamer Malik antwortete nicht. Er marschierte einfach aus Effords Zimmer hinaus und überlegte, wem er wohl gerade einen enormen Gefallen tat.

62

Helsinki, Mittwoch, 31. Oktober

So fühlten sich also Musiker, überlegte Ratamo und hörte dem Tinnitus zu, der in seinem ganzen Kopf rauschte. Er hatte die Explosion in der Topeliuksenkatu mit ein paar Kratzern und klingenden Ohren überstanden genau wie Elina Laine. Doherty und der Soldat des SRR hatten Glassplitter im Körper, aber auch sie waren nicht in Lebensgefahr. Lindström, der vom pakistanischen Killer auf der Topeliuksenkatu bewusstlos geschlagen worden war, hatte es am schlimmsten erwischt: Gehirnerschütterung dritten Grades und eine gebrochene Hand. Ratamo kämpfte gegen die Müdigkeit an. Riitta war es nachts übel geworden, und aus Solidarität mit seiner Lebensgefährtin hatte er auch nicht mehr geschlafen.

Ratamo saß in seiner Küche am Bauerntisch, aß ein belegtes Brot und schaute zu, wie Nelli Musti traurig streichelte, die ganz ruhig auf dem Flickenteppich lag. Sie hatten gemeinsam beschlossen, dass dies Mustis letzter Abend zu Hause sein sollte, der Hund hatte schon merklich Schmerzen. Er würde Musti am nächsten Morgen zum Einschläfern bringen. Ratamo wusste nicht recht, was er Nelli sagen sollte; das Mädchen hatte in seinem Leben schon mehrere ihr nahestehende Menschen verloren, aber das war das erste Mal, dass ihr der Hund genommen werden sollte.

»Vielleicht holen wir uns irgendwann einen neuen Hund«, sagte Ratamo schließlich und begriff in dem Augenblick, als er Nellis Gesicht sah, dass er einen Fehler begangen hatte.

»Ganz bestimmt nicht. Wie kannst du so was überhaupt denken? Das ist ja echt voll daneben«, wunderte sich Nelli mit feuchten Augen.

Ratamo wollte schon sagen, das Leben müsse ja weitergehen, aber im letzten Moment wurde ihm klar, dass es besser war, den Mund zu halten. Ihnen blieb genug Zeit, darüber zu reden, wenn sich die Emotionen etwas gelegt hatten.

Nelli würde sich auch von dieser Erschütterung bald erholen so wie von allen Schicksalsschlägen der letzten Jahre. Sie war ein Mädchen von der zähen Sorte.

Ratamo steckte das letzte Stück der Schnitte in den Mund und trank sein Joghurtglas aus, dann ging er ins Wohnzimmer, blieb vor den Büsten von Lenin, Elvis und Kekkonen stehen, die auf dem Fensterbrett steif mit ernster Miene vor sich hin starrten, und fand, dies wäre der geeignete Augenblick, ein bestimmtes Telefongespräch hinter sich zu bringen.

Elina Laine meldete sich so schnell an ihrem Handy, dass Ratamo erschrak. Er drückte das Telefon fester ans Ohr, um ihre Stimme trotz des Tinnitus zu hören.

»Arto Ratamo, hallo. Ich wollte nur fragen, wie es dir geht. Die Geschichte in der Topeliuksenkatu hat leider ein unnötig schlimmes Ende genommen«, sagte er und sah durch das Fenster hinaus auf den kleinen Park Vuorimiehenpuistikko.

»Das hätte auch viel schlimmer ausgehen können. Bei mir ist alles so weit in Ordnung, es rauscht bloß ein bisschen in den Ohren, und das Fußgelenk tut weh.« Elina hörte sich müde an. »Aber vielen Dank, dass du dahin gekommen bist. Und dass du mich mit Gewalt hinausgeschleppt hast, vermutlich hast du mir das Leben gerettet. Ich werde versuchen mich bei dir richtig zu bedanken, wenn ich dazu wieder ... imstande bin.«

Ratamo verabschiedete sich von Elina und schaltete das Telefon aus. Nun war ihm etwas leichter, zumindest Elina Laine machte ihm keine Vorwürfe. Er ging zu seinem uralten Sandsack und verpasste ihm eine Serie Schläge, dann warf er einen Blick auf sein Lieblingsplakat, das an der Badezimmertür klebte. Er empfand Mitgefühl für den Mann, der ein Boot ruderte, das auf einem Felsen am Ufer lag.

Im Bug des Kahnes saß ein Nashorn, und zu alledem war das Boot so riesig, dass der gebückte kleine Mann es selbst im Wasser und ohne Nashorn wohl kaum bewegen könnte.

Als sich Ratamo wenig später die Schuhe anzog, ging die Wohnungstür auf.

Riitta Kuurma trat mit mürrischer Miene herein, doch ihr Gesichtsausdruck hellte sich auf, als Ratamo ihr einen Kuss auf den Mund drückte und ihren Bauch streichelte.

»Klingt es noch in den Ohren?«, fragte Riitta und berührte die Wange ihres Mannes.

»Ein leichtes Rauschen, weiter nichts. Aber jetzt muss ich los, wir haben am Abend eine Besprechung, und deswegen muss ich die Sachen im Einrichtungshaus am Ring III vorher abholen. Wrede will noch die Informationen über diesen pakistanischen Killer durchgehen, und ich soll vorschlagen, wie wir auf die Aktionen des SRR reagieren. Und zu dem PCR-Test muss ich auch noch vor der Besprechung«, erklärte Ratamo. Er band die Schnürsenkel zu, zog seine Öltuchjacke an und schaute nach, ob die Lederhandschuhe in der Tasche steckten. Dann wandte er sich um, er wollte Nelli an die Hausaufgaben erinnern, aber die Worte gefroren ihm auf den Lippen. Seine Tochter, Riitta und Musti saßen auf dem orientalischen Teppich im Wohnzimmer wie Höhlenmenschen ums Lagerfeuer. Es ärgerte ihn fast, dass er keine Kamera besaß, das würde der letzte Abend sein, an dem sie alle vier zusammen waren. Er hatte plötzlich das Gefühl, dass dieses Leben viel einfacher war, als er es sich in jüngeren Jahren vorgestellt hatte.

63

Helsinki, Mittwoch, 31. Oktober

Lauri Huotari zuckte auf seinem Fahrersitz zusammen und bemerkte, dass er das Lenkrad seines Lastzugs bei einem Tempo von achtzig krampfhaft festhielt wie ein Wahnsinniger. Er würde auf gar keinen Fall bis ans Ziel wach bleiben, vor ihm lagen noch sechshundert Kilometer bis Oulu, dann das Entladen und weitere hundert Kilometer bis nach Vaala. Er war jetzt schon sechzehn Stunden wach und hatte Angst, dass er am Steuer seines mit fünfunddreißig Tonnen beladenen Lastzugs einschlief. Aber es gab keine Alternative, die Reise musste weitergehen. Er stellte die Lüftung auf kühl, richtete das Gebläse auf sein Gesicht und beschloss, an der nächsten Raststätte seine Thermosflasche mit Kaffee vollzutanken.

Der kalte Luftstrom ließ ihn etwas wach werden, an der Anschlussstelle des Turunväylä dachte er wieder an seine Geldsorgen. Und wenn sie nun wegen der Arbeit bis nach Helsinki ziehen müssten? Der Gedanke war nicht gerade verlockend. Er und Katriina hatten ihr ganzes Leben lang in Vaala gewohnt und kannten so gut wie jeden im Ort. In Vaala konnte man seine alltäglichen Angelegenheiten notfalls zu Fuß erledigen, während man hier in der Hauptstadtregion schon allein für die Fahrt auf dem Ring I von einem Ende bis zum anderen schlimmstenfalls eine Stunde brauchte.

Das Radio knackte. Huotari lauschte konzentriert den Themen der Nachrichtensendung: Die Wut der Moslems war abgeflaut, als sich herausgestellt hatte, dass es sich bei dem Washingtoner Protokoll um eine Fälschung handelte. In Töölö hatte es im Keller eines mehrstöckigen Hauses eine gefährliche Explosion gegeben. Auch nur so eine schlechte Nachricht, dachte Huotari, wechselte den Sender und hörte, wie Mikko Mäkeläinen & Myrskylyhty in ihrem Titel über die »Letzte Chance« sangen. Huotaris Stimmung sank schlagartig auf den Nullpunkt. Genau diese Worte hatte der Bankdirektor in seinem Brief verwendet: »... Ihre letzte Chance, die fälligen Kredittilgungen zu aktualisieren, bevor Maßnahmen der Zwangsliquidation ergriffen werden.« Lauri Huotari hatte auf der einsamen Fahrt in der letzten Nacht beschlossen, die Tatsachen zu akzeptieren. Er würde seine finanzielle Notlage nicht überstehen, indem er abwartete, dass irgendetwas geschah. Mehr arbeiten konnte er nicht, und mehr Kredite oder Sicherheiten bekam er nirgendwo. So einfach war die Wahrheit. Wenn er das dem Bankdirektor gegenüber eingestand, könnten sie sicher vereinbaren, dass sein Haus auf dem freien Markt verkauft wurde. Bei einer Zwangsversteigerung würde es möglicherweise zu einem Spottpreis weggehen.

Huotari betätigte einen Schalter, und der Rhythmus der Scheibenwischer beschleunigte sich. Wegen des heftigen Windes sah es so aus, als würde der Regen waagerecht fallen. Gerade als er dachte, nun könnte das Wetter wenigstens nicht mehr schlechter werden, verwandelten sich die Regentropfen in Schneeflocken, und der Lastzug glitt in ein dichtes Schneetreiben hinein. Die Geschwindigkeit von achtzig Stundenkilometer erschien nun hoch. Ein weißer Flockenschleier beeinträchtigte die Sicht und bedeckte die Straße, so dass man nur vermuten konnte, wo sich der Standstreifen befand. Hoffentlich war das nur ein kurzer Schauer, dachte Huotari, wenn sich der Straßenzustand verschlechterte, würde sich seine Rückkehr nach Hause noch weiter verzögern.

Nach Hause. Das war seit Stunden sein erster positiver Gedanke. Er müsste sich darauf besinnen, was im Leben wesentlich war, und die Dinge gemeinsam mit Katriina in Ordnung bringen. Vielleicht würde seine Frau endlich begreifen, dass seine Kreditprobleme nicht daher kamen, dass er faul war oder sich nicht richtig um seine

Bankangelegenheiten gekümmert hatte. Er musste seine Familienprobleme auf die Reihe bringen. Die Kinder waren es doch wohl, die all dem einen Sinn gaben, zumindest für ihn, Lastzüge und Häuser zu besitzen war nicht das, was eine Bedeutung hatte. Und wenn im Leben des Menschen der Sinn fehlte, dann war alles egal. Lauri Huotari beschloss, Katriina anzurufen, sich mit ihr auszusprechen und alles zu klären.

* * *

Gerade als Ratamo von der Vihdintie in die Auffahrt zum Ring III abbog, wurde aus dem Regen ein heftiges Schneetreiben. Er bereute es, dass er versprochen hatte, die von Riitta bestellten Heimdekoartikel ausgerechnet an diesem Tag abzuholen. Bei seinem letzten Besuch in Petikko war er stundenlang im Labyrinth der Einrichtungsgeschäfte und Möbelhäuser umhergeirrt. Er drehte die Lautstärke der Stereoanlage auf, als der Titel Fate of a Fool von J. J. Cales fünftem Album begann.

Die Scheibenwischer des Käfers liefen auf Hochtouren, und der Wind war so heftig, dass der Wagen hin und her schaukelte. Ratamo erhöhte die Geschwindigkeit vorsichtig auf siebzig, blickte über die Schulter, ob die Fahrbahn frei war, und lenkte den Käfer dann von der Beschleunigungsspur auf den Ring. So ein schlimmes Schneetreiben hatte er das letzte Mal erlebt, als er vor zwei Jahren mit zehn Kilo Elchfleisch im Auto an eine Verkehrsinsel geknallt war. Bei dem Wetter sprach man nicht ohne Grund von Totenkopf-Straßenverhältnissen, dachte er.

Plötzlich krachte es gewaltig, seine Ohren waren taub, und der Luftstrom schlug ihm mit voller Wucht ins Gesicht – das Stoffverdeck des Käfers war weg. Er konnte vor sich kaum etwas erkennen und musste blinzeln, damit ihm der Schnee nicht in die Augen drang. Rasch schaltete er das Blinklicht ein und lenkte dann vorsichtig nach rechts, um sich auf dem Standstreifen in Sicherheit zu bringen. Er trat auf die Bremse, die Vorderreifen blockierten, und

der Wagen schien abzuheben. Schnell den Fuß runter vom Brems-
pedal! Er schaffte es, den VW wieder geradeaus zu steuern, und bekam ihn gerade noch rechtzeitig unter Kontrolle. Der Käfer blieb
an einer vielbefahrenen Stelle stehen, aber wenigstens teilweise auf
dem Standstreifen. Ratamos Herz klopfte wie wild.

Der Wagen war so nahe an den Graben gerutscht, dass Ratamo
ihn auf der Straßenseite verlassen musste. Er stieg vorsichtig aus
und wurde sofort nass, denn die vorbeifahrenden Autos bespritzten
ihn mit Schneematsch. Der Grund für die Katastrophe ließ sich
schnell erkennen: Die Klammern, mit denen das Stoffverdeck befestigt war, hatten versagt.

* * *

Das Schneetreiben auf dem Ring III nahm noch zu. Lauri Huotari
näherte sich der Anschlussstelle Vihdintie, als sich Katriina endlich
meldete.

»Ich dachte, ich rufe dich an, damit wir nach langer Zeit mal
wieder richtig miteinander reden, ich habe nämlich noch die ganze
Fahrt von Helsinki nach Hause vor mir«, sagte Huotari in seinem
normalen versöhnlichen Ton.

»Also, Lauri, die Lage ist die, dass es zwischen uns nichts mehr
zu bereden gibt. Ich habe den Bankdirektor im Dorf getroffen, und
er hat mir alles erzählt, als ich ein wenig nachgefragt habe. Er hat
gesagt, dass die Bank uns bald das Haus und den Lastzug wegneh-
men wird, und ...« Katriinas wütende Worte zerschmetterten auf
einen Schlag Huotaris Hoffnungen, dass man sich aussprechen und
die Dinge klären könnte. Er versuchte die Nerven zu bewahren und
bereute schon, dass er angerufen hatte. »Nun beruhige dich mal.
Ich wollte ja gerade versuchen zu erklären, dass ...«

»Ich will deine Erklärungen nicht mehr hören. Ich war heute im
Behördenhaus von Muhos und habe den Scheidungsantrag ausge-
füllt. Mach's gut.«

Huotari hörte das Tuten und sah rot. Er schloss die Augen, trat das Gaspedal durch, ließ das Lenkrad los und stieß einen tierischen Schrei aus: Die über Jahre angestaute Wut brach aus ihm heraus. In der Fahrerkabine dröhnte es, bis Huotari die Luft ausging. Er öffnete die Augen, legte die Hände wieder aufs Lenkrad und konnte noch ein paar Meter vor sich einen VW-Käfer erkennen, ohne Dach. Und einen Mann, der den auf ihn zurollenden Laster bemerkt hatte und ihm verzweifelt Richtung Straßenrand auszuweichen suchte.

Leseprobe

Taavi Soininvaara
Das andere Tier
Ratamo ermittelt
Thriller

392 Seiten, Broschur
ISBN 978-3-7466-3094-6

PROLOG

Die Geburt des Hasses

Irak, 3. August 2010

Die Frau öffnete die Augen, doch sooft sie auch die Lider zusammenkniff und wieder aufriss, die Dunkelheit wollte nicht weichen. Sie lauschte: Nur das Böse war da, sie spürte es um sich herum, es lag schwer wie ein Umhang aus Blei auf ihren Schultern. An den Fußgelenken war sie so straff an einen massiven Metallstuhl gefesselt, dass ihr die Füße einschliefen. Sie hatte schon alles versucht, sich heiser geschrien, an den Stricken gezerrt und sich die Haut blutig gescheuert. Diese Teufel kümmerte das nicht. Die Frau drückte ihre an den Handgelenken zusammengebundenen Hände auf ihren Bauch, obwohl sie wusste, dass sie das Wunder, das in ihr wuchs, nicht schützen konnte.

Sie wollte in die Dunkelheit fliehen, sich in Sicherheit bringen. Nie zuvor hatte sie sich etwas so sehr gewünscht, so intensiv, dass es weh tat. Lähmende Angst wogte durch ihren Körper. Aufständische hatten sie in der Nähe des Stützpunkts Camp Victory gekidnappt und in ihr staubiges Auto geschleppt. Und nun saß sie an einen Stuhl gefesselt in einem Raum, der nach Beton, Waffen und Urin stank, irgendwo im Irak. Sie war in der Gewalt ihrer Feinde, deren Vernichtung seit sechs Jahren ihr Ziel als Angehörige der britischen Armee war. Und sie wusste nur zu genau, was mit den Menschen passierte, die sie entführten.

Sie konnte nicht verhindern, dass die Videos in ihrem Bewusstsein abliefen: Die Aufständischen hatten im Laufe der über sieben

Jahre anhaltenden Kämpfe viele von ihnen verschleppte Soldaten und Zivilisten enthauptet. Keiner ihrer Kameraden hatte sich die Hinrichtungsfilme anschauen wollen, und dennoch hatten sie sich die Videos angesehen. Sie alle hatten wissen wollen, was sie im schlimmsten Fall erwartete. Der Ablauf der Ereignisse war fast immer der gleiche: drei bis sechs Männer mit Sturmgewehren und Kapuze, Kommandomütze oder *Kufija*-Tuch, an der Wand ein Laken mit Parolen in Arabisch, das misshandelte und gefesselte Opfer sitzt auf dem Fußboden oder einem Stuhl, das Gesicht zur Kamera. Die Aufständischen stehen hinter dem Opfer, das gezwungen wird, etwas über sich selbst zu sagen. Dann liest einer von ihnen eine Erklärung vor und stellt Forderungen. Und zum Schluss die *Allāhu-akbar*-Rufe, ein riesiges Schwert, der Kopf wird abgeschlagen ...

Saß sie jetzt in so einem Raum? Sie und ...

Die Frau fühlte, wie sie innerlich zusammenbrach. Ihr wurde übel. Die Angst zerfraß ihre Eingeweide, zerfleischte sie von innen. Alles Schreckliche, was sie in ihren dreißig Jahren erlebt hatte, schien hier in diesem Raum zu lauern, von dem eine Bedrohung ausging, die alles erfasste.

Sie spürte den salzigen Geschmack der Tränen auf ihren Lippen. Der Kopf schmerzte von einem Schlag mit dem Gewehrkolben. Ihr Herz hämmerte. Warum ausgerechnet sie? War sie einfach nur zur falschen Zeit am falschen Ort gewesen, oder hing das mit John zusammen? Es war ihr Geburtstag, und ihr Mann hatte unbedingt gewollt, dass sie zu ihm ins Camp Victory der Yankees kam, damit er ihr sein Geschenk überreichen konnte. Sie war einverstanden gewesen, weil sie sich als Stabsoffizierin freier in Bagdad bewegen konnte als ihr Mann.

John Jarvi, der *Satan von Falludscha*. Was für ein grauenhafter Spitzname. Ihr Mann war still, ruhig und loyal sowohl ihr als auch der US-Marine gegenüber; es war nicht seine Schuld, dass er sich hier im Irak zu einem der besten Scharfschützen aller Zeiten entwickelt hatte.

Die Frau schaute im Dunkeln auf ihren Bauch. Zuweilen bildete sie sich ein, in ihrem Leib Bewegungen zu spüren, obwohl ihre Schwester felsenfest behauptet hatte, man könne die Bewegungen eines drei Monate alten Embryos noch nicht wahrnehmen. Die Erinnerungen brachen ungehemmt über sie herein. Sie schloss die Augen und fand sich sofort in ihrem Elternhaus wieder, im Londoner Stadtteil Shepherd's Bush. Sie sah das Esszimmer und den Tisch, an dem sie sich, sobald es auch nur den geringsten Anlass gab, etwas zu feiern, immer versammelten: Vater, Mutter, die Großeltern und ihre Schwester Helen mit ihren drei allzu lebhaften, aber ungeheuer süßen Kindern und ihrem griesgrämigen Mann. Auf dem Tisch stand eine riesige Geburtstagstorte, und das Geburtstagskind musste die Kerzen ausblasen, obwohl es nie jemandem gelang, alle auf einmal auszupusten. Vater füllte mit der von ihm selbst gemixten Bowle die Gläser der Gäste, am eifrigsten sein eigenes, bis er übers ganze Gesicht strahlte. Sie sah die lachenden Kinder ihrer Schwester und spürte einen schneidenden Schmerz, als sie daran dachte, was ihr alles versagt bleiben würde. Sie bereute ihre Entscheidung, eine Laufbahn in der Armee zu wählen und den Kinderwunsch hinauszuschieben ... Dann schoss ihr durch den Kopf, dass John bestimmt immer noch im Camp Victory auf sie wartete.

Im selben Moment ging die Tür auf, das Licht wurde eingeschaltet, und die Frau drückte ihre Lider noch fester zu. Sie wollte die Männer nicht sehen, sie wollte nicht ihr Schicksal daran ablesen, was sie bei sich hatten, sie wollte die auf dem Boden stehende Videokamera, die Fahne oder das Laken an der Wand nicht sehen ... In dem Raum verbreitete sich der Geruch von Waffen, Zigaretten und Aufständischen. Es waren mehrere Männer, sie redeten auf Arabisch alle durcheinander und wie immer sehr erregt.

Der Schlag mit der flachen Hand traf die Wange der Frau ohne Vorwarnung und voller Wucht, sie öffnete die Augen und sah den Tod.

Es waren drei Männer, die sich schwarzweiß gemusterte *Kufija*-

396

Tücher um den Kopf gewickelt hatten, zwei trugen Sturmgewehre in der Hand und einer ein riesiges Schwert ... Alles war genau so, wie sie es befürchtet hatte.

Die Zeit. Schien. Stehen. Zu. Bleiben. Alles andere verschwand, es blieb nur das lähmende Entsetzen und das abgrundtiefe Böse im Menschen.

Jemand sprach die Frau auf Englisch an und sie hörte sich ihren Namen, ihren Dienstrang, den Namen ihrer Eltern, den Namen ihres Ehemannes, ihre Adresse zu Hause sagen ... es schien so, als spräche jemand anders mit ihrem Mund. Ihr Herz klopfte im ganzen Körper, sie zitterte.

Die Männer stellten sich hinter sie. Sie starrte in das schwarze Auge der Videokamera, die auf einem Dreibein stand, und wünschte, sie wäre fähig, sich in bewegte Bilder zu verwandeln und die Flucht zu ergreifen ... Einer der Männer verlas mit fanatischer Stimme eine Erklärung auf Arabisch, von der sie nicht viel verstand. Geschah das alles wirklich ihr? Hing das damit zusammen, was sie ihrem Mann angetan hatte, würde John die Wahrheit erfahren?

Der Aufständische mit dem Schwert in der Hand trat vor sie hin. Die Frau sprach so leise, dass sie ihre Worte selbst kaum hörte. »Vater unser, der du bist ... «

ERSTER TEIL
Die Titanhüfte

26.–28. August, Gegenwart

1

Montag, 26. August

*Ich fahre den VW-Käfer von der Vihdintie auf die Zufahrt zum Ring III
und merke, wie der Regen zum Schneetreiben wird. Und das mit Som-
merreifen. Bis zum Einrichtungshaus in Petikko sind es noch einige
Kilometer. Ich erhöhe die Geschwindigkeit vorsichtig auf siebzig, der Asphalt wirkt glatt, ich werfe einen Blick über die Schulter, um zu sehen,
ob der Weg frei ist, und lenke den Käfer dann von der Beschleunigungsspur auf den Ring III. Aus den Lautsprechern erklingt J. J. Cales Titel*
Fate of the fool *von seinem fünften Album. Ein Schneeschleier legt
sich auf die Straße, alles ist weiß; die Fahrbahn kann man nur erahnen.
Das ist seit Jahren der schlimmste Schneesturm, in den ich geraten
bin. Die Scheibenwischer laufen auf vollen Touren, der Wind ist so heftig, dass der Käfer schaukelt. Achtzig Stundenkilometer sind anscheinend zu viel, durch die Ritze zwischen Dach und Karosserie weht es eisig
herein.*

*Plötzlich ein gewaltiger, ohrenbetäubender Knall – oh, verdammt.
Das Verdeck des Käfers ist weg, der Wind schlägt mir mit voller Wucht
ins Gesicht. Ich muss die Lider zusammenkneifen, damit der Schnee
nicht in die Augen dringt, wo zum Teufel ist die Straße? Mir bleibt
nichts anderes übrig, als auf den Standstreifen zu lenken, Blinker an*

und bremsen, verflucht, die Vorderräder blockieren, der Wagen gerät ins Schleudern. Fuß runter von der Bremse, gegensteuern, die Bremse pumpen, jetzt gehorcht er wieder, die Geschwindigkeit lässt nach ... Herzrasen.

Endlich bleibt das Auto stehen, zum Glück auf dem Standstreifen und nicht auf der Fahrspur, aber die Stelle ist trotzdem gefährlich – direkt neben dem lebhaften Verkehr und bei einer Sicht gleich null. Der Käfer ist in eine Schneewehe gerutscht, wohl oder übel muss ich durch die Tür aussteigen, an der die Autos vorbeirauschen. Ich zucke zusammen, als mir nasser und eiskalter Schneematsch ins Gesicht spritzt, keiner von denen, die vorbeifahren, verringert etwa seine Geschwindigkeit, und Hilfe leistet erst recht niemand. Ich wische mir das Gesicht ab, wende mich dem Käfer zu und fluche, als ich sehe, dass die Halterungen des Stoffdachs versagt haben. Wieder eine teure Reparatur.

Jetzt muss ich den Abschleppdienst und ein Taxi anrufen. Ich stehe zwischen Auto und Straße und will hier weg, und als ich mich dem Verkehr zuwende, sehe ich vor mir eine hohe Metallwand, die mit großer Geschwindigkeit auf mich zurast – ein Lastzug. Es bleibt keine Zeit, ich muss springen, ein Schritt, noch einer ...

Arto Ratamo wachte auf. Sein Herz schlug heftig. Den Lastzug mit fünfunddreißig Tonnen Ladung, der ihn vor knapp einem Jahr umgefahren hatte, sah er jede Nacht im Traum.

Morgens war es am schwersten. Da drangen all die schlimmen Folgen seines Unfalls stets so intensiv wie damals in sein Bewusstsein, und er war mit seinen Schatten hilflos allein. Ratamo legte die Hand auf die leere Hälfte seines Doppelbetts, dachte aber nicht an seine ehemalige Lebensgefährtin Riitta Kuurma, sondern an sein Kind, dem das Leben versagt geblieben war. Er würde nie erfahren, ob Riitta die Fehlgeburt letztlich wegen des Schocks über die Nachricht von seinem Unfall gehabt hatte. Sie waren erst einige Monate vor dem Unfall wieder zusammengekommen. Den Stolz, Vater zu werden, hatte er nur fünf Tage genießen können. Bei Riitta hatte sich ein Hormonungleichgewicht entwickelt und das Einwachsen der Plazenta verhindert.

Ratamo ächzte und verzog das Gesicht, als er sich zur Bettkante schob und aufrichtete. Er hatte Kopfschmerzen und musste an die mit Whisky hinuntergespülten Biere denken, die er sich am Vorabend zu Ehren des letzten Tages seiner Krankschreibung mit seinem Freund Timo Aalto gegönnt hatte. Sie trafen sich nur noch äußerst selten, seit Himoaalto im Ausland arbeitete und weggezogen war. An den späten Abend erinnerte sich Ratamo nur lückenhaft, leider fiel ihm auch ein, dass er seiner Kollegin Saara Lukkari von der SUPO über den Weg gelaufen war. Blieb nur zu hoffen, dass er keinen absoluten Schwachsinn geredet hatte.

Er nahm vom Nachttisch die Dose mit dem Snus und schob sich zwei Portionen Tabak unter die Oberlippe. Ein Blick auf die Uhr ließ ihn fluchen, als er die Ziffern 08:41 sah, warum zum Teufel hatte er vergessen, den Wecker zu stellen? Die Abschlussuntersuchung bei der Ärztin würde in zwanzig Minuten beginnen. Ratamo erhob sich und richtete den Rücken langsam auf, aus Angst vor einer Welle des Schmerzes. Zuweilen tat das künstliche Hüftgelenk morgens so weh, dass er auf nüchternen Magen Schmerztabletten nehmen und bewegungslos im Bett liegen bleiben musste, bis ihre Wirkung einsetzte. Nötig wäre das jetzt, aber die Zeit dafür fehlte.

Ratamo biss die Zähne zusammen und humpelte nackt zum Medizinschrank im Badezimmer.